Anthony Powell · Bei Lady Molly
Ein Tanz zur Musik der Zeit

Ein Tanz zur Musik der Zeit · Band 4

Anthony Powell

Bei Lady Molly

Roman

Aus dem Englischen übersetzt
von Heinz Feldmann

Elfenbein

Die Originalausgabe erschien 1957 unter dem Titel
»At Lady Molly's« bei William Heinemann, London.

Band 4 des Romanzyklus »A Dance to the Music of Time«

At Lady Molly's

Zweite Auflage

Einbandgestaltung: Oda Ruthe

Druck: Finidr, s.r.o.
Printed in the Czech Republic
ISBN 978-3-941184-39-8
Gesamtausgabe:
ISBN 978-3-941184-48-0

I

WIR WAREN MIT General Conyers seit undenklichen Zeiten bekannt gewesen – nicht etwa, weil mein Vater je unter ihm gedient hätte, sondern durch eine lang vergessene Verbindung mit den Eltern meiner Mutter, mit denen er sogar entfernt verwandt gewesen sein mochte. Wie auch immer, es stand fest, dass er in jener weit zurückliegenden Ära, als man Linienregimenter noch mit einer Nummer statt mit dem Namen einer Grafschaft bezeichnete, wenn auch damals Offizierspatente wohl nicht länger käuflich waren, in ihrem Hause zu verkehren pflegte. Obwohl er dieser dunklen, archaischen Periode zugehörte, von der sich auch manchmal Spuren in seiner Kleidung und seiner Sprechweise offenbarten – er war zum Beispiel einer der Letzten, die von der Gardekavallerie als »die Hüpfer« sprachen –, hatte er in unseren Familiengeschichten einen Platz nicht nur als ein Soldat, dessen Interessen über seinen Beruf hinausgingen, sondern auch als ein Mann von Welt, der immer »mit den neuesten Entwicklungen Schritt hielt«. Diese Neigung, mit der Mode zu gehen und zu jedem Thema seine Meinung beizusteuern, wurde ihm von einigen Leuten übelgenommen – besonders von Onkel Giles, der zeitnahes Denken nie liebte und aus Prinzip misstrauisch gegenüber jedem weltlichen Erfolg war, wie bescheiden dieser auch sein mochte.

»Aylmer Conyers hatte ein Gespür dafür, Karriere zu machen«, pflegte er zu sagen. »Das ist eigentlich nichts Schlimmes, meine ich. Jemand muss ja die Befehle geben. Ich persönlich hab mir nie viel daraus gemacht, im Mittelpunkt zu stehen. Es gab genug andere, die sich nach vorn drängten. Hatte 'ne hohe Meinung von sich selbst, Conyers. Stattlicher Mann, sagten die Leute immer, neigt ein bisschen zu sehr dazu, sich aufzutakeln. Ist auch nicht ganz ohne Freunde in hohen Stellen. Ganz im Gegenteil, ob im Krieg oder im Frieden, Conyers kannte immer die richtigen Leute.«

Ich hatte mich einmal bei ihm über die Feldzüge des Generals erkundigt.

»Afghanistan, Burma – als Leutnant. Ich hab mal gehört, wie er groß über Zululand angegeben hat. Er war eine Zeitlang im Sudan, als der Khalifa dort Ärger machte. Übernahm gerne Aufgaben im Ausland. Angeblich soll er einem Eingeborenenherrscher bei irgendeinem lokalen Krawall das Leben gerettet haben. Rüstete die Palasteunuchen mit Vogelflinten aus. Der Mann schenkte ihm dann einen mit Juwelen besetzten Krummsäbel – Halbedelsteine natürlich.«

»Ich hab den Krummsäbel gesehen, die Geschichte kannte ich noch nicht.«

Onkel Giles, der diese Unterbrechung ignorierte, erzählte mir dann, wie Aylmer Conyers Südafrika, das Grab so vieler militärischer Reputationen, zu seinem Vorteil genutzt hatte. Da mein Onkel selbst, infolge eigener Unbedachtsamkeiten, kurz vor Ausbruch des Krieges in Transvaal seinen Abschied von der Armee genommen hatte und da er zudem, wie es für einen Mann, der sich für »so etwas wie einen Radikalen« hielt, angemessen war, ›pro-burische‹ Ansichten vertrat, sprach er immer mit einer zweifellos in großem Maße berechtigten Schärfe von der Art, wie die Operationen des Feldzugs geführt worden waren.

»Nachdem French den Modder-Fluss überquert hatte, erhielt die gesamte Kavalleriedivision den Befehl zum Angriff. Etwas noch nie Dagewesenes. Wie ein Reitsportfest.«

»Ja?«

Er verlor für ein oder zwei Minuten den Faden, versunken in die Vorstellung, wie staubige Reiterschwadronen auf dem ›Veldt‹ von der Kolonne in die Linien schwenkten; oder, was wahrscheinlicher war, geplagt von eigenen Erinnerungen, weniger dramatisch, wenn auch bitterer.

»Was passierte?«

»Was?«

»Was passierte, als sie angriffen?«

»Cronje beurteilte ausnahmsweise die Lage falsch. Er schickte nur einige Abteilungen los. Wir brachen durch bis Kimberley, mit mehr Glück als Verstand.«

»Aber was war mit General Conyers?«

»Irgendwie gelang es ihm, die Attacke mitzumachen. Eigentlich hatte er bei den Kavalleriebrigaden nichts zu suchen; er erfand irgendeinen Vorwand. Dann, ein oder zwei Tage später, ging er dahin zurück, wo er von Anfang an hätte gewesen sein sollen. Er machte sich bei den Transportwagen äußerst wichtig. Bei der Marschkolonne sah es aus wie zur Hochsaison im Hyde Park, weißt du: Kutsche an Kutsche am Albert Gate – das sagte mir jemand, der beim Vormarsch dabei war; und Conyers rannte herum und fluchte und schimpfte, als ob er der Besitzer des Ganzen sei.«

»Hat nicht Lord Roberts etwas über seine Arbeit im Stab gesagt?«

»Bobs?«

»Ja.«

»Wer hat das gesagt, dein Vater?«

»Ich glaube, ja.«

Onkel Giles schüttelte den Kopf.

»Vielleicht hat Bobs was gesagt. Wäre nicht das erste Mal, dass ein General die Zusammenhänge falsch verstanden hätte. Man sagt, Conyers sei auch ganz schön hinter den Frauen her gewesen. Manche Leute dachten, er würde deiner Großtante Harriet einen Heiratsantrag machen.«

Andere, im Allgemeinen verlässlichere Erinnerungen widersprechen dieser letzteren Mutmaßung. In der Tat, Conyers blieb Junggeselle, bis er fast fünfzig war. Er war inzwischen Brigadegeneral geworden, und alle erwarteten, dass er noch weit höher aufsteigen werde, als er – zur Überraschung seiner Freunde – eine fast zwanzig Jahre jüngere Frau heiratete und achtzehn Monate danach seinen Abschied nahm. Vielleicht war er es müde, auf den Krieg gegen Deutschland zu warten, den er so oft prophezeit hatte und in dem ihm, wäre er früher ausgebrochen, gewiss ein hohes Kommando angeboten worden wäre. Möglicherweise gefiel seiner Frau das Nomadendasein des Soldaten nicht, auch nicht als Frau eines Generals. Es ist unwahrscheinlich, dass sie dem Armeeleben viel Geschmack abgewonnen hatte. Andererseits mag der General selbst vielleicht der militärischen Routine müde gewesen sein. Wie viele fähige Soldaten besaß er eine exzentrische Seite. Obwohl nicht gerade ein Virtuose, hatte er immer sehr gern Cello gespielt, und nach seiner Pensionierung nahm die Musik einen großen Teil seiner Zeit ein; außerdem experimentierte er mit seiner Lieblingstheorie, dass Pudel wegen ihrer angeborenen scharfen Intelligenz sehr gut zu Jagdhunden abgerichtet werden könnten. Er begann auch, ein reges gesellschaftliches Leben zu führen und wurde zum Mitglied der Leibgarde ernannt – eine Rolle, in der ich ihn mir aufgrund früher Gedankenassoziationen immer vorstelle.

»Komisch, dass ein Mann Gefallen daran findet, eine Art Hoflakai zu sein«, pflegte Onkel Giles zu sagen. »Für mich wäre es undenkbar, mich mit 'ner Menge Purpur und Gold aufzutakeln, in königlichen Palästen herumzuhängen und mit Scharen junger Damen mit Straußenfedern zusammenzuhocken. Er hat es seiner Frau zuliebe getan, nehme ich an.«

Mrs. Conyers mochte in der Tat eine indirekte Rolle bei dieser Ernennung gespielt haben. Sie war die älteste Tochter Lord Vowchurchs, des Freundes von König Edward VII., und hatte zur Zeit der Hochzeit ihren dreißigsten Geburtstag bereits hinter sich. Von ihrem Vater, einem jener in der viktorianischen Zeit so seltsam häufig anzutreffenden Männer, die durch Clownerien persönlich Macht zu erreichen suchten, werden – oder wurden – endlos viele, nicht immer erbauliche Geschichten erzählt. Die bleibendste Erinnerung an ihn (sie hängt zusammen mit Bildern anderer Honoratioren der siebziger Jahre in dem feuchten, verlassenen Billardzimmer auf Thrubworth) ist Leslie Ward Spys Karikatur in der »Vanity Fair«-Serie, die diesen spaßigen Lord in grauem Gehrock und grauem Zylinder zeigt: die Übellaunigkeit, für die er zu Hause so berüchtigt war wie für seinen sprühenden Witz in der Gesellschaft, geschickt angedeutet durch die Linien des Mundes unter dem Backenbart. In späteren Jahren wurde Lord Vowchurch dann ruhiger, besonders nach einem ziemlich ernsthaften Unfall, den er, als ein Pionier auf diesem Gebiet, in den frühen Tagen des Automobils hatte. Nach diesem Missgeschick hinkte er. Dies und die übrigen Verletzungen, die er davontrug, scheinen jenen gewohnheitsmäßigen, selten gutmütigen Schabernack angespornt zu haben, der ihn bei König Edward, als dieser noch Prince of Wales war, so oft in Schwierigkeiten gebracht hatte, ihm aber ebenso oft wieder verziehen worden war. Seine Töchter hatten ihre Kindheit und Jugend in dauernder Ungnade verlebt, weil keine von ihnen als Junge zur Welt gekommen war.

Meine Eltern verkehrten nicht sehr häufig mit dem General und seiner Frau. Sie kannten sie etwa so gut wie die Walpole-Wilsons; doch war die Beziehung zu den Conyers, wegen des in entfernter, mythischer Vergangenheit gelegten Fundaments, wenn auch nicht intimer, so doch in gewisser Weise tiefer und befriedigender.

Wie alle Ehen barg auch die Verbindung der Conyers Elemente des Rätselhaften. Es wurde weithin angenommen, dass der General so lange Junggeselle geblieben sei, weil er die Überzeugung vertrete, eine Karriere lasse sich am besten allein aufbauen. Vielleicht befürwortete er (wie de Gaulle, den er noch als Führer des Freien Frankreich erlebte) ein zölibatäres Corps von Offizieren, die sich wie Priester ganz ihrer militärischen Berufung widmen. Er veröffentlichte einmal etwas dieser Art im »United Service Magazine«. Diese Theorie beruhte keineswegs auf einer Ablehnung des anderen Geschlechts als solches. Im Gegenteil: Wie Onkel Giles angedeutet hatte, glaubte man allgemein, dass er sich als junger Offizier in Indien und anderswo in einem beträchtlichen, wenn auch unauffälligen Maße um die Gunst der Frauen bemüht habe. Manche meinten, dass ihn eine eher andere Art von Ehrgeiz – das Gefühl, nie einige der guten Seiten des Lebens genossen zu haben – schließlich dazu bewegt habe, zu heiraten und seinen Abschied zu nehmen. Einige unheilbar romantisch Veranlagte vermuteten sogar, er habe sich an der Schwelle zu seinem fünfzigsten Lebensjahr zum ersten Mal verliebt.

General Conyers und seine Frau schienen ebenso gut miteinander auszukommen wie viele vergleichbare Paare, die schon in jüngeren Jahren geheiratet hatten – wenn nicht besser. Sie verkehrten vornehmlich in einem Zirkel, der auf, man darf wohl sagen: ganz unprätentiöse Weise (denn nichts hätte – wie Chips Lovell etwa dieses Wort gebrauchte – weniger »smart« gewesen sein können als der Haushalt der Conyers) mit dem Hof verbunden war: mit Familien wie den Budds und den Udneys. In den begrenzten, aber intensiven – und manchmal dekorativen – Tätigkeiten dieser berufsmäßigen Höflinge schien der General eine angemessene Alternative zu dem Leben eines hohen Offiziers gefunden zu haben. Sie hatten eine Tochter namens Charlotte, ihr einziges Kind, ein etwas farbloses Mädchen, das einen Korvettenkapitän heiratete. Ich nahm manchmal mit ihr den Tee ein, als wir beide noch Kinder waren.

Kurz vor Weihnachten 1916, zu einer Zeit, als Mrs. Conyers dabei war, ›Liebesgaben‹ für die sich im Ausland befindenden Truppen zu sammeln (eine Aufgabe, die damals noch in den Händen von Amateuren lag und noch nicht von der Organisation übernommen worden war, die nach dem Eintritt Amerikas in den Krieg Onkel Giles beschäftigte), nahm mich meine Mutter, während ich auf meinem Weg von der Schule nach Hause in London Station machte, mit in Mrs. Conyers' Wohnung in der Nähe des Sloane Square. Meine Mutter machte diesen Besuch entweder, um den Stapeln von Socken, Schals oder Kopfschützern ihren eigenen gestrickten Beitrag hinzuzufügen oder um bei dem Verteilungsverfahren zu helfen. In einer Ecke des Zimmers, in dem all diese Bündel übereinandergeschichtet wurden, stand das Cello in einem

Kasten. Neben ihm bemerkte ich sofort eine große Fotografie des Generals; er hatte eine Hellebarde in der Hand und trug den federgeschmückten Helm und den Frack mit den schweren Goldepauletten eines Leibgardisten. Das ist der Grund, warum ich ihn mir immer als eine statuenhafte Gestalt bei königlichen Audienzen und Hofbällen vorstelle, und nicht als den Mann der Tat, der er während des größten Teils seines Lebens gewesen sein musste. Vor zu langer Zeit aus der Armee ausgeschieden, um für die Wiedereinstellung auf einen Posten höchster Bedeutung in Frage zu kommen, hatte er doch bald nach Ausbruch des Krieges eine Stellung erhalten, die zwar weit davon entfernt war, großes Gewicht zu besitzen, die man jedoch aus Respekt mit dem Rang eines Generalmajors verbunden hatte.

Wir hatten den Tee beendet, und Mrs. Conyers zeigte mir gerade den von Onkel Giles erwähnten juwelenbesetzten Krummsäbel, den sie aus irgendeinem Grund in der Londoner Wohnung behielten statt in dem kleinen Haus in der Grafschaft Hampshire, wo die Pudel abgerichtet wurden. Ich durfte das Stück als Entschädigung dafür sehen, dass Charlotte sich auf dem Lande befand, obwohl doch eine Entschuldigung gar nicht notwendig war, denn ich fand es amüsanter ohne sie. Ich bewunderte gerade die mit Samt bezogene Scheide und fragte mich, ob es wohl erlaubt sei, den Säbel aus dieser Hülle zu ziehen, als das Hausmädchen jemanden ins Zimmer führte. Der Neuankömmling war eine Frau in der Uniform des Freiwilligen Hilfsdienstes. Sie kam hereingeschritten wie ein Grenadier. Es handelte sich um Mildred Blaides, Mrs. Conyers' jüngste Schwester.

Der Altersunterschied zwischen den beiden muss mindestens so groß gewesen sein wie der zwischen Mrs. Conyers und ihrem Mann. Ja, diese Miss Blaides stellte die letzte, erfolglose Anstrengung ihrer Eltern dar, einen männlichen Erben zu bekommen, ehe dann Lord Vowchurch seinen Autounfall erlitt und sich endgültig damit abfand, dass der Titel auf einen Cousin übergehen würde. Sie war hochgewachsen, hatte eine lange Nase und war nicht hübscher, in meinen Augen allerdings unendlich fescher als Mrs. Conyers. Sie hatte ein lebhaftes Gesicht, der Maske eines Fuchses nicht unähnlich. Sie nahm fast sofort ein Zigarettenetui aus einem lackartigen Material aus ihrer Tasche und zündete sich eine Zigarette an. So etwas war zu jener Zeit, besonders wenn es eine so junge Dame tat, noch ein Zeichen bewusster weiblicher Emanzipation. Ich vermute, sie war damals etwa zwanzig.

»Mildred ist jetzt auf Dogdene«, erklärte uns Mrs. Conyers. »Sie müssen wissen, dass die Sleafords ihr Haus als Lazarett für Offiziere zur Verfügung gestellt haben, als der Krieg ausbrach. Sie selbst wohnen jetzt in dem Ostflügel. Auch in dem Park stehen dort jetzt überall Baracken.«

»All diese Knilche in den Baracken sind eine wirkliche Pest«, sagte Miss Blaides. »Neulich abends waren einige der Landser schicker und haben eine der Steinurnen von der italienischen Brücke in den See gestoßen. Das war einfach gemein von ihnen. Sie sind sowieso eine miese Einheit. Alle Offiziere tragen ›gorblimeys‹.«

»Was in aller Welt ist das, Mildred?«, fragte Mrs. Conyers nervös.

Nachdem sie die Frage gestellt hatte, fürchtete sie, glaube ich, es handele sich vielleicht um etwas, über das man nicht in Gegenwart eines kleinen Jungen sprechen könne, denn sie hob ihre Hand, als ob sie eine allzu schreckliche Offenbarung verhindern wolle.

»Ach, diese schlappen Soldatenmützen«, sagte Miss Blaides leicht dahin. »Sie haben das Steifmaterial rausgenommen, weißt du. Natürlich müssen sie das tun, wenn sie an der Front sind, um zu verhindern, dass ihnen die Drahtstücke in ihren Kürbis geblasen werden; aber sie könnten wenigstens versuchen, hier bei uns anständig auszusehen.«

Sie zog heftig an ihrer Zigarette.

»Ich muss wirklich meinen Glimmstängelverbrauch drosseln«, sagte sie und schnippte die Asche auf den Teppich. »Ich bin jetzt bei etwa dreißig pro Tag angelangt. Das geht einfach nicht mehr. Übrigens, Molly Sleaford möchte dich besuchen kommen, Bertha. Es geht um die Verteilung der ›Liebesgaben‹. Ich hab ihr gesagt, sie soll am Mittwoch bei dir hereinschauen, wenn sie das nächste Mal wieder in London ist.«

Aus irgendeinem Grund versetzte diese Ankündigung Mrs. Conyers in einen Zustand großer Verwirrung.

»Aber ich kann Lady Sleaford am Mittwoch unmöglich sehen«, sagte sie. »Ich hab drei Komiteesitzungen an diesem Tag; und Aylmer möchte, dass fünf serbische Offiziere zum Tee herkommen. Außerdem ist Lady Sleaford Red Cross; wie du, Liebes – und du erinnerst dich, dass ich durch Lady Bridgnorth sehr eng mit den Maltesern verbunden bin. Weißt du, ich kenne Lady Sleaford doch kaum. Sie hält sich immer so sehr für sich, und ich möchte gegenüber Mary Bridgnorth nicht illoyal erscheinen. Ich –«

Ihre Schwester schnitt ihr das Wort ab.

»Ach ja, was für ein verflixter Mist«, bemerkte sie. »Ich hatte das mit den ekelhaften alten Maltesern ganz vergessen. Die sind aber auch überall dabei. Ich bin fest davon überzeugt, die hindern uns mehr daran, den Krieg zu gewinnen, als die Deutschen.«

Nach dieser alarmierenden Vermutung schritt sie schnell im Zimmer auf und ab und stieß dabei lange Wirbel von Qualm aus ihren Nasenlöchern – der Rauchfahne eines Schiffes gleich, das flott am Horizont entlangzieht. Mir wurde in wachsendem Maße bewusst, dass eine sich verhärtende Missbilligung das Zimmer erfüllte – schon unmittelbar nach Miss Blaides' Ankunft, vielleicht soeben erst wahrnehmbar, doch jetzt überhaupt nicht mehr abzuleugnen. Ja, ein Gefühl eindeutiger Unbehaglichkeit fegte so kraftvoll durch den kleinen Salon, dass sich stummer Tadel in einer dicken Wolke über den ›Liebesgaben‹ zu erheben schien, bis ihr verwirrender Geruch die Decke erreichte und in ärgerlichen, unwiderstehlichen Wellen über der ganzen Wohnung hing. Diese Missbilligung zeigte sich nicht nur bei Mrs. Conyers, sondern – das fühlte ich ganz deutlich – auch bei meiner Mutter, die nun Anstalten traf zu gehen.

»Ein blöder Mist«, sagte Miss Blaides und warf ihren Zigarettenstummel in den offenen Kamin, wo er glimmend auf den Kacheln liegenblieb. »Das ist es doch. Ich werd Molly also wohl sagen müssen, dass es 'ne Pleite ist. Gib mir noch 'ne Tasse Tee, Bertha. Ich kann nicht allzu lange bleiben. Ich hab vor, mich heute Abend in meine beste Kluft zu schmeißen, und dann geht's ab in eine Show.«

Danach verabschiedeten wir uns, meinerseits mit tiefem Bedauern. Später im Zug sagte meine Mutter: »Es ist doch schade, dass ein Mädchen wie Miss Blaides so viel Make-up auflegt und so viel Slang spricht. Dennoch, es war sehr interessant, sie kennenzulernen. Ich hatte von verschiedenen Leuten so viel über sie gehört.«

In meiner Antwort erwähnte ich es nicht, aber Miss Blaides war mir, um die Wahrheit zu sagen, als eine ausgesprochen romantische Gestalt erschienen, bei der sich die Krankenpflegefunktion einer jungen Florence Nightingale mit etwas weit Erregenderem und vielleicht auch leicht Bedrohlichem verband. Ich war mir damals auch nicht der tieferen Bedeutung bewusst, die der Ausdruck ›viel über jemanden gehört haben‹ beinhaltet, wenn er sich auf eine Person von Miss Blaides' Alter und Art bezieht. Doch die Episode insgesamt – die Wohnung der Conyers', die Fotografie des Generals, der juwelenbesetze Krummsäbel, die überall im Zimmer aufgestapelten ›Liebesgaben‹, Miss Blaides in ihrer Uniform des Freiwilligen Hilfsdienstes – machte einen lebhaften Eindruck auf mich; allerdings traten diese Dinge, wie es nur natürlich ist, bald in den entfernten Hintergrund meines Gedächtnisses zurück und schienen vergessen. Erst spätere Ereignisse belebten sie wieder mit kräftigen Farben.

An jenem Nachmittag hörte ich auch zum ersten Mal von Dogdene. Wenn später Leute darüber sprachen, wusste ich natürlich, dass es sich um den Namen eines ›großen Hauses‹

handelte. Es spielte in verschiedenen Memoirenbänden eine Rolle, etwa in dem von Lady Amesbury, den ich (mit einiger Enttäuschung) in einem frühen Alter las, nachdem ich gehört hatte, wie ein Erwachsener das Buch als ›unflätig‹ beschrieb. Ich kannte auch Constables Bild in der National Gallery, das diesen Herrensitz von einer mittleren Entfernung aus gesehen darstellt: ein Märchenschloss zwischen riesigen Bäumen, jenseits der dunstigen Flusswiesen des Vordergrundes, auf denen die impastierten Rinder grasen – ganz anders, als man sich ein Militärkrankenhaus vorstellt. Ich kannte dieses Bild, lange bevor ich erfuhr, dass das Haus Dogdene war. Damals verband ich das Schloss in meinem Bewusstsein schon lange nicht mehr mit Miss Blaides. Mir war nur vage bekannt, dass die Besitzer Sleaford hießen.

Eines Tages dann, viele Jahre später, erinnerte mich ein zufälliger Hinweis auf Dogdene wieder an Miss Blaides in ihrer ursprünglichen Verkörperung eines Mitglieds des Freiwilligen Hilfsdienstes – ein Status, der sozusagen verborgen und vergessen war wie die Überreste einer frühen Kultur, die von einem wachsenden Komplex späterer architektonischer Ablagerungen verdeckt werden. Das war so trotz der Tatsache, dass der Name Mildred Blaides manchmal nach den gelegentlichen Begegnungen zwischen meinen Eltern und General Conyers oder seiner Frau in Gesprächen aufzutauchen pflegte. Wenn in solchen Unterhaltungen über sie gesprochen worden war, hatte ich sie mir immer als eine irgendwie andere Person als das den Kriegszeit-Slang plappernde Mädchen jenes Winternachmittags vorgestellt. Eigentlich kam mir das ursprüngliche Bild Miss Blaides erst an einem Morgen wieder ins Gedächtnis zurück, an dem ich in der cremefarbenen, neonbeleuchteten, nackten, aseptischen, grellen, trostlosen, kleinen Zelle in dem Filmstudio saß. An diesem Ort konnte einen leicht tiefe Verzagtheit erfassen. Manchmal unter künstlich erhöhtem Druck zu leistende Arbeit wechselte mit Zeitabschnitten, in denen ein chaotisches Nichts herrschte. Umgeben von den Albernheiten und Missverständnissen der Filmwelt fand ich während solcher Perioden bei verhältnismäßig realistisch angelegten Büchern einen gewissen Trost in meiner Verzweiflung.

Während einer dieser Zwischenzeiten der Muße las ich in einem Band des Tagebuchs von Samuel Pepys und entdeckte, dass er einmal Dogdene besucht hatte. Aus einer Anmerkung ging hervor, dass sein Gönner, Lord Sandwich, mit der damaligen Gräfin Sleaford – das Marquisat datiert erst von der Krönung Williams IV. – durch Heirat verschwägert war.

»Dann gegen Mittag erreichten wir Dogdene, woselbst es mich gar sehr gelüstete, das Schloß zu sehen, und jenen neuerbaueten Theil, worvon Dr. Wren zuvor mit mir gesprochen und mir gesagt, es sei eines der ersten Schlößer Englands, die als Sitz eines Adelsmannes geplant, und nicht mehr als Wasserburg für die Kriegsführung. Lord Sleaford weilet noch in London, wo man sagt, daß er Lady Castlemaine den Hof mache, worüber der König nicht wenig verärgert ist, obwohl man annimmt, daß sie schon lange seine Gunst verloren. Der Kastellan war überaus gütig und zeigete uns die Große Halle und die prächtigen Galerien und das Bild von P. Veronese, das ihrer Lordschaft Großvater aus Italien mitgebracht, ein gar exzellentes, vortreffliches Stück. Dann in die Gärten und Gewächsstuben, woselbst es mich sehr verwunderte, wie empfindlich die Sinnpflanze reagiret. Danach in die Vorrathskammer, in welcher ein großes, dunkles Hausmädchen mir ein köstlich Glas Honigwein kredenzt. Ich scherzete ein wenig mit ihr und bat sie, mir das bemalte Kabinett zu zeigen, worvon der Kastellan gesprochen, das wir aber noch nicht gesehen. Das kecke Weibsbild führte mich auch bereitwillig dorthin, woselbst ich sie zwei- oder dreimal küßte und lose mit ihr schäkerte. Ich merkte, daß sie mir gewißlich nicht verwehren würde, *qui je voudray,* doch war ich ängstlich und es mangelte an Zeit. Später besorgete ich aber, sie möchte darüber sprechen und ihre Gefährten sich über mich belustigen, wenn wir uns wieder auf unseren Weg gemacht.«

Jeder Mensch kennt das Phänomen, dass manchmal ein

bestimmter Name mehrere Male in schneller Reihenfolge und von verschiedenen Seiten erwähnt wird. Das ist Teil jener unerklärlichen, das ganze Leben durchziehenden Kraft, die uns dazu bringt, plötzlich an jemanden zu denken, ehe wir um die Straßenecke biegen und ihm oder ihr von Angesicht zu Angesicht begegnen. Auf ähnliche Weise fallen einem beim Lesen eines Buches eine obskure Stelle oder obskure Zeilen eines Gedichtes auf, nur um sie vierundzwanzig Stunden später ganz unerwartet wieder zitiert zu finden. Der Zufall wollte es, dass ich bald nach meiner Lektüre von Pepys' Bericht über Dogdene mit Chips Lovell, einem weiteren Drehbuchautor, zusammenarbeiten musste. Dabei ergab sich die Frage, ob in einem Szenario ein Landhaus erscheinen solle.

»Meinst du ein Haus wie Dogdene?«, fragte ich.

»So etwas Ähnliches«, sagte Lovell.

Nicht ohne berechtigte Genugtuung erklärte er mir dann, seine Mutter, die Schwester des gegenwärtigen Lord Sleaford, sei dort aufgewachsen.

Das geschah während jenes Abschnitts in meinem Leben, als ich zwei Romane geschrieben hatte und von einer Firma, die Kunstbücher publizierte, zu einer Gesellschaft, die Beifilme produzierte, übergewechselt war. Für einen Autor galt diese letztere Art, seinen Lebensunterhalt zu verdienen, zu jener Zeit als etwas ganz Natürliches, ja, der zeitweilige Dienst als Drehbuchschreiber wurde fast als eine Pflichtphase im Leben eines Schriftstellers angesehen. Lovells Erscheinen in dem Studio hatte dagegen über einen gewundeneren Weg geführt. Neben einer exzellenten persönlichen Erscheinung und einer großen Portion Unverfrorenheit bestand sein hauptsächliches Rüstzeug in seiner großen Fähigkeit, eine gewaltige Horde von Verwandten zu manipulieren. Weit mehr am Tagesjournalismus als am Verfassen von Drehbüchern interessiert, richtete sich sein ganzes Begehren darauf, für die Klatschspalte einer Zeitung zu schreiben. Ich war mit Sheldon, einem Redakteur der Abendzeitung, auf die Lovell es abgesehen hatte, flüchtig bekannt und hatte versprochen, wenn eben möglich eine Begegnung zwischen den beiden zu arrangieren.

Es bereitete Lovell großes Vergnügen, über seine Verwandtschaft zu sprechen. Seine Eltern waren wegen des Widerstandes der Familie gegen ihre Heirat durchgebrannt. Es war nicht genug Geld da gewesen. Lovell Senior, »nicht ganz ohne Freunde in hohen Stellen«, wie Onkel Giles gesagt hätte, war Maler. Seine faden, nicht völlig bedeutungslosen kleinen Landschaften im Stile der Barbizon-Schule ließen sich außerhalb seines eigenen Freundeskreises nie verkaufen. Dem Paar wurde bald vergeben, aber Lovell junior war fest entschlossen, selbst nie in eine solche Lage zu geraten. Er wollte im Leben vorankommen, sagte er, und in einigen Jahren ›eine gute Partie‹ machen. Bis dahin sah er sich um und amüsierte sich, soweit seine Arbeit ihm das erlaubte. Da es damals für junge Männer nur sehr wenige Jobs gab, hatten ihn seine – ganz beträchtlichen – Energien vorübergehend ins Filmgeschäft geführt, für das er nach allgemeiner, auch von ihm selbst geteilter Auffassung kein besonderes Talent besaß. Irgendetwas Besseres würde sich ergeben. Es blieb ein Geheimnis, wie er es überhaupt geschafft hatte, in diesen überlaufenen Beruf hineinzukommen. Unser Kollege Feingold ließ durchblicken, dass die amerikanischen Bosse der Firma davon träumten, irgendwelche berauschenden gesellschaftlichen Vorteile daraus ziehen zu können, dass sie einen akzeptablen jungen Mann solcher Herkunft beschäftigten. Feingold mochte recht gehabt haben; allerdings war er nicht frei von einer Spur jüdischer Romantik. Ohne Zweifel wäre es einem schwergefallen, sich irgendwelche Phantasien vorzustellen, und seien sie noch so außergewöhnlich, denen sich diese hohen Manager nicht hingegeben hätten.

An einem Abend nicht lange nach unserem Gespräch über Dogdene war ich zusammen mit Lovell, Feingold und Hegarty widerwillig länger als gewöhnlich in dem Studio geblieben. Wir bemühten uns, eine jener ›Bearbeitungen‹ eines Filmstoffes zu Ende zu bringen, deren Ödheit nur von denen wirklich beurteilt werden kann, die Erfahrung darin haben, wie sie zusammengebraut werden. An diesem besonderen Abend litt Feingold, der einen malvenfarbenen Anzug und eine karmesinrote Krawatte trug, unter einem unüblichen Anfall von Depressionen. Er war verhältnismäßig kurze Zeit vorher aus dem Schneideraum aufgestiegen – zuerst voller Enthusiasmus für diese neue Sparte seines Gewerbes. Die rosafarbene Haut seines vollen, runden Gesichts hing jetzt schlaff herab und bildete Beutel um sein bläuliches Kinn herum, während er sich auf seinem Stuhl zurücklehnte, einen enormen Stapel bekritzelter Papierbögen vor sich. Er sah aus wie ein farbenfrohes Plakat, das Mitleid für die Leiden seines Volkes wecken soll. Auch Hegarty war an diesem Tag in schwacher Form. Er hatte – inzwischen mit drei, wenn nicht vier Frauen belastet, an die alle er Alimente zahlte – den größten Teil seines Erwachsenendaseins als Drehbuchautor verbracht und besaß, wenn er einigermaßen nüchtern war, eine außerordentliche Geschicklichkeit im Konstruieren von Filmszenarios. An diesem Tag konnte man ihn nicht als einigermaßen nüchtern bezeichnen. Er hatte den ganzen Nachmittag über stöhnend in der Ecke des Zimmers gesessen und die Wand angestarrt. Wir bearbeiteten ein Theaterstück, das zwanzig oder dreißig Jahre zuvor drei Wochen lang im Londoner Westend gelaufen war und dessen Banalität einem Regisseur die Überzeugung vermittelt hatte, es ließe sich ein Film daraus machen. Dies war die neunte Bearbeitung, die wir gemeinsam produziert hatten. Schließlich brach Hegarty zum dritten Mal innerhalb einer Stunde in kalten Schweiß aus. Er nahm das Aspirin jetzt dutzendweise. Wir beschlossen, die Arbeit für den Tag zu beenden.

Lovell und ich wechselten uns immer darin ab, wer von uns sein Auto (beide Fahrzeuge waren von bescheidenem Aussehen) zum Studio mitzubringen hatte. An jenem Abend war Lovell an der Reihe, mich nach Hause zu fahren. Wir verabschiedeten uns von Feingold, der Hegarty zur Kneipe am Ende der Straße schleppte. Lovell hatte zwölfeinhalb Pfund für sein

Auto bezahlt. Er setzte es jetzt in Gang, allerdings mit Mühe. Ich kletterte auf den Sitz neben ihm. Wir fuhren durch den Dunst in Richtung London. Blaugraue Wolkentaschen trieben unheilvoll vom Fluss herauf.

»Sollen wir zusammen zu Abend essen?«

»Gut. Aber lass uns irgendwo hingehen, wo es billig ist.«

»Da bin ich auch sehr dafür«, sagte Lovell. »Warst du schon mal bei Foppa's?«

»Ja, aber lass uns da nicht hingeben.«

Obwohl die Sache mit Jean schon seit einiger Zeit ›zu Ende‹ war, schien mir Foppa's Restaurant doch noch irgendwie zu sehr mit Erinnerungen an sie befrachtet, als dass ich mich dort völlig wohl gefühlt hätte; und ich war der festen Überzeugung, dass ich selbst dem geringsten Rest von Nostalgiegefühlen für die unmittelbare Vergangenheit besser aus dem Wege gehen sollte.

Was ich jetzt brauchte, war ein erfrischender Blick in die Zukunft, nicht vergebliches Bedauern. Ich gratulierte mir zu der Fähigkeit, die Sache in einem so forschen Licht zu sehen. Lovell und ich einigten uns auf ein Restaurant und kamen dann auf die Frage zurück, ob Sheldon in der Lage sein würde, Lovell den Job in genau dem richtigen Augenblick anzubieten, nämlich wenn sein Vertrag mit der Filmgesellschaft auslief, nicht vorher und auch nicht zu lange danach.

»Ich werde nach dem Essen eine Tante besuchen«, sagte Lovell, schließlich müde, über seine eigenen Berufsaussichten zu sprechen. »Warum kommst du nicht mit? Es sind immer Leute da. Selbst wenn nichts los ist, es gibt zumindest was zu trinken. Wenn ein paar hübsche Mädchen da sind, können wir nach Schallplatten tanzen.«

»Warum glaubst du, dass hübsche Mädchen da sein werden?«

»Bei Tante Molly kannst du alles Mögliche finden, selbst hübsche Mädchen. Kommst du mit?«

»Sehr gern.«

»Es ist aber leider in South Kensington.«

»Macht nichts. Erzähl mir von deiner Tante.«

»Sie heißt Molly Jeavons. Früher hieß sie mal Molly Sleaford, weißt du.«

»Ich wusste es nicht.«

Da ich mir sicher war, dass Lovell mir sehr gerne weitere Informationen geben würde, fragte ich ihn aus. Er besaß jenen tiefen Sinn für Familienbeziehungen und ihre Verzweigungen, der eine ungewöhnliche Gabe ist – wie die Musikalität oder der Instinkt für den Wert von Pferden oder Juwelen. Lovell selbst zog starken Nutzen aus dieser Gabe; sehr häufig aber fällt dieses Talent Menschen zu, die nicht das Geringste um einen persönlichen gesellschaftlichen Aufstieg geben, während es ebenso oft Personen abgeht, die von der Welt zu Recht als snobistisch angesehen werden. Lovell, der fast genauso sehr an der Familie jedes anderen interessiert war wie an seiner eigenen, konnte einem darlegen, wie die verschiedensten Menschen in Wirklichkeit sehr eng miteinander verwandt waren.

»Als mein erster Sleaford-Onkel starb«, sagte er, »heiratete seine Witwe, Molly, einen Mann namens Jeavons. Kein schlechter Kerl, überhaupt nicht, obwohl er aus einem ziemlich glanzlosen Milieu kommt. Man kann ihn auch nicht als besonders intelligent bezeichnen, trotz der Tatsache, dass er ganz gut Billard spielt. Er ist nicht gerade der Vitalsten einer, ehrlich gesagt. Molly dagegen ist ein richtiges Energiebündel.«

»Wo kommt sie her?«

»Sie ist eine Ardglass.«

»Ist sie mit Bijou Ardglass verwandt?«

»Ihre Schwägerin – bevor Jumbo Ardglass sich von Bijou scheiden ließ, die natürlich seine zweite Frau war. Kennst du sie? Du hast wahrscheinlich mit ihr geschlafen? Das haben die meisten meiner Freunde.«

»Ich hab sie nur hin und wieder mal gesehen. Sonst keine Privilegien.«

»Natürlich. Du wärst auch nicht reich genug für Bijou«,

sagte Lovell in einem nicht unfreundlichen Ton. »Aber wie gesagt, Bijou brachte das, was von dem Geld der Ardglass noch übrig war – es war nicht viel –, durch und verließ Jumbo, der selbst inzwischen auch genug hatte. Seitdem ist sie die Begleiterin von einer ganzen Reihe von Leuten gewesen – Prinz Theodoric, Gott weiß wer noch. Sie kommt aber, glaube ich, immer noch und besucht Molly. Molly ist so. Sie weist nie jemanden zurück.«

»Aber warum nennst du ihn deinen ›ersten‹ Sleaford-Onkel?«

»Weil er gestorben ist und ich noch immer einen Onkel namens Lord Sleaford habe – der gegenwärtige heißt Geoffrey, der erste hieß John. Onkel Geoffrey war zu arm, um zu heiraten, ehe er den Titel erbte. Er konnte sich nur so eben in einem der billigeren Kavallerieregimenter über Wasser halten. Es gab noch zwei weitere Brüder zwischen ihm und dem Titel. Der eine ist im Krieg gefallen, der andere wurde von einem Bus überfahren.«

»Es scheint nicht gerade ihre starke Seite zu sein, am Leben zu bleiben.«

»Das Problem bei den Sleafords ist«, sagte Lovell, »dass sie immer so wild auf der Primogenitur bestanden haben. Einerseits ist das ja auch ganz in Ordnung, aber sie sind so verdammt knauserig gegenüber ihren Witwen und jüngeren Kindern gewesen, dass sie aussterben werden. Sie sind ein glänzendes Beispiel für den Geiz der Oberklasse. Geoffrey hat dann sofort geheiratet – wie Leute das gewöhnlich tun, wenn sie einen solchen Titel erben, so ärmlich das damit verbundene Vermögen auch sein mag. Natürlich, in diesem Fall – mit Dogdene als Zugabe – lohnte es sich schon, ihn zu haben. Unglücklicherweise aber ist es ihnen nicht gelungen, einen Erben zu produzieren.«

Dann beschrieb mir Lovell seinen »ersten Sleaford-Onkel«, der ein frostiger, ernsthafter, fähiger Lord gewesen zu sein scheint, ein großer Organisator karitativer Institutionen, der in jeder sozialen Schicht seinen Weg gemacht hätte. Eine Zeitlang hatte er sich der Politik gewidmet und unter den Premierministern Campbell-Bannerman und Asquith Regierungsämter innegehabt.

»Er trat während des Marconi-Skandals zurück«, sagte Lovell. »Nicht, dass er dabei irgendwie auch etwas für sich auf die Seite gebracht hätte; aber er meinte, einige seiner Kollegen von den Liberalen seien in der Ethik ihrer eigenen Finanzgeschäfte ein bisschen zu liberal gewesen. Er war ein selbstsüchtiger alter Mann, doch er besaß das, was man ein übertriebenes Ehrgefühl nennt.«

»Ich glaube, ich habe Isbisters Porträt von ihm gesehen.«

»In der Robe des Hosenbandordens. Er nahm sich selbst ganz schön wichtig. Molly hat ihn vom Ballsaal weg geheiratet. Sie war erst achtzehn. Hatte noch nie vorher einen Mann gesehen.«

»Wann ist er gestorben?«

»1919, an der Spanischen Grippe«, sagte Lovell. »Molly ist Jeavons zum ersten Mal begegnet, als Dogdene während des Krieges ein Lazarett war. Er war ziemlich schwer verwundet, weißt du. Das Erstaunliche ist, dass sie damals überhaupt nichts miteinander hatten. Wäre Onkel John nicht gestorben, wäre sie immer noch – in den Worten eines Songs vom Anfang des Jahrhunderts, den mein Vater immer summt, wenn ihr Name erwähnt wird – ›Molly die Marquise‹.«

»Wo ist sie dann ihrem zweiten Mann wieder begegnet?«

»Auf der Automobilausstellung. Sie ist in ihrer Trauerkleidung nach Olympia gegangen und sah da Jeavons wieder. Er arbeitete dort als Polierer an einem der Stände. Ich hab vergessen, welche Marke, aber es war sicher kein Auto, auf dessen Besitz irgendjemand stolz sein würde. Das stellte so ungefähr das Höchste dar, das er im Zivilleben erreichen konnte. Sechs Monate später haben sie geheiratet.«

»Wie läuft es zwischen ihnen?«

»Sehr gut. Molly scheint ihrer Zeit auf Dogdene nicht im

Geringsten nachzutrauern. Ich bezweifle, dass sie viel Geld haben, denn wie ich die Sleafords kenne, ist das, was sie ihr als Witwenrente zahlen, nicht sehr hoch – und ich glaube nicht, dass sie hundert Pfund pro Jahr an eigenem Geld hat. Seit dem Irischen Ländereiengesetz ist die Familie Ardglass hoffnungslos insolvent. Dennoch, irgendwie schafft sie es, sich – und Jeavons – über Wasser zu halten. Und auch Spaß am Leben zu haben.«

»Steuert Jeavons denn nichts bei?«

»Keinen Pfennig. Ich glaube, die meiste Zeit fühlt er sich ziemlich krank. Er sieht oft aus wie der Tod persönlich. Außerdem ist er für eine geregelte Arbeit ganz ungeeignet. Es stimmt eigentlich nicht ganz, dass er nichts tut. Gelegentlich hat er irgendeine Sache, mit der er Handel treibt – einen automatischen Stiefelknecht oder ein neues Schnupfenmittel. Etwas, für das er eine Provision kriegt oder für das ihm vielleicht eine Firma eine kleine Summe bezahlt, damit er das Ding empfiehlt.«

Die Beschreibung erinnerte mich ein wenig an Onkel Giles. Mein Bild von Jeavons nahm festere Umrisse an – sie waren nicht besonders attraktiv. »Eine gute Herkunft macht realistisch«, pflegte Lovell zu sagen, und was seine eigenen Verhältnisse anging, bewies er selbst auch sicherlich diese Qualität. Es mag vielleicht schwer sein, die Allgemeingültigkeit seiner Feststellung zu beweisen, aber durch die Anerkennung von Verhaltensgesetzen, die innerhalb des Mikrokosmos eines großen Netzwerks miteinander verwandter Familien, wie lose es auch immer geknüpft sein mag, wirksam sind, gewinnt der Einzelne, der in eine solche Welt hineingeboren wird, ein unsentimentales Verständnis menschlichen Betragens – ein Verständnis, das manchmal dem scharfsichtigerer Personen, deren Geist nicht durch frühen Umgang auf das dauernde Geben und Nehmen eines alten und zählebigen gesellschaftlichen Organismus eingestimmt wurde, überlegen ist. Natürlich, das trifft nicht immer zu, aber Lovell mit seinen vielen Schwächen repräsentierte selbst ein gutes Beispiel für das Prinzip.

»Der eigentliche Grund, warum ich Tante Molly besuchen will«, sagte er, »ist, dass ich mir Priscilla Tolland noch mal ansehen will. Sie kommt ziemlich oft dorthin.«

»Eine Schwester von Blanche Tolland?«

»Ja. Kennst du Blanche?«

»Nur vom Sehen. Und das war vor Jahren. Sie ist ein wenig spleenig, nicht wahr?«

»Sehr spleenig«, sagte Lovell. »Sie lebt in einer völlig eigenen Welt. Ist aber ziemlich glücklich dabei, glaube ich.«

»Es gibt noch eine Tolland, Norah, nicht wahr? Sie lebt mit einem ziemlich seltsamen Mädchen zusammen, das ich früher mal kannte. Es heißt Eleanor Walpole-Wilson.«

»Genau. Sie ist auch ein wenig spleenig, aber auf eine andere Art. Man sagt, die beiden seien eine *ménage.* Dann ist da noch Isobel. Die ist ganz anders. Priscilla ist die Jüngste. Sie ist eigentlich noch nicht ›eingeführt‹.«

Ich war damals etwa achtundzwanzig oder neunundzwanzig, Lovell dagegen dreiundzwanzig oder vierundzwanzig; und durch ihn war mir zum ersten Mal bewusst geworden, dass mir eine jüngere Generation dicht auf den Fersen folgte. Ich sagte ihm, ich fühlte mich viel zu alt und passé, um mich noch für so grünes Gemüse wie junge Damen zu interessieren, die noch nicht ›eingeführt‹ seien.

»Ja, das sehe ich wohl ein«, sagte Lovell nachsichtig. »Es werden aber bestimmt auch ältere Personen da sein, für Burschen wie dich, die lieber ernsthafte Gespräche führen. Vielleicht magst du Isobel. Ich glaube, sie ist so etwas wie eine Intellektuelle, wenn sie nicht gerade in Nachtclubs geht.«

Wir fuhren holprig die Gloucester Road hinunter. Das Auto stieß ein langes, furchterregendes Knattern und bösen Qualm aus, während Lovell mir offen seine langfristigen Pläne darlegte, wie er Priscilla Tolland zu verführen gedachte. Irgendwo in der Nähe der Ubahnstation bogen wir ab. Mir gefiel die Vorstellung, für vielleicht eine Stunde zu diesem unbekannten Haus zu fahren, wo die freudlose Atmosphäre des Studios möglicherweise weggespült werden würde. Lovell hielt vor einem ziemlich großen, dunkelroten Backsteinhaus, das entfernte, nicht besonders ermutigende Anklänge an die Hochrenaissance aufwies. Nachdem wir einige Zeit auf der Stufe vor der Haustür gewartet hatten, wurde uns von einem Mann unbestimmten Alters in Hemdsärmeln und Pantoffeln geöffnet. Er stellte wohl so etwas wie einen Butler dar. Von blassem, ungesunden Aussehen, erweckte er den Eindruck eines Menschen, der monatelang in ungelüfteten, überheizten Räumen unter der Erde verbracht hatte. Er zog die Dünste von Bier und Käse hinter sich her. Bei genauer Betrachtung dieses ungepflegten, übellaunigen Kerls zeigte es sich, dass er älter war, als es auf den ersten Blick den Anschein gehabt hatte.

»Guten Abend, Smith«, sagte Lovell ein wenig großspurig.

»'n Abend«, sagte Smith ohne die geringste Spur von Wärme.

»Wie geht es Ihnen, Smith?«

Smith sah Lovell von oben bis unten an, als ob er die Frage nicht nur für bloß dümmlich, sondern auch für ausgesprochen beleidigend halte. Er gab keine Antwort.

»Ist ihre Ladyschaft oben?«

»Wo soll sie denn sonst sein – im Souterrain?«

Der Ton von Smiths Stimme ließ nicht die geringste Andeutung eines Versuchs erkennen, die Schärfe dieser Erwiderung zu mildern. Lovell schien nicht im Mindesten überrascht über einen so bissigen Empfang und überspielte diese unfreundliche Antwort mit einem herzhaften Lachen. Smith schlurfte davon. Er murmelte vor sich hin, während er die Treppe hinunterging. Er schien alles völlig satt zu haben. Nicht nur Lovell, auch seinen eigenen Job.

»Smith ist wundervoll, nicht wahr?«, sagte Lovell, während wir die Treppe hinaufstiegen. »Tante Molly borgt ihn manchmal von Erridge aus, wenn Thrubworth aus irgendeinem Grund zugemacht wird. Ich muss dich warnen, dass auf der Toilette unten immer die Glühbirne fehlt und manchmal auch das Papier.«

Ich folgte ihm in einen Doppelsalon im ersten Stock, in dem acht oder neun Personen herumstanden oder -saßen. Von der Einrichtung ging, noch unterstützt durch eine Fülle orientalischer Schalen und Krüge, ein allgemeiner, allerdings nie präzise bestimmbarer Eindruck von Chinoiserie aus. Einige der Möbelstücke waren offensichtlich sehr wertvoll, der Rest ziemlicher Plunder. Die Gemälde waren von ähnlich unterschiedlicher Qualität. Ein Richard Wilson und ein Greuze (diese bemerkte ich erst später) hingen zwischen Pastellbildern marokkanischen Typs. Eine dunkelhaarige, hübsche, gemessen an dem abgemagerten Schönheitsideal der Zeit leicht rundliche Frau kam auf uns zu.

»Na, Chips«, sagte sie, »da bist du ja endlich. Wir dachten, du würdest früher kommen.«

»Ich konnte mich nicht eher freimachen, Tante Molly«, sagte Lovell. »Das ist Mr. Jenkins. Er und ich plagen uns zusammen beim Drehbuchschreiben ab.«

»Was möchtet ihr trinken«?, fragte sie. »Teddy, hol schnell was zu trinken. Sie haben es sicher bitter nötig.«

Sie lächelte mich an, als sei sie ziemlich stolz auf diese letzte Formulierung. Jeavons erschien jetzt bei uns und machte einige eher hoffnungslose Gesten in Richtung auf verschiedene Flaschen und Karaffen, die auf einem Tisch am hinteren Ende des Zimmers standen. Es war sofort ganz offensichtlich, dass er ein Relikt des vergangenen Krieges war. Ich fand es fast unmöglich zu glauben, dass er dem Bild, das Lovells Beschreibung von ihm in meiner Vorstellung heraufbeschworen hatte, so sehr glich. Wie eines jener Mammuts – oder, im Falle Jeavons' eine der etwas weniger gigantischen Formen urzeitlichen Lebens –, die, in einem Gletscher gefangen, körperlich intakt in eine Zeit herübergerettet wurden, in der ihre Art nur noch durch versteinerte Knochen oder durch Zeichnungen an den Wänden unterirdischer Höhlen bekannt ist, hatte er es irgendwie geschafft, noch genauso auszusehen, wie er 1917 ausgesehen haben musste – kaum einen Tag älter. Vielleicht wäre aber auch das Bild eines in Bernstein eingeschlossenen seltenen Insekts ein besserer Vergleich, um den Eindruck des Abgesondertseins zu verdeutlichen, den er erzeugte, wie er dort so stand, mit einem leeren Ausdruck auf dem Gesicht und seinen Händen in den Taschen. Er trug einen winzigen Charlie-Chaplin-Schnurrbart, und sein dunkles, glänzendes Haar, in dem sich eine Spur Rot zeigte, rollte von seiner Stirn weg wie die Steinlocken auf dem Kopf einer Skulptur Caracallas.

In diesem Augenblick wurde mir plötzlich bewusst, dass mir zumindest einer der anwesenden Gäste bereits bekannt war, nämlich Mrs. Conyers, die alte Freundin meiner Familie. Ich hatte sie in letzter Zeit zwar nicht mehr gesehen, aber wir waren uns seit jenem fernen Tag, als meine Mutter mich mit in ihre Wohnung genommen und sie mir den Krummsäbel gezeigt hatte, doch hin und wieder begegnet, gewöhnlich in Abständen von mehreren Jahren. Die letzte Gelegenheit war die Hochzeit ihrer Tochter Charlotte mit dem Korvettenkapitän gewesen. Mrs. Conyers hatte offensichtlich bei den Jeavons diniert. Sie schien sie jedoch nicht gut zu kennen und war, vielleicht weil sie sich in ihrer Gesellschaft nicht besonders wohl fühlte, sichtlich erleichtert, in mir jemanden zu finden, den sie schon lange kannte. Ich dagegen war mir gar nicht so sicher, dass ich mich ebenfalls freute, denn obwohl ich Mrs. Conyers sehr mochte, zog ich es doch vor, neues Terrain wie das Haus der Jeavons unbeobachtet von alten Freunden meiner Eltern zu erkunden. Allerdings hätte nichts weniger ermahnend sein können als Mrs. Conyers' Betragen mir gegenüber – wenn denn Ermahnung richtig als die Haltung definiert ist, die einem, wenn man jung ist, durch die Gegenwart alter Familienfreunde droht.

In Mrs. Conyers' Erscheinung hatte sich, ohne Zweifel von ihrer Kindheit her, der gehetzte, unsichere Ausdruck von Menschen erhalten, die über viele Jahre hin die enge Gegenwart von Personen zu ertragen haben, für die es zwanghaft geworden ist, Streiche zu spielen. Wie ihre Schwestern muss sie in einem nicht geringen Maß unter der Vorliebe ihres Vaters für derbe

Scherze gelitten haben. Sie war eine von sechs Töchtern, und ihre Eltern hatten sich bereits damit abgefunden, dass sie ›sitzengeblieben‹ sei, als der General ihr den Heiratsantrag machte. Sie hatte wahrscheinlich selbst schon jeden Gedanken an die Ehe aufgegeben, denn sie widmete inzwischen den größten Teil ihrer Zeit der Gesellschaft einer älteren, eigensinnigen Verwandten, Sybil, Lady Amesbury, deren Memoiren ich bereits erwähnt habe. Eine der ›Heldentaten‹ von Mrs. Conyers' Vater ist in diesem Buch erwähnt, nämlich die Geschichte, wie Lord Vowchurch in seinen jüngeren Jahren ein halbes Dutzend Affen in Fracks und weißen Schleifen auf einem Botschaftsball losließ – ein zufälliges Überbleibsel aus einer großen Zahl ähnlicher Anekdoten, die der Vergessenheit anheimgefallen sind.

Obwohl nie eigentlich hübsch, hatte Mrs. Conyers doch das Aussehen trauriger Vornehmheit. In der Öffentlichkeit unterwarf sie sich dem Urteil ihres Gatten; aber es war bekannt, dass sie durchaus einen eigenen Willen besaß, der sich in der fuchsartigen, fast nagetierähnlichen Form ihres Gesichtes verriet, das, an Lebhaftigkeit dem ihrer Schwester gleich, nicht unangenehm war. Man sagte, sie habe das Leben des Generals von Grund auf umgestaltet, nachdem er die Armee verlassen hatte, und zwar sehr zum Besseren hin. Als ich zu ihr hinüberging, um mit ihr zu sprechen, zog sie leicht die Augenbrauen hoch, was, wenn es auch nicht genau Missbilligung andeutete, doch zumindest ein heimliches Signal dafür war, dass sie sich hier nicht besonders heimisch fühlte. Die Botschaft besagte, dass sie jede Hilfe benötige, die sie bekommen könne.

Lovell hatte sich zu einem älteren Herrn mit rotem Gesicht und grauem Schnurrbart begeben, der wie Mrs. Conyers an dem Abendessen hier teilgenommen zu haben schien. Die Person hatte etwas seltsam Altweltliches an sich, das an eine Epoche denken ließ, die beträchtlich weiter zurücklag als die Kriegszeit, welche durch die äußere Erscheinung unseres Gastgebers vermittelt wurde. Obwohl nicht so alt wie General Conyers, schien sie, zumindest was den Geist betraf, mehr zu dem gleichen Jahrgang zu gehören wie dieser. Ich fing die Worte ›Onkel Alfred‹ auf. Lovell nannte so viele Männer ›Onkel‹, dass man nie sicher sein konnte, wie eng sie jeweils mit ihm verwandt waren. Dieser Onkel erwiderte Lovells Gruß ziemlich kurz angebunden. Es lag etwas Vertrautes in seinem roten Gesicht, dem weißen Schnurrbart und der gedämpften, unsicheren Art. Dann wurde mir bewusst, dass es sich um Tolland handelte, jene einsame verlassene Gestalt, die immer die jährlichen Essen der Ehemaligen von Le Bas' Haus besuchte. Ich hatte bei einem dieser Treffen selbst einmal neben Tolland gesessen, damals nämlich, als ich mich dazu entschlossen hatte, nie wieder an einem weiteren teilzunehmen.

Es war erstaunlich, Mrs. Conyers und Tolland hier zu begegnen, doch bestand eigentlich kein Grund, warum sie nicht beide Freunde von Lady Molly Jeavons sein sollten. Mrs. Conyers wurde jetzt von unserer Gastgeberin angesprochen und zu einem jungen Mann von dunkler Gesichtsfarbe geführt, der ebenfalls einen Smoking trug. Er stand neben dem Grammofon und blätterte in einem Plattenalbum. Die drei begannen, Französisch miteinander zu sprechen. In diesem Moment begegneten meine Blicke denen Tollands. Er starrte zurück, nicht ohne eine gewisse Besorgnis in seinen Augen. Dann räusperte er sich und kam auf mich zu.

»Ich hab Sie dieses Jahr beim Essen für Le Bas vermisst«, sagte er.

In seiner Stimme lag Tadel, als ob die Erwähnung eines solchen Vertrauensbruchs eine ihm von seinem Gewissen auferlegte peinliche Pflicht sei. In dieser Umgebung, in der er sich offensichtlich zu Hause fühlte, sah ich mich weniger in der Lage, mit seinen Seltsamkeiten fertig zu werden, als bei den Essen für Le Bas. Ich zog es vor, meine Entscheidung, nie wieder an einem von ihnen teilzunehmen, für mich zu behalten.

»Ich hab's nicht geschafft zu kommen.«

»Es verlief ganz ordentlich«, sagte Tolland langsam, als habe es auf des Messers Schneide gestanden, ob das Treffen ein Reinfall würde oder nicht. »Ich sage immer zu, wenn die Einladungskarte kommt. Es ist ein angenehmer Abend. Man muss in Verbindung bleiben. Le Bas sagt das natürlich immer in seiner Rede.«

Molly Jeavons, die sich ein paar Minuten mit Mrs. Conyers und dem jungen Mann mit dem schwarzen Schnurrbart unterhalten hatte, gesellte sich jetzt wieder zu Tolland und mir.

»Ich konnte nicht länger mithalten«, sagte sie. »Französisch ist so anstrengend. Meine Gouvernante meinte, ich sei die schlechteste Schülerin, die sie je bei den unregelmäßigen Verben gehabt habe. Dennoch, ich wollte hören, ob es etwas Neues über Theodoric gibt.«

Sie zeigte mit dem Finger auf mich.

»Ist er auch mit dir verwandt, Alfred?«, fragte sie.

Ihr Ton ließ erkennen, dass eine eventuelle Verwandtschaft zwischen Tolland und mir alles erklären würde: Warum ich in das Haus gekommen war; warum ich so aussah; warum wir miteinander sprachen. Ich versuchte, meine Erscheinung zu etwas möglichst Negativem zu reduzieren, damit sich niemand durch diese Frage, die Tolland in einen Zustand erschreckender Verlegenheit versetzte, übermäßig festgelegt fühle.

»Wirklich, ich glaube, du hast sogar mehr Verwandte als ich«, fuhr sie fort. »Mein Großvater hatte siebenundneunzig Cousins und Cousinen ersten Grades, und er hatte damit nur drei mehr als meine Großmutter mütterlicherseits.«

»Nein, nein, nein«, sagte Tolland hastig. »Wenigstens glaube ich nicht, dass wir verwandt sind, oder? Man weiß nie – vielleicht hätte ich das nicht mit solcher Entschiedenheit sagen sollen – ist durchaus möglich, nehme ich an, ehrlich gesagt. Sollte nicht voreilig über solche Dinge sprechen. Ich hab sicher 'ne Menge. Einige Leute mögen vielleicht denken, zu viele, wie du sagst, Molly. Nein, nein, nein. Vielleicht wissen Sie es aber besser als ich. Sind wir verwandt? Nein? Ich dachte es doch. Ich versuch immer, bei allen auf dem Laufenden zu bleiben. Das ist manchmal gar nicht einfach. Sie gehen ins Ausland und heiraten und lassen sich scheiden und machen Schulden; bin manchmal froh, wenn ich nichts mit ihnen zu tun habe. Aber wo sie und ich uns treffen, ist beim Essen für Le Bas. Das ist, wo wir uns treffen.«

Er keuchte ein wenig nach diesem Wortschwall, als sei er nicht nur außer Atem geraten nach dieser langen Rede, sondern auch überwältigt von der Verwirrung über die schwierige Lage, in die ihn die Frage versetzt hatte. Doch auch trotz seines Japsens schien er sich in diesem Haus auf sichererem Boden zu fühlen als bei unseren vorausgegangenen Begegnungen. Mit seiner Gastgeberin neben sich mochte er vorübergehend im Nachteil, sogar auf der Hut vor einem Angriff von ihr sein (einige Minuten später erfuhr ich, dass er guten Grund hatte, so etwas zu befürchten), aber wenigstens war er in dem Salon der Jeavons bestens ausgewiesen und allgemein anerkannt. Ich selbst war mir keineswegs sicher, dass ich mich ebenso ungezwungen fühlte. Die Atmosphäre des Hauses war nicht eigentlich beruhigend. Zwar stachen die übrigen Anwesenden nicht besonders hervor, aber man hatte das Gefühl, man sei in die Außenbezirke einer Geheimgesellschaft eingedrungen. Mrs. Conyers schien einem ähnlichen Anflug von Unsicherheit erlegen zu sein wie ich. Vielleicht war es aber auch bloß so, dass sie ihre eigene Erregung auf mich übertragen hatte; denn ich war mir sicher, dass sie irgendetwas erregte. Gewiss, Lovell hatte versucht, mich auf einen ungewöhnlichen Haushalt vorzubereiten, aber es ist nie leicht, solche vorausgehenden Beschreibungen voll aufzunehmen. Molly Jeavons war von einer lauten, völlig ungezügelten Direktheit, die sowohl auf eine einfache Natur als auch auf ein Überzeugtsein von ihrer eigenen Position schließen ließ – beides Eigenschaften, die jenen Zug zur gesellschaftlichen Grausamkeit bestärken können, von dem nur wenige frei sind. Bei Tolland gab es jetzt ohne Zweifel Anzeichen dafür, dass er sich auf einen Angriff vorbereitete. Der Grund für seine Befürchtungen wurde bald offensichtlich.

»Ich wusste gar nicht, dass du außer deinen eigenen Verwandten überhaupt jemals einen anderen Menschen triffst, Alfred«, sagte sie, augenscheinlich entschlossen, das Thema weiterzuverfolgen.

»Mir gegenüber tust du immer so, als ob du nie irgendwo hingingest. Ich hab dich heute Abend nur hierherbekommen, weil du Mrs. Conyers' Geschichte über die Kaiserin Friedrich aus ihrem eigenen Mund hören wolltest. Ich glaube, deine ruhigen Abende zu Hause sind nichts als Vortäuschungen falscher Tatsachen. In Wirklichkeit führst du ein schrecklich loses Leben – der flotteste aller flotten Junggesellen.«

Tolland wies diese Unterstellung emphatisch zurück. Die Vermutung, er sei, was sein gesellschaftliches Leben betraf, vielleicht ein stilles Wasser, schien ihm nicht im Geringsten zu schmeicheln. Augenscheinlich besaß er, wenn es darum ging, eine schneidige Figur zu machen, nicht das mindeste Maß an offener oder versteckter persönlicher Eitelkeit. Schließlich fanden seine Proteste ein Ende.

»Alfred hat während des ganzen Essens über seine Familie gesprochen«, sagte Molly Jeavons, sich wieder an mich wendend. »Wissen Sie, sie sind alle in Schwierigkeiten, jeder verflixte Einzelne von ihnen.«

»Es ist wirklich nicht nett von dir, das zu sagen, Molly. Ich bat dich nur um Rat zu einigen meiner Neffen und Nichten.«

Er klang jetzt tief gekränkt, doch gleichzeitig auch unwillig, von sich aus ein Gespräch aufzugeben, das seine Verwandten zum Gegenstand hatte.

»Was ist denn jetzt wieder los mit den Tollands, Tante Molly?«, fragte Lovell.

Er hatte eine Tour durch den Salon gemacht, die er mit unserer Gruppe abschloss.

»Ach, es ist wieder Erridge«, sagte sie.

Sie sprach, als sei die Frage eigentlich ganz überflüssig.

»Was ist denn das Neueste über Erridge?«

Lovell seinerseits sprach wie jemand, der vergnüglichen

Klatsch über eine Person erwartet, bei der man sich immer einer guten Geschichte sicher sein kann.

»Er hat das Leben eines Landstreichers geführt«, sagte Molly Jeavons. »Jedenfalls habe ich das gehört. Irgendwo in Mittelengland. Er hat sich einen Bart wachsen lassen. Trägt ihn noch, sagt man. Ich glaub nicht, dass er wirklich in Obdachlosenasylen übernachtet hat. Die anderen Landstreicher müssen sonst ganz schön was mitgemacht haben. Als Kind hat er immer im Schlaf gesprochen und das Haus zusammengeschrien mit seinen Alpträumen.«

»Tut er es noch?«, fragte Lovell. »Als Landstreicher leben, meine ich, nicht das Haus zusammenschreien – obwohl ich mich nicht wundern würde, wenn er immer noch Alpträume hätte.«

»Er ist zurück auf Thrubworth. Um sich nach seinen Abenteuern wieder zu säubern – soweit man bei Erry überhaupt von Sauberkeit sprechen kann. Smith geht morgen zurück. Ich bin mehr und mehr davon überzeugt, dass Smith eher eine Plage ist als eine Hilfe. Es ist natürlich praktisch, einen männlichen Diener im Haus zu haben, aber heute Morgen hab ich entdeckt, dass uns der Gin völlig ausgegangen ist, und ich weiß, dass noch mindestens fünf Zentimeter in der Flasche waren, als wir gestern Abend ins Bett gingen.«

Lovell war offensichtlich enttäuscht, dass es nichts Sensationelleres über Erridge zu enthüllen gab.

»Feingold sagte etwas von einem ›Lord‹, der ›gesellschaftliche Studien‹ betreibe«, sagte er. »Ich dachte mir gleich, dass es sich um Erridge handeln müsse. Ich kann mir nicht vorstellen, dass die Drecklöcher, in denen er übernachtete, ungemütlicher waren als Thrubworth – nach dem, was er inzwischen daraus gemacht hat. Alles in dem Haus ist mit Schutztüchern bedeckt, seit er die Nachfolge angetreten hat, nicht wahr? Kennst du Erridge, Nick? Er muss etwa zu deiner Zeit auf der Schule gewesen sein.«

»Er ist einige Jahre älter. Ich kannte ihn vom Sehen. Sein

Bruder, George Tolland, war ungefähr mein Alter. Doch auch ihn kannte ich nicht. Aber er ist nicht mehr ›Erridge‹, oder?«

»Nein, nein, er ist jetzt natürlich ›Warminster‹«, sagte Molly Jeavons ungeduldig. »Aber Alfreds Familie ruft ihren ersten Sohn immer bei seinem zweiten Titel. Ich weiß nicht einmal, wie Errys Vorname ist. Vielleicht hat er gar keinen.«

»Unsinn, natürlich hat er einen«, sagte Tolland ziemlich ärgerlich. »Sein Name ist Alfred, wie mein eigener. Das weißt du ganz genau, Molly. Übrigens ist es durchaus üblich, ihn ›Erridge‹ zu nennen, oder? So aus dem Stegreif fällt mir keine einzige Familie ein, die es anders machte.«

»Wir haben das immer für ziemlich pompös gehalten«, sagte Molly Jeavons. »Es wäre mir unvorstellbar gewesen, Jumbo je mit ›Kilkeel‹ anzureden, als er noch lebte. Das klänge wie ein Rennpferd.«

»Nun, Jumbo klingt mir wie ein Elefant«, sagte Tolland. Er muss diese Entgegnung für ungewöhnlich subtil gehalten haben, denn er sah erst Lovell und dann mich an, als erwarte er Applaus oder doch wenigstens Zustimmung.

»Genau«, sagte Molly Jeavons. Sie schrie jetzt fast. »Mein armer Bruder sah wirklich aus wie ein Elefant. Das hat niemand bestritten, nicht einmal er selbst. Aber wie ein Rennpferd sah er nicht aus, jedenfalls nicht wie eins, auf das ich mein Geld setzen würde.«

»Bijou hat ihr letztes Hemd auf ihn gesetzt«, sagte Lovell.

»Unsinn, das stimmt nicht«, sagte Molly Jeavons, die jetzt zu lachen begann. »Er hat sein letztes Hemd auf sie gesetzt, du Idiot – und hat es verloren.«

Ich erinnerte mich jetzt, dass Tolland während des Essens für Le Bas, bei dem wir uns kennengelernt hatten, von »meinem Neffen Warminster« gesprochen und gleichzeitig erwähnt hatte, dass dieser junge Mann einige Jahre zuvor die Nachfolge seines Vaters angetreten habe. Tolland hatte hinzugefügt, dass sein Neffe »ein komischer Junge« sei. Mir war Erridge (so will ich ihn – wie seine Eltern – der Einfachheit halber nennen, jedenfalls für den Augenblick) als ein düsterer, abgemagerter, leichenblasser Schuljunge im Gedächtnis geblieben, der dicht an der Mauer entlang die Straße hinunterstapfte, seine Hände in den Hosentaschen, ein Stoß Bücher unter seinem Arm herausrutschend. Kantig, fahl und picklig, sah er gewöhnlich finster und ärgerlich vor sich hin, niedergedrückt von der Sorge, als ob alle Mühen der Welt auf seinen Schultern lasteten. Im späteren Leben hatte ich ihn, wie ich mich entsinnen konnte, nur noch einmal gesehen – Jahre zuvor auf einem Ball, der von den Huntercombes gegeben worden war. Bei dieser Gelegenheit hatte Erridge so erhitzt, verärgert und unordentlich ausgesehen, dass es nur der Tatsache, dass er einen Frack und eine weiße Schleife – beide nicht in ihrer ersten Frische – trug, zu verdanken war, dass er nicht schon damals einem gehetzten jungen Landstreicher glich. Seine Erscheinung an jenem Abend stand ohne Zweifel in Übereinstimmung mit diesem jüngsten Bericht über ihn. Der Ball bei den Huntercombes blieb mir immer mit besonderer Klarheit in Erinnerung, weil es jene Nacht war, in der Barbara Goring Zucker über Widmerpools Kopf geschüttet hatte.

»Tut Erridge das öfter?«, fragte ich. »Losgehen und ›gesellschaftliche Studien‹ betreiben, meine ich.«

»Oh ja«, sagte Molly Jeavons. »Er hat die seltsamsten Ideen. Deine ganze Familie hat die, nicht wahr, Alfred? Die ganze verflixte Familie.«

Tolland machte eine nervöse Bewegung mit dem Kopf, als ob er versuche, diese Anschuldigung im Prinzip zu bestreiten, gleichzeitig aber zu seinem Bedauern ihre unmittelbare Richtigkeit jedenfalls teilweise zugeben müsse.

»Warminster war nicht so«, sagte er. »Ich bin nicht so. Überhaupt nicht. Und Frederica und George sind auch nicht so. Und ich bin ganz zuversichtlich, dass sich die Jüngeren anders als Erridge entwickeln werden. Sie schienen mir alle in Ordnung, als sie Kinder waren. Sind herumgerannt und haben 'ne Menge Lärm gemacht. Man kann es einfach nicht vorhersagen. Man kann es – einfach – nicht vorhersagen.«

Wenn er erwartete, dass diese Zurschaustellung philosophischer Resignation Molly Jeavons in gewisser Weise beschwichtigen würde, so täuschte er sich.

»Gewiss, Frederica ist nicht seltsam«, sagte sie und lachte schallend über diese Vorstellung. »Frederica ist völlig normal, muss es ja sein in ihrem Job. Frederica ist so normal, wie man es sich nur wünschen kann.«

Diese Übereinstimmung mit seinem Urteil – die völlige, die absolute Normalität seiner Nichte Frederica – schien Tollands Gefühlen eine gewisse vorübergehende Erleichterung zu verschaffen. Er nickte mehrere Male befriedigt. Ich hatte eine vage Vorstellung davon, wer Frederica war. Sie hatte einen der Budds geheiratet, den Bruder oder Cousin einer ›Schönheit‹ namens Margaret Budd, und ihr Mann war einige Jahre danach bei einem Jagdunfall ums Leben gekommen. Als ich noch bei den Walpole-Wilsons zu dinieren pflegte, war einmal von seinem Tod die Rede gewesen. Ich erinnerte mich, dass Anne Stepney über den Unfall gesprochen hatte.

Da ich mich inzwischen in ein Gespräch über eine Menge Leute verwickelt sah, von denen ich nur wenig oder nichts wusste, entschloss ich mich, eine aktivere Rolle zu spielen und mich nach weiteren Einzelheiten zu erkundigen. Ich fragte, welcher Art denn Frederica Budds Job sei, dass er eine solche Korrektheit des Betragens erfordere.

»Sie ist Hofdame«, sagte Molly Jeavons. »Oder vielleicht ist sie auch eine Königliche Kammerfrau. Etwas dieser Art. Jedenfalls muss sie sich schon ganz schön gut aufführen. Es erstaunt mich, dass Sie sie noch nicht kennengelernt haben, wenn Sie ein alter Freund von Mrs. Conyers sind. Sie und Frederica sind Busenfreundinnen.«

Zu jener Zeit wusste ich, wie gesagt, nur wenig von den Tollands, obwohl ich in den vorhergehenden Jahren zunehmend Informationsbrocken über den einen oder anderen von ihnen aufgefangen hatte, wie es nur natürlich ist, wenn die Kinder einer großen Familie, die dem Alter nach dicht beieinanderliegen, in schneller Reihenfolge in der Welt zu erscheinen beginnen. Lovell hatte mir während des Abendessens einiges von ihnen erzählt. Molly Jeavons' Schwester, Katherine, eine kinderlose Witwe, hatte den jetzt verstorbenen Lord Warminster als dessen zweite Frau geheiratet. »Das Ergebnis war«, hatte Lovell gesagt, »dass sie ein Dutzend Stiefkinder besaß.« Wie es sich dann jedoch zeigte, hatte Erridge nur neun Geschwister. Selbst diese Zahl erschien einem Einzelkind wie mir als fast absurd riesig. Sehr große Familien haben etwas Überwältigendes, sogar leicht Bedrohliches an sich, und ihre einzelnen Mitglieder besitzen oft im Übermaß jene Eigenschaften, die im Allgemeinen Einzelkindern zugeschrieben werden: Misanthropie; Neurasthenie; die Unfähigkeit, sich anzupassen – all die Charakteristika also, die man sonst als das Ergebnis der Einzelerziehung ansieht. Das kollektive Leben von großen Familien kann mit einer Art von Härte, ja Rohheit gelebt werden, die in verwandten kleineren Gemeinschaften unbekannt ist; wobei diese Grausamkeiten und Ausflüsse des Egoismus oft sogar noch untragbarer werden, wenn man außerhalb des Familienkreises sentimental in ihnen schwelgt. Nach dem, was Lovell über sie berichtet hatte, klangen die Tollands nicht wie eine Ausnahme von diesem vorgefassten Urteil.

»Natürlich war es schwer für sie, ihre Mutter zu verlieren – ja, Waisen zu werden«, sagte Tolland. »Obwohl Katherine natürlich ihr Bestes gegeben hat – wirklich großartig gewesen ist.«

Dadurch, dass er den Namen der zweiten Lady Warminster in das Gespräch einführte, hoffte er vielleicht, den Krieg in das Land des Feindes tragen zu können. Inzwischen hatte sich sein Gesicht noch mehr gerötet. Seine Gastgeberin war entschlossen, ihn nicht so einfach davonkommen zu lassen. Ich hatte den Eindruck, dass sie ihn eigentlich nicht bloß mir zu Gefallen hänselte, sondern dass sie auch in meiner Gegenwart als Neuling in dem Haus eine besonders günstige Gelegenheit sah, ihn dieser Art von Quälereien auszusetzen. Später entdeckte ich, dass sie in der Tat von Natur aus dazu neigte, ihre Mitmenschen aufzuziehen – vielleicht der einzige äußere Hinweis darauf, dass sie im Innern nicht völlig glücklich war; denn es gibt kein besseres Anzeichen seelischen Elends als die Neigung, andere zu hänseln. Später verstand ich auch, wie sehr Alfred Tolland wohl an jenem Abend hin und her gerissen wurde zwischen einem Stolz, der ihn zögern ließ, seine Verwandten vor einem Fremden zu diskutieren, und der Vorliebe, über seine Familie zu sprechen – eine Vorliebe, die in seinem einsamen Leben nur allzu selten Befriedigung fand. Es war ihm ein Vergnügen, jemanden zu besuchen, der die Feinheiten des Familienklatsches verstand, selbst wenn Molly dafür ihren Tribut forderte und ihn aufzog.

Er hatte ein sehr männlich geschnittenes Gesicht, das aber gleichwohl den Eindruck erweckte, als sei er von jeder sexuellen Leidenschaft völlig unberührt. Ein solches Aussehen ist bei Männern seiner Generation öfter zu beobachten. Lovell erklärte mir später, dass Tolland immer eine Neigung gehabt habe, gute Werke zu tun, und oft von dem verstorbenen Lord Sleaford für seine karitativen Organisationen eingespannt worden sei. Er war ein gutes Beispiel für die Beobachtung meines Freundes Barnby, dass »Melancholie der Fluch der Oberklasse ist«.

»Und wie steht es mit Norah?«, sagte Molly Jeavons.

Sie musste die Frage wiederholen, denn beim ersten Mal machte Tolland keinen Versuch zu antworten. Er schien völlig geschlagen und wusste der Herausforderung offensichtlich nichts entgegenzusetzen. Er konnte nur mit dem Kopf nicken. Jeder Schwung hatte ihn verlassen. Um das Schweigen zu überbrücken, fragte ich, ob es wahr sei, dass Norah Tolland mit Eleanor Walpole-Wilson zusammenwohne.

»Das stimmt, das stimmt«, rief Molly Jeavons und lachte wieder laut über meine Frage, als hätte ich gezeigt, dass mir der wesentliche Punkt völlig entgangen sei. »Kennen Sie die beiden? Ich wusste gar nicht, dass sie überhaupt irgendwelche jungen Männer sehen. Ich bin sehr froh zu hören, dass sie es doch tun. Erzählen Sie mir von ihnen. Ist es wahr, dass man Eleanor mit einem grünen flachen Herrenhut und einer Fliege gesehen hat?«

Mrs. Conyers, die dem Mann, mit dem man Französisch sprechen musste, entkommen war, gesellte sich jetzt zu unserer Gruppe, nickte und schürzte die Lippen, als wolle sie betonen, zu welchen Tiefen Eleanor herabgesunken sei.

»Eigentlich habe ich Eleanor seit Jahren nicht mehr gesehen«, sagte ich. »Früher habe ich hin und wieder bei ihnen zu Abend gegessen. Ich traf Sir Gavin Walpole-Wilson auf der Isbister-Retrospektive, die vor einiger Zeit gezeigt wurde, und er sprach über Norah Tolland. Ich bin ihr noch nie begegnet.«

»Sie sehen aus wie zwei Stallburschen«, sagte Molly Jeavons.

»Und sie reden auch wie Stallburschen. Man sagt, sie fluchten wie Kavalleriesoldaten.«

Aus der Art, wie sie sprach, schloss ich, dass sie sehr wenig über die beiden jungen Frauen wusste und sehr begierig war, mehr über sie zu erfahren. Da sie sah, dass ich keine unmittelbaren Beobachtungen über die beiden zu bieten hatte, ließ sie das Thema fallen und erneuerte ihre Attacke auf Tolland.

»Und dann Hugo«, sagte sie. »Wie steht's mit Hugo?«

Sie sprach, als ob mit Hugo jedes andere Argument entkräftet würde. Wenn Tolland durch den Namen Norah völlig außer Gefecht gesetzt worden war, so reduzierte ihn der Hugos auf die Position einer Armee, die nicht nur im Feld besiegt ist, sondern auch gezwungen wird, sich mit dem siegreichen Feind zu verbünden.

»Es heißt, wie er sich anzieht, sei – nun, schrecklich«, murmelte er fast unhörbar.

Was Hugo anging, schien er völlig mit der Auffassung Molly Jeavons' übereinzustimmen, dass die Situation kaum schlimmer sein könne.

»Aber alle Studenten sind doch so«, sagte Mrs. Conyers unerwartet. »Ich meine, sie tragen doch alle ganz ungewöhnliche Kleidung, nicht wahr? Das haben sie schon immer getan – und sie sagen Dinge, nur weil sie die Leute schockieren wollen. Mein Vater sagte immer, auch zu seiner Zeit seien sie so gewesen. Ich weiß, er selbst hat, kurz nachdem er von Oxford relegiert worden war, etwas ganz Schreckliches zu Premierminister Gladstone gesagt, als er ihm im Salon von Lady Holland vorgestellt wurde. Mein Vater musste sich schriftlich entschuldigen, oder ich weiß nicht, was es gegeben hätte. Ich bin mir nicht sicher, dass die Regierung nicht gestürzt wäre.«

»Nun«, sagte Molly Jeavons, »ich kannte auch einige Studenten zu meiner Zeit – Jumbo, zum Beispiel, den hättet ihr in seinen jungen Jahren sehen sollen –, aber ich bin noch nie jemandem begegnet, der sich so angezogen hat wie Hugo. Ich hab mit dem Jungen der Bridgnorths, John Mountfichet, gesprochen, als er neulich hier war. Er ist auf demselben College wie Hugo. Er hat uns einige Dinge erzählt, da würden euch die Haare zu Berge stehen. Sie haben selbst Teddy zum Lachen gebracht, und ihr wisst, wie schwer das ist.«

»Selbst Sillery sagt, Hugo gehe zu weit«, sagte Lovell. »Die anderen Professoren treibt er natürlich alle fast zur Verzweiflung, aber ich hätte gedacht, dass sich Sillery für ihn einsetzen würde. Auch von den anderen Studenten wird er stark verurteilt. Aber abgesehen von all dem, Ästheten sind inzwischen an beiden Universitäten völlig aus der Mode. Als ich Hugo neulich sah, hab ich ihm auch gesagt, dass er hoffnungslos altmodisch sei.«

»Und was war seine Antwort?«

»›Mein Guter, ich liebe es, altmodisch zu sein. Ich hasse all den dauernden Zank über Politik. Ich wünschte, ich hätte in den zwanziger Jahren gelebt, als die Leute amüsant waren.‹«

Lovell sprach die Worte mit der Manieriertheit, die er für eine Imitation dieser Art für angemessen hielt.

»Er wird da herauswachsen«, sagte Mrs. Conyers, die mich durch diese wiederholte Zurschaustellung von Toleranz erstaunte. »Viele nette junge Männer machen ein Stadium durch, in dem sie ziemlich verrückt sind.«

»Hoffen wir es«, sagte Alfred Tolland und seufzte.

Er klang nicht sehr zuversichtlich.

»George jedenfalls ist in Ordnung«, fügte er einen Moment später hinzu.

Ich hatte den Eindruck, dass er damit seine letzte Karte ausspielte und dass diese Karte ein Trumpf war.

»Was macht George Tolland jetzt?«, fragte ich. »Er ist derjenige aus der Familie, der zu meinem Jahrgang gehörte, obwohl ich ihn nie wirklich gekannt habe.«

»Er war einige Jahre im Coldstream-Regiment«, sagte Alfred Tolland. »Dann meinte er, er müsse versuchen, etwas Geld zu machen, und ist in die Londoner Finanzwelt gegangen. Er ist da recht gut eingeschlagen, wie man sagt. Ich weiß nie, was die Leute damit meinen – aber man sagt: sehr gut.«

»Oh ja«, sagte Molly Jeavons. »Ich bin sicher, dass George gut eingeschlagen ist. Aber was für ein korrekter junger Mann – was für ein korrekter junger Mann! Ich glaub nicht, dass ich je einen jungen Mann kennengelernt habe, der so korrekt war. Ich kann mir gar nicht vorstellen, wie wir es je schaffen sollen, ihn zu verheiraten, er ist so korrekt – und selbst wenn wir für ihn eine korrekte Frau gefunden haben, ich bin sicher, sie wären beide viel zu korrekt, um Kinder zu kriegen. Und selbst wenn sie welche hätten, was für fürchterlich korrekte Kinder das sein würden.«

»Also beides zugleich geht nicht, Molly«, murrte Tolland. »Du machst einigen von ihnen Vorwürfe, weil sie sich schlecht aufführen. Vielleicht hast du recht damit. Aber dann sprichst du dich gegen George aus, weil er ›korrekt‹ ist, wie du es nennst. Ich versteh das nicht. Das kann man nicht hinnehmen.«

»Ich werde Ihnen jetzt von den übrigen Tollands erzählen«, sagte Molly Jeavons, sich an mich wendend. »Natürlich mag ich sie alle schrecklich gern und sage diese Dinge nur, um Alfred zu ärgern. Da ist Susan, bei der alle Anzeichen dafür sprechen, dass sie sich bald mit einem netten jungen Mann verloben wird; dann ist da Blanche –«

»Ich hab Blanche schon gesehen, aber ich kenne sie nicht.«

»Blanche ist spleenig. So viel müssen Sie bemerkt haben, als Sie sie sahen. Aber sie ist kein schlechter Kerl.«

»Natürlich nicht.«

Alfred Tolland zeigte keine Neigung, die ›Spleenigkeit‹ seiner Nichte Blanche zu bestreiten.

»Robert ist ein bisschen ein Rätsel. Er arbeitet irgendwo, aber ich weiß nicht, ob er da bleiben wird. Isobel – nun, die ist auch ein wenig anders. Ich bin mir nicht sicher, ob sie sich nicht auch bald verloben wird. Dann ist da Priscilla, die kurz davor steht, in die Gesellschaft eingeführt zu werden, und die heute Abend eigentlich hier sein sollte, aber noch nicht aufgetaucht zu sein scheint.«

Ich bemühte mich, diesen allgemeinen Überblick über die Tollands in mich aufzunehmen. Nach dieser lebhaften Darlegung ihrer verschiedenen Charaktere hatte ich den Eindruck, völlig von ihnen umgeben zu sein. Instinktiv empfand ich das größte Interesse an Isobel, die »anders« war; und in mir regte sich auch ein seltsames Gefühl des Bedauerns darüber, dass sie sich in der nahen Zukunft vielleicht verloben würde. Während ich noch diesen Gedanken nachhing, gesellte sich Jeavons zu uns. Er stand da und sah jedem von uns forschend ins Gesicht, als ob er auf eine Erklärung zum gerade besprochenen Thema, vielleicht sogar, so angestrengt konzentriert blickte er, zum Leben selbst hoffe – auf eine angemessene Interpretation, dargelegt in Begriffen, die einfach genug waren, um von einem schlichten Mann ohne ungebührliche Anstrengung verstanden werden zu können. Er vermittelte auch den Eindruck eines alten Hundes, der darauf wartet, dass man einen Ball wirft, damit er ihn, mehr aus Gewohnheit als aus einem dringenden Bedürfnis nach Sport oder Bewegung, apportiere. Niemand klärte ihn jedoch über das Gesprächsthema auf, und so füllte er bloß mein Glas nach, und dann sein eigenes. Seine Frau und Alfred Tolland hatten sich inzwischen auf irgendeinen Einzelaspekt des Tolland'schen Lebens eingelassen, der zu esoterisch war, als dass ein Außenseiter ihnen hätte folgen können.

»In der Filmbranche wie Chips?«, fragte Jeavons mit tiefer, rauer Stimme, als sei bei ihm eine Erkältung im Anzug oder als habe er am Abend zuvor zu viel Whisky getrunken.

»Ja.«

»Sind Sie je einem der Stars begegnet?«

»Nicht dass ich's bemerkt hätte. Ich bin dort mit Drehbüchern beschäftigt. Das Studio erstellt englische Filme für die Quote. Sie würden wohl kaum jemand Großartigen als Schauspieler oder Schauspielerin verpflichten.«

Jeavons schien enttäuscht über diese Antwort.

»Dennoch«, drängte er, »Sie müssen doch bestimmt manchmal einige Schönheiten sehen, oder?«

»Ich hab mal neben Adolph Menjou gesessen«, sagte seine Frau, die plötzlich das Thema Tolland fallen ließ und sich mit ihrem üblichen Ungestüm einmischte – allerdings nicht mit der Absicht, glaube ich, Jeavons von der Verfolgung der Frage nach den Filmschauspielerinnen und ihrem Aussehen abzuhalten. »Er hatte so nette Manieren. Natürlich, wen ich mal wirklich gerne kennenlernen würde, ist Garbo. Ich glaube, jeder möchte das. Würdest du gerne mal Garbo kennenlernen, Alfred?«

»Ich hab noch nie von ihm gehört«, sagte Tolland.

Einiges Gelächter war unweigerlich die Folge.

»Es handelt sich um eine Sie«, sagte Molly Jeavons. »Es handelt sich um eine Sie, Alfred.«

»Eine Schauspielerin, nehme ich an«, sagte Tolland. »Sonst würdest du das nicht in einem solchen Ton sagen. Ich glaube nicht, dass ich den besonderen Wunsch habe, Miss Garbo kennenzulernen – oder vielleicht handelt es sich um Mrs. Garbo.«

Das verursachte noch größeres Gelächter. Ich war mir nicht sicher – ich bin mir bis heute nicht sicher –, ob er nur so tat, als kenne er die berühmte Filmschauspielerin nicht, deren Name damals, auf dem Zenit ihres Ruhms, ein Synonym war für rätselhafte, schwer fassbare, weibliche Schönheit, oder ob er wirklich noch nie von ihr gehört hatte.

»Als junger Mann bin ich einmal Mrs. Patrick Campbell

begegnet«, sagte er; er sprach, als sei ihm diese Feststellung erst nachträglich eingefallen. »Ich hörte sie Jean Ingelows Gedicht ›Hochflut an der Küste von Lincolnshire‹ rezitieren. Ein wundervolles Erlebnis. Ich fühlte mich ganz anders den ganzen Abend. Konnte danach nicht einschlafen. Lag wach – nun – bis zum Morgen fast.«

Möglicherweise hatte Molly Jeavons das Gefühl, dass für einen kurzen Augenblick der Spieß gegen sie gekehrt sei, denn sie kam jetzt wieder auf ihr Spiel zurück, ihn mit seiner Familie zu quälen, und ging erneut zum Angriff über. Wahrscheinlich glaubte sie, sich dabei auf sicherem Boden zu befinden.

»Erzähl uns mehr von dem Farbglasfenster, Alfred«, sagte sie.

Ihre Bitte ließ sofort wieder Ärger in ihm aufwallen. Sie schien einen besonders empfindsamen Nerv getroffen zu haben.

»Ich hab es dir schon erzählt, Molly«, sagte er, »das Fenster ist nie eingesetzt worden, wie es sich gehört hätte. Erridge ist nicht daran interessiert.«

»Sicher kann ihm doch irgendjemand in der Familie sagen, dass er es tun soll«, sagte sie. »Warum kannst du selbst ihm nicht sagen, dass er es in die Hand nehmen soll? Er muss es machen, das ist alles.«

Sie sprach, als ob ihre eigene Entscheidung der Sache etwas Unwiderrufliches gebe. Alfred Tolland schüttelte trübsinnig den Kopf.

»Ich könnte ihn ebenso gut bitten, das Fenster selbst zu verbleien«, sagte er. »Das hätte sogar noch mehr Erfolg. Er würde es vielleicht wirklich versuchen. Die Würde der Arbeit, oder so was. Aber wenn es darum geht, ein Interesse an dem Andenken seines eigenen Großvaters zu zeigen –«

Tolland schüttelte den Kopf. Er sah ein, dass Metaphern, auf Erridge angewandt, zu schwach waren.

»Kann George es nicht übernehmen?«, insistierte Molly Jeavons. »Du hast doch eine so hohe Meinung von George.«

Tolland schüttelte wieder den Kopf.

»Schwierig für George«, sagte er. »Heikel, wo Erridge der älteste Sohn ist. George möchte nicht vor den Kopf gestoßen werden.«

»Oh du lieber Himmel«, sagte Molly Jeavons und warf ihre Hände hoch. »Ihr Tollands treibt mich noch zum Wahnsinn.«

In diesem Augenblick kamen einige neue Gäste in das Zimmer, so dass uns ihr eigener Plan, wie das Problem des Farbglasfensters zu lösen sei, nie eröffnet wurde. In der jetzt folgenden Umgruppierung kam ich neben Mrs. Conyers zu stehen. Nach einigen einleitenden Erkundigungen über meine Eltern erklärte sie mir, dass der General indisponiert sei, allerdings nicht ernsthaft. Er sei kopfüber aus dem Speicher über dem Stall gefallen, wo das Futter für die Pudel gelagert wurde. Er muss zu jener Zeit fast achtzig gewesen sein.

»Aber ich wusste gar nicht, dass Sie Lady Molly kennen«, sagte Mrs. Conyers leise.

»Hab ich auch nicht – bis heute Abend.«

»Ein ziemlich unbekümmerter Haushalt. Dieser ganz außerordentliche Butler. Man weiß nie, was als Nächstes zur Sprache kommt.«

»So ist es wohl.«

»Für mich ist das zu viel. Ich bin altmodisch, fürchte ich. Ich gebe das gerne zu.«

Mir kam Hugo Tolland in den Sinn, von dem man sagte, er liebe es, altmodisch zu sein, aber ich hielt es für klüger, Mrs. Conyers nicht an diese Parallele zu erinnern. Ich fragte mich, warum sie die Einladung, bei den Jeavons zu dinieren, angenommen hatte, wenn sie ihnen gegenüber so feindselig eingestellt war.

»Aber Sie selbst müssen Lady Molly schon seit langem kennen?«

»Natürlich kennen wir uns seit vielen, vielen Jahren. Aber nie näher. Als sie noch Lady Sleaford war, kannte meine jüngste Schwester, Mildred, sie gut, und so trafen wir uns manchmal.

Seit ihrer zweiten Ehe habe ich sie kaum noch gesehen. Wir kennen die gegenwärtigen Sleafords, aber ich glaube nicht, dass Lady Molly je mit ihnen zusammen ist. Das war vielleicht zu erwarten.«

»Sie haben hier diniert?«

»Das war eigentlich meiner Schwester wegen. Ich weiß nicht, ob Sie Mildred je kennengelernt haben?«

»Nur, als ich ein Kind war. Als Sie mir das Schwert zeigten, das der Sultan dem General geschenkt hat.«

Mrs. Conyers lächelte.

»Das ist eine lange Zeit her«, sagte sie. »Dann kennen Sie sie eigentlich nicht.«

Einiges von Mildred Blaides' späterem Lebensweg war mir allerdings von gelegentlichen Gesprächen meiner Eltern her vertraut. In ihrer Jugend für reichlich ›locker‹ gehalten – was man, so wie ich sie in Erinnerung hatte, wohl erwarten musste – hatte sie einen Fliegeroffizier namens M'Cracken geheiratet, der nicht lange nach der Hochzeit bei einem Luftangriff über Deutschland ums Leben gekommen war. Danach folgte eine Periode ihrer Witwenschaft, in der ihr Verhalten als ›flatterhaft‹ gegolten hatte. Aus der Art, wie über dieses Zwischenspiel in ihrem Leben gesprochen wurde, schließe ich, dass die Generation meiner Eltern annahm, sie sei im Begriff, in einer dramatischen Weise auf die schiefe Bahn zu geraten. Dieses allgemein prophezeite Debakel fand jedoch nie statt. Mildred Blaides heiratete wieder – dieses Mal einen australischen Geschäftsmann, einen Mr. Haycock, der, ziemlich reich und im Ruhestand lebend, eine Villa in Südfrankreich besaß und einen großen Teil seiner Zeit damit verbrachte, in der Welt herumzureisen. Mr. Haycock, der, wie es hieß, zusätzlich zu seinem komfortablen Einkommen über gediegene Tugenden verfügte, galt zudem allgemein als ›ziemlich ungehobelt‹. Die Ehe war, soweit ich wusste, ein Erfolg gewesen. Es waren Kinder vorhanden, doch ich wusste nicht wie viele.

»Wissen Sie, meine Schwester Mildred ist eine sehr alte

Freundin unserer Gastgeberin«, sagte Mrs. Conyers, als ob diese Angelegenheit auf ihrer Seele laste. »Wie gesagt, sie kennt Lady Molly weit besser als ich. Mildred hat während des Krieges auf Dogdene die Verwundeten gepflegt.«

»Ich kann mich an sie in der Schwesternuniform erinnern.«

»Sie kommt heute Abend hierher. Sie hätte hier zu Abend essen sollen. Es war ihr aber im letzten Augenblick unmöglich, an dem Dinner teilzunehmen. Sie ist – mehr oder weniger – mit einem Freund von Lady Molly verlobt. Ich nehme an, Sie wissen, dass Mildreds Mann vor etwa einem Jahr gestorben ist. Unglücklicherweise hat eine geschäftliche Verpflichtung ihren – ich muss wohl sagen – Verlobten daran gehindert, zum Abendessen zu kommen. Er ist ein sehr beschäftigter Mann. Er konnte sich einfach nicht rechtzeitig freimachen. Außerdem ändert Mildred selbst dauernd ihre Pläne. Weiß der Himmel, warum sie nicht ohne ihn kommen konnte. Jedenfalls konnte sie nicht, und so ist es nun mal. Sie werden beide später noch hereinschauen.«

Es konnte jetzt kein Zweifel mehr daran bestehen, dass das, was sie beunruhigte oder zumindest ungewöhnlich stark beschäftigte, mit der Ankunft ihrer Schwester im Zusammenhang stand. Zuerst verstand ich nicht genau, was sie so erregt hatte.

»Es ist nicht das erste Mal, dass Sie ihm begegnen – dem Verlobten Ihrer Schwester?«

»Ehrlich gesagt, ich hab ihn bisher noch nie gesehen«, sagte sie in einem fast entschuldigenden Ton, als sei das das Mindeste, was ich von ihr erwarten könne. »Wissen Sie, es ist erst gestern passiert. Das war der Grund, warum Lady Molly das Dinner gegeben hat. Es schien ihr nicht das Geringste auszumachen, dass die beiden dann nicht kamen. Natürlich, sie ist weit mehr daran gewöhnt als ich, dass Leute ihre Pläne ändern.«

Ich hielt es für wahrscheinlich, dass ihre Unruhe auf eine gewisse Besorgnis darüber zurückzuführen war, wie der zukünftige dritte Ehemann ihrer Schwester wohl sein mochte.

Ich wusste genug über den Ruf von Mildred Blaides, um einzusehen, dass Besorgnis in der Tat angebracht war.

»Er ist erheblich jünger als Mildred«, sagte sie.

Nach dieser Feststellung entschloss sich Mrs. Conyers, das Thema fallenzulassen. Sie fürchtete vielleicht, dass sie in ihrem übererregten Zustand zu viel sagen könnte. Sie seufzte.

»Wenn ich Französisch sprechen muss«, fuhr sie dann mit eher gewollter Fröhlichkeit fort, »tue ich das viel lieber mit jemandem, der nicht ein Franzose ist. Sie sind alle so fürchterlich streng. Ich sage ihnen immer, sie würden ja sowieso nie zugeben, dass ein anderer Franzose korrektes Französisch spricht; wie können sie es dann von mir erwarten. Der junge Mann da drüben hat mir in der Tat Komplimente über meine Aussprache gemacht.«

»Wer ist das?«

»Er ist von einer der balkanischen Gesandtschaften. Ich glaube, sein Vater war mal Botschafter hier und des Öfteren Gast auf Dogdene. Er wurde häufiger als üblich eingeladen, weil er ein ungewöhnlich guter Schütze war. Am Ende ist der arme Mann dann selbst erschossen worden, von einem Anarchisten in seinem eigenen Land. Sein Sohn hatte Neuigkeiten über Prinz Theodoric. Ich glaube sogar, er ist bis vor kurzem Mitglied des persönlichen Haushalts des Prinzen gewesen. Wie Sie wahrscheinlich wissen, war Theodoric ein ganz spezieller Freund der geschiedenen Frau von Lady Mollys Bruder, Lord Ardglass, der vor einigen Jahren gestorben ist. Unsere Gastgeberin ist deshalb immer sehr an allem interessiert, was Prinz Theodoric betrifft. Unter uns gesagt, ich fürchte, sie hat ein ganz klein bisschen was von einer Plaudertasche. Aber sagen Sie nicht, *ich* hätte das gesagt.«

Mrs. Conyers lächelte ein wenig durchtrieben.

»Wer sind die beiden Mädchen, die gerade hereingekommen sind und sich jetzt mit Chips Lovell unterhalten?«

»Das ist der junge Mann, mit dem Sie gekommen sind, nicht wahr? Die am nächsten zu uns hin steht, ist eine der

Tolland-Mädchen, Priscilla, glaube ich. Sie und eine frühere Schulfreundin von ihr, deren Namen ich nicht erfahren habe, wollten sich einen Film ansehen.«

Priscilla Tolland sah älter aus als siebzehn; dennoch hatte sie, wie sie so mit gekreuzten Beinen dastand, ihre langbeinige, kindliche Unbeholfenheit noch nicht völlig eingebüßt. Ich konnte erkennen, dass sie eine starke Ähnlichkeit mit der ›spleenigen‹ Blanche hatte, obwohl sie selbst zweifellos frei war von solch einer Behinderung. Das andere Mädchen, der Prototyp aller Schulfreundinnen, war klein und dunkel, trug eine Hornbrille und sah aus, als ob es alle dauernd herumkommandiere. Ich nahm mir vor, mich in einigen Minuten mit ihnen zu unterhalten, wenn Mrs. Conyers ihre Ausführungen über jene nebelhafte Vergangenheit beendet haben würde, in die sie jetzt einen weiten Ausflug zu unternehmen begonnen hatte. Es kam jedoch nie zu einer Gelegenheit, mich den Mädchen zu nähern, denn eine Sekunde später, gerade als mich Mrs. Conyers für den folgenden Sonntag zum Tee mit ihr und dem General eingeladen hatte, betraten zwei Personen, ein Mann und eine Frau, das Zimmer.

»Ah, da ist ja Mildred endlich«, sagte Mrs. Conyers, an ihrer Lorgnette herumfingernd. Ihre dünnen, fast malvenfarbigen Hände zitterten vor Erregung und Besorgnis.

Ich war selbst gespannt, wie Mildred Blaides – oder besser: Mildred Haycock – wohl nach all den Jahren aussähe, und erwartete halb, dass sie ihre Uniform des Freiwilligen Hilfsdienstes tragen und eine Zigarette rauchen würde. Aber als dann meine Blicke auf die beiden fielen, war es der Mann, und nicht die Frau, der meine Aufmerksamkeit auf sich zog. Das Leben ist voll von inneren Dramen, nur Momente dauernd und sensationell, gespielt vor einem Publikum, das nur aus einem einzigen Zuschauer besteht. Dies hier war eine solche Vorstellung. Der Verlobte war Widmerpool. Puterrot im Gesicht und aufgeregt durch seine dicken Brillengläser grinsend, trat er in das Zimmer, seine Hand auf Mrs. Haycocks Arm. Er trug einen neuen dunklen Anzug. Wie ein gewaltiger Fisch, der in ein bisher unerforschtes, unerwartet erregendes Aquarium hineinschwimmt, glitt er beherzt voran – doch nicht ein richtiger Fisch, sondern einer aus Gummi oder einem künstlichen Material. Er hatte etwas leicht Furchterregendes an sich. Das war nicht zu bestreiten. Molly Jeavons ging, diesmal unterstützt von ihrem Mann, sofort auf die Neuankömmlinge zu.

»Nun, eine Schönheit ist er nicht«, sagte Mrs. Conyers.

Sie sprach mit einer so tiefen Erleichterung über diese Entdeckung des wenig anziehenden Äußeren Widmerpools, dass sie – wegen des erwähnten Altersunterschiedes – das Allerschlimmste von der Wahl ihrer Schwester befürchtet haben musste. Wahrscheinlich hatte sie sich einen goldgelockten Gigolo von gänzlich unakzeptabler äußerer Erscheinung vorgestellt. Die Wahrheit war ihr ein großer Trost. Ohne Zweifel schienen die beiden dem Aussehen nach ein Paar zu sein, das, was das Alter betraf, eine sehr angemessene Verbindung eingegangen war. Mrs. Haycock war an die vierzig, und sie sah auch nicht jünger aus; aber Widmerpool hatte, obwohl erst knapp über dreißig, schon immer den Eindruck eines gesetzten Herrn mittleren Alters erweckt, selbst schon als Junge.

»Ich kenne ihn.«

»Wer ist es?«

»Er heißt Kenneth Widmerpool. Ich war zusammen mit ihm auf der Schule. Er arbeitet in der Londoner Finanzwelt.«

»Ich kenne natürlich seinen Namen. Und ich weiß, dass er in der Londoner Finanzwelt ist. Aber was für ein Mensch ist er?«

Mrs. Conyers versuchte nicht, ihre Ungeduld zu verbergen. Der Grund für ihre Besorgnis war jetzt offensichtlich. Sie vertraute nicht darauf, dass ihre Schwester den richtigen Mann wählen würde. Sie wollte sobald wie möglich das Schlimmste wissen. Ihre ersten, und ernsthaftesten, Befürchtungen waren zerstreut; sie wünschte nun zu einem weiteren Stadium der Untersuchungen fortzuschreiten. Obwohl Widmerpool ihr

Grund gab, dankbar dafür zu sein, dass die Aussichten nicht bedrohlicher waren, hatte er augenscheinlich einen nicht sehr bezaubernden Eindruck gemacht.

»Ist er nett?«

»Ich kenne ihn seit langer Zeit –«

Inzwischen waren wir beide in die Zeremonie des allgemeinen Bekanntmachens, die im Zimmer der Reihe nach stattfand, hineingezogen, so dass es mir erspart blieb, die Frage zu beantworten. Später, als ich wieder bei mir zu Hause war, grübelte ich darüber nach, welche angemessene Erwiderung ich wohl gegeben hätte. Es stand fest, dass Widmerpool kaum als ›nett‹ bezeichnet werden konnte. Energisch, fähig, erfolgreich, noch vieles mehr, was man in der Vergangenheit nie von ihm erwartet hätte, aber ›nett‹ war er nie gewesen und zeigte auch keine Anzeichen, es je zu werden. Und doch, irgendwie freute ich mich, ihn wiederzusehen. Sein erneutes Auftauchen trug, besonders in diesem Haus, ziemlich tröstlich zu dem Beweis bei, dass das Leben weiterhin seinen geheimnisvollen, festgelegten Lauf nahm. Widmerpool war der wiederkehrende Meilenstein auf der Straße; oder vielleicht wäre es angemessener zu sagen, dass, während ich auf meiner Bahn dahinzockelte, sein Lebensweg hin und wieder gemeinsam mit meinem eigenen verlief, mit wie verschiedenem Tempo auch immer. Als ein Aspekt meiner Vergangenheit stellte er ein Element dar, das mit Interesse, wenn nicht Zuneigung, behandelt werden musste – wie ein reizloses Gebäude oder ein landschaftliches Merkmal, das die irrationale Sehnsucht nach der Kindheit wieder wachrief. Eine Minute später sprachen wir miteinander.

»Nein, ich habe dich lange nicht gesehen«, sagte er, wie gewöhnlich schwer atmend. »Ich hab übrigens versucht, dich zu erreichen. Ich wollte dir sagen, dass ich heiraten werde.«

»Herzlichen Glückwunsch.«

»Es wird Zeit, dass ich ein geregeltes Leben beginne«, sagte er.

Das war eine einfältige Bemerkung, denn er hatte immer

schon ›ein geregeltes Leben‹ geführt, zumindest in meinen Augen. Ich konnte mir nicht vorstellen, warum ihm so sehr daran lag, mir von seiner Heirat zu erzählen, doch an der Art, wie er sich betrug, zeigte sich ohne Zweifel, dass ihn der Gedanke, verlobt zu sein, in einen Zustand großer Erregung versetzte. Seine Nase und seine Lippen zuckten leicht unter den gewaltigen Scheinwerfern seiner jetzt randlosen Brille. Er streckte rasch seine Hand nach Mrs. Haycock aus, die nicht weit von ihm stand, ergriff ihren Arm und zog sie in unsere Richtung.

»Dies ist Nicholas Jenkins, meine Liebe. Ein alter Freund. Er war in der Schule etwas unter mir.«

Mrs. Haycock, die gerade mit ihrer Schwester gesprochen hatte, wandte sich jetzt um und schaute mich an, so dass ich zum ersten Mal seit ihrer Ankunft die Gelegenheit erhielt, die Frau ganz aus der Nähe zu beobachten, die er zu heiraten hoffte. Ich verstand sofort, welch starken Eindruck sie wohl in dem Augenblick auf ihn gemacht haben musste, als sie sich bereit erklärt hatte, ihn als Verehrer zu akzeptieren. Hochgewachsen, elegant, dreist, gehörte sie eindeutig zu derselben Generation wie Molly Jeavons, ohne ihr allerdings äußerlich im Geringsten zu ähneln. Mrs. Haycocks sogleich wahrnehmbares moralisches Getrenntsein von Widmerpool hatte seinen Grund nicht in dem Altersunterschied als solchem, denn Widmerpool hatte, wie gesagt, nie jung ausgesehen. Es handelte sich vielmehr um ein Getrenntsein, das der Krieg ihr auferlegt hatte. Wie bei Jeavons war das die Epoche, der sie durch irgendein Naturgesetz zugehörte. Ohne Zweifel hatte auch das Leben an der Riviera seine Spuren hinterlassen – ein Leben in einer Gesellschaft, an der Widmerpool bisher wohl kaum teilgehabt haben konnte. Sie hatte sich noch etwas von der Sonnenbräune des vorhergehenden Sommers erhalten, und obwohl sie ganz normal – ja, sehr gut – angezogen war, schien ihre Kleidung auf eine undefinierbare Weise eher einer *plage* oder einem Kasino angemessen als dem Salon der Jeavons.

Ich hatte immer Interesse an dem gehabt, was man vielleicht die theoretische Seite von Widmerpools Leben nennen könnte: die Reaktion seiner Gefühle auf das strenge Gesetz des Ehrgeizes, das er sich von Beginn an auferlegt hatte; die Entschlossenheit, dass seine Existenz durch den Willen regiert werden müsse. Doch das Interesse, das man an dem Leben anderer Menschen nimmt, ist bestenfalls bloß schwach, so dass ich ihn, da ich in den letzten Jahren nur wenig über ihn und seine Angelegenheiten gehört hatte, in Wahrheit zum großen Teil vergessen hatte. Jetzt erinnerte ich mich zum zweiten Mal an diesem Abend an jene Nacht, in der Barbara Goring, dieses laute kleine Mädchen, auf dem Ball der Huntercombes Zucker über seinen Kopf geschüttet hatte. Er war in sie verliebt gewesen; ich auch, übrigens, jedenfalls hatte ich das damals geglaubt. Danach folgte seine kurze, schmerzliche Verbindung mit Gypsy Jones, der schmuddeligen, linksgerichteten Nymphe, für deren ›Operation‹ er unbelohnt aufgekommen war. Nach der Sache mit Gypsy Jones hatte er mir gesagt, er werde nie wieder etwas mit einer Frau zu tun haben, die ihn »von seiner Arbeit ablenkt«. Ich fragte mich, ob Mrs. Haycock diese Bedingung erfüllen würde: ob er ihr den Heiratsantrag unter dem Druck heftiger Gefühle gemacht hatte oder ob er glaubte, eine solche Ehe sei seiner Karriere förderlich. Vielleicht lag eine Spur von beiden Motiven vor. Wie auch immer, der Versuch, die Motive für eine Eheschließung zu entwirren, ist ein fruchtloses Unterfangen. Mrs. Haycock nahm, zerstreut lächelnd, meine Hand und drückte sie kräftig; es war der Griff einer Frau, die sehr vertraut ist mit Männern und ihren Methoden.

»Man muss immer eine solche Menge von Leuten treffen, wenn man heiratet«, sagte sie. »Wirklich, man ist ganz erschöpft. Sagten Sie, wir seien uns früher schon einmal begegnet? War das in Cannes? Ihr Gesicht kommt mir bekannt vor.«

Sie sprach kurzatmig, fast asthmatisch; darin ähnelte sie Widmerpool; doch es war eine schwache Andeutung von Cockney in ihrer Stimme, von einem Akzent, der teilweise durch die Untertöne des Prinzen von Wales jener Welt vermacht worden war, zu der sie gehörte. Ich versuchte – völlig erfolglos und vielleicht nicht sehr taktvoll – ihr die Umstände unserer unendlich weit zurückliegenden früheren Begegnung zu erklären. Offensichtlich hatte sie schon seit Jahren keiner an sie gerichteten Bemerkung, ob nun ernsthaft oder trivial, mehr zugehört, und so entzog sie mir – vielleicht zu Recht, denn in diesem Augenblick eine solche Darlegung zu beginnen war sicher ein fürchterlicher Unsinn – auch rasch ihre Aufmerksamkeit.

»Ich muss unbedingt etwas zu trinken haben, Molly«, sagte sie. »Oh, vielen Dank, Mr. Jeavons. Sie sind ein Engel. Ich hab heute Abend ganz schrecklich gelitten. Wissen Sie, ich verabscheue es, Pläne zu machen. Ich mache übrigens auch nie welche. Ich kann es einfach nicht. Nun, heute Abend bin ich von einem der langweiligsten Menschen aufgehalten worden, den Sie sich vorstellen können.«

Sie nahm einen tiefen Zug aus dem Glas, das Jeavons ihr gebracht hatte, und begann, ihm die Geschichte zu erzählen. Widmerpool nahm mich beiseite.

»Sagtest du, dass du Mildred schon mal begegnet seiest?«

Es lag Besorgnis in seiner Stimme.

»Als ich etwa neun oder zehn war.«

»Was in aller Welt meinst du damit?«

Er klang ziemlich verärgert über diese Bemerkung, die ich mit der Absicht gemacht hatte, ihn zu beruhigen. Er nahm an, ich wolle ihn aufziehen.

»Genau das, was ich gesagt habe. Es ist Jahre her – bei ihrer Schwester, Mrs. Conyers, der du gerade vorgestellt worden bist. Meine Familie war schon immer mit dem General bekannt.«

Ich wusste nicht recht, warum ich diese letzte Information hinzugefügt hatte. Sie klang ein wenig absurd und überflüssig und betonte die Tatsache, dass Widmerpool und der General Schwäger werden würden. Doch diese Erklärung beschwichtigte Widmerpool.

»So, so«, sagte er. »So, so.«

Er nahm plötzlich eine unkonzentrierte, zerstreute Haltung ein.

»Hör mal«, sagte er. »Komm doch mal zum Mittagessen zu mir. Wir haben uns schon lange nicht mehr unterhalten. Wie wär's mit nächstem Sonntag – in meinem Club?«

»Gut. Vielen Dank.«

Der Name des Clubs überraschte mich ein wenig. Es gab überhaupt keinen Grund, warum er ihm nicht angehören sollte; doch ein von diesem Club ausgehender leichter Hauch von kosmopolitischem Leben und hohen Einsätzen beim Kartenspiel beschwor eine Umgebung herauf, die seiner Natur ganz unangemessen zu sein schien. Als Widmerpool bei Donners-Brebner angestellt gewesen war, muss er einen beträchtlichen Teil seiner Zeit mit ausländischen Geschäftsleuten verbracht haben. Ja, man hätte seinen beruflichen Hintergrund zu jener Zeit sehr wohl als international bezeichnen können. In dieser Hinsicht war gar nichts gegen ihn zu sagen. Und ebenso gut mochte er, wenn er überhaupt je Karten spielte, durchaus auch hohe Einsätze wagen. Er konnte sich wahrscheinlich ein solches Risiko leisten. Doch keiner dieser beiden Aspekte der Szenerie vermochte mir das Gefühl der Unangemessenheit zu nehmen. Den Augen, die ihn als Jungen gekannt hatten, schienen selbst nur geringfügiges Streben nach äußerem Glanz bei Widmerpool fehl am Platze. Das war der springende Punkt. Das Urteil war zwangsläufig. Nur eine Atmosphäre ruhiger, harter Arbeit und faden, ernsthaften Gesprächs passte zu ihm. Natürlich war eine solche Erwartung meinerseits, auch wenn ich sie nicht zum Ausdruck brachte, völlig absurd. Und Widmerpools Verhalten ging mich sowieso nichts an. Zudem stand diese Meinung in völligem Widerspruch zu Widmerpools eigener Auffassung von sich, einer Auffassung, die offensichtlich die wichtigste Rolle bei seiner Wahl eines Clubs – oder, was das betraf, einer Frau – spielen würde. Wenn ein solcher Club ihm nicht angemessen war, um wie viel unpassender würde dann erst eine Frau wie Mrs. Haycock sein. Dieser Gedanke drängte sich mir unwillkürlich auf. Wir sprachen eine Zeitlang über allgemeine Dinge. Später kam Lovell zu uns herüber.

»Ich bringe Priscilla Tolland und ihre Freundin nach Hause«, sagte er. »Willst du, dass ich dich bis zu deiner Wohnung mitnehme?«

Es war nicht schwer, den Grund dieses Angebots zu erkennen, und ich nahm es also hin, mit der Freundin hinten im Wagen sitzen zu müssen.

»Besuchen Sie uns mal wieder«, sagte Molly Jeavons, als wir uns verabschiedeten. »Sehen Sie zu, dass Chips Sie mitbringt, oder schauen Sie einfach herein.«

»Bis dann, alter Junge, kommen Sie mal wieder«, sagte Jeavons.

Er hatte lange neben dem Getränketablett gestanden, tief in Gedanken versunken, vielleicht noch immer über die Filmstars und ihren mannigfaltigen, verwirrenden Charme nachsinnend. Jetzt nahm er mich bei der Hand, als sei er sehr weit weg mit seinen Gedanken. Ich folgte Lovell und den Mädchen die Treppe hinunter zum Auto. Draußen hing eine Spur von Nebel in der Luft. Der Dunst des Flusses schien uns vom Studio hierher gefolgt zu sein. Auf der Fahrt nach Hause passierte nichts Bemerkenswertes. Die Schulfreundin sprach ununterbrochen über den Besuch, den sie bald der Stadt Florenz abstatten werde. Wir setzten sie an einer Adresse in der Wimpool Street ab, nachdem wir Priscilla Tolland zu dem Haus ihrer Stiefmutter in Hyde Park Gardens gebracht hatten.

»Wir könnten gleich zum Essen reingehen«, sagte Widmerpool, als wir uns einige Tage später trafen. »Wenn du willst, kannst du am Tisch ein Glas hellen Sherry trinken. Zur Mittagszeit ist es manchmal sehr voll bei uns. Übrigens, an einem der Tische wirst du wahrscheinlich den Staatssekretär im Innenministerium sehen. Er beehrt uns an den meisten Tagen mit seiner Anwesenheit. Doch ich vergaß – heute ist Sonntag, da wird er wahrscheinlich nicht hier sein. Jetzt, wo ich daran denke, muss ich leider sagen, dass es lange her ist, dass ich in der Kirche war. Ich werde nächste Woche einen Gottesdienst besuchen, wenn ich bei meiner Mutter auf dem Land bin.«

»Wie geht es deiner Mutter?«

»Besser als je zuvor. Weißt du, sie wird buchstäblich immer jünger. Eine wunderbare Frau.«

»Hat sie noch das Häuschen in der Nähe von Hinton?«

»Es ist ein wenig klein, aber es gefällt uns beiden. Wir könnten uns jetzt gut ein größeres leisten, aber sie liebt es. Ihre Rosen werden von der ganzen Nachbarschaft bewundert.«

»Siehst du noch manchmal die Walpole-Wilsons und Sir Magnus Donners?«

»Mit den Walpole-Wilsons habe ich jeden Kontakt verloren«, sagte Widmerpool. »Sir Magnus ist natürlich ein alter Freund. Was immer seine Fehler sind – und es wäre töricht, einige davon zu ignorieren –, er hat mir in der Vergangenheit unschätzbare Dienste erwiesen. Zufälligerweise hat er mich in der letzten Zeit nicht gebeten, nach Stourwater rüberzukommen. Ich muss ihn mal anrufen. Doch komm jetzt, zum Lunch, zum Lunch.«

Er sprach mit jener Betriebsamkeit, von der alle seine Handlungen befallen waren. Während der wenigen Sekunden unseres Gesprächs hatte er es erreicht, mir das Gefühl zu vermitteln, wir stünden physisch zu eng beieinander. Ich war mehr als einmal weggerückt. Er schien sich die ganze Zeit gegen meinen

Ellbogen zu pressen – wie ein Kellner, der schwer über einen Gast atmet, während er ihm gereizt eine Schüssel hinhält, die unangenehm zu handhaben ist. Auch Widmerpool erweckte den Eindruck, gereizt zu sein – chronisch gereizt, so als spüre er die ganze Zeit, dass das Mittel zur Linderung seiner Beschwerden in den Händen der Menschen um ihn herum liege, die sich aber gleichwohl weigerten, ihm von seinem wachsenden Unbehagen Erleichterung zu verschaffen; denn sein Verhalten legte immer den Verdacht nahe, er wisse nur zu gut, dass die, die sich in seiner Gesellschaft befanden, in einer fast genauso schlechten Lage sind wie er selbst.

Er drängte mich ins Speisezimmer. Der Steward des Clubs, ohne Zweifel mit Widmerpools Neigungen vertraut, wies auf einen Tisch beim Fenster, der auf der einen Seite von zwei Männern von gelblicher Gesichtsfarbe, die sich in einem gestelzten Singsang-Französisch unterhielten, und auf der anderen von einem enorm feisten alten Burschen flankiert wurde, der sein Mittagessen mit Krabbensalat und einer halben Flasche deutschen Weißweins eröffnete. In einem der Französisch sprechenden Männer glaubte ich den Diplomaten vom Balkan wiederzuerkennen, den ich bei den Jeavons' gesehen hatte und der zum Gefolge Prinz Theodorics gehören sollte.

»Bestell dir, was immer du essen oder trinken möchtest«, sagte Widmerpool. »Sieh dir diese Speisekarte hier an. Ich persönlich bin auf Diät gesetzt – eine leichte Magenverstimmung – und werde mich auf kalte Zunge und ein Glas Wasser beschränken.« Er gab mir die Karte, und ich bestellte alles, was ich angesichts seiner eigenen Genügsamkeit mit einigem Anstand bestellen konnte. »Du bist noch immer im Verlagswesen – Werbegeschäft –?«, fragte er. »War es nicht etwas dieser Art?«

Er stellte persönliche Fragen stets in jener nicht selten zu beobachtenden Weise, die von jedwedem Interesse an der Antwort völlig losgelöst ist. Bei fast jedem, den er traf, ließ er sich immer gerne auf ein längeres Kreuzverhör ein, an dessen Ende er – abgesehen von solchen Details, die ihn selbst betreffen mochten – nicht mehr über die befragte Person aufgenommen hatte, als ihm schon zu Beginn des Gesprächs bekannt war. Gleichwohl schien dieses Verhalten irgendwie seinen eigenen Egoismus zu befriedigen.

»Ich war im Verlagswesen. Kunstbücher. Jetzt ist es das Filmgeschäft.«

»Wirklich? Welche ungewöhnlichen Wege du wählst, um deinen Lebensunterhalt zu verdienen. Doch nicht als Schauspieler, oder?«

»Wohl kaum. Ich bin auf der ›Drehbuchseite‹, wie man dort sagt. Ich helfe, jenen Teil des Kinoprogramms zu schreiben, der als ›Beifilm‹ bekannt ist. Für jeden Meter amerikanischen Films, der in diesem Land gezeigt wird, muss eine entsprechende Länge britischen Films erscheinen. Die Quote, genauer gesagt.«

»Ach ja, die Quote, die Quote«, sagte Widmerpool, jede weitere Erklärung abschneidend – die in der Tat auch äußerst langweilig gewesen wäre. »Nun, ich hätte nie gedacht, dass ich mal als Gastgeber mit einem Mann an einem Tisch sitze würde, der Drehbücher für die Quote schreibt. Magst du die Arbeit?«

»Nicht besonders.«

»Sie könnte zu etwas Besserem führen. Wenn man hart arbeitet, kommt man voran. Das gilt für jeden Beruf, selbst für den niedrigsten. Du wirst wahrscheinlich in Hollywood enden, oder an einem ähnlichen Ort. Aber sag mir, siehst du noch deine beiden Freunde Stringham und Templer?«

»Stringham hab ich seit dem Abend nicht mehr gesehen, an dem er so voll war und du und ich ihn ins Bett gepackt haben. Ich hab ihn ein oder zwei Tage später angerufen. Man sagte mir, er sei ins Ausland gereist. Nachdem, was ich so höre, trinkt er so viel, da könnte ein Kriegsschiff drin schwimmen. Es hieß sogar, er mache eine Entziehungskur durch.«

»Und Templer?«

»Ich sehe ihn gelegentlich. Das letzte Mal ist allerdings

schon eine ziemlich lange Zeit her. Du weißt, dass seine Ehe in die Brüche gegangen ist?«

»Wie die von Stringham«, sagte Widmerpool. »Deine Freunde scheinen in ihren ehelichen Unternehmungen keine glückliche Hand zu haben. Ich treffe Templer manchmal im Finanzviertel. Wir haben sogar ein kleines Geschäft zusammen gemacht. Ich war in der Lage, Bob Duport, diesem ziemlich verrufenen Schwager von ihm, eine Stellung zu besorgen.«

»Davon habe ich gehört.«

»Ach, er hat es dir erzählt, ja?«, sagte Widmerpool, erfreut darüber, dass diese Tat einem so weiten Kreis bekannt war. »Ich glaube, der gute Dienst, den ich ihm erweisen konnte, hat verschiedene Nachwirkungen gehabt. Zum Beispiel die: Duport lebte damals von seiner Frau getrennt. Er hatte sich sehr schlecht aufgeführt, wie man sagte. Als er diese Stellung erhielt, haben sich die beiden wieder vertragen, und sie ist zu ihm zurückgegangen. Ich habe mich gefreut, der Anlass dafür gewesen zu sein. Wir drei haben dann zusammen zu Abend gegessen. Eine sehr seltsame Frau. Launisch, nehme ich an. Sie schien über die Versöhnung nicht besonders erfreut. Zumindest war sie mir nicht im Geringsten dankbar.«

»Warum nicht?«

»Ich weiß es nicht. Sie hat während des gesamten Essens, eines außerordentlich guten Dinners im Savoy, kaum gesprochen. Ich darf wohl sagen, dass es mich eine ziemliche Menge Geld gekostet hat. Nicht, dass es mir leid darum wäre. Sie sind jetzt in Südamerika, glaube ich. Hast du die beiden jemals kennengelernt?«

»Ihn habe ich einmal getroffen, als ich Student war. Über Templer.«

»Und sie?«

»Ich kenne sie ein wenig. Genauer gesagt, ich habe sie vor Jahren kennengelernt, als ich die Templers besuchte. Peters Vater lebte damals noch.«

»Nicht unattraktiv.«

»Nein.«

»Auf ihre Weise auch ziemlich elegant.«

»Ja.«

»Viel zu gut für Duport, würde ich meinen.«

»Möglich.«

Widmerpool konnte nicht die leiseste Ahnung davon gehabt haben, dass zwischen Jean Duport und mir etwas gewesen war; aber die Menschen sind sich oft in ihrem Innern solcher Dinge bewusst, ohne dass sie von ihrem eigenen Bewusstsein wissen. Wie auch immer, ob bewusst oder nicht, Widmerpool hatte die Gabe, anderen auf die Hühneraugen zu treten. Seine nächste Frage schien ein Beweis zu sein für die außerordentliche telepathische Gedankenverbindung, die sich so oft in unserem Geist vollzieht, wenn es um etwas geht, das mit dem Verliebtsein zu tun hat.

»Du selbst bist nicht verheiratet, Nicholas, oder?«

»Nein.«

»Auch nicht – wie ich – im Begriff, den Sprung zu wagen?«

»Ich hab dir noch gar nicht richtig gratuliert.«

Widmerpool neigte den Kopf zum Ausdruck seines Dankes. Man hätte die Bewegung fast huldvoll nennen können. Er strahlte zu mir herüber. Die Aussicht zu heiraten schien in diesem Augenblick das einzige Verlangen zu sein, das ihn erfüllte.

»Ich stehe nicht an, dir mitzuteilen, dass meine Frau Mutter meine Wahl gutheißt«, sagte er.

Ich wusste darauf keine Antwort, außer ihm beizupflichten, dass die Zustimmung seiner Mutter etwas Erfreuliches sei. Wenn Mrs. Haycock eine solche Schwiegermutter hinnehmen konnte, dann war zumindest ein Hindernis – und kein kleines, so schien es mir – aus dem Wege geräumt.

»Es gibt natürlich einige kleine Dinge, von denen meine Mutter erwartet, dass sie zufriedenstellend geregelt werden.«

»Gewiss.«

»Aber ich bin mir sicher, dass Mildred da zustimmen wird.«

Ich dachte, dass sich mit den beiden, mit Mrs. Widmerpool

und Mrs. Haycock, wahrscheinlich zwei ebenbürtige Gegnerinnen gefunden hatten. Widmerpool hegte im Innern vielleicht die gleichen Gedanken, denn nach seinem ersten Blick tiefer Zufriedenheit verdüsterte sich sein Gesicht ein wenig. Er verfiel in Schweigen. Wenn er still über eine wichtige Sache nachsann, pflegte sich sein Kiefer immer auf und ab zu bewegen, so als verzehre er irgendeine körperlose Substanz. Obwohl er mit den Scheiben der Zunge bereits fertig war, setzte diese Bewegung jetzt ein. Ich vermutete, dass er eine Frage zu stellen beabsichtigte, über deren genaue Form er sich noch nicht im Klaren war. Die beiden gelbgesichtigen Männer am Nachbartisch sprachen über internationale Politik.

»*C'est incontestable, cher ami, Hitler a renoncé à son intention d'engouffrer l'Autriche par une agression directe.*«

»*A mon avis – et d'ailleurs je l'ai toujours dit – la France avait tort de s'opposer à l'union douanière en '31.*«

Der feiste Mann war inzwischen zu überbackenem Nierchenragout, Porreegemüse, Kartoffelpüree und grünem Salat übergegangen. Widmerpool räusperte sich. Er hatte etwas auf dem Herzen. Mit einem plötzlichen Wortschwall begann er:

»Ich hatte einen besonderen Grund, dich heute zum Lunch einzuladen. Ich wollte über meine Verlobung sprechen. Aber es ist nicht leicht für mich, im Einzelnen zu erklären, was ich sagen will.«

Er sprach in einem salbungsvollen Ton und brach abrupt ab. Ich hatte das unbehagliche Gefühl, dass er mich, so unwahrscheinlich das auch schien, vielleicht darum bitten wolle, auf seiner Hochzeit als Trauzeuge zu fungieren. Ich fing schon an, mir Entschuldigungen auszudenken, um mich einer solchen Pflicht zu entziehen. Es zeigte sich jedoch, dass er keine derartigen Absichten hatte. Es schien mir, nach weiterem Nachdenken, wahrscheinlich, dass er ernsthaft über eine ihn betreffende Angelegenheit zu sprechen wünschte, von der er befürchtete, dass sie bei der Erörterung Belustigung erregen würde. Ohne Zweifel fand ich es schwer, seine Verlobung ernst zu nehmen. Es gibt aus irgendeinem Grund kaum ein Thema, das sich, wenn man selbst nicht beteiligt ist, schwieriger mit der entsprechenden Ernsthaftigkeit behandeln ließe. Zwei Menschen hatten offensichtlich einen Schritt ins Auge gefasst, der ihr zukünftiges Leben aufs stärkste beeinflussen würde; und doch machten es die äußere Erscheinung der beiden und die Selbstgefälligkeit Widmerpools unmöglich, diese Sache ohne innere Belustigung zu betrachten.

»Vor Jahren habe ich dir mal gesagt, dass ich in Barbara Goring verliebt sei«, sagte Widmerpool langsam.

»Ich erinnere mich.«

»Barbara ist eine Sache der Vergangenheit. Ich wünsche, dass sie völlig vergessen ist.«

»Warum nicht? Ich werde während deiner Hochzeit bestimmt nicht aufstehen und sagen: ›Diese Feierlichkeiten können nicht fortgesetzt werden – der Bräutigam liebte einst eine andere.‹«

»Gut, gut«, sagte Widmerpool und grunzte ein Lachen heraus. »Du tust völlig recht daran, einen Witz daraus zu machen. Dennoch, ich dachte, ich sollte meine Gefühle zu diesem Thema nicht unerwähnt lassen. Man kann nicht vorsichtig genug sein.«

»Ich nehme an, du möchtest auch, dass Gypsy Jones völlig vergessen ist?«

Widmerpool errötete.

»Ja«, sagte er. »Auch sie natürlich.«

Seine Selbstgefälligkeit schien mir damals unerträglich. Jetzt sehe ich, dass er nur seine eigene Situation mit jemandem besprechen wollte, den er schon lange kannte und der gleichzeitig nicht allzu eng mit seinem gegenwärtigen Leben verbunden war. Für diese Rolle war ich besonders gut geeignet. Er hatte mir früher schon mehr als einmal von seinen Gefühlsaufwallungen erzählt – nur deshalb wusste ich so viel über Barbara Goring und Gypsy Jones –, und wenn einmal ein Beichtvater gewählt ist, kann man die Gewohnheit nur schwer aufgeben.

Dennoch, sein angeborenes Misstrauen gegen jedermann hinderte ihn sogar in seiner Neigung, über sich selbst zu sprechen.

»Mildred ist natürlich ein ganzes Stück älter als ich«, sagte er.

Ich fühlte mich durch sein völliges Eingenommensein von sich selbst irgendwie eingekerkert. Er zwang einen förmlich dazu, ihm beizupflichten, dass seine eigenen Angelegenheiten von dringender Wichtigkeit, ja, die einzigen Fragen von wirklichem Interesse seien. Gleichzeitig aber trocknete seine starke Selbstbezogenheit jede Sympathie für ihn aus. Sicher, es gab vieles in seiner gegenwärtigen Lage, das ihn nervös machte. Das war schließlich nur natürlich für jemanden, der zu heiraten beabsichtigte. Dennoch, es schien hier mehr vorzuliegen als der traditionell erregt-angespannte Zustand eines Mannes, dessen Heiratsantrag erst kürzlich angenommen worden war. Ich erinnerte mich, dass er Barbara Goring nie gebeten hatte, ihn zu heiraten, weil er damals nicht reich genug dazu gewesen war. Er las meine Gedanken, so wie Menschen es häufig tun, wenn ihre Intuition durch die Intensität des Interesses, das durch ein Gespräch über sie selbst erregt wurde, besonders geschärft ist.

»Haycock hat ihr ziemlich viel Geld hinterlassen«, sagte er. »Allerdings befinden sich ihre finanziellen Angelegenheiten in einem entsetzlichen Durcheinander.«

»Wirklich?«

»Wie lange kennst du Lady Molly schon?«

»Ich war an jenem Abend zum ersten Mal dort.«

»Ich wünschte, ich hätte sie in ihrer großen Zeit gekannt«, sagte er. »Ich kann nicht sagen, dass ich die Atmosphäre in ihrem gegenwärtigen Haus besonders mag.«

»Du würdest Dogdene vorziehen?«

»Ich glaube, auch Dogdene war in vieler Hinsicht weit davon entfernt, ideal geführt zu werden«, sagte Widmerpool barsch. »Aber wenigstens bot es einen angemessenen Hintergrund für eine Grande Dame. Mildred ist eine Freundin der gegenwärtigen Lady Sleaford, so dass ich wohl bald in der Lage sein werde zu beurteilen, wie Lady Molly sich dort ausgenommen haben muss.«

Irgendwie fühlte ich mich durch die Art, wie er Molly Jeavons beschrieb, verletzt – nicht so sehr, weil ich nicht damit übereinstimmte oder wegen seines anmaßenden Tons, sondern weil ich ihm diese Einschätzung ihrer Qualitäten gar nicht zugetraut hätte, selbst nicht in dieser groben Form. Ich war in der Tat überrascht, dass er sie nicht als Versager abtat, nahm aber gleichwohl die Sicherheit zur Kenntnis, mit der er eine Einladung nach Dogdene erwartete. Nach dem, was Chips Lovell zu diesem Thema zu sagen pflegte, war ich mir nicht sicher, ob Widmerpool nicht vielleicht die Rechnung ohne den Wirt machte.

»Es hat mit Dogdene zu tun, wie du selbst weißt, dass Mildred eine so alte Freundin von Lady Molly ist. Vielleicht keine sehr enge Freundin, aber sie kennen sich schon seit langer Zeit.«

»So?«

Ich konnte mir nicht denken, worauf er hinauswollte.

»Weißt du, wir haben uns bei Lady Molly kennengelernt.«

»Ah.«

»Mildred ist – wie soll ich mich ausdrücken – eine Frau von Welt wie Lady Molly – aber – nun – kaum mit Lady Mollys unbeschwerter Art, die Dinge zu betrachten – ich meine das eigentlich nicht so – in gewisser Weise ist Mildred sehr unbeschwert, aber sie hat ihren eigenen Willen – und – auf ihre eigene Art – nimmt sie das Leben sehr ernst –«

Er sah plötzlich kläglich aus, ganz so, wie ich ihn als Schuljungen oft gesehen hatte: einsam, linkisch, unbeliebt, seltsam; nicht länger der selbstsichere Geschäftsmann, in den er hineingewachsen war. Sein Gesicht brachte jetzt jene Zeit wieder in meine Erinnerung zurück, als man beobachten konnte, wie er durch den Nieselregen zu seinen langen, einsamen Läufen über die trüben Weiden jenseits der Rieselfelder losstapfte – zu den Läufen, mit denen er immer für die Mannschaften trainiert hatte, in die er nie aufgenommen wurde. Sein Kiefer bewegte sich jetzt nicht länger auf und ab. Er leerte sein zweites Glas Wasser.

»Also, du kennst General Conyers und seine Frau«, sagte er.

Er fügte das ziemlich lahm an, so als fehle ihm die seelische Kraft, das Thema zu verfolgen, das er anzuschneiden hoffte.

»Zufälligerweise gehe ich heute Nachmittag zum Tee zu ihnen.«

»Warum in aller Welt tust du das?«

»Ich habe sie lange nicht gesehen. Wir kennen sie schon eine Ewigkeit, wie ich dir gesagt habe.«

»Ach ja, richtig.«

Er schien über diese Information verwirrt. Ich fragte mich, ob Mrs. Conyers sich bereits gegen die Heirat ausgesprochen hatte. Ohne Zweifel war sie im Haus der Jeavons' um ihre Schwester besorgt gewesen. Ich hatte vermutet, dass ihre schlimmsten Befürchtungen dann durch Widmerpools Aussehen zerstreut worden seien. Auch wenn sie im Großen und Ganzen bereit war, ihn zu akzeptieren, hatte sie an jenem Abend vielleicht eine Bemerkung fallenlassen, durch die sie unabsichtlich seine Selbstachtung verletzt hatte. Er war äußerst empfindlich. Seine gegenwärtige Unsicherheit schien jedoch hauptsächlich auf seiner eigenen Unwissenheit darüber zu beruhen, wie viel ich schon über seine zukünftige Frau wusste. Offensichtlich konnte er sich in dieser Frage nicht entscheiden. Die Ungewissheit ärgerte ihn.

»Dann musst du ja alles über Mildred erfahren haben«, beharrte er.

»Nein, nicht viel. Ich weiß über Mrs. Conyers Bescheid, sozusagen. Und ich hab natürlich oft Geschichten über ihren Vater gehört. Ich weiß kaum etwas über die anderen Schwestern. Mrs. Haycock war mit einem Australier verheiratet, nicht wahr? Ich weiß, dass sie zweimal verheiratet war, beide Ehemänner sind tot.«

»Nur das?«

Widmerpool schwieg. Er war über meine Unwissenheit enttäuscht – oder noch misstrauischer; vielleicht beides. Er mochte zu der Ansicht gekommen sein, dass ich für seine Zwecke sowohl zu viel als auch zu wenig wusste.

»Du verstehst«, sagte er langsam, »dass Mildred es sehr gewohnt ist, ihre eigenen Wege zu gehen, ihr eigenes Leben zu leben, meine ich. Haycock ließ sie – ja, er ermunterte sie sogar dazu, wie mir scheint – ein ziemlich – ein ziemlich ungebundenes Leben führen. Sie waren – wie man sagen könnte – ein sehr modernes Ehepaar.«

»Außer der Tatsache, dass sie an der Riviera lebten, weiß ich so gut wie gar nichts über sie.«

»Haycock hatte sein ganzes Leben lang sehr schwer gearbeitet. In seinen letzten Jahren wollte er etwas Entspannung. Das ist verständlich. Soweit ich sehen kann, sind sie gut miteinander ausgekommen.«

Ich begann ein wenig zu verstehen, worauf Widmerpool anspielte. Mrs. Haycocks Umrisse wurden deutlicher. Ohne Zweifel, sie hatte sich fortentwickelt, von ihren früheren Emanzipationsversuchen durch Slang und Zigaretten zu Lebensgewohnheiten, die für einen zukünftigen Ehemann bedrohliche Aspekte boten.

»Haben sie Kinder?«

»Ja«, sagte Widmerpool. »Mildred hat zwei Kinder. Das stört mich nicht. Überhaupt nicht. Ich bin froh, dass Kinder schon von Anfang an da sind.«

Er sagte das in einem so aggressiven Ton, dass ich eine Spur gespielter Forschheit vermutete. Dann machte er eine Pause. Ich wollte ihn gerade nach dem Alter und dem Geschlecht der Kinder fragen, als er wieder hastig zu sprechen begann, wobei die Worte herausstürzten, als ob er diese Rede so rasch wie möglich zu Ende bringen wolle.

»Ich möchte nicht gern zurückhaltend erscheinen in dem Erweis meiner Zuneigung«, sagte er, mit jedem Wort eine wachsende Geschwindigkeit entwickelnd, »und außerdem sehe ich nicht ein, warum wir einen Zustand, in dem wir den Rest unseres Lebens verbringen werden, ungebührlich hinauszögern sollen, nur weil gewisse rechtliche und religiöse Formalitäten Zeit erfordern. Kurz gesagt, Nicholas, du wirst mir, bin ich sicher, beipflichten – besonders, da du einen großen Teil deiner Zeit mit Malern, Filmautoren und solchen Leuten zu verbringen scheinst, deren Moral sprichwörtlich ist –, dass es meinerseits wohl erlaubt wäre anzunehmen, dass wir – wenn einmal der Tag der Hochzeit festgelegt ist – uns gelegentlich unserer beiderseitigen Gegenwart erfreuen könnten – sagen wir, über das Wochenende.«

Er stoppte abrupt und sah mich ziemlich wild an.

»Ich sehe keinen Grund, der dagegen spräche.«

Man konnte unmöglich voraussehen, was er als Nächstes sagen würde. Dies war alles weit von dem entfernt, auf das ich gefasst war.

»Offen gesagt, meine Verlobte – ich meine Mildred – erwartet vielleicht sogar einen solchen Vorschlag.«

»Nun ja, nach dem, was du mir gesagt hast.«

»Hält ihn vielleicht sogar für eine *usage du monde?*«

»Gut möglich.«

Widmerpool kicherte jetzt. Aus irgendeinem Grund spürte ich Verlegenheit, sogar Ärger in mir hochkommen. Man konnte das Problem sozusagen klinisch oder humorvoll angehen. Eine Kombination der beiden Methoden war widerlich. Ich hatte den Eindruck, dass ihn die Frage, wie er sich verhalten solle, eher im Hinblick darauf bekümmerte, welche Figur er in den Augen Mrs. Haycocks abgeben würde, und nicht so sehr, weil sich seine Leidenschaft nicht länger zügeln ließ. Doch hatte es ihm offensichtlich große Erleichterung verschafft, sich diese Dinge von der Seele geredet zu haben. Er wurde jetzt etwas fröhlicher.

»Es gibt noch einen weiteren Punkt«, sagte er. »Da ich einen ungewöhnlichen Namen habe, nehme ich an, dass ich wohl genötigt bin, mir einen Decknamen zuzulegen.«

»Ich glaube schon.«

»In deinem Fall würde diese Schwierigkeit kaum entstehen – so viele Leute heißen ›Jenkins‹.«

»Du wirst vielleicht erstaunt sein zu hören, dass ich mich, wenn ich mich auf solche heimlichen Wochenenden begebe, ›Widmerpool‹ nenne.«

Widmerpool lachte ziemlich herzlich über diesen Einfall. Dennoch, die Frage, welcher Name seine und Mrs. Haycocks Identität verbergen sollte, wenn sie zuerst als Mann und Frau auftreten würden, bekümmerte ihn immer noch.

»Aber welchen Nachnamen sollten wir deiner Meinung nach wirklich gebrauchen?«, fragte er in einem nachdenklichen Ton, fast zu sich selbst sprechend.

»›Mr. und Mrs. Smith‹ hätte den Vorzug einer so vollkommenen Banalität, dass Ihr damit fast schon wieder die Aufmerksamkeit auf euch ziehen würdet. Außerdem könnte man dich vielleicht für den ausgeliehenen Butler der Jeavons' halten.«

Widmerpool, noch im Nachdenken versunken, ignorierte diesen Scherz. Er sah mich mit leeren Augen an.

»›Mr. Smith und die Hochwohlgeborene Mrs. Smith‹? Das würde vielleicht im größeren Einklang stehen mit dem Rang und der gesellschaftlichen Stellung deiner zukünftigen Frau. Jedenfalls würde das eine gewisse originelle Note in die Umstände bringen.«

Bei diesem Vorschlag lachte Widmerpool laut auf. Zweifellos gefiel ihm der Witz. Er erinnerte ihn an die Gegebenheiten seiner Verlobung und zeigte, dass es mir nicht entgangen war, dass Mildred, was immer ihre Fehler sein mochten, die Tochter eines Mitglieds des Hochadels war. Sein Gesicht hellte sich wieder auf.

»Ich nehme an, es ist in Wirklichkeit ganz einfach«, sagte er. »Schließlich fragt der Portier eines Hotels ja wohl kaum jedes Paar danach, ob es verheiratet ist.«

»Wie auch immer, ihr werdet ja bald heiraten.«

»Ja natürlich«, sagte er.

»Da ist also nicht viel, das dich bekümmern sollte.«

»Nein, wohl nicht. Dennoch, ich tue nicht gern etwas Unkorrektes. Aber diesmal, glaube ich, handle ich wohl richtig, wenn ich mir einen Fehltritt dieser Art erlaube. Es wird von mir erwartet.«

Eine düstere Stimmung überkam ihn wieder. Es konnte kein Zweifel daran bestehen, dass ihn der Gedanke an das geplante Wochenende stark bedrückte. Ich erkannte, dass er die Ausführung, vielleicht zu Recht, als eine Krise in seinem Leben ansah.

»Und dann, wo hingehen?«, bemerkte er verdrießlich.

»Hast du an etwas Bestimmtes gedacht?«

»Es müsste natürlich ein Ort sein, wo keiner von uns beiden erkannt wird – ich möchte keine –«

Seine Worte verloren sich.

»Keine was?«

»Keine Witze«, sagte er gereizt.

»Natürlich nicht.«

»An die See, was meinst du?«

»Treibst du noch irgendeinen Sport? Golf? Du hast doch mal Golf gespielt, nicht wahr? Ein Golfhotel?«

»Ich habe Golf aufgegeben. Keine Zeit.«

Er sah wieder verzweifelt aus. Er hatte so viel Energie aufgewandt, um seine gegenwärtige Position in der Welt zu erreichen, dass er sogar auf Golf verzichtet hatte. Es lag etwas Eindrucksvolles in diesem Eingeständnis. Wir saßen eine Zeitlang schweigend da. Der feiste Mann genoss gerade die ersten Bissen eines großzügig mit Schlagsahne und braunem Zucker bedeckten Stückes Apfelkuchen. Das gelbgesichtige Paar war immer noch mit der Situation in Mitteleuropa beschäftigt.

»La position de Dollfuß envers le parti national-socialiste autrichien serait insoutenable s'il comptait sur une gouvernement soi-disant parlementaire: il faut bien l'avouer.«

»Heureusement le chancelier autrichien n'est pas accablé d'un tel handicap administratif.«

Möglicherweise hatte Widmerpool einige ihrer Worte aufgefangen. Jedenfalls muss er zu der Ansicht gekommen sein, dass seine eigenen unmittelbaren Probleme ausreichend erörtert worden seien. Auch er begann jetzt, über internationale Politik zu sprechen, und zwar mit weniger Pessimismus, als man das vielleicht angenommen hätte.

»Wie du wahrscheinlich weißt«, sagte er, »haben sich meine Auffassungen in den letzten Jahren stetig nach links hin bewegt. Ich sehe sehr wohl, dass es Gesichtspunkte in dem Programm Hitlers gibt, gegen die Einwände zu erheben äußerst legitim wäre. Zum Beispiel habe ich selbst eine Reihe jüdischer Freunde, einige von ihnen sehr fähige Männer – Jimmy Klein, zum Beispiel –, und ich würde es deshalb sehr viel lieber sehen, wenn dieser Punkt der nationalsozialistischen Politik fallengelassen würde. Ehrlich gesagt, ich bin mir gar nicht so sicher, dass er … nicht auch wirklich fallengelassen wird, wenn sich die Dinge mal ein bisschen eingespielt haben. Schließlich wird manchmal vergessen, dass die Nationalsozialisten nicht nur ›national‹, sondern auch ›Sozialisten‹ sind. Was das betrifft, bin ich auf ihrer Seite. Sie glauben an Planung. Jeder wird mir zustimmen, dass es in dem alten Deutschland eine Menge gab, das zu Recht weggefegt worden ist – die Kaiser, die Krupps, die Hindenburgs und die mediatisierten Fürsten, Zeugs dieser Art – wir wollen nichts mehr von ihnen hören. Ganz bestimmt nicht. Die Leute sprechen von der Wiederaufrüstung. Ich bin froh, sagen zu können, dass die Labour Party bis auf den letzten Mann dagegen ist – und auch die Aufgeklärteren unter den Konservativen. Wie die Dinge liegen, gibt es sowieso schon eine viel zu große Vernachlässigung des Gleichgewichts, das es zwischen der Produktionsrate und dem Gesamtverbrauch aufrechtzuerhalten gilt, ohne die zusätzliche Störung durch ein niederdrückendes Rüstungsprogramm. Wir wünschen kein solches Hindernis auf dem Weg der organisierten Bewegung hin zur progressiven Planung in der Wirtschaftswelt von heute. Die Leute reden von Nichtangriffspakten zwischen Frankreich,

Belgien und uns. Die offensichtliche Folge solcher wirrköpfigen militärischen Verpflichtungen wäre bloß eine Vergrößerung der bestehenden deutschen Ängste vor einer völligen Einkreisung. Nein, nein, nichts Derartiges, bitte. Es wäre wahrscheinlich viel nutzbringender, wenn man die Dinge am runden Tisch erledigte. Geschäftsleute von der richtigen Sorte. Führende Gewerkschaftler. Sir Magnus könnte möglicherweise eine Rolle spielen. Wenn Deutschland seine früheren Kolonien haben will, lass sie uns ihm zurückgeben. Welchen Einwand gibt es dagegen? Sie haben für niemand anderen einen Wert. Nimm einen Mann wie Göring. Nun, nach den Bildern, die ich von ihm in den Zeitungen gesehen habe, scheint es mir völlig klar zu sein, dass der nur gerne in Uniformen und Orden herumstolziert. Ich nehme an, er ist ein ziemlicher Snob – die meisten von uns sind das im Grunde ihres Herzens –, nun, warum laden wir ihn nicht in den Buckingham Palace ein und führen ihn da herum? Was spricht dagegen, ihm den Hosenbandorden zu verleihen? Schließlich sind solche Dinge ja für so was da, oder? Kaffee?«

»Ja, schwarz.«

»Du kannst ihn unten trinken. Ich trinke nie Kaffee.

»Da du gerade von Uniformen sprachst, bist du noch in der Landwehr?«

»Ich bin noch in der Landwehr«, sagte Widmerpool, mit ziemlicher Befriedigung lächelnd. »Ich habe den Rang eines Hauptmanns inne. Ich verstehe deinen Gedankengang vollkommen. Du glaubst, dass ich, da ich gegen ein Säbelrasseln in Richtung auf unsere teutonischen Nachbarn bin, deshalb auch ein Mann sein muss, der unfähig ist, sich in einer Offiziersmesse zu behaupten. Du kannst ganz sicher sein, dass das nicht der Fall ist. Unter uns gesagt, ich bin keineswegs dagegen, Befehle zu erteilen. Eine Armee – auch eine Amateurarmee – ist keine schlechte Schule, um zu lernen, wie man befiehlt – und im Geschäftsleben muss man befehlen können, mein lieber Nicholas, genauso wie in jeder Armee. Außerdem hat man in einem Bataillon die Gelegenheit, seine Ansichten zum Ausdruck zu bringen – Ansichten, die den Menschen, unter denen ich mich dort befinde, oft neu sind. Diese jungen Bankangestellten, Buchhalter und so weiter – ausgezeichnete Landwehroffiziere – sind natürlich in keiner Weise mit jener weniger begrenzten Welt vertraut, in der jemand wie ich zu Hause ist. Ich mache es mir zur Aufgabe, sie zu unterrichten. Allerdings werde ich wohl meine Landwehr aufgeben müssen, wenn ich verheiratet bin. Ich weiß es aber noch nicht.«

Endlich wurde es Zeit, dass ich mich auf den Weg machte.

»Du gehst also jetzt zum Tee mit einigen meiner zukünftigen Verwandten, ja?«, sagte Widmerpool an der Eingangstür des Clubs. »Nun, ein paar der Dinge, über die wir gesprochen haben, darfst du ihnen gegenüber nicht wiederholen. Ich bin sicher, der General wäre sehr schockiert.«

Er kicherte wieder und machte eine seiner linkischen Abschiedsgesten, die aussahen, als schüttele er die Faust. Ich ging die Stufen hinunter. Eine seltsame Niedergeschlagenheit erfüllte mich. Es war ein sonniger Nachmittag, und es war noch Zeit übrig bis zu dem Besuch bei den Conyers. Ich versuchte, mir einzureden, dass die düstere Stimmung, die mich überkommen hatte, durch Widmerpools längere politische Ausführungen hervorgerufen sei, wusste aber in meinem Innern, dass all das Gerede über das Heiraten der wahre Grund dafür war. Wenn das Alter von dreißig in die Sichtweite rückt, stellt sich im Hinblick auf dieses Thema ein wachsendes Gefühl der Schuld ein. Es war sicher schön und gut, sich für die Freunde, die Widmerpool kannten, im Geiste anzügliche Witze über seine Flitterwochen zurechtzulegen; und bestimmt konnte nichts grotesker sein als die Art, wie er die vorliegende Sache anging. Das war unbestreitbar. Doch ich wusste, dass das Leben eines Tages auch mich einholen würde; wie Widmerpool würde ich unsichere Vorbereitungen treffen, »ein geregeltes Leben zu führen«. Würde ich, wenn die Zeit kam, »den Sprung zu wagen«, wie er es ausgedrückt hatte, innerlich weniger nervös in die

Zukunft sehen als er? Würde ich eine bessere Figur abgeben? Meine seelische Bedrücktheit wurde noch verstärkt durch ein seltsames Bewusstsein, dass diese Zeit nicht mehr fern lag; obwohl ich an keine Frau zu denken vermochte, deren Schatten über eine solche Mutmaßung fiel.

Als ich dann meine Gedanken über mich selbst zurückdrängte und versuchte, Widmerpools Position unvoreingenommen zu betrachten, fand ich sie von Interesse. Zum Beispiel war er im Begriff, der Schwager General Conyers' zu werden, eines Mannes von jetzt fast achtzig Jahren. Ich wusste nicht, wen die übrigen Blaides-Schwestern geheiratet hatten – eine wenigstens war unverheiratet geblieben –, aber ihre Ehemänner mussten alle um Jahre älter sein als Widmerpool, auch wenn sie vielleicht jünger waren als der General. Ich versuchte, einige Parallelen – wie weit hergeholt sie auch sein mochten – zwischen Widmerpool und General Conyers zu finden, und hoffte so, eines jener festgelegten Muster menschlichen Verhaltens konstruieren zu können, die unserem Geist aus irgendeinem Grund eine unbestimmte Befriedigung gewähren und die offener zutage tretenden Widersprüche des Lebens erträglicher machen. Es ließ sich eine Liste zusammenstellen. Beide waren es gewohnt, durch den Willen zu leben; beide hatten sich entschieden, eine Zeitlang ohne die Belastung einer Ehe Karriere zu machen; beide waren, auf sehr verschiedene Weise, ziemlich erfolgreiche Männer. Hier schien der Vergleich steckenzubleiben.

Indes, einige Leute glaubten, dass die Verbindungen von Mrs. Conyers' Familie eine Rolle dabei gespielt hätten, ihren Mann zum Altar zu bringen; und es mochte sehr gut sein, dass Widmerpool in Bezug auf ihre Schwester durch ähnliche Überlegungen bewegt wurde. Das hätte nicht im Widerspruch zu seinem Charakter gestanden. Andererseits konnte eine solche Einschätzung seiner Motive – oder der des Generals – ein völliger Irrtum sein. In beiden Fällen mochten die Handlungen von der Liebe und nicht von Vernunftgründen bestimmt werden. In der Tat, die Beweise, die ich von Widmerpools früherem Verhalten Frauen gegenüber besaß, wiesen auf einen entschiedenen Mangel an Beherrschtheit hin, selbst wenn seine Leidenschaften unbefriedigt blieben.

Zudem war da noch Mrs. Haycock selbst. Warum in aller Welt – so stellten sich mir ihre Umstände dar – wollte sie wohl Widmerpool heiraten? Eine solche Unfähigkeit, physische Anziehungskraft oder gemeinsame Interessen zu beurteilen, ist natürlich etwas ganz Normales. Wo es, besonders im Hinblick auf die Ehe, um das andere Geschlecht geht, wird das Wirken unserer Vorstellung oder unser Wissen über einzelne Personen von der subjektiven Betrachtungsweise beherrscht. Nur wenn man sich von Beginn an völlige Unwissenheit eingesteht, kann man manchmal langsam eine Erklärung entwickeln. Ich fragte mich zum Beispiel ob sie in Widmerpool die Qualitäten des soliden Durchschnittsmenschen sähe, die sich zuvor in ihrem australischen Ehemann gezeigt hätten – obwohl nicht die geringsten Beweise die Annahme rechtfertigten, ihr australischer Ehemann sei solide oder ein Durchschnittsmensch gewesen. Nach allem, was ich wusste, hätte er gut ein Taugenichts reinsten Wassers gewesen sein können. Wie ich schon sagte, es war möglich, dass Mrs. Haycock selbst verliebt war. Die Tatsache, dass Widmerpool einigen, die ihn kannten, als eine groteske Gestalt erschien, lieferte keinen Grund zu der Annahme, er könne in anderen Menschen keine Liebe entfachen. Ich erwähne diese Überlegungen hier nicht, weil sie etwa subtil seien, und bestimmt nicht, weil sie Großzügigkeit des Gefühls verrieten, sondern um zu betonen, wie schwierig es ist, auch nur entfernt zu verstehen, warum sich die Menschen so verhalten, wie sie es tun.

Die Frage der Liebe verband sich in meinem Innern noch immer leicht mit Gedanken an Jean; das war nun umso mehr der Fall, als Widmerpool von ihrem Bruder, Peter Templer, und von ihrem Mann, Bob Duport, gesprochen und sich sogar nach Jean selbst erkundigt hatte. Offensichtlich hatte sie ihn irgendwie beeindruckt. Konnte ich mir selbst gegenüber zuverlässig versichern, dass ich sie nicht länger liebte? Ich hatte mich kurz zuvor – und endlich mit einem Gefühl der Gewissheit – entschieden, dass ich bei meinem weiteren Leben von dieser Annahme ausgehen könne. Dennoch, es war nicht gleichbleibend leicht, mir selbst diese Entscheidung mit einem Gefühl absoluter Überzeugung vor Augen zu führen; wenn auch meine Gedanken jetzt weniger häufig als früher bei der Frage weilten, ob unser Zusammenleben ›ein Erfolg‹ hätte werden können. Für einen Augenblick hatte mir die Vorstellung, dass sie jetzt wieder mit Duport zusammen war, das Gefühl gegeben, mein Herz werde von rotglühenden Zangen gepackt – eine Erinnerung an ihre Stimme, wie sie »das war ein ziemlich nasser Kuss« sagte.

Einige Leute – ich, zum Beispiel, in jenem Augenblick – dramatisieren ihre Liebesbeziehungen, indem sie besondere Betonung auf Gefühl und Sinnlichkeit legen; andere ziehen es vor, die Aspekte des Handelns und der Macht, die ebenfalls eine hervorstechende Rolle in der Liebe spielen müssen, in den Mittelpunkt zu rücken. Vertreter der letzteren Richtung versuchen, die erstgenannten Emotionen auszuschließen oder zumindest in beträchtlichem Maße einzuschränken. Barnby pflegte nur selten zuzugeben, dass er in die Frau ›verliebt‹ sei, hinter der er her war, und von Baby Wentworth sagte man, wenn sie einen Mann zu ihrem Liebhaber genommen habe, spräche sie nie wieder ein freundliches Wort mit ihm. Der eine braucht den Exhibitionismus der Publizität, ein anderer wieder eine äußere Schönheit, die allgemein anerkannt sein muss. Peter Templer zeigte sich gerne mit ›auffälligen Schönheiten‹; Bijou Ardglass liebte es, von den Zeitungen mit ihrem Liebhaber des Augenblicks fotografiert zu werden. Die Haltung der meisten Menschen der Liebe gegenüber besitzt – so unerwartet sie auch sein mag – ihre eigene Logik, denn nur durch den Versuch, irgendwelche Vernunfterklärungen für die Liebe zu finden, werden ihre Bürden leicht erträglich. Auf ihre jeweilige

Weise geben uns Gefühl und Macht etwas, das unseren Geist befriedigt, wenn nicht unser Herz. Sie sind deshalb Elemente, die oft bis zum Exzess von Leuten ins Spiel gebracht werden, die vom Temperament her völlig unfähig sind zu lieben, dennoch aber entweder nicht auf das Vergnügen verzichten wollen oder nicht bereit sind, das gesellschaftliche Stigma eines uninteressanten Gefühlslebens zu tragen.

Ich dachte über einige dieser Dinge nach, als ich später an jenem Nachmittag auf meinem Weg zum Sloane Square war, in dessen Nachbarschaft General Conyers und seine Frau noch immer in der Wohnung lebten, die ich als kleiner Junge besucht hatte. Um die Wahrheit zu sagen, ich fühlte mich für solche Art von Besuchen ziemlich aus der Übung. Ich hielt mich an Sonntagen normalerweise außerhalb Londons auf, und es war für mich ganz ungewohnt, den Nachmittag mit einem älteren General und seiner Frau beim Tee zu verbringen. Selbst die Verabredungen zum Tee mit Onkel Giles ergaben sich immer nur zweimal innerhalb eines Zeitraums von etwa drei Jahren. Dennoch, es schien sich hier um einen von mehreren Hinweisen auf einen Wandel zu handeln, die sich kürzlich bemerkbar gemacht hatten und die auf Zeiten hindeuteten, in denen – wie in der Szene in Tolstois »Auferstehung« – die Eisschollen des Lebensflusses auseinanderbrechen, um flussabwärts zu treiben, ehe der reißende Strom bald wieder zu erneuter, trügerisch dauerhafter Form gefriert.

Als ich jünger war, hatte ich zwar General Conyers und seine Frau hin und wieder gesehen, gewöhnlich zusammen mit meinen Eltern beim Grand Military Gold Cup (der General selbst hatte früher manchmal Hindernisrennen geritten) oder bei einem Geländejagdrennen in Hawthorn Hill, doch die letzte solcher Begegnungen hatte Jahre zurückgelegen. Die Wohnung der Conyers schien mir, als ich sie betrat, beträchtlich kleiner, als ich sie in Erinnerung hatte. Sonst war sie unverändert. Auf dem Bücherschrank stand die Fotografie des Generals mit seiner Hellebarde. Das Cello konnte ich nicht sogleich ausmachen. Der Grund dafür wurde einige Augenblicke später, nachdem ich von Mrs. Conyers begrüßt worden war, ersichtlich, als nämlich ein tiefes, melancholisches Klagen irgendwo nahebei ertönte, nachhaltig, doch gedämpft durch mehrere Türen: die Klänge eines verborgenen Orchesters, geheimnisvoll, sogar eine Spur überirdisch, als ob irgendwo in der Nähe Zwerge in einer Höhle seltsame Instrumente anschlügen. Dann schwoll der Lautumfang der Musik an, als wenn eine Straßenkapelle jetzt genau unter dem Fenster spiele, so dass man instinktiv nach einer Münze fingerte, um sie nach unten zu werfen.

»Aylmer wird in einer Minute hier sein«, sagte Mrs. Conyers. »Er übt immer bis fünf Uhr, wenn wir in London sind. Da Sie heute Nachmittag kommen würden, willigte er ein, etwas eher aufzuhören. Er ist nie mit seinem Spiel zufrieden.«

»Das Stück klingt bekannt.«

»Es ist das ›Ave Maria‹.«

»Ja natürlich.«

»Wenn es nicht Gounod ist, sind es die Sonaten von Marcello.«

Der Gedanke an den General, wie er an seinem Cello saß, beschwor eines jener holländischen Genrebilder herauf – sentimental und doch gleichzeitig auch eindrucksvoll: nicht nur wegen ihrer geschickt verwirklichten räumlichen Tiefe und delikaten Farbtöne, sondern auch wegen der profunden gesellschaftlichen Überzeugung des Malers. Irgendwie drängte sich mir die Vorstellung auf, der General fiedle dort in der Uniform der Leibgarde vor sich hin, mit dem Helm auf einer mit Schnitzwerk verzierten Eichenkommode, die Hellebarde gegen die Wand gelehnt. Mrs. Conyers beachtete die Kadenzen ihres Mannes nicht weiter. Zweifellos waren sie ihr nur allzu vertraut.

»Was für einen seltsamen Haushalt Lady Molly doch führt«, sagte sie. »Ich gestehe ganz offen, dass ich ihn ziemlich schwierig finde. Es scheint aber auch nichts zu geben, über das man sich mit ihm unterhalten könnte. Er erzählte mir einmal von einem wunderbar billigen Laden, wo man weiße Baumwollhemden für Männer kaufen könne. Natürlich, Aylmer war froh, von dem Laden zu hören, nur will man doch nicht immer und immer darüber sprechen. Es muss fürchterlich langweilig sein für seine Frau, aber es scheint ihr nichts auszumachen. Die ganze Ardglass-Familie ist sehr seltsam. Ich glaube, man trifft alle möglichen Leute bei den Jeavons' – einige von ihnen ganz sicherlich von einer Sorte, die mein Vater ›spaßig‹ zu nennen pflegte. Wie Sie wissen, hat meine Schwester dort Mr. Widmerpool kennengelernt. Wie komisch, dass Sie ihn schon kannten.«

Sie sprach mit einer gewissen Zurschaustellung von Gleichgültigkeit, aber es konnte kein Zweifel daran bestehen, dass ihre Unbekümmertheit gespielt war und dass sie darauf brannte, die Verlobung in allen Einzelheiten zu besprechen, wobei sie wahrscheinlich hoffte, besondere Enthüllungen über Widmerpool zu hören, ehe ihr Mann sich zu uns gesellen würde.

»Ich kenne ihn ziemlich gut, ja, ich habe gerade mit ihm zu Mittag gegessen.«

Mrs. Conyers war entzückt über diese Neuigkeit.

»Dann können Sie uns ja in der Tat erzählen, wie er so ist«, sagte sie. »Wir haben einige – selbstverständlich schenke ich ihnen keinen Glauben – nicht gerade schmeichelhafte Berichte über ihn gehört. Natürlich will man nicht alles ernst nehmen, was einem so zugetragen wird, aber Mildred ist meine jüngste Schwester, und sie tut manchmal wirklich ziemlich verwegene Dinge. Beschreiben Sie ihn mir doch bitte.«

In diesem Augenblick brachte das Mädchen den Tee herein, und ehe Mrs. Conyers weiter auf einer Antwort bestehen konnte, erschien der General selbst. Er hinkte immer noch ein wenig nach seinem Sturz. Eine Sekunde lang fasste er meinen Arm nahe am Ellbogen mit einem stählernen Griff, so als nehme er eine Verhaftung vor. Als kollektive Gruppe sind Generäle gewöhnlich entweder überdurchschnittlich groß oder klein. Bemerkenswert hochgewachsen, besaß Aylmer Conyers zusätzlich zu seiner Körpergröße viel natürliche Vornehmheit. Genauer gesagt, seine Persönlichkeit füllte das Zimmer, allerdings ohne aktive Aggression. Gleichzeitig war er ein Mann, der, zu Recht oder nicht, den Eindruck vermittelte, dass er vor nichts zurückschrecken würde. Wenn er sich entschlossen hatte, dich zu töten, würde er dich töten; wenn er der Meinung war, es genüge, dich niederzuschlagen, würde er dich niederschlagen; wenn er einen bloßen Tadel für ausreichend hielt, würde er sich auf einen Tadel beschränken. Zusätzlich dazu bekundete er offen ein gutgelauntes, mit besten Manieren vertretenes Bewusstsein des der menschlichen Natur innewohnenden Versagens: der letztlichen Vergeblichkeit aller menschlichen Anstrengungen. Er trug einen dunklen Anzug aus ungewöhnlich dickem, rauem Stoff, die Jacke lang geschnitten, die Hosen eng, einen hohen steifen Kragen, dessen Knopf über dem Binder sichtbar war, und wunderschön glänzende Halbstiefel aus Lackleder mit grauen Stoffstulpen. Er sah aus wie ein unendlich vollkommener Schauspieler, den man zurechtgemacht hatte, damit er die Rolle spiele, die eigentlich seine eigene war. Gleichwohl gelang es ihm, die fast zu perfekte Eleganz in der äußeren Erscheinung zu vermeiden, die man bei einigen Männern seiner Art findet, besonders bei Höflingen. Der raue Stoff seines Anzugs bewirkte das. Er deutete an, dass eine Spur von grober Kraft bewahrt worden war, als Erinnerung an die mühevolle Vergangenheit des Generals – wie eine alte, rostige Rüstung, die zwischen luxuriösen Wandteppichen hängt.

»Ich krieg nie das Ende richtig hin«, sagte er. »... *Nunc et in hora mortis nostrae* ... ich bin immer eine Nuance zu flach bei dieser hohen Note auf *hora* ...«

Er schüttelte langsam den Kopf, während er sich in einen Sessel hinabließ, wobei er mit beiden Händen sein linkes Bein ausstreckte, so als modelliere er ein Stück einer zerbrechlichen Skulptur. Es war offensichtlich noch immer sehr schmerzhaft und steif. Nachdem er den bequemsten Sitzwinkel gefunden hatte, führte er in der Luft die Schläge eines imaginären Taktstocks aus und gestattete sich gleichzeitig, leise vor sich hinzusummen.

»Tum, tumtitty, tum-te-Gum
Te-tum te-titty tum-tum-te-titty, tum-te-titty
Amen, A-a-a-a-ame-e-e-en …«

Mrs. Conyers konnte während dieser Bewegungen und Geräusche, die sie alle völlig ignorierte, kaum erwarten, dass das Dienstmädchen mit dem Teetablett wieder das Zimmer verließ.

»Es ist zu spät, um in meinem Alter noch zu lernen, viel zu spät«, sagte der General. »Aber ich versuche es weiter. Wie auch immer, mit diesen Arrangements von Saint-Saëns komme ich gar nicht übel zurecht.

»Aylmer, erinnerst du dich, dass ich dir sagte, dass Nicholas Mr. Widmerpool kennt?«

»Was, dieser Nicholas hier?«

»Ja.«

»Sie kennen den Mann, der Mildred heiraten wird?«

»Ja.«

Falls Mrs. Conyers ihrem Mann bereits von meiner Bekanntschaft mit Widmerpool erzählt hatte, musste der General diese Information völlig vergessen haben, denn sie erschien ihm jetzt als etwas absolut Neues und irgendwie unerträglich Komisches, das ihn in einen wilden Anfall tiefen, kehligen Gelächters versetzte – gleich jenem unauslöschlichen Lachen der homerischen Götter hoch auf dem Olymp, deren charakteristischen Fehlern und Verdiensten General Conyers' eigene Natur wahrscheinlich nahekam. Ein stechender Schmerz in seinem Bein brachte das Lachen mit einem Hustenanfall zu Ende.

»Was ist er für ein Mann?«, fragte er, jetzt ernsthafter sprechend. »Wir haben einen nicht allzu befriedigenden Bericht über ihn gehört, nicht wahr, Bertha? Ist er ein guter Mann? Er wird alle Hände voll zu tun haben mit Mildred, dessen können Sie sicher sein. Er ist viel jünger als sie, nicht wahr?«

»Ich war mit ihm zusammen auf der Schule. Er muss etwa …«

»Unsinn«, sagte der General. »Sie können nicht mit ihm zusammen auf der Schule gewesen sein. Sie müssen an jemand anderen dieses Namens denken – einen jüngeren Bruder, nehme ich an.«

»Er ist ein oder zwei Jahre älter als ich –«

»Aber Sie können nicht zusammen auf der Schule gewesen sein. Nein, nein, Sie können nicht mit ihm auf der Schule gewesen sein.«

Zur Unterstützung ihres Mannes schüttelte auch Mrs. Conyers jetzt den Kopf. Meiner Behauptung, zusammen mit Widmerpool auf der Schule gewesen zu sein, war kein Glaube zu schenken. Wie die meisten Menschen, die jemanden als Kind gekannt haben, weigerten sie sich zu glauben, dass ich ein Alter erreicht haben könnte, in dem ich billigerweise als ein Erwachsener angesehen werden musste. Seit sehr kurzer Zeit kein Student mehr zu sein, war wohl so ziemlich der höchste Grad der Reife, den die beiden mir zuzugestehen gerne bereit waren. Dass ich von Widmerpool als einem Zeitgenossen sprechen konnte, versetzte dem General offensichtlich den schlimmsten Schock, den er zu diesem Thema bisher empfangen hatte. Seine frühere Haltung deutete darauf hin, dass er die ganze Sache für eines jener lächerlichen Ereignisse hielt, die untrennbar mit allem verbunden waren, das mit der Familie seiner Frau zu tun hatte; aber die Neuigkeit, dass er vielleicht im Begriff stand, einen zusätzlichen Schwager zu erhalten, der mehr oder weniger in meinem Alter war, machte ihn doch betroffen. Er runzelte jetzt ärgerlich die Stirn.

»Ich hab letzte Woche einen Mann namens Truscott kennengelernt«, sagte er. »Es stand zur Debatte, ob er in einen Aufsichtsrat kommen sollte, von dem ich kürzlich zurückgetreten bin. Er hat mit den Nebenprodukten der Kohle zu tun, und man sagt, er sei ein kluger Kopf. Ich fragte ihn, ob er zufällig Widmerpool kenne – ohne den wahren Grund für mein Interesse zu verraten, natürlich –, und er sprach mit der größten Abneigung von ihm. Der größten Abneigung. Es stellte sich heraus, dass sie mal zusammen bei Donners-Brebner gearbeitet haben. Truscott sagte, Widmerpool sei ein schrecklicher Kerl. Man könne ihm keinen Fingerbreit trauen. Nun ja, vielleicht war das ein Haufen Lügen. Es ist noch nie meine Gewohnheit gewesen, etwas um Klatsch zu geben. Dafür hab ich nichts übrig. Natürlich hab ich Truscott das nicht gesagt. Er hätte vielleicht sonst nicht weitergesprochen. Ich hielt es für meine Pflicht, mir das anzuhören, was er meinte, sich von der Seele reden zu müssen. Ich muss sagen, es war eine ganze Reihe von Verbrechen, die er Widmerpool zur Last legte, und nicht das Geringste bestand darin, es erreicht zu haben, dass er, Truscott, von Donners-Brebner entlassen wurde. Nun, was ich meine, ist, dass ein Mann, der Mildred heiratet, ein Mann mit einem eigenen Willen sein muss. Sonst sollte er Mildred erst gar nicht heiraten. Nun, ein Mann mit einem eigenen Willen ist oft auch ein Mann, der sich Feinde macht. Ich weiß das so gut wie jeder andere. Offenbar hat Widmerpool sich Truscott zum Feind gemacht. Das spricht nicht unbedingt gegen Widmerpool. Er ist vielleicht trotzdem ein ganz ausgezeichneter Mann. Truscott loszuwerden, ist vielleicht ein Akt großer Cleverness und Klugheit gewesen. Wie soll ich das beurteilen können? Was ich aber weiß, ist dieses: Berthas Schwester Mildred ist es sehr gewohnt, ihre eigenen Wege zu gehen. Glauben Sie, dass Mr. Widmerpool in der Lage sein wird, mit einer Frau fertig zu werden, die einige Jahre älter ist als er und die es sehr gewohnt ist, ihre eigenen Wege zu gehen?«

Ich hatte seit Jahren nicht mehr an Truscott gedacht. Auf der Universität war ihm eine große Karriere vorausgesagt worden: Premierminister, Lordkanzler, berühmter Dichter – man hatte sich nie endgültig entscheiden können, welche Rolle er wohl am angemessensten zieren würde, vielleicht alle drei. Jetzt erinnerte ich mich, dass mir irgendjemand gesagt hatte, es sei Widmerpool, ehe er selbst die Firma verlassen habe, gelungen zu erreichen, dass Truscott bei Donners-Brebner hinausgeworfen wurde. Ohne Zweifel, der General hatte eine knappe, militärische Einschätzung der Situation gegeben. Während ich mich noch fragte, was ich wohl entgegnen sollte – denn ich sah keine Möglichkeit, zu einem so komplizierten Thema wie dem Charakter Widmerpools eine einfache Antwort zu geben –, erschien das Mädchen wieder und kündigte einen weiteren Gast an.

»Lady Frederica Budd.«

Die Nichte, deren Eigenschaft unangreifbarer Korrektheit bei Alfred Tolland eine solche Befriedigung und gleichzeitig bei Molly Jeavons unfreundliche Belustigung hervorgerufen hatte, wurde ins Zimmer geführt. Diese enge Freundin Mrs. Conyers', eine Witwe mit mehreren Kindern, eine Hofdame, war eine hübsche Frau von Mitte Dreißig. Sie war in einer Weise gekleidet, die man wohl als uneinnehmbar bezeichnen muss – wie ein langer, gepflegter, moderner Schlachtkreuzer. Man hatte das Gefühl, dass sie zwar gewiss ihre Kleider ablegte, wenn sie sich zur Ruhe begab, dass aber ein zwischenzeitliches Inordnungbringen, wie geringfügig auch immer, nie notwendig war, ja, nicht tunlich wäre. Sie war die älteste der Tolland-Schwestern; von ihrer Gestalt her glich sie stark Blanche und Priscilla, doch zwischen ihr und ihren Brüdern konnte ich, so wie ich die Letzteren in Erinnerung hatte, keine Ähnlichkeit erkennen. Sie küsste Mrs. Conyers. Der General begrüßte sie herzlich, doch mit einer Spur von Ironie. Ich wurde ihr vorgestellt. Lady Frederica sah mich sorgfältig an, so als befinde sie sich auf einer Armeeinspektion: mit einem nicht unfreundlichen, aber langen und forschenden Blick. Ich erkannte sofort, dass sie und Molly Jeavons kein Paar bilden würden, das leicht übereinstimmte. Dann wandte sie sich an den General.

»Wie fühlen Sie sich nach ihrem Sturz?«, fragte sie.

»Ein wenig steif. Ein wenig steif. Ich bin fürchterlich durchgeschüttelt worden. Hätte mir fast das Genick gebrochen. Und Sie, Frederica?«

»Ach, mir ist es ziemlich gut ergangen«, sagte sie. »Weihnachten ist uns verdorben worden, weil zwei der Kinder die

Masern bekamen. Aber sie sind jetzt wieder gesund. Es war alles sehr anstrengend, während sie krank waren.«

»Ich hab den ersten Weihnachtstag damit verbracht, die Hundezwinger zu säubern«, sagte der General. »Ich bin zum Frühgottesdienst gegangen. Dann habe ich mich in meine ältesten Sachen geworfen und hab sie mir gründlich vorgenommen. Hab spät zu Mittag gegessen und danach ausgiebig geschlafen. Den ganzen Abend lang habe ich ein Buch gelesen. Es war einer der besten Weihnachtstage, die ich je erlebt habe.«

Frederica Tolland schien an dem Bericht über die Weihnachtsaktivitäten des Generals nicht besonders interessiert. Sie wandte sich von ihm ab und Mrs. Conyers zu, so als erhoffe sie sich etwas, das ihr mehr zusagte.

»Was haben Sie so getan, Bertha?«, fragte sie.

»Ich bin gestern beim Schlussverkauf gewesen«, sagte Mrs. Conyers.

»Sind Sie nicht fast zu Tode getrampelt worden?«

»Ich habe einen Hut erobert.«

»Ich bin Anfang der Woche da gewesen«, sagte Frederica. »Ich hab mich nach einem billigen schwarzen Kleid umgesehen, wissen Sie. So viele Mitglieder der Königsfamilie gehen auf die hundert zu, dass wir zwangsläufig bald wieder in Trauer sein werden.«

»Haben sie Ihnen hart zugesetzt?«, fragte der General.

Ich hatte den Eindruck, er könne vielleicht ein wenig eifersüchtig auf Frederica sein, die ihrerseits offensichtlich entschlossen war, nicht zuzulassen, dass er sich selbst zu ernst nahm. Es lag ein leichter Hauch von Schärfe über ihrem Dialog.

»Nichts wirklich Tödliches seit der Britischen Industrieausstellung«, sagte sie. »Danach musste ich mein bestes Paar Schuhe wegwerfen. Sie können von Glück reden, dass Sie bei so etwas nicht eingesetzt werden. Das wird mir noch mal den Rest geben.«

»Kommen Sie doch und tragen Sie mal meine Axt bei der

nächsten Nachmittagsaudienz«, sagte der General. »Als ich beim letzten Mal Dienst hatte, dachte ich, ich würde vor Erschöpfung umfallen. Dann trat mir dieser verdammte Kerl Ponsonby noch auf meinen gichtkranken Zeh.«

»Wir haben neulich abends Ihren Onkel Alfred getroffen, Frederica«, sagte Mrs. Conyers.

Sie sagte das entweder, um mich in das Gespräch einzubeziehen, oder, weil die Erfahrung sie gelehrt hatte, dass Passagen dieser Art zwischen ihrem Mann und Frederica Budd schnell eine Spur Bitterkeit annehmen konnten. Vielleicht wollte sie aber auch bloß die Konversation auf das Thema Widmerpool zurücklenken.

»Er sah sehr gut aus«, fügte sie hinzu.

»Ach nein, wirklich?«, sagte Frederica, sichtlich erstaunt. »Wo war das? Ich dachte, er ginge nie aus, es sei denn zu so etwas wie seinen Regimentsessen. Jedenfalls sagt er das immer.«

»Bei Molly Jeavons. Ich bin vorher noch nie da gewesen.«

»Natürlich. Er geht dort immer noch hin, nicht wahr? Welch seltsamen Leuten er in diesem Haus begegnen muss. Was für Menschen haben Sie dort angetroffen? Ich muss Molly wirklich selbst einmal wieder besuchen. Irgendwie habe ich nie besondere Lust, zu ihnen zu gehen. Ich glaube, Rob lebte noch, als ich das letzte Mal bei den Jeavons' war.«

Diese Bemerkungen waren, obwohl sie keine große Zuneigung offenbarten, doch ziemlich gemäßigt, besonders im Hinblick auf den Ton, in dem Molly Jeavons ihrerseits über Frederica gesprochen hatte.

»Es war dort, wo ich Nicholas wiedergetroffen habe«, sagte Mrs. Conyers.

Sie berichtete dann, warum sie mich kannten. Frederica hörte eher aufmerksam als interessiert zu. Ihre Art erinnerte wiederum an das Überprüfen von Fakten im Verlauf einer Routineangelegenheit, etwa bei der Zoll- oder Passkontrolle. Dann wandte sie sich an mich, so als wolle sie eine letzte notwendige Information einholen.

»Gehen Sie oft zu den Jeavons?«, sagte sie.

Die Frage klang wie die Vorbereitung zu einem Kreuzverhör, dessen jemand unterzogen wird, der von dem tiefen Innern eines wenig bekannten Landes zurückgekehrt ist, wo er intensive Studien über das Leben der dort existierenden Wilden betrieben hat.

»Das war das erste Mal. Chips Lovell hatte mich mitgenommen. Ich arbeite mit ihm zusammen.«

»Ach ja«, sagte sie vage. »Er ist irgendwie mit Molly verwandt, nicht wahr?«

Sie zeigte sich über Lovell und seine Stellung in der Welt so gut wie gar nicht informiert. Das überraschte mich, denn ich hatte angenommen, dass sie ihn ziemlich gut kenne oder wenigstens gut über ihn Bescheid wisse. Einen Augenblick später fragte ich mich, ob sie ihn vielleicht kannte, aber Unwissenheit vorgab, weil sie eine ungünstige Meinung von ihm hatte. Lovell war keineswegs allgemein beliebt. Es gab Leute, die sein Verhalten für alles andere als untadelig hielten. Vielleicht gehörte Frederica Budd zu diesen. Wenn man Molly Jeavons Glauben schenken wollte, musste man wohl eine vorsichtige Haltung gegenüber Lovell erwarten. In diesem Augenblick sprach der General. Er hatte während unseres Gesprächs still dagesessen, still und zufrieden, so schien es, in Nachdenken versunken über Widmerpool und seine Schwägerin, oder, wahrscheinlicher, über seine eigene Interpretation von Gounod und wie er sie verbessern könne. Seine sonore, gebieterische Stimme, nicht laut, doch in einer Tonlage, die über einen Exerzierplatz oder ein Schlachtfeld trug, schallte durch das kleine Zimmer.

»Ich mag Jeavons«, sagte er. »Ich bin ihm nur einmal begegnet, aber er hat mir gefallen. Lady Molly kenne ich kaum. Ihr erster Mann, John Sleaford, war ein aufgeblasener Kerl. Den gegenwärtigen Sleaford, Geoffrey, kenne ich von Südafrika her. Wir sehen sie gelegentlich. Bertha erzählte mir, dass Lady Molly Onkel Alfred neulich abends tüchtig aufgezogen habe. Es heißt, dass sie das immer tut. Stimmt das?«

Der General stieß wieder ein tiefes »Hohoho!«-Lachen aus, wie der König der bösen Geister in dem Märchenspiel. Offensichtlich fand er Vergnügen an der Vorstellung, dass Alfred aufgezogen wurde.

»Ich glaube, sie hänselt ihn wohl ein bisschen«, sagte Frederica kühl. »Wenn er das nicht mag, sollte er nicht dort hingehen. Ich nehme an, man hat auch über Erridge gesprochen, oder?«

Mir kam der Verdacht, dass sie das sagte, um einem Kommentar über Erridge seitens des Generals zuvorzukommen. Es bestand eine deutliche Rivalität zwischen ihnen. Männer der Tat neigen sowieso dazu, eifersüchtig auf Frauen zu sein, vor allem wenn diese jung sind, gut aussehen und eine relativ mächtige Position bekleiden. Besonders die Schönheit ist eine Form der Macht, auf die Männer der Tat, vielleicht zu Recht, neidisch sind. Möglicherweise lag hier aber auch ein speziellerer Grund vor: Man konnte sich gut vorstellen, dass die beiden in ihren Beziehungen zum Hof rivalisierende Parteien repräsentierten. Aus Fredericas Ton und ihrem allgemeinen Betragen schloss ich, dass sie die Lebensweise ihres ältesten Bruders wohl kaum gutheißen konnte, aber im Gegensatz zu ihrem Onkel nicht bereit war, jede Kritik an Erridge stillschweigend zu dulden.

»Kennen Sie meinen Bruder Erridge – oder besser: Warminster?«, fragte sie mich plötzlich.

Sie lächelte wie jemand, der ein Kind ermutigen möchte, das genauere oder interessantere Informationen besitzt, als sie den Erwachsenen zur Verfügung stehen, das aber vielleicht zu scheu oder zu störrisch ist, um ein solches Wissen mitzuteilen.

»Ich kannte ihn früher vom Sehen her.«

»Er hat einige ziemlich seltsame Vorstellungen«, sagte sie.

»Ich nehme an, Sie haben bei Molly Jeavons viel darüber gehört. Die haben dort kaum sonst noch etwas, über das sie sprechen können. Er ist ein wahrer Segen für sie.«

»Oh, ich glaube, sie haben sehr viel, worüber sie reden«, sagte Mrs. Conyers. »Zu viel, eigentlich.«

»Ich will nicht abstreiten, dass Erridge eine Menge Grillen im Kopf hat«, sagte der General unerwartet. »Aber ich möchte bezweifeln, dass er der Narr ist, für den ihn einige Leute zu halten scheinen. Er ist nur das, was man heutzutage introvertiert nennt.«

»Oh, Erry ist kein Narr«, sagte Frederica. »Auf eine Art ist er eher zu klug – und als ältester Bruder ist er eine schreckliche Plage. Es mag ja einiges für seine Vorstellungen sprechen, aber es ist die Art, wie er sie umzusetzen versucht.«

»Stimmt es, dass er ein Landstreicher war?«, fragte ich.

»Er war nicht wirklich einer, glaube ich«, sagte Frederica. »Er hat sie studiert, oder nicht?«

»Wird er ein Buch darüber schreiben?«, fragte Mrs. Conyers. »Es hat in der letzten Zeit mehrere Bücher dieser Art gegeben, nicht wahr? Haben Sie sonst noch etwas Interessantes gelesen, Nicholas? Ich hoffe immer, dass Leute wie Sie mir sagen, was ich auf meine Büchereiliste setzen soll.«

»Ich lese gerade ein Buch mit dem Titel ›Orlando‹«, sagte der General. »Virginia Woolf. Haben Sie je davon gehört?«

»Ich habe es gelesen, als es veröffentlicht wurde.«

»Was halten Sie davon?«

»Es ist ziemlich schwer, das so in einem Wort zu sagen.«

»Meinen Sie?«

»Ja.«

Er wandte sich an Frederica.

»Haben Sie je ›Orlando‹ gelesen?«

»Nein«, sagte sie. »Aber ich hab davon gehört.«

»Bertha mochte es nicht«, sagte er.

»Ich kam einfach nicht vorwärts damit«, sagte Mrs. Conyers emphatisch. »Ich wünschte, St. John Clarke würde ein neues Buch schreiben. Er hat seit Jahren keins mehr veröffentlicht. Ich frage mich, ob er tot ist. Ich hab seine Romane immer geliebt, besonders ›Die Felder von Amarant‹.«

»Ein merkwürdiges Buch, ›Orlando‹«, sagte der General, der sich nicht leicht von seinem Thema abbringen ließ. »Es beginnt mit einem jungen Mann im 16. Jahrhundert. Dann, um 1830, verwandelt er sich in eine Frau. Sie haben's gelesen, sagten Sie?«

»Ja.«

»Mochten Sie es? Ja oder nein?«

»Nicht besonders.«

»Wirklich nicht?«

»Nein.«

»Die Frau kann schreiben, wissen Sie.«

»Ja, das sehe ich sehr wohl. Ich mochte es dennoch nicht.«

Der General dachte wieder einige Sekunden lang nach.

»Nun, ich werde noch etwas weiter darin lesen«, sagte er schließlich. »Ich möchte natürlich nicht zu viel Zeit auf so eine Sache verschwenden. Jetzt zur Psychoanalyse. Haben Sie davon je etwas gelesen? Natürlich haben Sie. Das war es, womit ich mich über Weihnachten beschäftigt habe.«

»Ich hab mich hin und wieder flüchtig damit befasst. Ich kann nicht gerade behaupten, dass ich ein großer Fachmann bin.«

»Ich hab in letzter Zeit 'ne Menge davon gelesen«, sagte der General. »Freud – Jung – für Adler hab ich nicht viel übrig. Da ist was dran, wissen Sie. Man erfährt, aus welchen Gründen man handelt. Dennoch, es hat mir nicht viel dabei geholfen, ›Orlando‹ zu verstehen.«

Er fiel wieder in einen Dämmerzustand zurück. Es erstaunte mich, dass er sich mit Psychoanalyse beschäftigte, wenn auch sein geistiges Rüstzeug gewiss nicht dem vieler Personen unterlegen war, die den ganzen Tag lang von solchen Dingen redeten. Als er das Wort ›introvertiert‹ gebraucht hatte, hatte ich das für nichts anderes als die Wiederholung eines zu der Zeit populären Begriffes gehalten. Jetzt erkannte ich, dass dieses Thema seine Aufmerksamkeit stark in Anspruch nahm. Er wünschte jedoch in diesem Moment nicht weiter darüber zu diskutieren. Keine der beiden Damen schien sein Interesse zu teilen.

»Ist es wahr, dass Ihre Schwester Mildred wieder heiraten

will?«, fragte Frederica. »Irgendwelche Leute haben mir das neulich erzählt. Sie konnten sich aber nicht an den Namen des Mannes erinnern. Es hat noch nicht in den Zeitungen gestanden, oder?«

Sie sprach in einem beiläufigen Ton. Mrs. Conyers war gut auf diese Frage vorbereitet, denn sie antwortete ohne Zögern und ohne den geringsten Hinweis auf die Zweifel, die sie mir erst kurze Zeit zuvor eröffnet hatte.

»Die Verlobung sollte eigentlich geheim bleiben«, sagte Sie, »aber da jeder sowieso bald davon hören wird, besteht wirklich kein Grund, das Gerücht abzustreiten.«

»Es ist also wahr?«

»Es sieht in der Tat so aus, als ob Mildred bald wieder heiraten würde.«

Niemand, wie entschlossen er auch auf eine gute Story aus sein mochte, hätte von der Art, wie Mrs. Conyers sprach, viel an zusätzlicher Information zu dem Thema ableiten können – außer vielleicht, dass man nicht sagen konnte, sie stelle ihr Entzücken über die Aussicht, dass ihre Schwester zum dritten Mal heiraten werde, unverhohlen zur Schau. Das war schon das Äußerste, was sie an Andeutungen offerierte. Sie zeigte nicht eine Spur von Missbilligung oder Bedauern; im Gegenteil, sie ließ deutlich ihre völlige Hinnahme der Situation erkennen; selbst eine milde Befriedigung wurde nicht offen abgeleugnet. Es war unmöglich, dieser mühelos dargebotenen Fassade die Bewunderung zu versagen.

»Und er –?«

»Nicholas, hier, war zusammen mit ihm auf der Schule«, sagte Mrs. Conyers gelassen.

Sie sprach, als ob die meisten Menschen bereits ganz selbstverständlich von diesem Umstand wüssten; denn es schien jetzt, dass sie sich, trotz der Zweifel ihres Mannes, endgültig mit der Tatsache abgefunden hatte, dass ich nur wenige Jahre jünger als Widmerpool war. Durch die Bemerkung wurde Fredericas Neugier nur noch mehr angestachelt.

»Ach bitte, erzählen Sie uns, wie er ist«, sagte sie. »Mildred ist genau um die Anzahl von Jahren älter als ich, die sie damals, als ich in die Gesellschaft eingeführt wurde, zu einer ganz aufregenden Gestalt machte. Sie war einmal bei den Huntercombes, als ich kurz nach dem Krieg dort zu Besuch weilte. Sie war eine sehr fesche Kriegswitwe und trug riesige Jadeohrringe und rauchte ununterbrochen und sagte die haarsträubendsten Dinge. Sagen Sie uns zuerst, wie ihr neuer Name sein wird.«

»Widmerpool«, sagte ich, denn die Frage war an mich gerichtet.

»Wo stammt die Familie her?«, fragte Mrs. Conyers, begierig, selbst auch von den Erkundigungen Fredericas zu profitieren.

»Aus Nottinghamshire, glaube ich.«

Diese Antwort war schlimmstenfalls neutral und mochte durchaus als ein allgemeiner Hinweis auf einen würdigen familiären Hintergrund genommen werden. Sie stellte zudem – wie ich von Widmerpool selbst erfahren hatte – keinerlei Abweichung von der Wahrheit dar. Da ich befürchtete, dass ich, wenn man mich bedrängte, letztlich gezwungen sein würde, einige harte Dinge über Widmerpool zuzugeben, glaubte ich, dass das Wenigste, was ich unter diesen Umständen für einen alten Bekannten tun könne, eine, wie immer indirekte, Anspielung auf ein beruhigendes Bild von Generationen von Widmerpools in einer ländlichen Umgebung sei: ein altehrwürdiges, wenn auch verfallenes Gutshaus; die Gräber der Widmerpools auf dem Kirchhof; Krüge mit Bier im Gasthaus ›Zum Widmerpool'schen Adler‹.

»Sie haben uns noch nicht gesagt, wie sein Vorname ist«, sagte Frederica, die offenbar das regionale Streiflicht akzeptierte, jedenfalls in diesem Stadium.

»Kenneth.«

»Brüder oder Schwestern?«

»Nein. »

Ich bewunderte die Gründlichkeit, mit der Frederica an diese Art von Erkundung heranging, genauso wie ich Mrs. Conyers frühere Weigerung bewundert hatte, irgendetwas preiszugeben.

»Und er arbeitet in der Londoner Finanzwelt?«

»Man sagt, er sei sehr geschickt darin, Geld zu machen«, warf Mrs. Conyers ein.

Sie lächelte nachsichtig über Fredericas unverhohlene Neugier. Jetzt sprach sie in einem respektvollen, doch gleichwohl missbilligenden Ton, so als ob dieser Zug Widmerpools – die angebliche Leichtigkeit, mit der er ›Geld machte‹ – eine Neigung darstelle, die, so ungewöhnlich das auch erscheinen möge, nicht völlig unangenehm sei, wenn man sich erst an sie gewöhnt habe. Gleichzeitig gab sie ihre frühere Haltung scheinbarer Neutralität auf und beteiligte sich offen an der Untersuchung. Ja, sie selbst stellte die folgende Frage:

»Sein Vater ist tot, nicht wahr? Nottinghamshire, sagten Sie?«

»Oder Derbyshire. Ich kann mich nicht genau erinnern.«

Widmerpool hatte mir einmal anvertraut, dass sein Großvater, ein Geschäftsmann aus dem südlichen Schottland, mit seiner Heirat den Namen ›Geddes‹ abgelegt habe; aber eine solche zusätzliche Information mochte in diesem Augenblick zu esoterisch und genealogisch klingen und vielleicht in ihrer Exaktheit müßig sein. Andererseits würde eine Wiederholung von Eleanor Walpole-Wilsons viele Jahre zuvor gemachter Bemerkung – »Onkel George bezog immer seine Jauche von Mr. Widmerpools Vater« – wohl eine allerdings logisch nicht begründbar unfreundliche, sogar anstößig spaßige Note anschlagen. Eleanors ›Onkel George‹ war Lord Goring. Es schien das Beste zu sein, jede Erwähnung der Jauche zu unterlassen und einfach nur zu sagen, dass Widmerpool mit den Gorings und den Walpole-Wilsons bekannt gewesen sei.

»Ach, die Walpole-Wilsons«, sagte Frederica scharf, als werde sie an etwas erinnert, das sie lieber vergessen würde. »Kennen Sie die Walpole-Wilsons? Meine Schwester Norah teilt eine Wohnung mit Eleanor Walpole-Wilson. Kennen Sie die beiden?«

»Ich habe Eleanor seit Jahren nicht gesehen. Auch ihre Eltern nicht, übrigens.«

Jetzt kam der General, der lange in Gedanken versunken gewesen war, wieder zum Leben zurück.

»Walpole-Wilson, das war dieser Mann im diplomatischen Dienst, der die Dinge in Südamerika so sehr vermasselt hat. Er wurde geschasst deswegen. Ich hab ihn mal bei einem Essen von einer der Londoner Kaufmannschaften getroffen, dem der Textilhändler, oder waren es die Fischhändler? Wir haben uns über Puccini gestritten.«

»Ich kenne die Gorings«, sagte Frederica, die keine Notiz von dem General nahm. »Meinen Sie den Zweig, der ›Lord‹ Goring heißt?«

»Ja. Er ist ein großer Obstfarmer, nicht wahr? Er sprach über Obst während der wenigen Gelegenheiten, bei denen ich ihm begegnet bin.«

»Ich erinnere mich«, sagte sie. »Er ist ein Obstfarmer.«

Sie brachte die Worte ›Lord Goring‹ mit einem besonderen Nachdruck auf den Titel heraus, wobei sie durch ihren Ton fast zu suggerieren schien, dass sich die Mitglieder dieser Familie, seien sie nun männlichen oder weiblichen Geschlechts, aus irgendeinem unerfindlichen Grund alle ›Lord‹ nannten; zumindest aber deutete sie so an, dass sie mir, selbst wenn sie etwas so Absurdes nicht wirklich glaubte, zu verstehen geben wolle, dass es klüger gewesen wäre, mich von den Gorings fernzuhalten; genauer gesagt, dass informierte Kreise der Ansicht seien, die Gorings befänden sich in einem Irrtum, wenn sie sich mit dem ziemlich lächerlichen Anspruch auf eine Adelswürde belasteten. Als ich sie später besser kennenlernte, erkannte ich, dass sie mit ihren Worten keineswegs beabsichtigte, die Gorings zu verunglimpfen, sondern nur, da diese keine persönlichen Freunde von ihr waren, einen sicheren Schutz errichten wollte für den Fall, dass sie sich, in ihren eigenen Augen, als widerlich erwiesen.

»Ich glaube, Widmerpool *père* hatte Verbindungen zu dem Obstanbaugeschäft Gorings.«

»Aber sehen Sie doch«, sagte General Conyers, der mit großer Heftigkeit aus einer fast hypnotischen Trance auftauchte, in die er nach der Erwähnung Puccinis versunken war. »Die Frage ist einfach die: Kann dieser Widmerpool mit Mildred fertigwerden? Davon hängt alles ab. Was glauben Sie, Nicholas? Sie sagen, sie waren mit ihm auf der Schule. Gewöhnlich kennt man einen Mann sehr gut, wenn man mit ihm als Junge zusammen war. Was ist Ihre Ansicht? Geben Sie uns eine Einschätzung der Situation.«

»Aber ich kenne Mrs. Haycock doch gar nicht. Ich war neun oder zehn, als ich ihr zum ersten Mal begegnete, und neulich abends habe ich kaum mit ihr gesprochen.«

Diese Antwort rief einiges Gelächter hervor, und so wurde ich der Notwendigkeit enthoben, ein unmittelbares Urteil über Widmerpools Potential zu fällen.

»Sie müssen meine Schwester einmal wiedersehen«, sagte Mrs. Conyers, unwillkürlich in sich hineinlächelnd – ich vermute, über den Gedanken an Widmerpool als Ehemann Mildreds. Danach trieb die Unterhaltung ziellos dahin. Mrs. Conyers sprach wieder über Kleider und davon, dass ihre Tochter Charlotte in Malta ein Baby bekommen habe. Der General verfiel erneut in einen Zustand der Betäubung, aus dem heraus er gelegentlich schwache musikalische Intonationen murmelte – vielleicht noch immer die Wechsel auf »*... nunc et in hora ...*«. Frederica erhob sich, um zu gehen. Ich ließ ihr Zeit, bis sie die Treppe hinuntergestiegen sein musste, und sagte dann auch meinerseits auf Wiedersehen. Wir vereinbarten, dass nicht wieder eine so lange Zeit verfließen sollte, ehe ich ihnen einen neuen Besuch abstatten würde. Mrs. Conyers gehörte zu den Menschen, denen es schwerfällt, sich schnell zu verabschieden, und so vergingen einige Minuten, bevor ich die Eingangshalle des Wohnhauses erreichte. Vor der Haustür saß Frederica Budd noch immer in ihrem kleinen Auto, das den schrecklichen dumpfen Ton abgab, der anzeigte, dass der Motor sich zu zünden weigerte.

»Dieses verflixte Auto will nicht anspringen«, rief sie.

»Kann ich helfen?«

In diesem Augenblick kam der Motor in Gang.

»Soll ich Sie mitnehmen?«, fragte sie.

»In welche Richtung fahren Sie?«

»Chelsea.«

Auch ich war an diesem Abend auf dem Weg nach Chelsea. Ich befand mich damals in einem Abschnitt meines Lebens, in dem ich, meiner Erinnerung nach, oft und jeweils mit einer anderen Frau vor einem Kino Schlange gestanden zu haben schien. Ein solcher Abend lag auch jetzt wieder vor mir.

»Ja, danke.«

»Steigen Sie ein«, sagte sie.

Nun, da sie mich ins Auto eingeladen hatte und wir zusammen so dahinfuhren, wurde ihr Verhalten, das sich für einen Augenblick, während sie die Zündung betätigte, entspannt hatte, wieder unpersönlich und distanziert; so als wolle sie sagen, die Tatsache, dass sie mich mitnahm, könne nicht als Entschuldigung für eine ungebührliche Vertraulichkeit zwischen uns betrachtet werden. Als das Auto sich geweigert hatte anzuspringen, war sie mir jünger und weniger kühl erschienen – weniger Teil der untadeligen Welt der Conyers. Jetzt hatte sie sich wieder zurückverwandelt in einen zwar äußerst freundlichen, aber auch völlig uneinnehmbaren Vorposten der Förmlichkeit.

»Sie kennen Bertha und den General schon lange?«

»Seit meiner Kindheit.«

»Und damals haben Sie Mildred kennengelernt?«

»Ja.«

»Sie kennen wahrscheinlich all die Geschichten über ihren Vater, Lord Vowchurch?«

»Ich hab einige von ihnen gehört.«

»Die Bemerkung, die er gegenüber König Edward gemacht

haben soll, kurz nachdem Berthas Verlobung bekanntgegeben worden war?«

»Die kenne ich nicht.«

»Es war auf dem Rasen des Squadron, des Yachtclubs in Cowes. Der König soll gesagt haben: ›Nun, Vowchurch, ich höre, Sie wollen Ihre älteste Tochter mit einem meiner Generäle verheiraten‹, und Berthas Vater soll geantwortet haben: ›Bei Gott, das stimmt, Sir, und ich hoffe, er wird dem Mädel beibringen, richtig Trumpf auszuspielen, denn sie haben nicht sehr viel, wovon sie leben können.‹ Edward VII. spielte ein sehr unberechenbares Bridge, wissen Sie. Sir Thomas Lipton hat mir die Geschichte in breitem Schottisch erzählt, wodurch sie noch lustiger klang. Natürlich, was Sir Thomas Lipton am meisten gefiel, war die Tatsache, dass es sich auf dem Rasen des Squadron abgespielt hatte.«

»Wie hat es der König aufgenommen?«

»Ich glaube, er war sehr verärgert. Natürlich, vielleicht ist es gar nicht wahr. Was aber stimmt, ist, dass Lord Vowchurch sich beim König dauernd in die Nesseln gesetzt hat. Lord Vowchurch soll auf eine bestimmte Partie Bridge angespielt haben, als er Strohmann war und König Edwards Spiel schlimm schieflief. Sie erwähnten, dass Sie meinem Onkel Alfred begegnet sind, nicht wahr?«

»Zweimal.«

»Und wissen Sie, wen ich mit Brabazon meine?«

»Den viktorianischen Dandy – ›Bwab‹?«

»Ja, den.«

»Der gesagt hat, er könne sich nicht erinnern, in welches Regiment er hinübergewechselt sei – nachdem er die Gardebrigade verlassen hatte, weil sie zu teuer war –, und nur wusste, dass sie grüne Uniformaufschläge trugen und man sie über die Waterloo Station erreichte?«

»Genau der. Ich finde es toll, dass Sie ihn kennen. Nun, als Onkel Alfred ein junger Mann war, aß er einmal im Pratt's Club zu Abend, und Colonel Brabazon kam vom Marlborough

Club herein, wo er sich im Kartenspielzimmer aufgehalten hatte, während dort ein Spiel im Gange war. Onkel Alfred zufolge sagte Colonel Brabazon: ›Vowchurch gab wichtig seinem Verdwuss dawüber Ausdwuck, dass ihwe Königliche Hoheit den misewabelsten Wobber der letzten Jahwe spielte – nichts als Wücknahmen und Twümpfe nicht bedienen.‹«

»Ich wusste gar nicht, dass Ihr Onkel einen Fundus an solchen Geschichten besitzt.«

»Tut er auch nicht. Das ist seine einzige. Er ist ein sehr scheuer Mann, wissen Sie, und er erlebt nie etwas.«

Dies war eine sehr lebhafte Unterhaltung; obwohl gleichzeitig immer ein Hauch von Distanziertheit über der Art lag, wie sie die Anekdoten erzählte. Dennoch, die Fahrt die King's Road hinunter erwies sich so als äußerst kurzweilig. Der Ton, in dem sie berichtete, erinnerte zudem leicht an Onkel Alfred selbst, an seine Zurückhaltung und Furcht vor Vertraulichkeit. So amüsant die Geschichten an sich waren, so zielten sie gleichwohl klar darauf ab, eine besondere Lebenshaltung zu begründen. Unter der Leichtigkeit der Storys ließ sich bei Frederica Budd, wenigstens was ihr persönliches und nicht so sehr ihr gesellschaftliches Leben anging, ein Bedürfnis nach einem Schutzpanzer gegenüber Fremden erkennen. Eine Spur der linkischen Scheuheit ihres Onkels war, obwohl durch strenge Selbstdisziplin fast ausgemerzt, bei mikroskopisch genauer Beobachtung doch weiterhin zu erkennen. Ohne Zweifel rechnete sie es mir hoch an, dass ich ›Bwab‹ kannte.

»Ich bin neulich abends bei den Jeavons' mit Ihrer Schwester Priscilla zusammen gewesen – allerdings nur für ein paar Minuten. Chips Lovell hat uns beide nach Hause gefahren.«

Sie schien nicht besonders daran interessiert und antwortete kaum. Es fiel mir dann ein, dass sie Lovell wahrscheinlich nicht mochte. Ihre folgenden Worte aber kamen völlig unerwartet.

»Ich bin gerade auf dem Weg zu meiner Schwester Norah«, sagte sie. »Es scheint ziemlich lange her zu sein, seit ich sie das letzte Mal gesehen habe. Ich dachte, ich sollte mal bei ihr hereinschauen und sehen, wie sie sich so beträgt. Warum kommen Sie nicht mit und lernen sie kennen – und sehen Eleanor wieder?«

»Aber nur kurz. Dann werde ich weitermüssen.«

Nach dieser letzten Bemerkung wurde ich mir ihrer leisen, aber doch klar wahrnehmbaren Missbilligung bewusst, so als ob meine Antwort ihr ganz deutlich – ja, in fast roher Weise – verraten habe, dass ich nichts Gutes im Schilde führe, und ihr gleichzeitig auch klarmache, dass in einem Stadtteil, wo so viele Seiten menschlichen Verhaltens Tadel hervorriefen, kleinere Vergehen – jedenfalls bei einem Mann – im Interesse des Gesamtbildes übersehen werden mussten. Dennoch, neben jenem von ihr vermittelten Eindruck der Zurückhaltung war ich mir inzwischen auch eines zweiten Gefühls bewusst: einer Ahnung, dass eilig so etwas wie ein zeitweiliges Bündnis zwischen uns geschlossen worden sei. Ich konnte mir diese Empfindung selbst nicht erklären, war allerdings bereit, sie hinzunehmen.

Inzwischen waren wir vor der verwahrlosten Stuckfassade eines Hauses in einer Seitenstraße angekommen. Man betrat es durch eine nur angelehnte, knarrende Tür, von der der größte Teil der Farbe abgeblättert war. Die bis auf zwei Packkisten leere Eingangshalle verbreitete jenen hartnäckigen, muffigen Geruch, der so charakteristisch ist für Treppenhäuser, die zu Wohnungen in Chelsea führen: Feuchtigkeit; Zigarettenrauch; Gesichtspuder. Wir stiegen die teppichlose Holztreppe hinauf, endlos höher und höher, Stockwerk auf Stockwerk. Frederica nahm in einem scharfen Tempo jeweils zwei Stufen auf einmal. Schließlich erreichten wir das Dachgeschoss und eine weitere arg lädierte Tür, an der ein Messingklopfer in der Gestalt des Kobolds von Lincoln angebracht war. Auf dem Holz unter diesem Klopfer war mit vier Heftzwecken ein Stück schmuddeligen Pappdeckels befestigt. Es trug die Namen »Tolland, Walpole-Wilson«.

Frederica ignorierte den Zweck des Kobolds von Lincoln;

vielmehr ballte sie ihre Faust, schlug mit aller Kraft gegen die Tür und rief mit einer unerwartet rauen Stimme:

»Norah! Eleanor!«

Man hörte, wie sich drinnen jemand bewegte. Dann öffnete Eleanor Walpole-Wilson die Tür. Sie trug eine sehr schmutzige, marineblaue Flanellhose und rauchte einen Zigarettenstummel. Abgesehen von der Hose und der Zigarette und auch einer deutlichen Ausstrahlung gesteigerten Selbstvertrauens hatte sie sich seit der Zeit, als sie, jede Sekunde davon hassend, durch die Ballsäle Londons gezogen war, sehr wenig verändert. Sie trug ihr Haar noch immer in einem Knoten, einer Frisur, die sie inzwischen in eine ziemliche Nähe zur ›Mode‹ rückte, oder zumindest in Reichweite dessen, was man mit ein wenig gutem Willen für unkonventionellen Schick halten konnte. Stämmig und breitschultrig wie eh, kam sie eindeutig besser mit sich und anderen zurecht als früher.

»Ich hab einen alten Freund von dir mitgebracht«, sagte Frederica.

Eleanor schien über mein Kommen nicht überrascht. Man konnte sogar eine leise Spur von Erleichterung wahrnehmen, dass sie Frederica Budd nicht allein empfangen musste; denn Federica gegenüber zeigte Eleanor einen Anflug ihrer alten Aggressivität; zumindest aber ließ sie erkennen, dass sie mit Angriffen rechnete. Dieser Eindruck ruhigen, aber festen Widerstands wurde deutlicher spürbar, als wir uns in das Wohnzimmer begaben.

»Wie geht es dir, Nicholas?«, sagte Eleanor. »Dass du hier so auftauchst! Wie, du hast ja schon ein graues Haar. Genau über dem Ohr.«

Das Zimmer befand sich in schrecklicher Unordnung, schlimmer als bei den Jeavons'; und die Einrichtung war eine peinliche Mischung aus Boudoir und Studio: Ein altes Sofa, so groß, dass man sich fragte, wie es je die letzte Treppe hatte hochgehievt werden können, war mit Chintzrosen bezogen und stand zwischen zwei oder drei dürftigen Stühlen in einem vagen ›Louis‹-Stil. Eine laienhafte Hand hatte die Wände mit gelber Leimfarbe gestrichen. Ein Mädchen lag mit dem Gesicht nach unten auf dem Boden; ihr Rock war bis zu den Schenkeln hochgerutscht und zeigte einen Streifen Haut über den Strümpfen. Das war Norah Tolland. Sie klebte gerade ausgeschnittene Bildchen auf eine Kohlenschütte.

»Hallo, Frederica«, sagte sie, ohne aufzublicken. »Es dauert nur noch einen Augenblick. Ich muss das hier zu Ende bringen, ehe der Kleister austrocknet.«

Sie setzte ihre Arbeit für eine kurze Zeit fort, stand dann, den Kleister mit einem rotkarierten Staubtuch von den Händen wischend, auf, zog ihren Rock ungeduldig nach unten und gab ihrer Schwester einen flüchtigen Kuss auf die Wange. Eleanor stellte mich vor und erklärte ihr, dass wir einander ›früher‹ gekannt hätten. Norah Tolland schien über diese Neuigkeit nicht gerade begeistert, gab mir aber die Hand. Sie war dunkelhaarig und sehr blass und hatte wie ihre Schwester ein schmales Gesicht; sein Ausdruck war grober, doch insgesamt auch weniger fest und charakterlich ausgeprägt. Die Fohlenhaftigkeit ihrer Schwester Priscilla hatte sich bei Norah zu einer absichtlichen, ziemlich absurden Männlichkeit entwickelt. Frederica warf einen schnellen Blick im Zimmer umher, ohne den Versuch zu machen, ihren Widerwillen zu verbergen, so als ob sie der Meinung sei, es gebe viel zu kritisieren, nicht zuletzt den Geruch von Terpentin und altbackenem Kuchen.

»Ich sehe, Ihr habt es noch nicht geschafft, das Fenster reparieren zu lassen«, sagte sie.

Ihre Schwester antwortete nicht, sondern schnellte nur mit einer scharfen, ärgerlichen Bewegung das Haar aus der Stirn.

»Isobel soll uns heute irgendwann besuchen kommen«, sagte sie, »mit ihrem neuen Kavalier. Ich dachte, sie wäre es, als ihr ankamt.«

»Wer ist ihr neuer Kavalier?«

»Wie soll ich das wissen? Irgend so ein Mann.«

»Ich hab sie gestern Abend in Hyde Park Gardens gesehen.«

»Wie geht es ihnen allen?«, fragte Norah gleichgültig. »Möchtest du etwas trinken? Ich glaube, es ist noch etwas Sherry da.«

Frederica schüttelte den Kopf, als ob der Gedanke an Alkohol in jedweder Form ihr in diesem Augenblick Übelkeit bereite.

»Und Sie?«

»Nein danke. Ich muss wirklich bald gehen.«

Der Sherry klang nicht sehr vertrauenerweckend. Es schien klüger, darauf zu verzichten.

»Geh noch nicht«, sagte Eleanor. »Du bist doch gerade erst gekommen. Wir müssen noch etwas über die alten Zeiten reden. Ich hab die Gorings seit einer Ewigkeit nicht gesehen. Ich denke immer an dich, Nicholas, als einen Freund von Barbara.«

»Wie geht es Barbara?«

Es schien unvorstellbar, dass ich einmal, wie Widmerpool, geglaubt hatte, ich sei in Barbara verliebt. Jetzt konnte ich mich kaum noch daran erinnern, wie sie aussah, außer, dass sie klein und dunkelhaarig war.

»Du weißt, dass sie Johnny Pardoe geheiratet hat?«, sagte Eleanor.

»Ich hab sie beide seit ihrer Hochzeit nicht mehr gesehen.«

»Es hat einige Schwierigkeiten gegeben.«

»Was?«

»Sie hatte eine Fehlgeburt.«

»O Gott.«

»Dann wurde Johnny fürchterlich seltsam und melancholisch, nachdem er die Grenadiere verlassen hatte. Du erinnerst dich, er war immer ein absolut typischer Gardeoffizier; mit rötlichem Gesicht und äußerst lauter Stimme und brüllendem Lachen. Jetzt hat er sich ganz verändert; er bläst stundenlang Trübsal und liest Bücher über Religion und Philosophie.«

»Johnny Pardoe!«

»Er sitzt jetzt wochenlang an einem Stück in der Bibliothek und brütet nur vor sich hin. Er geht auch nie mehr auf die

Jagd. Du weißt, wie gerne er jagte. Barbara muss das Anwesen völlig alleine verwalten. Arme Barbara, es geht ihr ganz schön übel.«

Das Leben trottet so dahin, scheinbar in immer der gleichen Weise; und dann wird unsere Aufmerksamkeit plötzlich darauf gestoßen, dass sich irgendeine gewaltige Veränderung vollzogen hat. In diesem Augenblick zum Beispiel, angesichts des Gedankens an die erstaunliche Umkehrung der Verhältnisse, durch die Eleanor Walpole-Wilson in die Lage versetzt wurde, Mitleid mit Barbara Goring – oder, wie sie inzwischen seit Jahren hieß, Barbara Pardoe – zu empfinden, schreckte ich auf wie ein Pferd, das von dem Rand eines Abgrunds zurückgerissen wird. Die Beziehungen zwischen diesen beiden Cousinen ersten Grades waren mir früher einmal völlig unveränderbar erschienen wie alle anderen Beziehungen, wenn man jung ist. Barbara: hübsch, lebendig, laut, beliebt; Eleanor: reizlos, linkisch, streitsüchtig, einsam. Dass Barbara Eleanor mit gönnerhafter Fürsorge behandelte, war etwas, dass sich niemals wandeln konnte.

»Eleanor ist gar kein so schlechter Kerl, wenn man sie näher kennt«, hatte Barbara immer gesagt – sicherlich ohne die leiseste Ahnung, dass sich Eleanor innerhalb weniger Jahre in einer Position befinden würde, in der sie bemerken konnte: »Arme Barbara, es geht ihr wirklich übel.«

Während ich mich diesen ziemlich banalen Überlegungen hingab, wurde mir bewusst, dass sich die beiden Schwestern zu streiten begonnen hatten. Ich hatte den Anfang des Gesprächs, das zu dieser Verstimmung geführt hatte, nicht mitbekommen, aber es schien um ihre jeweiligen Besuche auf Thrubworth, dem Schloss ihres Bruders, zu gehen.

»Wie du weißt, macht Erry immer diese Schwierigkeiten«, sagte Frederica gerade. »Es ist doch nicht so, dass ich selbst gerne hinführe und mehrere Wochen lang in schrecklicher Unbequemlichkeit lebte. Ich werde fürchterlich deprimiert sein, wenn ich sehen muss, wie das Schloss verfällt. Ich würde viel lieber an die See fahren oder ins Ausland. Aber für die Kinder ist es schön, das Schloss zu sehen, und es macht ihnen so viel Spaß, runter zur Farm zu gehen und sich mit den Leuten dort zu unterhalten und so was alles. Wenn du also entschlossen bist, gerade zu diesem Zeitpunkt hinzufahren ...«

»Also gut dann«, sagte Norah. Sie lächelte und zeigte ihre Zähne wie eine wütende kleine Füchsin. »Ich werde nicht fahren. Nichts leichter als das. Auch ich lege keinen besonderen Wert darauf, zu diesem verdammten Schloss zu fahren. Aber es ist mein Zuhause, oder? Einige Leute würden meinen, dass das wohl einiges Gewicht hat. Ich bin da geboren worden. Es ist wahr, ich kann nicht gerade sagen, dass ich dort viele glückliche Stunden verlebt habe, aber ich wandere gern allein durch die Wälder, und ich kann mich dort noch auf viele andere Arten beschäftigen, ohne dir oder Erry oder sonst jemandem lästig zu fallen.«

Eleanor warf mir einen Blick zu, der wohl besagte, dass solche heftigen Worte unter den gegebenen Umständen zu erwarten gewesen seien, dass wir aber versuchen sollten, die beiden zu beschwichtigen. Doch ehe sich der Streit noch weiter entwickeln konnte, wurde er durch das Öffnen der Zimmertür abrupt unterbrochen.

Eine kleine, knorrige, untersetzte Frau mittleren Alters stand auf der Schwelle. Sie trug eine Hornbrille, und ihre kurzen Beine steckten, wie die Eleanors, in blauen Flanellhosen – die wohl etwas eingelaufen waren, denn ihre stark entwickelten Schenkel schienen die Nähte zu strapazieren. Sie hatte ihre Hände tief in den Hosentaschen.

»Ah, hallo Hopkins«, sagte Norah Tolland. Ihr Gesicht hellte sich plötzlich auf und zeigte zum ersten Mal seit meiner Ankunft einige Anzeichen von Freude. »Was können wir für dich tun?«

»Hallo Mädchen«, sagte die Frau an der Tür.

Sie machte keine Anstalten, Norahs Frage zu beantworten, sondern blickte weiter breit grinsend im Zimmer umher, ohne aber über die Türschwelle hereinzutreten. Sie erweckte den

Eindruck einer Person, die eine Nummer auf der Bühne darbietet.

»Wenn ihr euch jetzt angewöhnt, eure Wohnungstür nur angelehnt zu lassen«, sagte sie schließlich, »wird noch eines Tages ein Mann hier hereinmarschieren, und was werdet ihr dann tun, möchte ich gerne wissen. Potz Blitz, ich sehe, ein Mann ist bereits hereingekommen. Na ja, macht nichts. Es gibt so viele davon, man kann sie wohl nicht ständig fernhalten. Warum ich raufgekommen bin, meine Liebe, ist, um mir ein Ei zu leihen, wenn ihr so was habt. Hat eine von euch in der letzten Zeit eins gelegt?«

Norah Tolland lachte.

»Das ist meine Schwester, Lady Frederica Budd«, sagte sie. »Und Mr. –«

»Jenkins«, sagte Eleanor als Antwort auf die stumme Frage nach meinem Namen.

Mir schien, dass sich Eleanor weniger als Norah freute, die Frau zu sehen, die sie Hopkins nannten. Ja, ich hatte den Eindruck, dass sie über ihr Kommen etwas verärgert sei.

»Es freut mich, Sie kennenzulernen, meine Liebe«, sagte Hopkins und reichte Frederica die Hand, »und auch Sie, mein Junge«, fügte sie hinzu und grinste in meine Richtung.

»Miss Hopkins spielt fast jeden Abend Klavier im ›Merry Thought‹«, sagte Eleanor.

Die Erklärung schien hauptsächlich an Frederica gerichtet zu sein.

»Sie sollten mal an einem Abend hereinschauen«, sagte Hopkins.

»Aber kommen Sie bald, denn im nächsten Monat habe ich ein Engagement im Café de Madrid, wo ich zusammen mit Max Pilgrim auftrete. Ich werde aufpassen müssen, dass Max, diese alte Schwuchtel, nicht jede Nummer an sich reißt. Das sähe ihm wirklich ähnlich. Er ist eitel wie ein Pfau. Man muss sowieso immer damit rechnen, dass ein Mann einem die Schau zu stehlen versucht, auch die normalen; die sind am schlimmsten. Woran ich euch Mädchen noch erinnern wollte, ist mein Album. Ihr habt es immer noch. Hat eine von euch beiden daran gedacht, etwas Nettes reinzuschreiben?«

Es zeigte sich, dass weder Eleanor noch Norah einen guten Einfall für eine Eintragung in das Album gehabt hatten.

»Ich möchte es bald wiederhaben«, sagte Hopkins, »denn ein anderes Mädchen, das ich kenne – ein richtig süßes kleines Schätzchen mit einem kleinen zarten Gesichtchen wie eine süße kleine Puppe – wird mir einige allerliebste Verse hineinschreiben. Soll ich euch sagen, was sie schreiben wird? Es wird euch gefallen.«

Frederica Budd, die all dem mit einem leichten Lächeln zugehört hatte, neigte unmerklich den Kopf, wie man es vielleicht tut, wenn ein Clown sein Publikum fragt, ob es den Trick, den er gerade ausführt, bis zu diesem Punkt verstanden hat. Eleanor sah aus, als ob sie keinen besonderen Wunsch verspüre, das Angebotene zu hören, aber jeden Widerspruch für eine Zeitverschwendung hielte. Hopkins sprach die Worte:

»Mag sein, mein Mund ist nicht rot, mein Auge das glänzendste nicht; / Mag sein auch, du siehst heut' ein schön'res Gesicht;/Doch nie, oh mein Liebstes, solange die Sterne noch scheinen / Wirst ein Herze du finden, das an Treue gleichet dem meinen.«

Es entstand eine Pause, als Hopkins ihre mit Feuer vorgetragene Rezitation beendet hatte. Sie nahm eine theatralische Pose ein, die Hand auf die Hüfte gestützt.

»Süß, nicht wahr?«, sagte sie. »Diese Freundin von mir hat es irgendwo gelesen, und sie hat es auswendig gelernt – und ich dann auch. Es gefällt mir so sehr. So etwas möchte ich gern. Ich werd' also das Album noch ein bisschen bei euch lassen, Mädchen, aber denkt daran, ich erwarte etwas wirklich Nettes, wenn ihr, alle beide, nach einem Gedicht sucht. Nun, wie steht es mit diesem Ei?«

Norah ging in die Küche der Wohnung. Hopkins stand da und grinste uns an. Niemand sprach. Dann kam Norah zurück.

Als sie Hopkins das Ei gab, tat diese so, als ließe sie es in dem Ärmel ihres Hemds, dessen Manschetten durch Knöpfe aus schwarzweißer Emaille zusammengehalten wurden, verschwinden. Dann ballte sie eine Faust, balancierte das Ei darauf mit ausgestrecktem Arm und marschierte aus dem Zimmer, wobei sie aus vollem Halse sang:

»Bälle, Picknicks und Partys,/Picknicks, Partys und Bälle.«

Wir hörten das Stampfen der niedrigen Absätze ihrer schweren Schuhe auf dem nackten Holz der Treppe, bis schließlich auf einem tiefergelegenen Stockwerk eine Tür zuschlug und die Stimme plötzlich abgeschnitten war.

»Sie spielt wirklich ganz toll Klavier«, sagte Norah.

Es war eine Herausforderung, aber der Handschuh wurde nicht aufgenommen.

»Eine recht amüsante Person«, sagte Frederica. »Seht ihr sie oft?«

»Sie wohnt zwei Stockwerke unter uns«, sagte Eleanor. »Sie schaut zu jeder Tageszeit hier herein – und ein wenig zu häufig.«

»Ach, ich weiß nicht«, sagte Norah. »Ich mag Heather.«

»Was Thrubworth angeht, hast du dich also jetzt entschieden?«, sagte Frederica, so als ob es sich wohl kaum lohne, über die Verdienste der Hopkins zu reden.

Ich erklärte jetzt, dass ich gehen müsse. Als ich mich von Frederica verabschiedete, sprach sie in einem fast warmen Ton mit mir, so als ob ihre Vermutung, dass ich ihr vielleicht eine Unterstützung sein würde, irgendwie gerechtfertigt worden sei. Norah Tolland war kurz angebunden. Eleanor und ich vereinbarten, dass ich einmal anrufen und die beiden wieder besuchen solle. Ich hatte den Eindruck, dass mein Abgang das Signal für einen erneuten Ausbruch der Familienfehde bilden würde. Ich wollte selbst den Anfängen des Sperrfeuers entkommen und stieg die gebrechliche, übelriechende Treppe hinunter und machte mich auf meinen Weg.

Später an diesem Abend befand ich mich in einer jener endlosen Kinoschlangen, von denen ich bereits gesprochen habe: paarweise angeordnet und unbeweglich, als ob des Lebens koedukative Schule, draußen aufgestellt in einer Zweierreihe, zu einem plötzlichen Stillstand gekommen sei; jene koedukative Schule von eiserner Disziplin, gleich mitleidlos in Freude wie in Schmerz. Während der Ewigkeit, die immer dem Ende des Hauptfilms vorausgeht, hatte ich mich sogar schon zu fragen begonnen, ob wir auf diesem besonderen Stück Londoner Pflasters den Rest unserer Tage verbringen müssten, als doch endlich, gerade als es angefangen hatte zu regnen, die Portale des Zuschauerraums aufsprangen, um die Besucher der früheren Vorstellung ins Freie zu entlassen. Zuerst kamen verstreut jene einzelnen Gestalten, die, als ob sie von dem Gesehenen verstört seien und zu entkommen suchten, koste es was es wolle, immer blindlings wegeilen, ohne dass es sie kümmerte, wie und wohin; dann folgte die lange Schlange der Zuschauer, für die auf die Straße hinausgestoßen zu werden nichts anderes bedeutete als die Notwendigkeit, weitere Lebensentscheidungen zu treffen, und die folglich eine solche lästige Anstrengung des Willens zu verschieben suchten, indem sie sich im Foyer zu kleinen, ungeordneten, ruhelosen, manchmal statischen, manchmal sich fruchtlos bewegenden Gruppen zusammentaten. Als dann die Schlange, von der wir ein Glied bildeten, vorwärts zur Straße hin stolperte, bemerkte ich durch den Gesichternebel, der sich auflösen musste, ehe wir unsere Plätze einnehmen konnten, die Züge J. G. Quiggins. Unsere Blicke begegneten sich. Er schüttelte seinen Kopf heftig hin und her, als ob er seine Befriedigung darüber ausdrücken wolle, dass wir uns unter so günstigen Umständen begegneten. Einen Augenblick später war er nahe genug, um sich mit seiner dünnen, raspelnden Sprechweise in dem Gemurmel der übrigen Stimmen verständlich machen zu können.

»Ich hab öfter versucht, dich zu erreichen«, sagte er.

»Wir müssen uns mal wieder treffen.«

»Es gab einige Dinge, über die ich mit dir reden wollte.«

Seit unserer gemeinsamen Zeit als Studenten hätte das

dauernde Auf und Ab meiner Freundschaft mit Quiggin gut wie eine Temperaturskala dargestellt werden können. Manchmal schienen wir auf ziemlich gutem, manchmal auf ziemlich schlechtem Fuß miteinander zu stehen, ohne dass es je einen konkreten Grund für diese Verbesserungen oder Verschlechterungen gegeben hätte. Doch wenn es Quiggin für angebracht hielt, sich mit mir während einer ›Schlechtwetterperiode‹ zu treffen, unternahm er immer die nötigen Schritte dazu, ohne falschen Stolz in diesem oder irgendeinem anderen Aspekt seiner Beziehungen zu der Welt. Nach einer solchen Begegnung pflegte immer eine ›Schönwetterperiode‹ einzusetzen, nur um sich nach einiger Zeit durch Auseinandersetzungen oder Unstimmigkeiten oder auch bloß durch Erschöpfung wieder aufzulösen. Dieser regelmäßige Wechsel von Freundschaft und Entfremdung hatte sich fast wie der Ablauf der Jahreszeiten vollzogen, bis dann ein oder zwei Jahre zuvor Quiggin mit Mona, der Frau Peter Templers, ›davongelaufen‹ war. Dies drohte die Beziehung, die gerade zwischen Quiggin und mir bestand, in ernsthafterer Weise zu komplizieren.

Es hatte sich so ergeben, dass ich während der Zeit unmittelbar nach der Scheidung weder mit Templer noch mit Quiggin zusammengetroffen war. Templer war stets entweder nicht erreichbar oder nicht abkömmlich gewesen, wenn ich ihn angerufen hatte; und da wir außer der Tatsache, dass wir auf der Schule Freunde gewesen waren, inzwischen nur noch wenige Gemeinsamkeiten besaßen, fielen unsere sporadischen Begegnungen schließlich völlig aus. Es gab vielleicht noch einen weiteren Grund, warum ich keine Neigung verspürte, größere Anstrengungen zu unternehmen, um ihn zu sehen. Er erinnerte mich an Jean. Das war ein zusätzliches Motiv, der Entwicklung einen solchen Lauf zu lassen. Ich hatte ganz zufällig gehört, dass er sein Haus in Maidenhead verkauft hatte. Man sagte, dass er, was immer er im Innern über den Verlust Monas empfand, die Dinge nach außen hin nicht allzu schwer nahm und so einen Grundsatz demonstrierte, den er früher einmal so ausgedrückt hatte: »Die Frauen denken immer, dass sie, wenn sie einen Mann umgehauen haben, ihn völlig erledigt hätten – im Gegenteil, manchmal steht er wieder auf.« Wie auch immer, es gefällt keinem Ehemann, wenn seine Frau von einem Tag zum anderen das Haus verlässt, besonders wenn sie es mit jemandem wie Quiggin tut – in den Augen Templers ganz unvorstellbar als Rivale. Quiggin gehörte in der Tat zu einer Lebensform, die völlig losgelöst war von der Templers, so dass der Klatsch über diese Scheidung innerhalb zweier ganz unverbundener Bereiche ausgetauscht wurde: einerseits unter Templers Bekannten in der Londoner Finanzwelt; andererseits unter Quiggins literarischen und politischen Gefährten.

»Du schreibst jetzt Drehbücher, nicht wahr?«, fragte Quiggin ohne große Umschweife, als wir näher aneinander herangekommen waren. »Ich möchte mich mit dir über Filme unterhalten.«

Mein erster Gedanke war, dass er hoffte, einen ähnlichen Job zu bekommen. Ein Drehbuchautor zu sein, war zu jener Zeit der Ehrgeiz fast eines jeden, der einen Federhalter zu führen vermochte. Es bestand kein Grund, warum Quiggin eine Ausnahme von dieser Regel bilden sollte. Soweit ich wusste, hatte er den Versuch bisher noch nicht unternommen. Es fiel mir auf, dass er seinen nordenglischen Akzent fast völlig aufgegeben hatte; oder vielleicht hielt er ihn auch in diesem Augenblick für unangebracht. Während seiner Universitätszeit war dieser Tonfall, den Sillery immer »des Genossen Quiggin bäuerliche Sprache« nannte, einer seiner wichtigsten gesellschaftlichen Aktivposten gewesen. Er sah gut genährt aus, und seine gedrungene Gestalt steckte in einem hellblauen Anzug und einer zweireihigen Weste. Er trug keinen Hut, und was ihm an Haaren verblieben war, war sorgfältig gebürstet. Ich hatte ihn vorher noch nie so adrett gesehen.

»Man hat uns ein kleines Haus auf dem Lande geliehen«, sagte er. »Es wäre schön, wenn du für ein Wochenende zu uns herunter kämest. Mona möchte dich auch wiedersehen.«

Meine erste, instinktive Reaktion war, mich damit zu entschuldigen, dass die Wochenenden wegen der niederdrückenden Art, wie das Filmgeschäft einen einspanne, ungünstig seien – was an sich ja auch der Wahrheit entsprach. Zufälligerweise war aber in dem Studio gerade ein Streik der Elektriker ausgerufen worden, als dessen Folge die Arbeit wahrscheinlich für wenigstens ein oder zwei Wochen ausfallen würde. Ich wollte ungern als jemand erscheinen, der die Vereinnahmung der Frau eines alten Freundes allzu leicht zu vergeben bereit ist; obwohl man zugeben musste, dass Templer selbst nie besonders zimperlich gewesen war, in seinem eigenen Kreis solche Partnerwechsel zu akzeptieren. Abgesehen von solchen Skrupeln kannte ich Quiggin gut genug, um sicher zu sein, dass sein Häuschen auf dem Lande ausnehmend ungemütlich sein würde. Nichts, was ich von Mona gesehen hatte, gab mir Grund, diesen Mangel an Vertrauen in ihre gemeinsame Haushaltung noch einmal zu überdenken. Es wurde allgemein angenommen, dass sie inzwischen geheiratet hätten, obwohl niemand mit Sicherheit zu wissen schien, ob die entsprechende Zeremonie wirklich vollzogen worden war.

»Wo ungefähr liegt dein Haus?«, fragte ich, um Zeit zu gewinnen.

Der Ort erwies sich als viel weiter entfernt, als das bei Wochenendbesuchen normalerweise der Fall ist. Während dieser Unterhaltung hatte sich unsere Schlange vorwärtsbewegt, so dass an der Kinokasse in diesem Moment die Reihe an mir war; gleichzeitig rückte die Menge hinter Quiggin mit einer plötzlichen, heftigen Bewegung voran und dem Ausgang zu, wobei er physisch an ihre Spitze getragen wurde, als sei er ungewollt der Anführer eines Mobs in einem Aufruhr.

»Ich schicke dir die Adresse«, brüllte er über seine Schulter. »Du musst uns bestimmt besuchen kommen.«

Ich nickte mit dem Kopf, während ich ungeschickt mit den Karten und dem Geld hantierte. Fast unmittelbar darauf wurde Quiggin, vorwärtsgetrieben von seinen scheinbar fanatischen Anhängern, durch die Tür gedrängt und verlor sich in der Nacht.

»Wer war das?«, fragte die Frau, die mich begleitete.

»J. G. Quiggin.«

»Der Kritiker?«

»Ja.«

»Ich meine, er hat in der letzten Zeit ziemlich nachgelassen.«

»Ich nehme an, es geht bei ihm auf und ab wie bei jedem von uns.«

»Sei nicht so philosophisch«, sagte sie. »Ich kann das nicht ertragen.«

Wir glitten hinüber in die Dunkelheit und den Film »Die Männer von Aran«.

3

Die Neugier, die ja die Welt in Bewegung hält, brachte mich schließlich dazu, Quiggins Einladung anzunehmen. Deren eigentlicher Beweggrund war mir in der Tat ein wenig rätselhaft, denn nach unserem letzten Zusammensein – an einem späten Abend noch während der Zeit, ehe er mit Mona davongelaufen war, hatte es zwischen uns eine Meinungsverschiedenheit über Milton als Dichter oder (wir hatten verschiedene Schriftsteller diskutiert) Meredith als Romancier gegeben, mit dem Resultat, dass ich mich als endgültig in Ungnade gefallen betrachtete. Quiggin hatte in den letzten Jahren, darin stimmten alle überein, zu solchen Themen immer dogmatischere Haltungen eingenommen, unfähig, Widerspruch zu ertragen, und fast ebenso gekränkt durch Ausflüchte, mit denen man Ansichten zu verbergen suchte, die von seinen eigenen abwichen. Obwohl die Veröffentlichung seines lange versprochenen Werkes, »Nicht-abgebrochene Brücken«, wieder einmal im letzten Moment verschoben worden war, trat Quiggin zu dieser Zeit mit kleinen schriftstellerischen Gelegenheitsarbeiten häufig in Erscheinung. Das Thema von »Nicht-abgebrochene Brücken«, das für ein großenteils autobiografisches Buch gehalten wurde, blieb trotz vieler Spekulationen seitens seiner Freunde ein streng gehütetes Geheimnis. Seine journalistischen Arbeiten bestanden hauptsächlich in Beiträgen für Blätter, in denen eine gewisse Verschmelzung zwischen Politik und Literatur versucht wurde; und von ihm unterzeichnete Briefe zu Themen wie Bürgerrechte oder das unwürdige Verhalten der Polizei erschienen regelmäßig in den Wochenzeitungen. Privat glaubte Quiggin, dass es im modernen Leben zu viel Zwanglosigkeit gebe; in Briefen an die Presse aber trat er als der große Verfechter individueller Freiheit auf.

Gewohnt, sich selbst als Kommunist zu bezeichnen – wie so viele Literaten dieses Jahrzehnts –, mag er in der Tat ein Mitglied der Kommunistischen Partei gewesen sein. Später aber verbreitete er während verschiedener Stadien seines Werdegangs so widersprüchliche Feststellungen zu dem Thema seiner eigenen politischen Geschichte, dass die Frage einer tatsächlichen Mitgliedschaft zweifelhaft bleibt. Die meisten seiner Bekannten neigten dazu zu glauben, dass er irgendwann einmal einen nicht besonders bemerkenswerten Rang in der kommunistischen Hierarchie bekleidet habe. Ohne Zweifel gehörte er zur extremen Linken und unterstützte mehrere ›antifaschistische‹ Organisationen. Er selbst hüllte seine politischen Aktivitäten, was ihre praktischen Formen betraf, gerne in geheimnisvolles Dunkel und deutete nur gelegentlich an, dass sie vielleicht wichtiger, vielleicht sogar unheilvoller, seien, als Menschen wie ich wohl annähmen.

»Vielleicht werden die Maschinengewehre schon eher auf den Barrikaden ertönen, als einige deiner laodizeanischen Freunde denken«, hatte er auf dem Höhepunkt unserer Kontroverse über Milton – oder Meredith – mit einem schnarrenden Unterton verkündet.

»Ich vergesse immer, was die Laodizeaner getan haben.«

»Sie waren ›weder kalt noch warm‹.«

»Aha.«

Solche revolutionären Gesinnungen waren, wie ich schon sagte, damals durchaus üblich, besonders in den Gedichten der Zeit – ein Gebiet, auf dem Quiggin eine Autorität darstellte. Er war mir an jenem Abend jedoch ungewöhnlich verärgert erschienen, so dass ich mir trotz seiner Freundlichkeit im Foyer des Kinos keineswegs sicher sein konnte, welch eine Art Empfang er mir bereiten würde, wenn ich auf seiner Türschwelle erschien. Ich nahm den Zug und fand am Bahnhof ein Taxi vor, das geschickt worden war, um mich abzuholen. Wir fuhren einige Meilen durch eine hübsche Landschaft und entlang der niedrigen Natursteinmauer einer großen Besitzung. Quiggin wohnte in einem kleinen, grauen, verhältnismäßig modernen Haus. Es war kaum ein ›Häuschen auf dem Lande‹ in dem Sinne, der einem immer sofort einfällt – ein Häuschen im Wald, bewohnt von einem armen Bauern in einem Märchen; oder das giebelige Fachwerkhaus auf Weihnachtskarten, neben dem ein Rotkehlchen im Schnee sitzt. Doch wenn auch das Gebäude selbst keine Reize bot, seine Lage war schön, ja bezaubernd: mit einem Ausblick auf Wälder, Felder und ferne Hügel, kein anderes Haus weit und breit.

Quiggin war in einer liebenswürdigen Stimmung. Wenn er es darauf anlegte zu gefallen, misslang es ihm nur selten, sogar eigentlich völlig unzugängliche Leute zu amüsieren oder zumindest still zu halten. Er pflegte dann immer seinen nordenglischen Akzent anzunehmen, der, zusammen mit einem Gebaren gebildeter Einfachheit, auch Menschen zu bezaubern pflegte, von denen man das nicht erwartet hätte und denen seine literarischen oder politischen Auffassungen normalerweise herzlich zuwider waren. Er zeigte besonderes Geschick darin, bei solchen Leuten eine Umkehrung der Stimmung zu bewirken, die bei der Vorstellung eine unmittelbare Abneigung gegen sein Gesicht oder seine Kleidung gefasst hatten. Wahrscheinlich mit diesem Ziel im Auge kultivierte er eine gewisse Unangemessenheit in seiner Kleidung. Als er mir zum Beispiel bei meiner Ankunft die Tür öffnete, trug er ein dunkelgraues, wollenes Kleidungsstück mit einem durchgehenden Reißverschluss, das ihm, zusammen mit seinen hanfbesohlten Segeltuchschuhen, das Aussehen eines Trainers für eine ungewöhnliche Sportart oder Leibesübung gab.

»Komm herein«, sagte er. »Mona blondiert sich gerade ihre Haare. Sie wird bald bei uns sein.«

Monas Haar war damals, als ich sie auf Mr. Deacons Geburtstagsparty über dem Antiquitätengeschäft in der Nähe der Charlotte Street zum ersten Mal erblickt hatte, schwarz gewesen; aber bevor sie Templer geheiratet hatte – als ihr Amor-Bogen-Mund noch auf Plakatwänden für Zahnpasta warb –, hatte es bereits eine metallische Honigfarbe angenommen. Als sie schließlich erschien, sah sie eindeutig schlampig aus, weit weniger gepflegt als während ihrer Ehe mit Templer, ein Rückfall in ihre Charlotte-Street-Periode, als sie ein Künstlermodell gewesen war. Sie war jedoch nicht zu dem Kleidungsstil ihrer Bohemezeit zurückgekehrt, zu Hosen und Sandalen, oder was immer damals in Mode gewesen war. Stattdessen hatte sie, in einem alten schwarzen Kostüm, einer Aufmachung, die nicht besonders zum Leben auf dem Lande passte, ihrer Erscheinung eine Art schäbigen Schick bewahrt. Ich hatte sie seit einiger Zeit nicht gesehen und die formale Perfektion ihres Gesichts vergessen. Es stimmte, sie hatte eine grobe Haut, und ihr starres Lächeln erinnerte an die Zeit, als ihr Foto an der Stirnseite jedes Londoner Busses gehangen hatte; doch selbst wenn man diese Mängel zugab, das Detail jedes ihrer Züge verlangte Bewunderung. Sie war wie eine dralle Statue der Venus, geschaffen in einer Periode, in der eine tüchtige Portion Vulgarität Eingang in die klassische Bildhauerkunst gefunden hatte.

Mir drängte sich der Gedanke auf, wie seltsam es sei, dass sie, die einmal mit Templer verheiratet gewesen war, diesen wegen Quiggin verlassen hatte. In dem üblichen Klatsch hatte sie den Ruf einer sehr schönen Frau, die nicht besonders anziehend auf Männer wirkt. Natürlich, bei ihrem Aussehen war sie mit all den äußeren Erscheinungsformen männlicher Attacke wohl vertraut, ganz gewiss auf einer Ebene, die man vielleicht die ›Ansprechebene‹ nennen könnte. In einem Eisenbahnabteil oder an Bord eines Schiffes hatte es immer Männer gegeben, die sich ihr mit mehr oder weniger Feingefühl näherten; aber Templer und Quiggin (mein Informant war Templer) waren die einzigen Männer, die sie ›ernst‹ genommen hatten. Es wurde sogar (von Quiggins altem Freund und Rivalen Mark Members, und wahrscheinlich ohne großen Wahrheitsgehalt) die Ansicht geäußert, dass Mona in ihren frühen Jahren emotionale Neigungen zu ihrem eigenen Geschlecht gehabt habe. In letzter Zeit war das kein Gesprächsthema mehr gewesen. Die Art, wie sie sich gab, deutete gewöhnlich darauf hin, dass sie an niemandem interessiert war, außer an sich selbst; dennoch, die Tatsache blieb bestehen, dass sie ein komfortables

Heim und einen relativ reichen Ehemann aufgegeben hatte, um Quiggins zwar keineswegs notleidende, aber doch nicht besonders luxuriöse Existenz zu teilen.

Für Templer, so vertraut er mit leichten Erfolgen bei Frauen war, hatte sie vielleicht das eine absolut erstklassige Muster der Güter dargestellt, die er schon so lange zu handhaben gewohnt war – etwa so, wie ein erfahrener Sammler es sich leisten kann, jeden anderen Aspekt eines Gegenstandes, den er zu erwerben wünscht, außer Acht zu lassen, vorausgesetzt, dieser eine befriedigt völlig in jener Beziehung, die am schwierigsten zu erreichen ist. In gewisser Weise muss Mona für Templer diese Bedingung erfüllt haben. Dutzende von ihr nicht sehr verschiedene Frauen ließen sich in Bekleidungsgeschäften oder Kunstschulen finden, aber wie ein Gelehrter, der ein Manuskript sofort nach der Qualität der Tinte oder der Beschaffenheit des Pergaments datieren kann, hatte Templer in ihr etwas gesehen, dass seine Spezialsammlung krönen würde: ein vollkommenes Exemplar ihrer Art. Zumindest schien das, äußerlich betrachtet, der einzige Grund, warum er sie geheiratet hatte.

Quiggin dagegen, der bei Frauen nicht besonders geschickt war, muss Mona als ein völlig unerwarteter Triumph erschienen sein: eine ›Schönheit‹, nach der sich die Leute auf der Straße umdrehten, die sich ihm eindeutig an den Hals geworfen hatte, die ihren ›langweiligen‹ Börsenmakler-Ehemann verlassen hatte, um mit einem Schriftsteller und Revolutionär zu leben. Es handelte sich hier um eine Situation, die nur wenige nicht als schmeichelhaft empfinden würden. An Quiggins Verhalten zeigte sich deutlich, dass er sich noch immer geschmeichelt fühlte, denn obwohl Mona an diesem Nachmittag mürrisch war, gab es offenbar allgemein keinen Grund anzunehmen, dass sie ihre Vergangenheit bedauerte. Wie Molly Jeavons in einem ganz unterschiedlichen Milieu schien sie, so hatte man mir gesagt, ihre völlig veränderten Umstände zu bejahen. Ihr Ausdruck zeitweiliger Unzufriedenheit war ohne Zweifel nur die schon bekannte Stimmung, die zu verstehen gab, dass ihren Launen ungenügende Aufmerksamkeit geschenkt werde. Vielleicht sprach sie aus diesem Grunde fast sogleich von Peter Templer.

»Haben Sie Peter mal wieder gesehen?«, fragte sie ohne die geringste Befangenheit.

»Zufälligerweise seit einiger Zeit nicht mehr.«

»Ich nehme an, er hat eine neue Frau gefunden?«

»Es sollte mich nicht wundern.«

Sie verfolgte das Thema nicht weiter. Es war gerade so, als ob sie mich gefragt hätte: »Können Sie ein Pfund wechseln?«, und als sie hörte, dass ich kein Kleingeld habe, die Sache sofort aufgegeben hätte. Von Gefühl konnte überhaupt nicht die Rede sein, nur von einer schwachen Neugier. Jedenfalls war das alles, was sie an die Oberfläche zu kommen erlaubte. Quiggin dagegen war offensichtlich ein wenig verstimmt über diese frühe Erwähnung von Templers Namen.

»Übrigens, Maus«, sagte er. »Ich vergaß dir zu sagen, dass ich versucht habe, den Badezusatz zu bekommen, als ich letztens in London war. Das Geschäft hatte ihn nicht mehr. Ich werde es beim nächsten Mal wieder versuchen.«

Zum Zeichen ihres Missvergnügens presste Mona die Lippen zusammen. Dass er nur daran gedacht hatte, sich nach dem Badezusatz zu erkundigen, hielt sie augenscheinlich für unzureichend. Sie begann, vor sich hin zu summen.

»Ihr lebt hier in einer schönen Landschaft«, sagte ich. »Liegt dort ein Schloss hinter diesen Bäumen? Es sieht so aus, als ob dort eines läge.«

»Findest du sie schön?«, fragte Quiggin. Sein vorheriger Ton rauer Leutseligkeit war durch Monas Stimmung ein wenig beeinträchtigt. »Weißt du, in der letzten Zeit nehme ich solche Dinge kaum noch wahr. Früher einmal habe ich es vielleicht getan – muss es wohl in meiner romantischen Periode bestimmt getan haben. Ich nehme an, mit ›schön‹ meinst du ›nicht erschlossen‹. Mir ist etwas Praktisches lieber. Was mich angeht, kannst du dieses Malerische ruhig behalten. Wenn die englische Landwirtschaft auf einer rationalen – ich sage nicht einmal gerechten – Basis organisiert wäre, spräche wohl einiges für den Ausblick aus diesem Fenster. Aber wie die Dinge liegen, sähe ich viel lieber auf ein gut geplantes Kraftwerk. Vielleicht sollte ich, da das ländlicher ist, sagen, auf eine Reihe von Silos.«

Er lächelte, um mir zu zeigen, dass er nicht allzu streng sein wolle. Schließlich handelte es sich hier um die Art von Themen, über die wir uns in der Vergangenheit oft gestritten hatten.

Quiggin hatte etwas an sich, das mich immer an Widmerpool erinnerte; aber während Widmerpool jedes ästhetische oder intellektuelle Interesse als solches abging, unterwarf Quiggin derartige Instinkte in sich seinen besonderen persönlichen Plänen des jeweiligen Augenblicks. Widmerpool hätte wirklich keine Meinung darüber gehabt, ob der Ausblick aus dem Fenster des Häuschens gut oder schlecht war. Die Frage hätte für ihn nicht das geringste Interesse besessen. Ihn hätte nur beschäftigt, wem das Land gehörte. Vielleicht stimmte das nicht ganz, denn Widmerpool hätte sicher gerne mit einer ihm gehörenden schönen Aussicht geprahlt. Quiggin dagegen war sich völlig bewusst, dass die Konturen der Landschaft vielleicht etwas besaßen, das Bewunderung hervorrief; aber diese Bewunderung zuzugeben, hätte für ihn bedeutet, Material über sich preiszugeben, das vielleicht mit größerem Vorteil geheim gehalten wurde. Seine Rolle war, wie die Widmerpools, die eines Mannes des Willens, eine Rolle, die bestimmte, dass selbst hier, wo es um seine Meinung über die Landschaft ging, der Wille geltend gemacht werden musste.

»Nein«, sagte er. »Was ich eigentlich an diesem Haus schätze, ist die exzellente Einrichtung, dass das Bad in der Spülküche ist. Also, das nenne ich realistisch. Nicht 'ne Menge bourgeoisen Unsinns über falsche Kultiviertheit. Der Besitzer hat es erst kürzlich dort einbauen lassen.«

»Wohnt er selbst auch hier?«

Quiggin lächelte über diese Frage, als ob sie einen Abgrund von Unwissenheit offenbare.

»Nein, er wohnt nicht hier. Er hält es, um es an Freunde zu verleihen – gewöhnlich an Leute mit Ansichten, die meinen eigenen entsprechen – unseren eigenen, sollte ich sagen.«

Er legte seinen Arm um Monas Taille. Doch sie ließ sich durch diese Aufmerksamkeit nicht gütlich stimmen, sondern befreite sich von seiner Hand und unternahm keinerlei Anstrengung, die Haltung einer Frau anzunehmen, die mit scharfen politischen Instinkten begabt ist. Früher war eine extreme, ungehemmte Dümmlichkeit ihr hauptsächliches Charakteristikum gewesen. Jetzt hatte ich den Eindruck, dass sie bewusster lebte, mehr Format besaß als während ihrer Zeit mit Templer.

»Euer Hauswirt ist also auch ein aktiver Linker, ja?«

»Natürlich.«

»Du redest, als ob alle Hauswirte automatisch zur Linken gehörten.«

»Er erwartet von uns, dass wir als Ausgleich dafür, dass wir hier umsonst wohnen, ein wenig für ihn arbeiten«, sagte Quiggin. »So ist nun mal die menschliche Natur. Aber da alles, was er verlangt, mit meinem eigenen politischen Leben zusammenhängt, hat mir das nichts ausgemacht.«

»Wer ist der Eigentümer?«

»Du würdest ihn nicht kennen«, sagte Quiggin und lächelte mit so etwas wie grimmiger Freundlichkeit. »Er ist ein ernsthafter Mensch, übrigens. Auf Partys würdest du ihm nicht begegnen, jedenfalls nicht auf der Art von Partys, zu denen du gehst.«

»Woher weißt du, zu welcher Art von Partys ich gehe?«

»Nun, er würde nicht zu der Art von Partys gehen, auf denen ich dich gesehen habe.«

»Warum? Geht er bloß auf Partys, die nur von seinem eigenen Geschlecht frequentiert werden?«

Quiggin lachte herzlich über diese Frage.

»Nein, nein«, sagte er. »Nichts dergleichen. Wie typisch für dich, so etwas zu vermuten. Er ist nur ein politisch bewusster Mensch, der keine Freude daran hat, seine Zeit zu vertändeln.«

»Es wird schließlich noch Howard Craggs sein, nach dem ganzen Geheimnis, das du daraus machst.

Quiggin lachte wieder.

»Ich sehe Craggs immer noch recht häufig«, gab er zu. »Seine Firma startet vielleicht in naher Zukunft ein kleines Projekt von mir – kein Buch. Craggs ist politisch zuverlässig, aber für meine Bücher habe ich doch lieber einen Verlag mit größerem Gewicht als Boggis & Stone.«

Da Quiggins Bücher rein hypothetische Gebilde blieben, schien es nur allzu angemessen, dass auch ihr Verleger hypothetisch existierte. Ich war versucht, ihm das zu sagen, hielt es aber für klüger, in diesem frühen Stadium das Risiko eines Missklangs zu vermeiden. Quiggin hatte augenscheinlich Spaß an seinen eigenen Bemühungen, meine Neugierde hinsichtlich seines Hauswirts und Wohltäters anzustacheln.

»Nein, nein«, sagte er wieder. »Mein Freund, der Besitzer – nun, als guter Sozialrevolutionär weiß ich nicht recht, wie ich ihn beschreiben soll. Er ist ein Mann von – wie früher gesagt wurde, besonders von Snobs – viel höherem Rang, im altmodischen Sinne, als der arme Craggs.«

»In der Tat: der arme Craggs. Das ist genau die richtige Bezeichnung. Er hat die widerlichste, öligste Stimme in ganz Bloomsbury.«

»Da gerade von Bloomsbury die Rede ist, was ist in der letzten Zeit in London passiert?«, fragte Mona, die all diese Spiegelfechtereien Quiggins langweilten. »Hat es dort irgendwelche Partys gegeben? Oder sonst irgendwo? Ich hab's ein bisschen satt, hier die ganze Zeit festzuhängen.«

Die gedehnte, ärgerliche Art, in der sie sprach, verriet wachsende Unzufriedenheit; und Quiggin, der deutlich Schwierigkeiten voraussah, begann sogleich mit einem Thema, das er wahrscheinlich erst im späteren Verlauf meines Besuches zu entwickeln beabsichtigt hatte.

»Übrigens, es gibt da etwas, um das ich dich besonders bitten wollte, Nick«, sagte er hastig. »Wir können genauso gut schon jetzt über das Thema reden. Mona hat seit einiger Zeit daran gedacht, vielleicht eine Karriere als Filmstar zu versuchen. Ich bin der gleichen Meinung. Sie sieht glänzend aus und ist auch glänzend talentiert. Sie war in der Vergangenheit mehr als einmal auf der Leinwand zu sehen – kleine Rollen, natürlich, aber wirklich gut. Das vermittelt die richtige Erfahrung. Wir dachten, du müsstest eigentlich in der Lage sein, sie mit ein paar Leuten bekannt zu machen, die nützlich für sie wären, jetzt, wo du in dem Geschäft bist.«

Um seinem Enthusiasmus über Monas Talent besonderen Nachdruck zu verleihen, belebte Quiggins Stimme wieder all die Kraft seines vorherigen Tons rauer Aufrichtigkeit. Seine Erkundigung offenbarte den Grund für meine Einladung in ihr Haus. Ihr allgemeiner Zweck kam nicht unerwartet, doch hatte ich angenommen, dass Quiggin – und nicht Mona – hoffte, sich in die wilden, eisigen Stromschnellen der ›Industrie‹ stürzen zu können. Wie dem auch sei, da Mona der Gegenstand unserer Unterhaltung sein sollte, sprachen wir über Möglichkeiten, sie bei denen einzuführen, die von Nutzen sein mochten. Ihre frühere Beschäftigung in Filmen schien nicht über bessere Statistenrollen oder Einzelszenen, in denen sie für irgendein Gebrauchsgut geworben hatte, hinausgegangen zu sein; doch konnte man andererseits zu ihrem Gunsten anführen, dass sie, als sie in der Vergangenheit zur Welt der Werbung gehört hatte, auf einen gewissen schmalen Ruhm als bekanntes Modell hätte verweisen können.

Quiggin, dessen Verständnis für praktische Zusammenhänge normalerweise ausgezeichnet war, muss gewusst haben, dass ich selbst wohl kaum von großer Hilfe für einen aufstrebenden Filmstar sein konnte. Wie ich Jeavons gegenüber erklärt hatte, hatte ich so gut wie keinen Kontakt zu der Schauspielseite des Geschäfts. Aber Menschen mit unbezweifelbaren Fähigkeiten auf ihrem eigenen Gebiet geht die Einsicht in die Natur des Jobs eines anderen oft völlig ab. Vielleicht glaubte er ja wirklich, nichts sei leichter, als Mona einem berühmten Regisseur vorzustellen, der ihr sofort eine Starrolle anbieten würde. Andererseits bestand natürlich die Möglichkeit, dass Quiggin selbst die Sache bloß erörtert wissen wollte, um Mona mit einem Thema zu versorgen, dem ihre Gedanken glücklich nachhängen konnten. Er mochte sehr wohl gar kein praktisches Resultat im Auge haben, außer, dass eine längere Diskussion über sie selbst, ihre Schönheit und ihre Talente, die sich zwischen uns dreien über das Wochenende hinzog, eine wohltätige Wirkung auf Monas Stimmung ausüben würde. Dies konnte sogar eine Methode sein, die ganze Frage von Monas schauspielerischem Ehrgeiz, auf den Quiggin sehr gut eifersüchtig sein mochte, zu torpedieren.

Auf der anderen Seite mochte die Filmindustrie, unberechenbar wie sie stets war, Mona durchaus als eine ›Entdeckung‹ ansehen. Vielleicht war der Wandel seit ihrer Ehe mit Templer doch nicht so groß, wie ihn ihre äußeren und finanziellen Umstände erscheinen ließen. Mona langweilte sich noch immer: Sie hatte nicht genug zu tun. Eine Frau, die »ein wenig kochen« konnte, war ihnen von der geheimnisvollen Persönlichkeit, die ihnen das Häuschen geliehen hatte, zur Verfügung gestellt worden. Es war nur natürlich, dass es Mona nach einem Job verlangte. Chips Lovell, der dauernd kleinere Intrigen spann, würde einen nützlichen Rat bieten können. Auf Küchenstühlen sitzend und Gin trinkend, diskutierten wir am frühen Abend noch immer ihre Aussichten, als jemand schwach an die Außentür klopfte. Ich dachte, es müsse sich um ein Kind handeln, das eine Botschaft überbringen oder etwas für das Abendessen abgeben wollte. Mona stand auf, um zu sehen, wer da sei. Wir hörten das Geräusch des Türschlosses und dann ihren Ausruf der Überraschung und, wie mir schien, der Freude. Auch Quiggin sprang auf, als er die Stimme hörte, offenbar ebenfalls überrascht: mehr überrascht als erfreut.

Der Mann, der ins Zimmer trat, war, vermute ich, Anfang dreißig. Wegen seines struppigen Barts und eines Anscheins äußerster Abgerissenheit hatte ich ihn zuerst für älter gehalten.

Oben auf dem Kopf war sein Haar lang, doch an den Seiten hatte er es sich militärisch kurz schneiden lassen. Er trug eine Tweedjacke, die stark abgenutzt und an den Ärmelenden und Ellbogen mit Lederflicken versehen war; aber sie war gut geschnitten und hatte gewiss bessere Tage erlebt. Eine unendlich schmierige Cordhose umschloss seine Beine, und seine großen Füße steckten, wie die Quiggins, in so etwas wie Segeltuchslippern oder Espadrilles. Ich hielt es zuerst für erstaunlich, dass sich eine solch verwahrloste Gestalt durch ein so sanftes Klopfen angekündigt hatte; aber es zeigte sich jetzt, dass er von Schüchternheit übermannt war. Jedenfalls schien mir das sein Zustand zu sein, denn er stand einige Sekunden lang auf der Türschwelle, offensichtlich willens einzutreten, war aber unfähig, den notwendigen endgültigen Schritt zu tun, der ihn in die, wie es ihm erscheinen musste, enge Gemeinschaft von Quiggin und mir hineintragen würde. Ich hatte damals vergessen, dass diese Unfähigkeit, ein Zimmer zu betreten, eine besondere Form der Unschlüssigkeit darstellt, die man bei Menschen findet, in denen ein extremer Egoismus vorherrschend ist: Menschen, für die, wenn sie irgendwo hinkommen, die Bereitschaft, das Haus oder die Wohnung eines anderen zu betreten, möglicherweise einen ihnen unangenehmen Verzicht auf ihre Rechte oder ihre Stellung bedeutet.

Endlich, mit großer Selbstüberwindung, gelang es ihm, durch die Tür zu treten, wobei er seine hohlen Augen sofort mit einem Ausdruck tiefer Unsicherheit auf mich richtete, so als vermute er – als sei er sich fast sicher –, dass ich einen äußerst widerlichen Anschlag gegen ihn plane. Dieses beunruhigte, und in hohem Maße beunruhigende, Starren gab mir ein bemerkenswert unbehagliches Gefühl; dennoch, er hatte gleichzeitig etwas keineswegs Unsympathisches an sich: eine Ausstrahlung von Eindringlichkeit und Verzweiflung, umschlossen von einer Hülle der Befangenheit. Er sprach nicht. Quiggin ging auf ihn zu, fast so, als wolle er ihn aus dem Zimmer weisen.

»Ich dachte, du würdest die ganze Woche in London bleiben«, sagte er, »bei deinem Komitee, um den Wortlaut des Aufruhrgesetzes noch mal zu überprüfen.«

Er klang ungehalten über das Erscheinen des Bärtigen in diesem Augenblick, machte aber gleichzeitig jede Anstrengung, seinen Ärger zu verbergen.

»Craggs war verhindert, so meinte ich, ich könne genauso gut zurückkommen. Ich bin vom Bahnhof aus gelaufen. Ich hab 'ne Menge Material, das ich noch durchsehen muss, und ich hasse es immer, länger in London zu bleiben als nötig. Ich dachte, ich würde auf dem Weg nach Hause hereinschauen, um dir zu zeigen, was ich getan habe.«

Der Bärtige sprach mit einer tiefen, unendlich deprimierten Stimme; gleichzeitig wies er mit der einen Hand auf einen kleinen Aktenkoffer aus Pappkarton, den er in der anderen trug. Dieses Behältnis war offensichtlich mit Papieren vollgestopft, denn es beulte sich oben und unten, und da sein Schloss kaputt war, hatte er es mehrere Male mit einem Bindfaden umwickelt.

»Möchtest du nicht lieber, dass wir uns ein anderes Mal damit befassen?«, fragte Quiggin in einem hoffnungsvollen Ton.

Er schien verzweifelt darauf bedacht, den Fremden loszuwerden, ohne seine Identität verraten zu müssen. Ich vermutete stark, dass es sich um den Besitzer des Häuschens handelte, verstand aber, wenn diese Vermutung stimmte, Quiggins Geheimnistuerei hinsichtlich seines Namens immer noch nicht. Der Bärtige schien mir für eine bestimmte Schicht von Quiggins Freunden ziemlich typisch zu sein: eine Schicht, die Quiggin im Allgemeinen im Hintergrund hielt, weil er sie aus dem einen oder anderen Grunde – entweder politisch oder bloß aus Gründen, die man nur snobistisch nennen konnte – schlecht fürs Geschäft ansah. Quiggin besaß seine eigene, sorgfältig entwickelte Skala sozialer Werte, nicht weniger streng als die Regeln der ehrgeizigsten Gastgeberin der Gesellschaft; aber es war für andere nicht immer leicht zu wissen, wo und wie er seine Demarkationslinien zog. Möglicherweise gehörte der

Bärtige nicht zu einer Ebene, auf der es ihm erlaubt war, mit Quiggin zu trinken, wenn dieser Freunde zu Besuch hatte. Dennoch, er ließ sich nicht so einfach vertreiben und schüttelte jetzt energisch den Kopf.

»Nein«, sagte er. »Da sind ja nur ein oder zwei Dinge.«

Nach diesen Worten sah er wieder in meine Richtung, so als wolle er sich entschuldigen – entweder dafür, dass er sich uns in einer solchen Weise aufdrängte, oder aber sozusagen im Namen Quiggins für dessen augenscheinlichen Wunsch, dass wir nichts miteinander zu tun haben sollten.

»Ich störe doch nicht, oder?«, sagte er.

Er sprach nicht so sehr zu Quiggin als vielmehr zur Welt insgesamt, ohne großes Interesse an einer Antwort. Die Bemerkung war eher eine höfliche Floskel, wie sie die Umstände zu verlangen schienen, und nicht so etwas wie der Ausdruck wirklicher Befürchtung, dass seine Gegenwart vielleicht unangebracht sei. Mein Eindruck von ihm begann sich zu wandeln. Ich kam zu dem Schluss, dass es ihn unter dieser Last seiner Scheuheit nicht im Geringsten kümmerte, ob er Quiggin, oder sonst irgend jemand, störte. Was er wünschte, war, dass getan wurde, was er wollte. Mona, die in die Küche gegangen war, kehrte jetzt zurück und brachte ein weiteres Glas mit.

»Trink etwas mit uns, Alf«, sagte sie. »Schön, dich so unerwartet zu sehen.«

Sie war nun in einer deutlich besseren Stimmung.

»Ja natürlich, Alf, trink etwas mit uns«, sagte Quiggin, der sich jetzt mit dem Schlimmsten abfand. »Und ich muss mich übrigens entschuldigen, dass ich vergessen habe zu sagen, wer wer ist. Wieder meine ungehobelten nordenglischen Manieren. Das ist Nick Jenkins – Alf Warminster.«

Das also war der berühmte Erridge. Es war leicht zu sehen, wie unter seinen Verwandten das Gerücht hatte umlaufen können, er habe als Landstreicher gelebt, selbst wenn die wirkliche Erfahrung nicht ganz mit einem solchen Status in seinem genauen Wortsinn übereinstimmte. Mit seinem Bart und seinem stark zerfurchten Gesicht hätte ich ihn nie erkannt. Jetzt aber, wo sein Name gefallen war, konnte ich die Züge jenes gedankenverlorenen, blässlichen, abgemagerten Schuljungen, dem die Bücher unter seinem Arm wegrutschten, wieder ausmachen, so wie man einen unter Dornengestrüpp und Unkraut verlorenen Weg in einem verwahrlosten Garten wiederentdeckt – ein überwuchertes, unregelmäßiges, rissiges Pflaster. Während ich ihn nun als ein erkennbares Wesen betrachtete, konnte ich in seinem Gesicht sogar eine Ähnlichkeit mit seinen Schwestern, besonders mit Frederica, entdecken. Seine Kleidung verbreitete einen schweren, erdigen Geruch, so als habe er in ihr lange Zeit bei jedem Wetter im Freien verbracht.

»Alf ist der Eigentümer dieses Häuschens«, sagte Quiggin zögernd. »Aber er ist so freundlich und erlaubt uns, hier zu wohnen, bis das ganze Anwesen in ein landwirtschaftliches Kollektiv umgewandelt ist, mit ihm als dem Leiter.«

Er lachte rau; Erridge (wie ich ihn der Einfachheit halber weiter nennen will) lachte ebenfalls gequält.

»Du weißt natürlich, dass ich äußerst froh bin, euch hier zu haben«, sagte er.

Er sagte das in einem lahmen Ton und schien verlegener denn je über diese ihm gezollte Anerkennung, mit der Quiggin ihm aber ohne Zweifel einen Stich zu versetzen beabsichtigt hatte und die wahrscheinlich unterschwellig andeuten sollte, dass Erridge, was immer seine politischen Ansichten seien und welche gesellschaftlichen Veränderungen auch immer eintreten mochten, in einer angenehmen Position verbleiben würde. Wenn Quiggin sich bei Leuten beliebt machen wollte – während seiner Zeit als Sekretär von St. John Clarke zum Beispiel –, dann war er viel zu klug, sich auf bloße Schmeicheleien zu beschränken. Eine Spur schikanöser Kritik gefiel sowohl ihm als auch seinen Gönnern. Dennoch, ich war mir nicht sicher, ob sich nicht Erridge, trotz seiner ganzen äußeren Erscheinung, als ein härterer Brocken erweisen würde als St. John Clarke.

»Ich weiß nicht, ob die Landwirtschaft mir so ganz läge«,

fuhr er in einem entschuldigenden Ton fort. »Obwohl wir sie hier natürlich immer ein bisschen betrieben haben. Übrigens, arbeitet die Wasserpumpe zufriedenstellend? Es ist wohl eine ziemlich harte Mühe für dich, fürchte ich. Ich hab eigens die Handpumpe einsetzen lassen. Ich glaube, sie ist ein besseres Modell als die im Haus des Verwalters, und die sind offensichtlich der Meinung, dass ihre gut arbeitet.«

»Mona und ich wechseln uns dabei ab«, sagte Quiggin; und ärgerlich in meine Richtung grinsend, fügte er hinzu: »Von Gästen wird in der Regel erwartet, dass sie auch ihr Pensum an der Pumpe leisten. Das Pumpen ist schon eine Plagerei, wie du sagst. Man kann es einfach nicht besser machen, oder schneller, oder so, dass das Wasser im Tank länger reicht. Die Pumpenbewegung entspricht nicht ganz der Hebelwirkung des Arms vom Ellbogen aus, wodurch die Arbeit besonders mühselig wird. Aber wir kommen gut zurecht. Das Pumpen ist so etwas wie ein Symbol für das Leben unter dem kapitalistischen System.«

Erridge lachte gezwungen und nahm einen Schluck Gin. Er schnitt dabei unwillkürlich eine Grimasse. Sie schien mir zu erkennen zu geben, dass er zu jener Klasse von Egoisten gehörte, die Speise und Trank nicht besonders lieben. Er hätte wahrscheinlich überhaupt keinen Alkohol getrunken, wenn ihm seine besondere Lebenshaltung nicht zur Pflicht gemacht hätte, mit den Leuten um ihn herum auf gleicher Ebene zu verkehren. Er schien nun über Quiggins Mangel an Liebe zu der Pumpe ein bisschen verstimmt. Da er die Anlage selbst hatte einbauen lassen, mochte er es, wie die meisten Erneuerer, ja, wie die meisten Eigentümer, nicht sehr, wenn seine Gestaltung oder seine Besitzungen verächtlich gemacht wurden – zumindest seitens anderer Personen.

»Ich habe neulich einige Ihrer Schwestern getroffen«, sagte ich.

Erridges Gesicht umwölkte sich, und Quiggin knirschte vor Ärger mit den Zähnen. Ich hatte diese Feststellung ganz absichtlich gemacht, um zu zeigen, dass ich mehr über Erridge und seinen Hintergrund wusste, als Quiggin vielleicht für wünschenswert hielt, und dass ich zudem nicht bereit war, mich einzig in Bahnen zu bewegen, die von Quiggin festgelegt wurden. Quiggin mochte in der Tat gehofft haben, dass der Name ›Warminster‹, undeutlich und mit Nachdruck auf dem Präfix ›Alf‹ gemurmelt, mir im Augenblick so gut wie nichts sagen würde; später könne er dann immer noch entscheiden, wie viel er über seinen gegenwärtigen Gönner offenbaren wolle. Es entstand eine kleine Pause, ehe Erridge antwortete.

»Ach, ja – ja –«, sagte er. »Welche – welche von ihnen –?«

»Priscilla, und dann Frederica, die mich zu einem Besuch bei Norah mitnahm.«

»Ach ja«, sagte Erridge. »Priscilla – Frederica – Norah.«

Er sprach, als ob er sich jetzt recht gut an sie zu erinnern beginne. Die Art, wie er sein Gesicht zusammenzog, während er diese Gedächtnisanstrengung unternahm, erinnerte an seinen Onkel Alfred Tolland. Obwohl es auf den ersten Blick schwer gewesen wäre, sich die äußere Erscheinung zweier Männer vorzustellen, die an der Oberfläche verschiedener waren, blieb ihnen etwas Tieferes gemeinsam. Wenn Alfred Tolland sich einen Bart wachsen lassen, sich in Lumpen gekleidet und die ganze Nacht draußen geschlafen hätte, oder wenn Erridge sich gewaschen und rasiert und einen steifen Kragen und einen dunklen Anzug angelegt hätte, wäre wahrscheinlich mehr als eine flüchtige Ähnlichkeit sichtbar geworden. In der Tat, Erridges Züge hatten etwas von demselben Ausdruck der Enttäuschung angenommen, der seines Onkels Gesicht kennzeichnete, wenn Molly Jeavons ihn aufzog; aber mit dem Unterschied, dass man bei Erridge an ein verzogenes Kind erinnert wurde, während Alfred Tollands Miene die eines Kindes war, das sich von frühem Alter an damit abgefunden hat, von Erwachsenen gehänselt zu werden. Es konnte kein Zweifel darüber bestehen, dass Erridge vor einer Heraufbeschwörung seiner unmittelbaren Familie zurückschreckte. Die

Welt seiner Verwandten verursachte ihm zweifellos chronische Unzufriedenheit. Ich sah jedoch meinerseits keinen Grund, warum ich ihm irgendetwas ersparen sollte. Wenn er Quiggin das Häuschen lieh, musste er auch Quiggins Gäste ertragen, besonders die, welche hauptsächlich eingeladen wurden, um Mona zu helfen, ein Filmstar zu werden.

Es wurde still. Erridge schaute zu dem vorhanglosen Fenster hinüber, hinter dem schon die Dunkelheit eingesetzt hatte. Anders als sein Onkel verspürte er keinen Wunsch, über seine Familie zu reden. Es war vielleicht doch ein wenig gefühllos von mir gewesen, ihn, nur um Quiggin zu quälen, dazu zwingen zu wollen, über sie zu sprechen, aber die Versuchung hatte sich als zu groß erwiesen. Quiggin selbst war während dieses kurzen Dialogs zunehmend unruhig geworden. Mona hatte bisher wenig gesprochen, doch der Besuch munterte sie offensichtlich auf. Quiggin schien, vielleicht zu Recht, zu der Auffassung gekommen zu sein, dass Erridge durch dieses Geplauder verärgert sei, und begann nun zögernd über einige organisatorische Fragen zu sprechen, die zwischen den beiden anlagen; doch kam es ihm fraglos auch gleichzeitig sehr darauf an, dass Erridge so bald wie möglich das Haus verließ. Erridge aber zeigte, obwohl er nicht bereit war, Konversation zu treiben, keinerlei Verlangen zu gehen. Er nahm einen betagten ledernen Tabaksbeutel aus einer seiner Jackentaschen und begann, sich eine Zigarette zu rollen. Nachdem er das – nicht sehr erfolgreich, denn eine Menge Tabak ragte an beiden Enden des gedrehten Reispapiers heraus – getan hatte, leckte er den Rand, um ihn zuzukleben, und zündete dieses eher schwächliche Ergebnis seiner Mühen dann an. Die Zigarette schien nicht gut zu ziehen, und so warf er sie nach ein oder zwei Minuten in den offenen Kamin. Er nippte an dem Glas, das Mona ihm gegeben hatte, und verzog wieder sein Gesicht; dabei kippte er den Stuhl, auf dem er saß, zurück, bis dieser bedenklich knackte. Er seufzte tief.

»Ich hab mich gefragt, ob es nicht besser wäre, wenn du anstelle von Craggs Sekretär würdest«, sagte er.

»Warum glaubst du das?«, fragte Quiggin vorsichtig.

»Craggs scheint dauernd etwas anderes zu tun zu haben. Tatsache ist, er leitet so gerne Komitees, dass er keinem von ihnen die richtige Aufmerksamkeit schenken kann. Jetzt geht es ihm um die Flüchtlinge aus Deutschland. Es ist natürlich ganz richtig, dass da etwas getan wird. Aber letzte Woche konnte ich ihn nicht erreichen, weil er mit Sillery wegen des Waffenembargos gegen Bolivien und Paraguay beschäftigt war. Dann ist da die ›Zerschlagt den Faschismus‹-Gruppe, zu der er immer geht. Er möchte, dass wir Oswald Mosley größere Aufmerksamkeit schenken. Er will immer das gerade Neueste tun, ob es sich um die Unabhängigkeit Kataloniens handelt oder um kostenlose Mahlzeiten für Schulkinder.«

»Der Antifaschismus hat Vorrang«, sagte Quiggin. »Auch vor dem Pazifismus. Meiner Meinung nach kann das Aufruhrgesetz warten. Hat nicht schließlich Lenin davon gesprochen, dass die Freiheit eine bourgeoise Illusion sei?«

Quiggin hatte diese letzte Bemerkung in einem nicht allzu ernsthaften Ton hinzugefügt, aber Erridge schien sie ernst zu nehmen. Er rutschte unbehaglich auf seinem harten, hölzernen Sitz herum, als sei er ein Galeerensträfling während einer Ruhepause.

»Natürlich«, sagte er. »Ich weiß, dass er das gesagt hat.«

»Na und?«

»Ich stimme darin nicht immer mit euch anderen überein.«

Er stand plötzlich von seinem Stuhl auf.

»Ich möchte irgendwann mit dir über die Zeitschrift sprechen«, sagte er. »Nicht jetzt, denke ich.«

»Ach die«, sagte Quiggin.

Er klang, als hätte er es lieber gehabt, wenn ›die Zeitschrift‹ nicht so präzise benannt worden wäre.

»Was für eine Zeitschrift?«, fragte Mona.

»Ach, es ist nichts, Maus«, sagte Quiggin. »Bloß so eine Idee, über die Alf und ich mal gesprochen haben.«

»Werdet ihr eine Zeitschrift herausbringen?«

Mona klang ziemlich erregt.

»Vielleicht«, sagte Erridge, von einem Fuß auf den anderen tretend.

»Es ist noch alles sehr ungewiss«, sagte Quiggin in einem Ton, der das Thema abschloss.

Mona war nicht so leicht zum Schweigen zu bringen. Ob es sich bei ihr um echtes Interesse handelte oder ob sie dies als eine Möglichkeit ansah, ihre eigenen Ansichten zu äußern oder Quiggin zu hänseln, blieb unklar.

»Aber wie aufregend«, sagte sie. »Erzähl mir doch davon, Alf.«

Erridge lächelte verlegen und zog an seinem Bart.

»Es ist alles sehr ungewiss, wie J. G. gerade erklärt hat«, sagte er. »Seht mal, warum kommt Ihr nicht morgen zum Abendessen zu mir? Wir könnten dann darüber reden.«

»Oder vielleicht im Laufe der Woche«, sagte Quiggin.

»Ich muss am Montag wieder weg«, sagte Erridge.

Es entstand eine Pause. Quiggin sah mich ärgerlich an.

»Ich vermute, du wirst am Sonntagabend wieder zurück nach London müssen, nicht wahr, Nick?«, sagte er.

»Ach kommen Sie doch auch«, sagte Erridge sofort. »Verzeihung. Natürlich wollte ich Sie ebenfalls bitten, wenn Sie bis dahin bleiben.«

Er schien betrübt darüber, dass er, wie er es sah, schlechte Manieren bewiesen habe. Ich glaube, er lebte in einem Traum, so abgeschlossen von der Welt, dass er sich nicht eine Sekunde lang gefragt hatte, ob ich länger bei Quiggin bliebe oder bloß für ein Essen an diesem Abend gekommen sei. Selbst wenn er erfasste, dass ich länger blieb, war er sich wahrscheinlich kaum bewusst, dass ich vielleicht vierundzwanzig Stunden später immer noch dort sein mochte. Seine Reaktionen identifizierten ihn mehr und mehr als einen erkennbaren Typ, als jemanden, der einen großen Teil seiner Zeit in Langeweile und Einsamkeit verbringt, doch irgendwie gehindert ist, etwas Relevantes über andere Menschen in sich aufzunehmen: vertraut allein mit ›Anliegen‹.

»Die Züge morgens sind nicht sehr günstig«, sagte Quiggin. »Ich weiß nicht, wann du im Studio sein musst –«

»Das Studio ist die ganze Woche geschlossen, wegen des Streiks«, sagte ich. »Deshalb hatte ich sowieso gedacht, ich würde Montagmorgen zurückfahren – wenn euch das recht ist.«

»Ach, Sie streiken?«, fragte Erridge, der sofort auflebte, als sei es ihm eine seltene, unerwartete Freude, sich in einem so engen Kontakt mit einem wirklich Streikenden zu befinden. »In diesem Fall müssen Sie einfach kommen und mit mir essen.«

»Sehr gern, aber ich selbst streike leider nicht – die Elektriker.«

»Ach ja, der Streik, natürlich, der Streik«, sagte Quiggin, als ob er selbst die Arbeitsniederlegung organisiert, aber angesichts seiner vielen Verpflichtungen ähnlicher Art nicht mehr an ihren weiteren Verlauf gedacht habe. »In diesem Fall würden wir alle gerne kommen, Alf. Du isst immer früh zu Abend, wie ich mich erinnere.«

Was Quiggin betraf, war das eine jener großen gesellschaftlichen Niederlagen gewesen; und indem er diese Tatsache kühl akzeptierte, tat er einiges, um seine Position wiederzuerlangen. Vermutlich plante er, dass Erridge das Geld aufbringen solle, um ihn als Chefredakteur einer neuen linkgerichteten Zeitschrift einzusetzen. Es war vielleicht vernünftig von ihm, ihre Pläne geheim halten zu wollen, für den Fall, dass sie fehlschlagen würden. Doch jetzt, wo das Abendessen fest vereinbart war, nahm er die Sache mit Gleichmut hin. Erridge schien keinen ähnlichen Wunsch zu verspüren, die Dinge nur zwischen ihnen beiden zu diskutieren. Er war sich, glaube ich, Quiggins Abneigung dagegen, anderen zu erlauben, zu viel über ihr Leben zusammen zu erfahren, gar nicht bewusst. Ich konnte auch feststellen, dass er entschlossen war, die Überzeugung nicht aufzugeben, ich selbst gehöre zu den Streikenden.

»Aber Sie unterstützen sie, indem Sie nicht arbeiten gehen«, sagte er. »Ja, kommt früh. Vielleicht möchtet ihr euch auch im Schloss umschauen – obwohl es dort leider wirklich nicht viel zu sehen gibt, das auch nur von dem geringsten Interesse ist.«

Er bewegte sich erneut auf die Tür zu, wieder in tiefe Verzweiflung versunken – vielleicht über den Gedanken an den mangelnden Wert seines Schlosses und der Dinge, die es beherbergte. Während seine Espadrilles über den Steinboden schlurften, verfing er sich mit einem Fuß in der Matte, fluchte sanft und ein wenig unsicher, so als ob er versuche, sich so rau aufzuführen, wie er gekleidet war, und verschwand fast ohne ein weiteres Wort. Quiggin begleitete ihn zur Tür und rief einen Abschiedsgruß. Dann kehrte er ins Zimmer zurück, in dem wir saßen. Einige Minuten lang sprach niemand. Quiggin korkte langsam die Ginflasche zu und stellte sie in den Schrank zurück.

»Alf ist sehr süß, nicht wahr?«, sagte Mona.

»Alf ist ein guter Kerl«, stimmte Quiggin ihr zu. Er klang eine Spur sauer.

»Wo wohnt er?«, fragte ich.

»In Thrubworth Park. Es ist ein großes Schloss auf der anderen Seite der Bäume, die du von unseren Fenstern aus siehst.«

Erridges plötzliches Erscheinen hatte Quiggin verstimmt. Es war ein Besuch, auf den er nicht vorbereitet gewesen war: eine Situation, mit der er nicht gerechnet hatte. Jetzt schien er sich nicht entscheiden zu können, wie er sich hinsichtlich seines Freundes verhalten solle.

»Was weißt du über ihn?«, fragte er schließlich.

»Kaum etwas, außer dass er ein Landstreicher gewesen sein soll. Und neulich habe ich, wie ich gerade sagte, einige seiner Schwestern getroffen.«

»Ach ja«, sagte Quiggin ungeduldig. »Ich bin überhaupt nicht an seiner übrigen Familie interessiert. Er sieht sie sowieso nie. Gesellschaftliche Schmetterlinge, das ist alles, was sie sind. Genau das, was man vielleicht erwarten würde. Alf ist anders. Ich weiß allerdings nicht, was du damit meinst, er sei ein Landstreicher gewesen. Wo hast du diese Geschichte her? Ich vermute, du glaubst, jeder ist ein Landstreicher, der einen Bart trägt.«

»Und ist es nicht so? Einige seiner Verwandten haben mir erzählt, er hätte versuchsweise das Leben eines Landstreichers geführt.«

»Genau die Sorte von Gerüchten, die man von denen erwartet«, sagte Quiggin. »Sieht das nicht Leuten dieser Klasse ähnlich? Es stimmt, er hat gewisse Studien über örtliche Verhältnisse betrieben. Ich glaube nicht, dass er irgendwo gewohnt hat, wo es besonders luxuriös war, aber in Obdachlosenasylen hat er sicher nicht geschlafen.«

»Seine Verwandten nehmen das an. Ich glaube, dass sie ihn deshalb stark bewundern.«

»Nun, ihre Annahme ist falsch«, sagte Quiggin. »Alf ist ein sehr guter Kerl, aber ich weiß nicht, ob er bereit wäre, solche Unannehmlichkeiten auf sich zu nehmen.«

»Was hat er denn getan?«

»Nützliche Arbeit. Er hat Informationen über die Arbeitslosigkeit gesammelt«, räumte Quiggin ein. »Gleichzeitig hat er Flugblätter verteilt. Ich möchte das in keiner Weise herabsetzen, aber herumzulaufen und zu erzählen, er sei ein Landstreicher gewesen, ist einfach absurd. Dennoch, die Erfahrung, die er gemacht hat, wird von politischem Wert für ihn sein.«

»Ich finde ihn sehr attraktiv«, sagte Mona.

Aus irgendeinem Grund schien Quiggin diese Feststellung nicht zu gefallen.

»Hast du je eine Frau namens Gypsy Jones kennengelernt?«, fragte er. »Eine Kommunistin. Ein ziemlich schmuddeliges kleines Stück. Ich bin mir nicht sicher, ob nicht Alf vielleicht ein bisschen scharf auf sie ist. Ich hab gesehen, dass sie bei der Volksfrontversammlung zusammensaßen. Dennoch, er ist nicht ein Mann, der seine Zeit mit Frauen verschwendet.«

»Was willst du damit sagen, ›seine Zeit mit Frauen verschwenden‹?«, sagte Mona. »Dir jedenfalls könnte das niemand vorwerfen. Du denkst viel zu viel an dich selbst.«

»Ich denke auch an dich, Maus«, sagte Quiggin in einem milden Ton. Er hielt es ohne Zweifel für ratsam, sie zu beschwichtigen. »Aber Alf ist ein Idealist; ein eher zu großer manchmal, wenn es darum geht, dass Dinge getan werden. Dennoch, alles in allem denkt er richtig. Soll ich die Flasche wieder rausholen? Das Abendessen scheint noch lange nicht fertig zu sein.«

»Ja, hol sie«, sagte Mona. »Ich weiß sowieso nicht, warum du sie weggestellt hast.«

All dies erinnerte an den Haushalt der Templers, ehe Mona ihren Mann verlassen hatte. Während der vierundzwanzig Stunden, die jetzt folgten, wiederholte sich diese Reminiszenz mehr als einmal. Auch Quiggin hatte begonnen, sie mit ›etwas Besonderem‹ zu besänftigen, und das bevorstehende Abendessen mit Erridge gehörte ohne Zweifel in diese Kategorie. Ja, Quiggin sprach jetzt so, als habe er selbst die Einladung als einen wesentlichen Bestandteil des Wochenendes arrangiert. Obwohl sich dadurch, dass ich mitkam, ihre Möglichkeiten für Quiggin reduzierten, hatte er, glaube ich, deshalb nichts gegen mich als Person. Er hätte genauso gut Einwände erhoben, wenn irgendein anderer Freund oder Bekannter an dem Essen teilnehmen würde. Das Dinner auf Thrubworth war eine Gelegenheit, die man nicht so einfach ungenutzt verstreichen lassen durfte, denn, wie Mona festgestellt hatte, »wir erhalten nicht gerade an jedem Tag der Woche eine Einladung«. Ich fragte, wie lange sie Erridge schon kannten.

»Seit der Zeit, als ich Sekretär von St. John Clarke war«, sagte Quiggin. Er lächelte, um zu zeigen, für wie fern, wie widersinnig er jetzt diese Periode seines Lebens hielt. »St. J. ging an einem Nachmittag zu einem Buchladen in der Charing Cross Road, wo er einen Blick auf einige von Lenins Reden werfen wollte. Wie du weißt, war St. J. ziemlich vorsichtig mit seinem Geld, und er hatte vorgeschlagen, dass ich den Buchhändler in ein Gespräch verwickeln solle, während er all das nachschlagen werde, was er benötigte. Das war am Anfang von St. J.s Bekehrung zum Marxismus. Wir trafen Alf in dem Laden. Er stöberte dort herum und versuchte, den Nachmittag totzuschlagen. Alte Gewohnheiten kann man nur schwer ablegen, und St. J. war natürlich bis zu der Zeit, als ich ihn kennenlernte, ein ganz großer Snob gewesen – und noch nicht völlig geheilt von seiner Vorliebe für hochtönende Namen. Später, als wir einander gut kannten, sagte er oft, dass ich ihn vor dem Snobismus gerettet hätte. Ich wünschte nur, ich hätte ihn auch vor dem Trotzkismus retten können. Aber das ist eine andere Geschichte. Zufälligerweise hatte St. J. Alf einige Zeit vorher in dem Haus einer Verwandten von Alf kennengelernt – gibt es eine Frau namens Lady Molly Jeavons? Es gibt sie? Nun, es war in ihrem Haus. St. J. unterhielt sich ein wenig mit Alf in dem Buchladen und vergaß, trotz seiner veränderten Lebenssicht, völlig Lenins Reden und lud ihn zu sich zum Tee ein.«

»Und seitdem kennst du ihn?«

»Alf hat sich als ein Segen erwiesen, als sich St. J. wegen mir und Mona so töricht aufführte. Seit damals habe ich mein Bestes getan, seinen Enthusiasmus in die richtigen Bahnen zu lenken.«

»Hat St. John Clarke noch diesen deutschen Jungen als seinen Sekretär?«

»Nicht ihn«, sagte Quiggin. »Guggenbühl ist ein gescheiter junger Mann, mag er nun Trotzkist sein oder nicht. Er ist zu etwas Einträglicherem gewechselt. Schließlich war er clever genug, Hitler kommen zu sehen und aus Deutschland abzuhauen. Ich höre, er ist den deutschen Flüchtlingen gegenüber, die jetzt ankommen, sehr herablassend.«

»Er ist wahrscheinlich ein Naziagent.«

»Mein Gott«, sagte Quiggin. »Das würde mich nicht wundern. Ich muss mit Mark darüber sprechen, wenn er aus Amerika zurückkommt.«

Die Möglichkeit, dass auf Mark Members und ihn selbst in der Dynastie der Sekretäre St. John Clarkes einer der Spione Hitlers gefolgt war, munterte Quiggin beträchtlich auf. Er war für den Rest des Tages in guter Stimmung, bis es Zeit wurde, nach Thrubworth aufzubrechen. Dann, als die Stunde näherrückte, wurde er wieder nervös und aufgeregt. Ich hatte angenommen, dass Quiggin, da er sich schon einige Jahre zuvor der Gönnerschaft Erridges versichert hatte, inzwischen mit dessen Eigenheiten vertraut sein müsse. Das Gegenteil schien jedoch der Fall zu sein; und ich erinnerte mich, dass er während seiner Studentenzeit vor einer Party immer gereizt und verstört gewesen war – Herr seiner selbst erst nach der Ankunft. Er hatte seinen Anzug von dieser grausam blauen Farbe angezogen, als wir uns schließlich auf den Weg durch die Felder machten.

»Aus welcher Zeit stammt das Schloss?«

»Welches Schloss?«

»Wo wir hingehen.«

»Oh, Thrubworth Park«, sagte Quiggin, als habe er unser Ziel vergessen. »Siebzehntes Jahrhundert, würde ich meinen, im achtzehnten stark umgebaut. Alf wird dir davon erzählen. Obwohl er das Schloss eigentlich nicht mag, spricht er irgendwie doch gerne darüber. Du wirst alles, was du willst, über seine Geschichte erfahren.«

Wir durchquerten den Wald, den man von den Fenstern des Häuschens aus sehen konnte, gingen durch weitere Felder und kletterten dann über einen Zauntritt. Dahinter lag eine verlassene Straße, auf deren gegenüberliegender Seite, von der Fahrbahn ein Stück zurückgesetzt, sich der Eingang – offensichtlich nicht der Haupteingang – eines Parks befand, dessen Mauern ich auf meinem Weg vom Bahnhof am Tag zuvor schon von einer anderen Seite gesehen hatte. Ein kleines, unbewohntes, jetzt verfallenes Pförtnerhaus lag neben den beiden geöffneten Flügeln des schmiedeeisernen Tores. Wir gingen durch dieses Tor und schritten dann die Auffahrt hinauf, die sich zwischen großen Bäumen verlor. Der Park war ziemlich gut gepflegt, doch lag eine freudlose, melancholische Atmosphäre über ihm, typisch für ein großes Anwesen, für das sein Besitzer keine tiefe Zuneigung empfindet.

»Ich hoffe, es wird dort heute Abend etwas zu trinken geben«, sagte Mona.

»Ist es da in der Regel ein bisschen knapp?«, fragte ich.

»Es fließt nicht gerade in Strömen.«

»Warum hast du dann nicht 'n halben Liter Gin getrunken, ehe wir weggingen?«, fragte Quiggin in einem scharfen Ton, »wenn du nie einen Abend überstehen kannst, ohne dich am Ende beschwipst fühlen zu müssen. Meiner Meinung nach war immer genug da. Nicht gerade eimerweise, aber genug.«

Seine Nerven waren noch immer angespannt.

»Ist ja gut«, sagte Mona. »Reiß mir nicht gleich den Kopf ab. Du hast selbst genörgelt, als wir das letzte Mal dort waren.«

»Wirklich, Maus?«

Er nahm ihren Arm.

»Wir werden noch schön was trinken, wenn wir zurückkommen«, sagte er. »Falls Alf wieder eine seiner Launen haben sollte.«

Der Gedanke, dass Erridge »eine seiner Launen« haben mochte, beunruhigte mich. Quiggin hatte diese ›Launen‹ zuvor nicht erwähnt, doch konnte man sich nach dem, was gesagt worden war, leicht vorstellen, welcher Art sie sein würden. Ich wünschte, wir hätten, wie wir es jetzt taten, durch das kühle Zwielicht der Eichen- und Kastanienlichtungen weiterwandern können, ohne je das Schloss und das kärglich-trübe Mahl, das uns zu erwarten schien, zu erreichen. Wir waren etwa zehn Minuten so dahergeschritten, als plötzlich Dächer in unser Gesichtsfeld rückten, eine Gruppe von Gebäuden von einer gewissen Erhabenheit, doch ohne großen architektonischen Wert: ein Herrenhaus aus dem siebzehnten Jahrhundert, wie Quiggin es beschrieben hatte, die Rückseite aus Backstein, die Vorderseite im achtzehnten Jahrhundert mit Naturstein verkleidet. Die Fassade, die auf eine weite Rasenfläche sah, war von uns abgewandt, denn wir waren an der Seite des

Schlosses angekommen, durch ein Netzwerk kleiner Pfade und Blumenbeete, ziemlich pedantisch angelegt und nicht allzu gut gepflegt. Quiggin führte uns durch diese Rabatten auf einen vorspringenden Teil aus Nebengebäuden und Pferdeställen zu. Wir traten durch einen Torbogen und kamen in einen kopfsteingepflasterten Hof, wo Quiggin eine kleine, mit Messingnägeln beschlagene Tür ansteuerte. An der Seite dieser Tür hing ein eiserner Glockenzug. Quiggin hielt kurz davor an und wandte sich zu mir um; er sah plötzlich aus, als habe ihn jeder Mut verlassen. Dann nahm er sich zusammen und zog kräftig an der Glocke.

»Geht man immer durch diesen Eingang rein?«

»Die Vorderseite wird verschlossen gehalten«, sagte er.

»Wie sieht es im Inneren aus?«

»Die Prunkgemächer – wenn das der richtige Name für sie ist – sind geschlossen. Alf bewohnt nur eine Ecke des Hauses.«

»Den Dienstbotenflügel?«

»Mehr oder weniger. Wahrscheinlich war er das mal.«

Wir warteten eine lange Zeit. Quiggin schien dagegen zu sein, noch einmal zu läuten, entschloss sich aber unter dem Druck von Mona schließlich, den Zug an der Glocke zu wiederholen. Es entstand eine weitere lange Pause. Dann konnte man Schritte hören, die sich langsam und vorsichtig die Treppe herunterbewegten. Im Innern hantierte jemand an dem Türgriff herum, dann wurde die Tür von einem Diener geöffnet. Ich erkannte Smith wieder, den Butler, der bei meinem ersten Besuch in dem Haus der Jeavons' dort vorübergehend beschäftigt gewesen war.

»Lord Warminster?«, murmelte Quiggin fragend.

Smith gab keine Antwort. Eine Art Grimasse war über sein Gesicht gehuscht, als er Quiggin und Mona sah; es war nur allzu natürlich, dass er mir nicht das geringste Zeichen gab, mich wiedererkannt zu haben. Abgesehen von diesem kurzen, ja kaum wahrnehmbaren Zusammenziehen von Nase und Lippen – vielleicht nur ein nervöses Zucken – äußerte er keine weitere Begrüßung. Doch trat er zur Seite und ließ uns herein. Wir marschierten durch die Tür und befanden uns in einer Art hinterer Eingangshalle, in die mehrere Gänge einmündeten. Man erhielt einen flüchtigen Eindruck von Eichentruhen, schäbigen Bücherschränken voll von unlesbaren Büchern, Mahagoni-Anrichten und anderen großen Möbelstücken, die irgendwann aus dem zentralen Teil des Schlosses verwiesen worden waren; die Wände waren mit großen Ölgemälden verschiedener, längst aus der Mode gekommener Schulen behangen. Als ob er an einer schmerzhaften Krankheit im unteren Teil seines Körpers litte, schritt Smith unsicher vor uns her auf eine schmale Treppe zu. Wir folgten ihm schweigend. Selbst Mona schien von der höhlenartigen, schwermütigen Atmosphäre eingeschüchtert. Nachdem wir durch Korridore und immer weitere Korridore gegangen waren, hielt Smith vor einer Tür an. Dann wandte er sich in einem fast wütenden Ton an uns.

»Mr. und Mrs. Quiggin – und wie war der andere Name?«

Vielleicht bildete ich mir das nur ein, aber er schien das Wort ›Mrs.‹ zu betonen, als ob er die rechtsgültige Verbindung der beiden in Zweifel ziehen wolle. Quiggin zuckte zusammen, dann nannte er widerwillig meinen Namen. Smith warf die Tür auf, bellte seine Ankündigungen heraus und schob uns in das Zimmer.

Erridge saß an einem Sekretär, dessen oberer Teil von einem Bücherschrank mit Glastüren überragt wurde. Dieser war mit Bänden angefüllt, von denen die meisten in Schutzumschlägen aus gelbem Papier steckten. Als wir eintraten, sprang Erridge sofort auf, nahm seine Brille ab und stolperte verwirrt vorwärts, als käme unsere Ankunft völlig unerwartet. Er hatte gerade geschrieben, und die offene Schreibplatte des Sekretärs war mit Briefen und Papieren bedeckt, die jetzt auf den Boden herabstürzten und dort für den Rest der Zeit, die wir in dem Schloss verbrachten, in einem Haufen liegenblieben. Die dunkle Tapete und schwere Mahagonimöbel – im Stil nicht sehr verschieden von den Stücken, die in den von uns schon durchwanderten hinteren Teil des Schlosses verbannt waren – ließen das Zimmer kleiner erscheinen, als es, seinen beträchtlichen Ausmaßen nach wirklich war. Es gab dort keine Bilder; aber rechteckige, verfärbte Flecken zeigten an, wo einmal Rahmen gewesen waren. Über dem offenen Kamin hing eine grafische Darstellung, die ich zuerst für den Stammbaum der Tollands hielt, die sich aber bei näherer Untersuchung als eine in abfallender Stufung gehaltene Illustration eines ökonomischen Verteilungsprinzips erwies. Regale, auf denen weitere Bücher standen – Klassiker, Baedeker und zwei gebundene Exemplare der »Boy's Own Paper« – bedeckten die gegenüberliegende Wand. Am Ende des Zimmers stand ein Tisch, auf dem aktuelle Zeitungen und Zeitschriften herumlagen. Ein weiterer, kleinerer Tisch war für vier Personen gedeckt.

Es war klar, dass sich Erridges ganzes Leben und Sein in diesem Zimmer abspielte. Ich fragte mich, ob er auch seine Nächte auf dem Sofa hier verbrachte. Ein solches Behelfslager stand wohl durchaus im Einklang mit seinen Grundsätzen – außer dass das Sofa eher zu behaglich aussah, um während der Nacht seine Schuldgefühle über seinen Reichtum beschwichtigen zu können. Immer noch, so schien es, wegen unserer ›unerwarteten‹ Ankunft verlegen, ging er jetzt schnell in dem Zimmer auf und ab, so als ob er der nervösen Spannung, die er fühlte, Ausdruck und Erleichterung verschaffen wolle. Quiggin, der seine Balance durch den Kontakt mit seinem Gastgeber völlig wiedergefunden hatte – wie die wohlige Wärme, die einen nach einem Sprung ins kalte Wasser durchströmt –, muss die Symptome bei Erridge als ganz normal erkannt haben. Er nahm Mona beim Arm und zog sie zum Fenster, wo die beiden Seite an Seite standen und auf die Gärten und den dahinterliegenden Park schauten. Sie begannen ein Gespräch über irgendeine Besonderheit der Landschaft.

In der Mitte des Zimmers mir selbst überlassen, wusste ich zuerst nicht recht, ob ich mich Quiggin und Mona bei ihrer Besichtigung des Geländes von Schloss Thrubworth anschließen oder, indem ich sein Auf- und Abgehen durch irgendeine der üblichen Bemerkungen unterbrach, Erridges vage, aber allgemeine, an uns drei gerichtete Begrüßung bei unserer Ankunft zu einem Gespräch aufnehmen sollte. Dieser letztere Schritt würde mit dem Versuch verbunden sein müssen, neben ihm im Zimmer hin- und herzumarschieren: wie Offiziere, die auf den Beginn der Parade warten. Andererseits würde es unangemessen und unfreundlich wirken, wenn ich mich zu Quiggin und dem Fenster begäbe. Ich entschloss mich, für ein oder zwei Minuten einen Blick auf die ökonomische Illustration zu werfen, in der Hoffnung, dass die Situation weniger unklare Aspekte annehmen mochte; als aber dann einen Moment später Erridge vor seinem Sekretär stehenblieb und umständlich damit begann, die wenigen dort noch verbliebenen Papiere zu ordnen, sah ich ein, dass er und ich früher oder später doch so etwas wie eine Gastgeber-Gast-Beziehung, wie verkrampft sie auch sein mochte, herstellen müssten, wenn wir den Abend zusammen verbringen wollten. Je schneller das geschah, desto besser war es für meinen Seelenfrieden. Ich ging ihn deshalb ohne weitere Verzögerung an.

»Ich hab Ihren Butler vor einigen Monaten bei den Jeavons' gesehen.«

Erridge zuckte zusammen. Jetzt endlich hatte er sich wieder gefangen.

»Ach so, ja?«, sagte er und lachte verlegen, legte aber wenigstens die maschinengeschriebenen Blätter hin, die er gerade zusammengeschoben hatte. »Smith war bei ihnen, während ich – während ich unterwegs war – und diese – diese – Art von Untersuchung durchführte. Er ist schon seit – ach, ich weiß nicht – seit mehreren Jahren bei mir. Unser anderer Butler starb. Es hatte sich etwas Grässliches entwickelt in seinem Innern. Etwas wirklich Schreckliches. Es passierte ganz plötzlich. Smith ist ein sehr seltsamer Mann. Er ist auch nicht bei bester Gesundheit. Man weiß nie, was er als Nächstes sagen wird. Sie kennen also Tante Molly?«

Erridges Gesicht hatte sich schmerzlich verzogen, als er von dem unglücklichen Gesundheitszustand und nachfolgenden Tod seines früheren Butlers sprach. Man konnte leicht sehen, dass er es schwer fand, über die Leiden der menschlichen Existenz auch nur nachzudenken, ja, dass er sich für viele von ihnen persönlich verantwortlich fühlte.

»Ich bin einige Male bei ihr gewesen.«

»Sie scheinen viele meiner Verwandten zu kennen«, sagte Erridge.

Er machte diese Bemerkung in einem klanglosen, verzagten Ton, so als ob es ihn interessiere, sogar leicht überrasche, dass etwas Derartiges der Fall sein könne; aber das war auch alles. Er schien die Sache nicht weiter verfolgen zu wollen; zwar äußerte er keine Warnung, aber er gab sicher auch kein Zeichen der Ermunterung. Es wäre wahrscheinlich notwendig gewesen, ein neues Gesprächsthema zu finden, wenn nicht Quiggin in diesem Augenblick entschieden hätte, dass die angemessene Periode seiner Trennung von Erridge vorüber sei – oder durch mein eigenes Verhalten ein zufriedenstellendes Ende gefunden habe –, so dass er sich uns jetzt wieder zugesellte.

»Ich habe Mona gerade die Stelle gezeigt, wo du, wie ich dir geraten habe, die Bäume fällen lassen solltest«, sagte er.

»Ich bin sicher, dass das richtig wäre. Weg mit ihnen.«

»Ich denke noch darüber nach«, sagte Erridge. Er sprach wieder in einem absolut klanglosen Ton.

Offensichtlich legte er, was sein Anwesen betraf, keinen Wert auf Quiggins Rat; und sein Verhalten zu diesem Thema kontrastierte deutlich mit dem Respekt, mit dem er Quiggins politische Kommentare aufnahm. Mona setzte sich auf das Sofa und stieß einen kleinen Seufzer aus.

»Möchtest du – möchte jemand von euch – etwas zu trinken?«, fragte Erridge. Er sprach in einem forschenden Ton, als sei der Wunsch, zu dieser Stunde etwas zu trinken, eine ungewöhnliche Vorstellung, die ihm erst gerade eingefallen sei. Wir drei waren der Meinung, dass ein Drink eine gute Idee wäre. Doch Erridge schien kaum die Absicht zu haben, sein Angebot in die Tat umzusetzen. Er sagte nur noch: »Ich nehme an, Smith wird in ein paar Minuten zurück sein.«

Smith kam in der Tat kurze Zeit später wieder. Er stellte einen großen Krug mit Limonade zu den übrigen Dingen auf dem Tisch.

»Ach, Smith«, sagte Erridge. »Wir haben noch etwas Sherry, nicht wahr?«

»Sherry, Eure Lordschaft?«

Es war unmöglich, Smiths leerem, gereiztem Blick zu entnehmen, ob er noch nie zuvor seit seiner Anstellung auf Thrubworth nach Sherry gefragt worden sei oder ob er ganz einfach all den Sherry, der noch übrig gewesen war, selbst getrunken habe.

»Ja, Sherry«, sagte Erridge mit unerwarteter Festigkeit. »Ich bin sicher, mich daran zu erinnern, dass nach dem Besuch des Arztes noch etwas in der Karaffe war.«

Erridge sprach das Wort ›Arzt‹ in einer Weise aus, die mich vermuten ließ, dass vielleicht auch Hypochondrie zu seinen übrigen Charaktereigenschaften hinzukäme. In dem Gewicht, das er dieser Silbe gab, lag etwas, das die Bedeutung eines Arztbesuches für ihn besonders hervorhob.

»Ich glaube nicht, Eure Lordschaft.«

»Ich weiß, dass noch was da war«, sagte Erridge. »Bitte gehen Sie und sehen Sie nach.«

Ein Willenskampf fand hier statt. Erridge war offensichtlich wenig oder gar nicht an Sherry als solchem interessiert. Wie Widmerpool liebte er Speise und Trank nicht besonders, war derartigen sinnlichen Vergnügen wahrscheinlich sogar lebhaft abgeneigt, weil sie nur den von ihm bevorzugten Konzeptionen reiner Macht abträglich seien. Quiggin liebte natürlich auch die Macht, doch vielleicht weniger um ihrer selbst willen als aus der mehr praktischen Erwägung, dass sie ihm zu einer Art Karriere verhelfe, die zu jedem beliebigen Zeitpunkt seiner Vorstellung zusagte. Quiggin konnte es sich erlauben, sich gewisse Schwächen zu gestatten, vorausgesetzt, sie gefährdeten nicht die politische oder gesellschaftliche Fassade, die er der Welt zu zeigen beschlossen hatte. Ich sah nun, dass ich mit der Annahme, Erridge stünde, wie viele Leute, die exzentrische Diener beschäftigen, unter der Fuchtel von Smith, einem Trugschluss erlegen war. Erridge hatte einen starken Willen. Daran konnte kein Zweifel bestehen. Als Antwort auf seine Worte neigte Smith den Kopf wie jemand, der sich, nachdem er zum Schierlingsbecher verurteilt ist, zum Giftdiener aufmacht. Er verließ das Zimmer in tiefer Niedergeschlagenheit. Erridges blässliche Wangen hatten fast eine Spur von Farbe angenommen. In dieser Stimmung gab ihm sein Bart ein beinahe wildes Aussehen.

»Du möchtest etwas Sherry, nicht wahr?«, wiederholte er zu Mona hin.

Er litt an Gewissensbissen, dass uns Übrigen sein Verhalten Smith gegenüber vielleicht als arrogant erschienen sein mochte – als unvereinbar mit seinen fundamentalen Überzeugungen.

»Ach ja«, sagte Mona.

Sie hatte Erridge gegenüber ein entschieden kokettes Verhalten angenommen. Ja, ich fragte mich einen Augenblick lang, ob sie jetzt nicht vielleicht einen neuen Schritt erwog, der sie zur Gräfin Warminster machen würde. Doch verwarf ich diese Spekulation fast sofort wieder als absurd, denn Erridge schien sich nicht im Geringsten bewusst zu sein, dass er Monas gekonnten Verführungsversuchen ausgesetzt war. Er wandte sich von ihr ab und begann ein Gespräch mit Quiggin über die wirtschaftlichen Voraussetzungen der Zeitschrift, die sie zu gründen hofften. Quiggins Plan beruhte offensichtlich auf dem Prinzip, dass Erridge das Geld beschaffen und er als Chefredakteur fungieren solle; Erridge dagegen favorisierte eine gemeinsame redaktionelle Führung. Es erstaunte mich, dass Mona kein Zeichen von Unzufriedenheit über Erridges Gleichgültigkeit ihr gegenüber zu erkennen gab. Ich stellte fest, wie entschlossener, rücksichtsloser ihre Persönlichkeit im Vergleich zu damals geworden war, als ich sie als die Frau Peter Templers gekannt und sie auf mich den Eindruck einer dümmlichen, hohlköpfigen, recht übellaunigen Schönheit gemacht hatte. Jetzt besaß sie so etwas wie eine verborgene Kraft, vor der sich Quiggin ohne Zweifel fürchtete.

Smith kehrte mit dem Sherry auf einem Tablett zurück. Er hatte gerade genug gebracht, um jedem von uns ein volles Glas zu geben. Ich machte eine Bemerkung über die Schönheit der Karaffe.

»Interessieren Sie sich für Glas?«, sagte Erridge. »Einiges hier ist ziemlich gut. Mein Großvater hat es gesammelt. Übrigens, ich weiß nicht, ob ihr vielleicht einen Rundgang durch das Schloss machen möchtet. Es gibt nicht viel zu sehen, aber einige Leute tun so etwas gern. Oder vielleicht nach dem Essen?«

»Ach, es ist gemütlicher hier mit unseren Getränken, nicht wahr, Alf?«, sagte Quiggin. »Ich kann mir nicht denken, dass du in dem Schloss herumstapfen möchtest, Nick, oder? Ich ganz bestimmt nicht.«

Ich glaube, selbst in diesem Stadium wusste Quiggin, dass keine wirkliche Hoffnung bestand, das Vorhaben zu sabotieren, denn Erridge war bereits entschlossen, es durchzuführen; aber Quiggin meinte wohl, dass er im Interesse seines eigenen Selbstrespekts wenigstens den Versuch machen sollte zu verhindern, dass der Rundgang durch das Haus stattfand. Erridge machte ein langes Gesicht, doch es heiterte sich wieder auf, als ich ihm versicherte, dass ich mich nach dem Essen gerne im Schloss umsehen würde. Smith erschien mit irgendeiner Suppe in einer Terrine, und wir nahmen an dem Tisch Platz.

»Wollt ihr Bier?«, fragte Erridge in einem zweifelnden Ton. »Oder möchte jemand lieber Limonade?«

»Bier«, sagte Quiggin scharf.

Er muss das Gefühl gehabt haben, dass der geplante Rundgang durch das Schloss seine eigene moralische Position insofern gestärkt habe, als der Vorschlag das Eingeständnis einer Schwachheit seitens Erridges bedeutete.

»Bringen Sie uns Bier, Smith.«

»Das helle, Eure Lordschaft?«

»Ja, ich glaube, das ist es wohl. Was immer wir gewöhnlich bei diesen Gelegenheiten trinken.«

Smith schüttelte pessimistisch den Kopf und verließ wieder das Zimmer. Es kam zu einem weiteren längeren Gespräch zwischen Erridge und Quiggin über die Zeitschrift, das später zu allgemeineren Themen überging, unter ihnen die aggressive Außenpolitik Japans.

»Natürlich würde ich herzlich gerne China besuchen und mir ein eigenes Bild machen«, sagte Quiggin.

Es war ein Wunsch, den ich ihn schon vorher hatte äußern hören. Möglicherweise hoffte er, dass Erridge ihn dorthin mitnehmen würde.

»Das wäre interessant«, sagte Erridge. »Ich würde selbst gerne hinfahren.«

Der Suppe folgten Würstchen und Kartoffelpüree mit gerösteten Zwiebeln. Es schmeckte ganz vorzüglich. Das Essen endete mit Käse und Obst. Wir verließen den Tisch und begaben uns zurück zu den Sesseln um den offenen Kamin am anderen Ende des Zimmers. Mona kam wieder auf das Thema ihrer Filmkarriere zu sprechen. Wir hatten gerade ein Gespräch über einige der weniger bedeutenden Filmstars der Zeit begonnen, als die Stimmen und das Lachen von Frauen von draußen auf dem Korridor zu uns hereinklangen. Dann sprang die Tür auf, und zwei junge Damen kamen fröhlich lärmend ins Zimmer. Es konnte kein Zweifel daran bestehen, dass es sich um zwei weitere Schwestern Erridges handelte. Die ältere, so zeigte sich dann, war Susan Tolland, die jüngere Isobel. Die Atmosphäre änderte sich jäh und heftig. Man wurde sich plötzlich der köstlichen, sprudelnden Nähe weiblicher Wesen bewusst. Das Zimmer war verwandelt. Beide begannen sofort zu sprechen; die ältere, Susan, konnte sich schließlich Gehör verschaffen.

»Erry, wir sind an dem Tor vorbeigefahren und meinten,

es wäre wirklich zu ungezogen, wenn wir nicht mal kurz hereinschauten.«

Erridge stand auf und küsste seine Schwestern mechanisch, doch nicht ohne eine Spur von Wärme. Sonst zeigte er keine große Freude, sie zu sehen; eher das Gegenteil. Ich war inzwischen mit der für die Tollands typischen körperlichen Form vertraut, der Susan vollkommen entsprach. Sie war etwa fünf- oder sechsundzwanzig und weniger spröde, so meinte ich, als ihre Schwester Norah, weniger statuenhaft als Frederica; ähnelte aber beiden. Alle waren groß und dünn und besaßen eine Spur jenes kantigen Grundzugs, der bei Erridge besonders deutlich in Erscheinung trat: eine körperliche Struktur, die sich bei ihm zu einer Hagerkeit entwickelt hatte, die an Don Quichotte erinnerte. Bei den Mädchen war diese Neigung zur Schärfe der Konturen weniger ausgebildet, so dass nur eine Lebhaftigkeit des Ausdrucks und eine tiefliegende Melancholie übrigblieben. Diese letzte Eigenschaft wurde bis zu einem gewissen Grade verdeckt von einem großen Schwung guter Laune, die bei Erridge in so bemerkenswerter Weise fehlte. Seine Augen waren braun, die seiner Schwestern tiefblau.

Wäre es zu deutlich, zu übertrieben, wenn ich sagte, dass ich in dem Moment, in dem ich Isobel Tolland erblickte, sofort wusste, dass ich sie heiraten würde? Etwas dieser Art ist die Wahrheit, käme der Wahrheit gewiss näher, als wenn ich einfach nur jene vagen Gefühle beginnenden Interesses aufzeichnete, deren ich mir unmittelbar bewusst wurde. Es war, als ob ich sie schon seit vielen Jahren gekannt, als ob ich Glück mit ihr erlebt und Traurigkeit mit ihr durchlitten hätte. Ich wurde mir dessen wie eines anderen, nostalgisch erinnerten Lebens bewusst. In diesem Moment gezwungen zu sein, sich dem ganzen Drum und Dran des Vorgestelltwerdens zu unterziehen, dem ›Sichbekanntmachen‹ vermittels der normalen Förmlichkeiten des gesellschaftlichen Lebens, schien kaum der Mühe wert. Wir kannten einander schon; die Zukunft war festgelegt. Und wie stand es, so mag billigerweise gefragt werden, wie stand es mit der Tatsache, dass ich nur kurze Zeit zuvor hoffnungslos in Jean Duport verliebt gewesen war, ja, noch immer nicht sicher sein konnte, völlig geheilt zu sein? Sollten all diese Freuden und Qualen jetzt sozusagen mit einer Schleife umwickelt, in eine Schublade geworfen und dort vergessen werden? Wie stand es mit den Frauen, mit denen ich Abend für Abend, so schien es, vor Kinos Schlange gestanden hatte? In der Tat, wie?

»Willst du uns nicht sagen, wer wer ist?«, sagte Susan, sich in dem Zimmer umsehend und lächelnd.

Obwohl ihr Lächeln freundlich und charmant war, konnte sie zweifellos, wie ihre Schwester Norah, unangenehm werden, wenn sie es darauf anlegte.

»Ach Verzeihung«, sagte Erridge. »Wo habe ich nur meine Gedanken. Ich bin es nicht gewohnt, so viele Leute in meinem Zimmer zu haben.«

Er murmelte unsere Namen. Isobel schien sie in sich aufzunehmen; bei Susan war ich mir weniger sicher. Beide Frauen waren über irgendetwas erregt, offensichtlich über eine zu verkündende Neuigkeit.

»Kommen Sie von weit her?«, fragte Quiggin.

Er sprach in einem unerwartet liebenswürdigen Ton und unterdrückte dabei die Schärfe seiner Vokale so sehr, dass sie fast wie die einschmeichelnde Redeweise seines Kollegen, des Verlegers Howard Craggs, klangen. Quiggin hatte zuvor so abfällig über Erridges Familie gesprochen, dass ich beinahe vermutete, er würde die Missbilligung, die er für die Art von Leben empfand, das sie führten, irgendwie nach außen hin kundtun. Er wäre durchaus dazu in der Lage gewesen; oder wenigstens dazu, ihnen jedes Zeichen von Herzlichkeit zu versagen. Doch er hatte ihnen warm die Hände gedrückt und vor Vergnügen gegrinst, so als ob er über die Gelegenheit entzückt sei, sie beide kennenzulernen. Mona dagegen gab sich keine Mühe, die Spuren von Verärgerung, oder wenigstens Enttäuschung, über all die zusätzliche weibliche Konkurrenz zu verbergen, die so plötzlich und ohne Warnung aufgetreten war.

»Ja, wir kommen von ziemlich weit her«, sagte Susan Tolland, die sich offensichtlich über etwas sehr freute. »Einmal machte das Auto ganz ungewöhnliche Geräusche. Isobel sagte, es sei wie eine Frau, die über ihren dämonischen Geliebten klagt. Ich meinte, es klänge eher wie der dämonische Geliebte selbst.«

»Wie auch immer, Sie sind hier ›in sonn'gen Kuppeln und Höhlen aus Eis‹«, sagte Quiggin. »Wissen Sie, irgendwie interessiere ich mich mehr und mehr für Coleridge.«

»Möchtet ihr – möchte eine von euch etwas essen?«, erkundigte sich Erridge verlegen.

Er zeigte fast verzweifelt auf den Tisch, so als ob er hoffe, dass das Essen, das wir gerade verzehrt hatten, dort durch einen okkulten Akt wiedererstehen würde; als ob wir in der Tat in dem Bereich poetischer Verzauberung lebten, den Quiggin angedeutet hatte.

»Wir haben in ›The Tolland Arms‹ einen Happen zu uns genommen«, sagte Isobel, während sie eine Banane aus der Schüssel nahm und zu schälen begann. »Aber das Essen da war wirklich abscheulich. Wir wussten nicht, dass du eine so große Gesellschaft gibst, Erry. Ja, wir waren nicht einmal sicher, ob du überhaupt anwesend seiest. Wir dachten, du wärest vielleicht wieder unterwegs auf einem deiner Streifzüge.«

Sie warf uns unter ihren Wimpern einen Blick zu, der besagte, dass sie zwar nicht offen über ihren Bruder lache, wir uns aber dennoch darüber im Klaren sein sollten, dass die übrige Familie sein Treiben als ziemlich seltsam erachte. Quiggin fing ihren Blick auf und lächelte – in entschiedener Illoyalität gegenüber Erridge – still zurück, um ihr zu verstehen zu geben, dass auch er den Kern dieses besonderen Scherzes in seinem vollsten Ausmaße verstünde und treffend finde. Isobel warf sich in den nächstbesten Sessel und streckte ihre langen Beine von sich.

»Woher kommt ihr?«, fragte Erridge.

Er sprach in einem formellen, fast strengen Ton, als ob er sich zwinge, an dem Verhalten seiner Schwestern Anteil zu nehmen, wie ungewöhnlich das auch sein mochte – an einem Verhalten, das ihn dank der glücklichen Fügung der Umstände nie auch nur im geringsten Maße persönlich zu berühren vermöchte. Ja, er sprach, als ob ihre äußerste Ferne von seiner eigenen Lebensform gerade aus diesem Grunde einem sonst völlig uninteressanten, sogar unangenehmen Thema Aspekte verlieh, die es ihm unmöglich machten, diese zu ignorieren. Es war, als ob seine Schwestern in sich so seltsame und unberechenbare Bräuche repräsentierten, dass selbst der gleichgültigste Mensch nicht umhin konnte, seine Aufmerksamkeit für einige Sekunden von einer solch bestürzenden Wunderlichkeit fesseln zu lassen.

»Wir sind bei den Alfords gewesen«, sagte Isobel, die Bananenschale in dem Papierkorb versenkend. »Wirf mir eine Apfelsine herüber, Susy. Susan hat dort ein Abenteuer erlebt.«

»Nicht eigentlich ein Abenteuer«, sagte ihre Schwester. »Und übrigens ist das meine Geschichte und nicht deine, Isobel. Wohl kaum ein Abenteuer, außer man nennt Heiraten ein Abenteuer. Ich nehme an, einige Leute tun das vielleicht.«

»Was, hast du geheiratet, Susan?«, fragte Erridge.

Er zeigte nicht die geringste Überraschung – und sehr wenig Interesse –, als er von dieser Möglichkeit hörte: nur milde, insgesamt wohlwollende Zustimmung.

»Noch nicht«, sagte Susan, plötzlich tief errötend, »aber ich werde bald heiraten.«

Sie wurde, glaube ich, von dem Gedanken an die Ehe und alles, was damit verbunden war, jäh überwältigt. Sie hatte die Verkündigung ihrer Verlobung, die sie mit großem Schwung vorzutragen geplant hatte, nicht so ganz mit der nötigen Miene der Gleichgültigkeit hinbekommen. Ich fragte mich sogar einen Augenblick lang, ob sie nicht anfangen würde zu weinen. Doch sie gewann sofort wieder die Kontrolle über sich. Auch Isobel errötete heftig, als sie das Gesicht ihrer Schwester sah.

»Wen?«, fragte Erridge, noch immer völlig ruhig. »Ich freue mich sehr, die Neuigkeit zu hören.«

»Roddy Cutts.«

Der Name sagte ihrem Bruder offensichtlich überhaupt nichts. Er lächelte immer noch liebenswürdig. Ihm fiel jetzt nichts ein, was er hätte sagen können.

»Es gab eine Lady Augusta Cutts, die Bälle zu geben pflegte, als ich ein junger Mann war«, sagte er schließlich.

Er sprach, als sei er wenigstens so alt wie General Conyers. Ohne Zweifel, die Zeit, als er noch gelegentlich Bälle besucht hatte, schien ihm inzwischen unendlich fern: in der Tat, viel weiter zurückliegend, und nicht weniger geschichtlich bedeutsam, als die Kavallerieattacken des Generals.

»Lady Augusta ist seine Mutter.«

»Ach ja?«

»Sie ist eine ziemliche Nervensäge.«

Es entstand eine Pause.

»Wovon lebt er?«, fragte Erridge, so als ob ihm bewusst werde, dass es vielleicht ungezogen erscheinen mochte, das Thema völlig fallenzulassen, wie sehr er selbst auch hoffte, zu etwas Interessanterem übergehen zu können.

»Ich kann dir das nicht genau sagen«, antwortete Susan. »Aber irgendetwas tut er. Ich meine, er geht nicht eigentlich von Tür zu Tür, um sich sein Brot zu erbetteln. Außerdem sieht er gelegentlich beim Hauptquartier der Konservativen herein.«

Bei der Erwähnung dieser letzten Institution machte Erridge ein langes Gesicht. Aber Quiggin kam ihr zu Hilfe.

»So sehr ich die Konservativen auch hasse«, sagte er, »ich habe gehört, dass Cutts einer von ihren wenigen vielversprechenden jungen Männern ist.«

Jeder, Susan Tolland eingeschlossen, war überrascht über diese plötzliche Erklärung Quiggins, der zumindest so viel Enthusiasmus über die Verlobung an den Tag legte, wie man vielleicht von Erridge erwartet hätte.

»Ich gebe zu, dass es mir vielleicht nicht ansteht, das zu sagen«, fuhr Quiggin fort. Er hatte jetzt eine etwas derbere Sprechweise angenommen. »Aber weißt du, Alf, du solltest das wirklich gebührend mit einer Flasche Champagner feiern. Also, glaubst du nicht, dass in deinem Keller noch etwas Schampus übrig ist?«

Ich fand diese Rede erstaunlich – nicht, weil mich Quiggins Verlangen nach Champagner auch nur im Geringsten überrascht hätte, sondern wegen seiner veränderten Haltung seinem Gastgeber gegenüber. Erridges im Wesentlichen asketische Form des Idealismus, eher auf die Masse als auf das Individuum gerichtet und verstärkt noch durch den aristokratischen, ganz legitimen Wunsch, vulgären Prunk zu vermeiden, war zweifellos unmerklich in jene besondere Sphäre kärglicher Lebensführung gerutscht, die Lovell als »Geiz der Oberklasse« definiert hatte. Nach Champagner zu verlangen bedeutete das bewusste Provozieren solcher Reaktionen. Möglicherweise hoffte Quiggin, der bei Mona eindeutige Zeichen sich wieder einstellender Übellaunigkeit wahrgenommen hatte, diese schlechte Laune durch ein so gewagtes Manöver abzuwenden; ebenso gut mochte er sich auch, als bloße Willensübung, dazu entschlossen haben, in diesem Augenblick seine Macht über seinen Gönner zur Schau zu stellen. Beide Motive hätten mit seinem Charakter im Einklang gestanden. Und schließlich, vielleicht hoffte er nur, sich bei Susan Tolland einzuschmeicheln – einer zweifellos hübschen jungen Frau, der er möglicherweise eine gegenwärtig noch verborgene Rolle in seinen Zukunftsplänen zugeteilt hatte. Was auch immer sein Grund gewesen sein mochte, er erhielt von ihr ein sehr dankbares Lächeln, nachdem er diesen Vorschlag gemacht hatte.

»Was für eine prima Idee«, sagte sie. »Eigentlich habe ich darauf gewartet, dass Erridge das vorschlagen würde.«

Erridge war zweifellos betroffen, doch nicht, so glaube ich, weil die Anregung von Quiggin kam. Erridge befasste sich nicht mit der Psyche des Einzelnen. Es war die Idee, die ihm wichtig war, nicht der, der sie hervorgebracht hatte. Die ganze Vorstellung, Champagner zu trinken, weil sich die Schwester verlobt hatte, war ihm völlig fremd – fremd sowohl seinem

Temperament als auch seinen Idealen. Champagner repräsentierte für ihn zweifellos eine Welt, der er entflohen war. Jetzt, da der Wein als so etwas wie ein Bestandteil eines Ritus oder einer heiligen Handlung, ja fast als ein Stärkungsmittel oder Tonikum nach dem Vernehmen gefährlich erregender Neuigkeiten vorgestellt wurde, schien ihn hauptsächlich die Frage zu beschäftigen, ob noch Champagner im Hause vorhanden war. Die Tatsache, dass Quiggin die Anregung gegeben hatte, muss ihm zumindest jede Furcht genommen haben, ob sich nicht auf diese Weise vielleicht eine grobe Zurschaustellung seines eigenen Reichtums symbolisiere. Wie dem auch sei, selbst angesichts dieses gänzlich unvorhergesehenen Problems war Erridge keineswegs überrumpelt. Ich konnte nicht umhin, die angeborene Vorsicht zu bewundern, mit der er seine eigene Exzentrizität milderte. Selbst bei Erridge ließen sich gewisse Spuren jenes ›Realismus‹ beobachten, von dem Chips Lovell zu sprechen pflegte – eine Eigenschaft, die, wie ich später entdeckte, bei den übrigen Tollands stark ausgeprägt war.

»Ich kann die Frage wirklich nicht so ohne weiteres beantworten«, sagte Erridge – und ich meinte, das schwache Murmeln der Stimmen seiner Vorfahren zu hören, wie sie für die Regierung eine peinliche Frage beantworteten, die die Opposition gestellt hatte –, »wie du weißt, trinke ich selbst kaum etwas, außer einem gelegentlichen Glas Bier – aber sicher nie Champagner. Um die Wahrheit zu sagen, ich hasse das Zeug. Am besten ist, wir fragen Smith.«

Zufälligerweise erschien Smith in diesem Augenblick mit dem Kaffee. Offenbar hatte ihn bereits die Ankunft der jungen Frauen in einen Zustand nervöser Unruhe versetzt, denn seine Hände zitterten sichtlich, während er das Tablett trug – so sehr, dass etwas von dem Kaffee aus der Kanne schwappte.

»Smith, haben wir noch Champagner im Keller?«

Erridges Stimme gab die außergewöhnliche Natur der Frage zu. Er sprach in einem fast entschuldigenden Ton. Dennoch, der Schock war gewaltig. Smith fuhr so heftig auf, dass die

Kaffeetassen auf dem Tablett klapperten. Es war offensichtlich, dass es hier um eine weit ernsthaftere Sache ging als die vorherige Suche nach dem Sherry. Sich mit Mühe wieder fassend, warf Smith einen hasserfüllten Blick auf Quiggin, den sein Butler-Instinkt sofort als die eigentliche Ursache dieser beispiellosen Forderung ausmachte. Die farblose, ungesunde Haut seines verdrossenen Gesichts, die sich wie eine blasse Gummimaske über die Knochen seines Antlitzes spannte, zuckte leicht.

»Champagner, Eure Lordschaft?«

»Haben wir noch etwas? Eine Flasche würde genügen. Sogar eine halbe Flasche.«

Smiths Gesicht zog sich zusammen, als ob er mannhaft versuche, seinen Geist dazu zu zwingen, ein mathematisches oder philosophisches Problem von ungewöhnlicher Komplexität in Angriff zu nehmen. Seine Körperhaltung deutete an, dass er gewiss das Wort ›Champagner‹ schon einmal gehört habe, wenn auch nur in irgendeinem entfernten, exotischen Zusammenhang; dass allein seine Hingabe an seinen Herrn ihm eine Vorstellung davon vermittle, was diese Frage – dieses irre Gerede, nahezu – vielleicht bedeute. Nichts Gutes könne sich daraus entwickeln. Es sei eine verhängnisvolle Art zu sprechen. So lautete seine unausgesprochene Botschaft in Bezug auf den Champagner. Nach einer langen Pause schüttelte er schließlich den Kopf.

»Ich bezweifle, dass noch Champagner da ist, Eure Lordschaft.«

»Ach, ich bin sicher, es ist noch was da, Smith, wenn Sie nachsehen«, sagte Susan. »Wissen Sie, wir wollen damit meine Verlobung feiern, Smith. Ich werde bald heiraten.«

Wieder huschte ein Zucken, fast wie ein Blitz, über Smiths Gesicht. Ich hatte keineswegs Gefallen an ihm gefunden, weder hier noch bei den Jeavons', aber es war unmöglich, nicht Sympathie für seine missliche Lage zu haben: so gezwungen zu sein, sich kurzfristig den Launen seiner verschiedenen Arbeitgeber anzupassen; denn es war unwahrscheinlich, dass seine

Routine auf Thrubworth im Geringsten der bei den Jeavons' ähnelte.

»Ich freue mich sehr, diese Neuigkeit zu hören, Lady Susan«, sagte er. »Ich wünsche Ihnen viel Glück. Ich nehme an, Lady Isobel wird auch bald an der Reihe sein.«

Seitens Smiths waren dies noble Glückwünsche; Isobel allerdings verspürte, obwohl sie mehrere Jahre jünger war als ihre Schwester, offensichtlich keinen Wunsch, mit dieser in einer Weise verglichen zu werden, die sie, indem sie sie sozusagen zur Repräsentantin aller noch nicht verlobten Mädchen machte, als zweitrangig erscheinen ließ. Wenn Smith aber gehofft hatte, dadurch, dass er die Aufmerksamkeit auf Verlobungen im Allgemeinen lenkte, das Problem des Champagners erledigt zu haben, sah er sich getäuscht.

»Also Smith, bitte gehen Sie und sehen Sie nach«, sagte Isobel. »Meine Kehle ist völlig ausgedörrt.«

Erridge mochte, selbst wenn sich der Wein auftreiben ließ, keinen besonderen Wunsch verspüren, Champagner zu trinken, doch war er eindeutig zu der Ansicht gekommen, dass sich die Dinge zu weit entwickelt hatten, als dass diese Idee noch aufgegeben werden konnte, ohne dass er sein Gesicht verlieren würde. Auch Smith muss das schließlich eingesehen haben, denn er setzte nun das Kaffeetablett ab und verließ fluchtartig das Zimmer. Er schritt wie ein Mann ohne Enthusiasmus und Hoffnung.

»Smith scheint auch nicht nüchterner zu werden«, sagte Susan, nachdem er die Tür geschlossen hatte.

»Eigentlich hat Smith schon seit langer Zeit nicht mehr einen seiner richtigen Trinkanfälle gehabt«, sagte Erridge.

Er sprach in einem tadelnden Ton.

»Also Trinken ist Smiths Problem, ja?«, sagte Quiggin mit großer Leutseligkeit. »Das hast du mir nie gesagt. Ich habe oft gedacht, er hätte vielleicht einen über den Durst getrunken. Das erklärt vieles.«

»Smith trinkt manchmal ein Glas zu viel«, sagte Erridge

kurz angebunden. Vielleicht bemerkte er jetzt den Wandel in Quiggins Betragen seit der Ankunft der jungen Frauen und ärgerte sich darüber. »Gewöhnlich tue ich so, als ob ich es nicht bemerkte. Es muss sowieso ein schrecklicher Job sein, als Butler zu arbeiten. Ich bin eigentlich gegen männliches Hauspersonal, aber es ist schwer, ein Haus dieser Größe zu führen, selbst wenn man wie ich nur in einem kleinen Teil davon lebt. Ich kann das Schloss nicht loswerden, weil es erblich gebunden und unveräußerlich ist – also hab ich es nun einmal.«

Er seufzte. Es entstand eine recht peinliche Pause. Vielleicht verschlechterte sich jetzt Erridges Laune. Möglicherweise stellte das Fideikommiss in der Familie kein beliebtes Thema dar.

»Welches Glück wird er im Keller haben?«, fragte Isobel. »Ich muss sagen, Champagner ist genau das, was ich jetzt brauche.«

»Ich weiß es wirklich nicht«, antwortete Erridge. »Wie ich euch sagte, trinke ich selbst kaum etwas.«

»Hältst du den Wein unter Verschluss?«, fragte Susan.

Erridge errötete leicht.

»Nein«, sagte er. »Ich ziehe es vor, Menschen zu vertrauen, Susan.«

Susan zeigte keine Neigung, diese Bemerkung als einen Rüffel aufzufassen, doch war ihr Bruder über ihre Leichtfertigkeit offensichtlich ungehalten. Es war nur natürlich, dass jemand ärgerlich wurde, dessen Abend sich durch die Macht der Umstände so radikal verändert hatte. Er hatte sich darauf gefreut, einige Stunden lang über die Pläne für die Zeitschrift zu diskutieren. Meine Gegenwart wäre dabei kein Hindernis gewesen. Die Anwesenheit einer dritten, unbeteiligten Partei hätte Quiggin vielleicht sogar zugänglicher gemacht, denn es zeigte sich deutlich, dass zwischen ihnen ein gewisser Gönner-Protegé-Konflikt bestand. Jetzt hatte die Ankunft seiner Schwestern das Zimmer in so etwas wie eine jener Heimstätten gesellschaftlichen Lebens verwandelt, die er so sehr verabscheute. Anstatt über Druckkosten, Anzeigentarife, Papierpreise,

Namen geeigneter Mitarbeiter, deren Honorar und Dinge dieser Art zu diskutieren, die entsprechend ihrer ureigenen Natur einen Hauch von Energie, Macht und dem allgemeinen Wohl der Menschheit mit sich brachten, war er nun gezwungen, über eine solche Nichtigkeit wie Susans Verlobung zu plaudern, ein Thema, für das er nicht das geringste Interesse aufbringen konnte. Diese Gleichgültigkeit hatte ihren Grund nicht, dessen bin ich mir sicher, in einer Abneigung gegenüber Susan, sondern darin, dass das Verhalten von Individuen, seien sie nun Blutsverwandte oder nicht, als solches überhaupt keinen Charme für ihn besaß. Seine wachsende Verärgerung war unverkennbar und wurde durch Quiggins augenscheinlichen Verrat seiner Prinzipien vor den jungen Frauen nicht gerade gemildert.

»Fahren Sie gern Auto, Lady Susan?«, fragte Quiggin.

»Ach, es geht«, sagte sie. »Irgendwie sind wir so dahingezuckelt.«

»Haben Sie Ihr Auto schon lange?«

Als er das fragte, errötete sie wieder heftig.

»Das Auto ist geliehen«, sagte sie.

»Es gehört Roddy«, sagte Isobel. »Sie wollte ihm nur einmal zeigen, wie das Eheleben so sein wird. Sie nahm ihm das Auto weg und ließ ihn mit dem Zug zurückfahren.«

»Ach sei still«, sagte ihre Schwester. »Du weißt genau, dass es so für alle am praktischsten war.«

Dieses Kreuzfeuer ging so weiter, bis Smith zurückkam. Er brachte eine Flasche mit, die er ziemlich heftig auf den Tisch knallte. Es war Mumm 1906, eine Magnum. Nichts hätte überzeugender Erridges Feststellung bekräftigen können, er habe kein Interesse an Wein. Es war in der Tat ein Rätsel, wie dieses Relikt eines früheren großen Lebensstils hatte überdauern können. Irgendein verborgener Sinn für die edle Herkunft des Weins muss von Zeit zu Zeit Smiths wiederkehrendes Verlangen unterdrückt und ihn zurückgehalten haben. Mir kam unwillkürlich der Gedanke, wie verschieden doch die

Gelegenheiten gewesen sein mussten, als die Gefährten der Flasche getrunken worden waren – wenn wir diese in der Tat trinken sollten, was noch nicht absolut sicher schien.

»Die war als einzige übrig«, sagte Smith.

Er sagte das in einem schmerzhaften, doch auch resignierenden Ton. Erridge zögerte. Die Flasche zu öffnen und uns Übrigen zu trinken zu geben bereitete ihm offenbar einen fast ebenso großen Widerwillen wie Smith. Ein moralischer Kampf wütete in ihm.

»Ich weiß nicht, ob ich sie nicht eigentlich aufbewahren sollte«, sagte er. »Wenn nur noch diese eine da ist. Ich meine, wenn mal jemand kommt, der …«

Ihm fiel keine Einzelperson ein, die würdig genug gewesen wäre, genannt zu werden, denn er brach plötzlich ab.

»Ach komm schon, Alf«, sagte Mona.

Sie hatte seit der Ankunft von Susan und Isobel Tolland kaum gesprochen. Ihre Stimme klang schrill und unnatürlich, so als ob sie unter einer starken nervösen Spannung litte.

»Ach gut«, sagte Erridge. »Du hast recht, Mona. Wir brechen ihr den Hals und feiern deine Verlobung, Sue.«

Er war zweifellos stolz, diese irgendwo in den Tiefen seines Gedächtnisses vergrabene gesellige Redewendung hervorgeholt zu haben; zudem heiterte ihn unsere unmittelbare und alle umfassende Zustimmung auf, dass dies der Moment sei, einen so reifen – so ehrwürdigen – Jahrgang zu trinken. Smith verschwand wieder. Nach einer weiteren langen Pause kam er mit Champagnergläsern zurück, die flüchtig von dem Staub gereinigt worden waren, der sich auf ihnen mindestens seit der Zeit, als Erridge seine Erbfolge angetreten hatte, niedergelassen hatte. Dann öffnete er die Flasche mit der besonderen Geschicklichkeit des Alkoholikers. Der Knall war kaum zu hören. Er schenkte den Wein ein: einen Strom tiefen, stumpfen Golds, wie Wein in einem Märchen. Gleichzeitig murmelte er eine kaum wahrnehmbare, doch zweifellos hochherzige Würdigung des Ereignisses:

»Ich selbst werde später am Abend auf das Wohl Eurer Ladyschaft trinken.«

Susan dankte ihm. Erridge, der für sich ein Glas abgelehnt hatte, trat unruhig von einem Fuß auf den anderen. Spuren der einstigen Vortrefflichkeit des Mumm hatten sich erhalten – wie einige wenige, verschwommen erinnerte Worte eines edlen Gedichts, das in Vergessenheit geraten ist; oder wie eine einst berühmte Statue, von der nur noch ein beschädigter Rest steht.

»Hast du schon Hyde Park Gardens informiert?«, fragte Erridge.

Er sprach, als ob das ein neuer Gedanke sei – einer, der ihn ein wenig beunruhige.

»Ich hab angerufen«, sagte Susan.

Der Champagner hatte ihr vielleicht geholfen, ihren unbekümmerten Ton wiederzuerlangen.

»Was sagte man?«

»Große Freude.«

Ich wusste, dass sich diese Bemerkungen auf ihre Stiefmutter, Katherine, Lady Warminster, bezogen, von der Lovell mir einiges erzählt hatte. Er hatte sie als »schrecklich amüsant« beschrieben. Kränklich und ein wenig exzentrisch, war sie, nahm ich an, eine weniger unbeschwerte Person, als Lovells Worte vielleicht vermuten ließen. Es schien Anzeichen dafür zu geben, dass ihre Stiefkinder sie für eine beeindruckende, furchtgebietende Persönlichkeit hielten. Sie hatte es immer gehasst, auf dem Lande zu leben, so dass der Tod ihres Mannes keine dieser nicht ungewöhnlichen, peinlichen Situationen hervorgerufen hatte, in denen ein Erbe Druck ausüben muss, um der alleinige Nutznießer seiner Erbschaft zu werden. Im Gegenteil, die Schwierigkeit hatte darin bestanden, Erridge dazu zu bewegen, Thrubworth zu übernehmen, als Lord Warminster, ein Weltenbummler und Großwildjäger von einiger Berühmtheit, im Ausland verstorben war. Das lag jetzt fünf oder sechs Jahre zurück, und Erridges politische Ansichten waren damals noch verhältnismäßig unentwickelt gewesen.

Lovells Bild von Erridges frühen Jahren beschrieb ihn als einen unsicheren, unreifen, unglücklichen jungen Mann, der Wohnungen mietete und wieder aufgab, in Europa herumzog, nutzlosen Krimskrams kaufte, obskuren Gesellschaften beitrat, allgemein ohne Freunde und Interessen war und allmählich in seine gegenwärtige Position hineintrieb.

»Ich bin froh, dass die Neuigkeit gut aufgenommen worden ist«, sagte Erridge.

»Ich auch«, sagte Susan. »Sehr froh.«

Dieser kurze Dialog über ihre Stiefmutter hatte irgendwie einen viel intimeren Charakter als alles, was zuvor über die Verlobung gesagt worden war. In Bezug auf Lady Warminster bildeten die Tollands eine vereinigte Front. Ihre Gefühle ihr gegenüber waren, glaubte ich, keineswegs unfreundlich; im Gegenteil, eher wohlgesonnen. Zugleich aber handelte es sich um Gefühle, die mit jenem mächtigen Familiensinn befrachtet waren, mit dem keine äußeren Belange, nicht einmal die Liebe oder die Ehe, konkurrieren könnten, es sei denn unter sehr ungleichen Bedingungen.

»Haben Sie sich schon das Schloss angesehen?«, fragte Isobel, neben der ich auf dem Sofa saß.

Wir hatten den Champagner ausgetrunken, und die Atmosphäre war jetzt gelöster. Erridge hörte die Frage, und ehe ich zu antworten vermochte, sprach er selbst. Obwohl er nichts getrunken hatte, konnte er sich der gesteigerten geselligen Wärme, die wir Übrigen aus dem Wein gewannen, nicht entziehen.

»Ach ja, Sie haben das Schloss noch nicht gesehen«, sagte er. »Hätten Sie zufälligerweise Lust, einen Rundgang zu machen, Jenkins? Ich muss Sie warnen, es gibt so gut wie nichts zu sehen, das von Interesse wäre, außer einem Hut, der vermutlich dem jüngeren Pitt gehörte.«

»Ich würde sehr gerne einen Rundgang machen.«

»Ich nehme an, du ziehst es vor zu bleiben, wo du bist, J. G.«, sagte Erridge, der zu dem Entschluss gekommen sein mochte, die Gelegenheit der Tour durch das Schloss zu einer

Art Vergeltungsschlag für Quiggins Forderung nach Champagner zu benutzen. »Und ich vermute, du willst auch nicht mit auf den Rundgang, Mona, da du alles schon mehrere Male gesehen hast. Jenkins und ich werden sehr schnell durch die Zimmer gehen.«

Doch Quiggin und Mona bestanden darauf, auch an der Tour teilzunehmen, obwohl sie sie schon mehrmals gemacht hatten; und die beiden Tolland-Mädchen stimmten, ziemlich laut, darin überein, dass es nichts gebe, an dem sie größeres Vergnügen hätten als ihres ältesten Bruders Vorführtalent bei diesem besonderen Unternehmen.

»Die antifaschistischen Flugblätter werden sich bis zu einem anderen Abend gedulden müssen«, murmelte Quiggin zu Erridge hin.

Er sagte das, während er von seinem Sessel aufstand, als ob er sein Gewissen beschwichtigen wolle.

»Ach ja«, antwortete Erridge gereizt, als wünschte er ebenso wenig an die Flugblätter erinnert zu werden wie Quiggin. »Ich möchte sie sowieso sorgfältig durchgehen – nicht, wenn so viele Leute da sind und einen stören.«

Er ging festen Schrittes voran. Wir folgten ihm durch mehrere Korridore und erreichten schließlich den Kopf einer breiten Treppe. Erridge stieg hinab. Auf dem halben Weg nach unten, wo die Wand des Treppenabsatzes der Halle zugewendet war, hing das von Thomas Lawrence gemalte Ganzporträt eines Offiziers, der die geschlungene Jacke eines Husaren trug. Erridge hielt vor diesem Bild an.

»Der vierte Lord Erridge und erste Earl of Warminster«, sagte er. »Er war ein streitsüchtiger Mann und hatte eine ganze Reihe von Duellen. Der Herzog von Wellington soll über ihn gesagt haben: ›Bei Gott, Erridge hat sich als ein größerer Wüstling erwiesen als Anglesey, und als ein dümmerer Narr, als es Combermere je gewesen ist. Ich bin fest davon überzeugt, dass wir auf dem Feld von Waterloo nie den Sieg davongetragen hätten, wenn er dabei gewesen wäre.‹«

»Aber das war nur, wenn der Herzog verärgert war«, sagte Isobel. »Denn er hat auch gesagt: ›Erridge hat gestern Abend kein Blatt vor den Mund genommen, als Brougham die Tugenden Königin Carolines pries. Ich habe noch nie einen Mann gesehen, der durch seine Worte so aus der Fassung gebracht wurde wie Brougham.‹ Ich hab mich immer gefragt, was er wohl gesagt haben mag. Natürlich, man kann es sich so etwa denken, aber es wäre schön, die wirklichen Worte zu kennen.«

»Ich glaube, er hat wahrscheinlich Wellington in Diskussionen oft vorgeführt«, sagte Susan. »Und das war der Grund, warum der Herzog ihn so scharf kritisiert hat. Erridge war wahrscheinlich der Gerissenere von beiden.«

»Ach Unsinn«, sagte Isobel. »Ich wette, das stimmt nicht. Herzöge sind immer gerissener als Earls.«

»Warum glaubst du das?«, fragte ihr Bruder.

Verärgert über diese Meinung, wartete er die Antwort nicht ab, sondern ging weiter die Treppe hinunter. Die Verunglimpfung seiner Vorfahren sagte ihm mehr zu als Ulkereien über den aristokratischen Rang, dem er angehörte. Nicht zum ersten Mal an diesem Abend wurde ich mir des Knochengerüsts einer altweltlichen Prächtigkeit bewusst, das sich bei ihm unter der Haut fortschrittlichen politischen Denkens abzeichnete. Wie auch immer, er überwand schnell seinen momentanen Ärger.

»Natürlich, zu Beginn des vierzehnten Jahrhunderts waren die Tollands wirklich nichts Besonderes«, sagte er. »Das war die Zeit, als sie zuerst in Erscheinung traten. Niederer Landadel, so könnte man sie wohl nennen. Ich glaube, sie haben wahrscheinlich ihr Geld an der Pest verdient.«

Da ich eine solche Grundlage des Familienvermögens für interessant hielt, erkundigte ich mich weiter. Die Frage überraschte Erridge.

»Ach, sicher weiß ich das nicht«, sagte er. »Es gab damals große industrielle und gesellschaftliche Umwälzungen, wie Sie wahrscheinlich wissen. Die Tollands haben vielleicht daraus

Kapital geschlagen. Sie waren ein ganz schön unangenehmer Haufen.«

Er schien über dieses vielleicht allzu große Interesse meinerseits an dem historischen Detail, das er zur Sprache gebracht hatte, ein wenig verwirrt. Die jungen Frauen begannen zu kichern. Quiggin kam ihm zu Hilfe.

»Wann haben diese Kulaken ihre Karriere als Ausbeuter großen Stils begonnen?«, fragte er.

Er versüßte seine Frage mit einem harschen Lachen. Auch Erridge lachte. Er fühlte sich mehr bei Quiggin und seiner politischen Phraseologie als bei seinen Schwestern und ihren innerfamiliären Neckereien zu Hause.

»Kulaken ist das richtige Wort«, sagte er. »Ich glaube, sie begannen ihren Aufstieg in der Welt, als einer von ihnen von Edward IV. geadelt wurde. Dann wurde ein anderer Leibknappe von Henry VIII., was immer das gewesen sein mag, und verlor diesen Job wieder unter Mary der Blutigen. Sie sind ein schrecklich wenig bemerkenswerter Haufen gewesen, insgesamt gesehen. Sie waren Royalisten im Bürgerkrieg und wurden unter Königin Anne in den höheren Adelsstand erhoben. John Tolland, der Deist, war kein Verwandter, wie man mir gesagt hat. Auf ihn würde ich gerne Anspruch erheben.«

Wir betraten ein langes, mit Porträts behangenes Zimmer. Der Hut des jüngeren Pitt stand in einer Glasvitrine in einer Ecke nahe dem Fenster. Die Möbel waren, wie Lovell beschrieben hatte, mit Schutztüchern bedeckt.

»Ich benutze nie einen dieser Räume«, sagte Erridge.

Er zog ohne Umstände die Schutztücher weg und ließ sie in der Mitte des Zimmers auf einem Haufen liegen. Die Möbel waren insgesamt mittelmäßig, doch gab es, wie bei den Jeavons', hier und da ein gutes Stück. Abgesehen von dem Lawrence, dessen Bravour ihm einigen Charme verlieh, fehlte auch den Bildern jeder künstlerische Wert. Erridge schien sich dieser Mängel bewusst zu sein, denn er sprach mehr als einmal von dem »Trödel«, den seine Vorfahren angesammelt hätten. Gleichzeitig aber schien er, auf seine eigene, besondere Weise, eine tiefe Freude daran zu haben, uns das Schloss zu zeigen: eine schuldbewusste, doch deshalb nicht weniger heftige Freude.

»Wir sollten wirklich meinen Onkel Alfred hier haben«, sagte er. »Er hält sich für eine ziemliche Autorität auf dem Gebiet der Geschichte unserer Familie – und, muss ich sagen, langweilt einen schrecklich mit diesem Thema. Nichts ist schlimmer als jemand, der sich mit etwas befasst, aber nicht die nötige Ausbildung besitzt, um es richtig auszuführen.«

Ich erinnerte mich an Alfred Tollands eigene Bemerkungen über das Versäumnis seines Neffen, ein Fenster zum Andenken an einen Vorfahren einsetzen zu lassen. Erridge, dessen letzte Worte eine gewisse, bis dahin verborgene Arroganz, offenbarten, hielt es wahrscheinlich für angebracht, seine eigenen Nachforschungen in Familienangelegenheiten, insofern es sich um mühselige Ermittlungen handelte, herunterzuspielen. Jedenfalls betrachtete er, wie sehr ihn auch heimliches Nachsinnen über sein Geschlecht befriedigen mochte, eine solche Schwäche ohne Zweifel als moralisch verwerflich.

»Es lässt sich wirklich schön leben in diesem Museum«, sagte Quiggin.

Wir hatten den Rundgang beendet und waren in das Zimmer zurückgekehrt, wo wir zu Abend gegessen hatten. Von Quiggins früherer Abneigung gegen die Besichtigung schien keine Spur mehr übriggeblieben zu sein. Obwohl seine inneren Widersprüche, den Umständen entsprechend, begrenzter waren als die Erridges, traten sie nicht weniger deutlich zutage. Erridge selbst, der völlig gelöst gewesen war, als er uns seine Besitztümer gezeigt hatte, begann nun wieder, nervös im Zimmer auf und ab zu gehen.

»Wie kommt ihr beide denn nach Hause zurück, Susy?«, fragte er.

Er klang besorgt, so als ob er fürchte, seine Schwestern seien vielleicht mit der Absicht gekommen, mehrere Monate zu bleiben, oder hofften sogar, das Schloss völlig in Besitz nehmen und hier auf seine Kosten im großen Stil Gesellschaften geben zu können.

»Nun, wir haben Roddys Auto«, sagte Susan, die bei der Erwähnung ihres zukünftigen Mannes wieder errötete. »Wir dachten, wenn du uns für die Nacht hier unterbrächtest, würden wir uns morgen ganz früh nach London aufmachen.«

Erridge war über diesen Vorschlag nicht begeistert. Es gab eine kleine Debatte. Doch da er seine Schwestern zu dieser späten Stunde nicht gut aus dem Haus weisen konnte, stimmte er schließlich zu, äußerte aber gleichwohl die Warnung, dass die Bettlaken vielleicht klamm seien.

»In Ordnung«, sagte Isobel. »Dann kriegen wir halt rheumatisches Fieber. Es macht uns nichts aus. Ich kann dir übrigens gar nicht sagen, wie toll Roddys Auto ist. Wenn wir einigermaßen früh aufstehen, werden wir London im Nu erreichen.«

»Es ist schon ein großartiges Auto«, sagte Susan. »Ich weiß nicht, ob jemand morgen früh mitgenommen werden möchte?«

Dies schien eine Gelegenheit zu sein, die ich nicht ungenutzt verstreichen lassen konnte. Ich fragte, ob ich das Angebot annehmen dürfe.

»Ja, bitte, kommen Sie mit«, sagte Isobel. »Es ist sonst zu langweilig; denn Susan wird auf dem ganzen Weg nach London über nichts anderes reden als über die Vorbereitungen für die Hochzeit.«

»Wir kommen zu dem Häuschen und holen Sie ab. Wir müssen sowieso da vorbei«, sagte Susan. »Aber ich warne Sie, ich bin fürchterlich pünktlich.«

Quiggin schien das alles nicht besonders zu gefallen, aber da er einen sehr angenehmen Abend verbracht hatte, war er inzwischen in der Stimmung, diese Verabredung unkommentiert zu lassen. Erridge hatte schon einige Male ein Gähnen unterdrückt. Er wünschte jetzt offensichtlich, dass wir aufbrechen und ihm die Möglichkeit geben sollten, zu Bett zu gehen.

Auch Mona hatte, als sei sie in Gedanken verloren, lange Zeit nichts gesagt. Sie sah müde aus. Es wurde Zeit, dass wir gute Nacht sagten.

»Bis morgen früh«, sagte Isobel.

»Ich werde am Gartentor warten.«

Erridge begleitete uns zur Tür und ließ uns hinaus. Wir schritten wieder durch die schummerigen Lichtungen des Parks, dessen Wirkung das Mondlicht noch steigerte. Es war eine warme Nacht, feucht, doch es fiel kein Regen. Kein Wind bewegte die Bäume. Ein Geruch von Heu und nassem Holz lag in der Luft. Die Schreie der Eulen, wie sie einander unter den Sternen zuriefen, klangen schwach zu uns herüber.

»Alf ist ein prächtiger Kerl«, sagte Quiggin. »Auch seine Schwestern sind großartige Mädchen. Du hast nicht lange gebraucht, ihnen deine Gesellschaft aufzudrängen, muss ich sagen.«

»Ich muss ja irgendwie nach London kommen.«

»Ich bin nicht der Meinung, dass mit den Mädchen viel los ist«, sagte Mona. »Sie haben sich aufgeführt, als ob ihnen das Schloss gehöre. Ich hasse diese Tweedkostüme.«

»Weißt du, Alf hat viel Ähnlichkeit mit dem Fürsten Myschkin in ›Der Idiot‹«, sagte Quiggin. »Ein Myschkin mit politischem Verständnis. Du würdest nicht glauben, wie viel Geld er für gute Zwecke ausgegeben hat, die er auf die eine oder andere Weise durchbekam.«

»Welche etwa?«

»Er hat in einer Menge von Einzelfällen geholfen, die ihm von Zeit zu Zeit empfohlen worden sind. Howard Craggs hat vor ein oder zwei Jahren ganz schön was aus ihm herausgeholt; und ich wette, er hat es nie zurückgezahlt. Dann hat Alf mehrere Gesellschaften gegründet und sie finanziert. Flüchtlinge auch.«

»Sieh zu, dass er Guggenbühl nicht kennenlernt.«

»Ich werd' schon aufpassen«, sagte Quiggin und lachte sauer.

»Er sollte eine nette Frau heiraten; eine, die ihn lehren würde, auf sein Geld aufzupassen, anstatt es an all diese Taugenichtse zu verteilen«, sagte Mona.

Eine ihrer schlechten Launen schien im Anzug zu sein.

»Alles sehr gute Zwecke«, sagte Quiggin, dem es augenscheinlich Spaß machte, über dieses Thema nachzusinnen. »Aber Summen, die würden dir den Atem verschlagen.«

»Blöder Idiot«, sagte Mona.

4

Im Haus der Jeavons' waren alle Möbel so über die Zimmer verteilt, als ob die Besitzer nur ein oder zwei Wochen zuvor eingezogen seien und noch immer in beträchtlicher Unordnung inmitten ihrer wahllos herumstehenden Habe ein Picknick machten. Lovell war sich nicht sicher, ob die besseren Stücke aus Mollys Sleaford-Zeit übriggeblieben waren oder von ihrer eigenen elterlichen Familie stammten. Molly selbst hatte sie bestimmt nicht gekauft; Jeavons noch viel weniger. Lovell meinte, der einzige Gegenstand, von dem man wisse, dass ihn die beiden im Verlauf ihres gemeinsamen Ehelebens erworben hatten, sei ein Kabinettschrank aus hellem, hochpoliertem Holz, gedacht – doch nie, glaube ich, auch benutzt – als Aufbewahrungsort für die notwendigen Utensilien zum Mixen von Cocktails. In der Praxis wurden Flaschen, Gläser und Eis immer auf einem Tablett in den Salon gebracht; und der Kabinettschrank diente nur als Sockel für einen Käfig mit zwei Wellensittichen. Man wusste nie, wer dieses Getränketablett hereintragen, oder auch nur, wer einem die Haustür öffnen würde. Normales Dienstpersonal wurde nur in unregelmäßigen Abständen beschäftigt und die entsprechenden Pflichten im Allgemeinen von solchen zeitweiligen Erscheinungen wie Erridges Smith übernommen, oder von ehemaligen Kindermädchen oder Gouvernanten der Ardglass-Familie, deren früheres Personal Legion war. Selbst persönliche Freundinnen Mollys, die aus dem einen oder anderen Grund Pech im Leben gehabt hatten, pflegten gelegentlich im Haushalt auszuhelfen; während tagsüber eine wechselnde Folge von Putzfrauen missmutig oder fröhlich die Korridore heimsuchte.

Niemandem wurde je, bildlich gesprochen, ein Platz an der Jeavons'schen Tafel verwehrt. Das Haus war ein Hinterland, in dem keine der normalen Regeln zu gelten schienen und wo man Menschen jeder Art begegnen konnte. Vielleicht gibt diese Beschreibung ein zu amüsantes Bild von der dort anzutreffenden Gesellschaft. Was Lovell sagte, war sicherlich weniger schmeichelhaft.

»Natürlich trifft man dort kaum je intelligente Leute«, pflegte er zu sagen. Irgendwie wurde diese Kategorie von Menschen von ihm hochgeschätzt, ohne dass er einem aber eine allzu genaue Definition an die Hand gab, wie man sie erkennen konnte. »Und man begegnet da nur selten jemanden, den ich wirklich zur großen Gesellschaft zählen würde.« Nach solchen Worten war er dann gewöhnlich ein wenig milder gestimmt und fügte hinzu: »Dennoch, man kann absolut jeden bei Tante Molly antreffen.«

Mit dieser brauchbaren – ja, brutalen – Analyse meinte Lovell nur, glaube ich, dass Leute, die ihren Ehrgeiz darauf anlegten, eine Menge großartiger Einladungen zu erhalten, nicht im Traum daran dächten, ihre Zeit mit jenen Krethi und Plethi zu verschwenden, die normalerweise bei den Jeavons' anzutreffen waren; doch wollte er wahrscheinlich gleichzeitig damit sagen, dass solche Übereifrigen manchmal vielleicht überrascht, möglicherweise sogar neidisch wären über gewisse Besucher aus Mollys Vergangenheit – oder, was das betrifft, ihrer weniger komfortablen Gegenwart, die allerdings eher die Ausnahme in dem Haus bildeten als die Regel. Gewöhnlich konnte man dort ein mächtiges Substrat von Verwandten antreffen, zumeist aus der Sippe der Ardglass' oder der der Sleafords, doch im Allgemeinen nicht die hervorragendsten Mitglieder dieser Familien. Jeavons, sicherlich kein Snob in dem weitverbreiteten, abwertenden Sinne des Wortes (obwohl er sich für Alltagszwecke ein bescheidenes Maß an Kenntnissen über die Welt seiner Frau angeeignet hatte), steuerte von Zeit zu Zeit einen seiner Verwandten bei – einen Neffen, der in Wolverhampton arbeitete, zum Beispiel –, doch selbst wenn er es gewollt hätte, er hätte zahlenmäßig nicht annähernd mit den Verästelungen von Mollys Familie konkurrieren können – mit den Nachkommen der siebenundneunzig Cousins und Cousinen ersten Grades ihres Großvaters. Es war bei den Jeavons', wo ich die Tolland-Schwestern wiedersah.

Lovell, der aber, wie ich glaubte, in einem solchen Punkt wahrscheinlich nicht verlässlich war, sagte mir, dass Jeavons gelegentlich über die Stränge des ehelichen Lebens zu schlagen pflege.

»Manchmal haut er alleine ab, säuft sich einen an und gabelt sich 'ne Frau auf«, sagte er. »So hin und wieder mal, weißt du. Einmal hat er abends eine offensichtliche Nutte mit ins Haus gebracht, um mit ihr was zu trinken.«

»Bist du damals dabei gewesen?«

»Nein. Jemand hat es mir erzählt. Eine von den Tollands, glaube ich.«

Ich bezweifelte den Wahrheitsgehalt der Geschichte – nicht so sehr, weil ich sie für völlig unmöglich hielt, sondern wegen der Implikationen eines solchen Betragens, das auf weitere geheimnisvolle Lebensweisen Jeavons' hindeutete, die ich, vielleicht auch aus Prüderie, nur widerwillig ins Auge fasste. Doch gab Lovell selbst zu, dass die entsprechende Tolland-Schwester – welche von ihnen auch immer die Geschichte erzählt haben mochte – wahrscheinlich kaum in der Lage sei, über die Grade entehrter Weiblichkeit ein sachverständiges Urteil abzugeben, und den Ausdruck leicht ohne seine professionelle Nebenbedeutung gebraucht haben mochte; er räumte zudem ein, dass, falls ein solcher Zwischenfall stattgefunden habe, diese Frau in einem gesellschaftlichen Niemandsland wie dem Jeavons'schen Salon schwerlich als jemand sehr Ungewöhnliches aufgefallen wäre; und schließlich konzedierte er, dass Molly nur allzu gut dazu imstande sei, mit einem Eindringling dieser Art fertig zu werden, selbst wenn sie – was sehr unwahrscheinlich schien – zu der Auffassung gelangt wäre, der unbefugte Gast habe wider Erwarten eine unsichtbare, doch sozusagen platonisch festgelegte Grenze überschritten, die regele, wer schicklicherweise unter dem Jeavons'schen Dach empfangen werden könne und wer nicht.

Dennoch, die Geschichte schien mir, selbst wenn sie nicht stimmte, interessant in Bezug auf ein Gefühl der Belastung, unter dem Jeavons – vielleicht ununterbrochen – litt. Schlimmstenfalls war die vermutete Einführung einer ›Nutte‹ in das Haus ein irgendwie entstandener Mythos, der in bunten Farben die vergeblichen Bemühungen eines schon lange besiegten Ehemannes darstellten, öffentlich seine eigene Unabhängigkeit von der allzu evidenten Vorherrschaft seiner Frau zu demonstrieren. Die Legende selbst war eine Art Anerkennung der Stärke Mollys – einer Stärke, der sich auch, wie ich mir denken konnte, ihr erster Mann zu seiner Zeit ebenso bewusst geworden sein mochte; allerdings war Lord Sleaford, jedenfalls nach außen hin, besser gerüstet gewesen, eine Frau von der Art Mollys unter Kontrolle zu halten.

»Ich glaube nicht, dass sie in ihrer Ehe mit Onkel John unglücklich war«, sagte Lovell einmal. »Natürlich, er war ein ziemlich fader Sack. Dennoch, eine Menge Frauen müssen fade Säcke ertragen – von schmutzigen Säcken gar nicht zu reden –, ohne den Vorteil einer Menge Geldes und eines imposanten Schlosses. Abgesehen davon, Ted ist auch ein fader Sack. Ich nehme an, Tante Molly zieht es vor, mit solchen Männern verheiratet zu sein.«

Meiner eigenen Meinung nach war es falsch, Jeavons als ›fade‹ zu bezeichnen, obwohl er auf Widmerpool, wie auf Lovell, die beide für ihn den genau gleichen Ausdruck gebrauchten, diesen Eindruck gemacht hatte. Im Gegenteil, er erschien mir als eine seltsam interessante Person.

»Molly ist nie gut mit ihren Altersgenossinnen ausgekommen«, sagte Lovell. »Mit der Art von Leuten, die man mit Lady Diana Cooper verbindet – und all das. Natürlich kannte sie einige von ihnen sehr gut, aber sie hat nie zu diesem oder irgendeinem anderen Kreis gehört. Ich könnte mir vorstellen, dass Onkel John befürchtete, seine Frau würde für ›locker‹ gehalten. Sie war auch sehr scheu, glaube ich, damals. Ganz anders, als sie jetzt ist.«

Ich konnte mir langsam ein Bild von Molly Jeavons machen: ihr Isoliertsein von ihren ›jungverheirateten‹ Altersgenossinnen;

vielleicht ein gewisses Zurückschrecken vor deren prächtiger Extravaganz; jedenfalls keinerlei Gemeinsamkeit mit dem flüchtigen Interesse dieser neuen Schickeria an den Künsten. Sie mochte den besitzergreifenden Instinkt gehabt haben, sich aus ihrer ersten Ehe solche Beutestücke wie den Wilson und den Greuze zu sichern (wenn das in der Tat deren Herkunft war), war aber gleichwohl völlig unberührt geblieben von der, vielleicht nur oberflächlichen, intellektuellen Emanzipation ihrer Generation: dem russischen Ballett, den Malern der Pariser Schule; den Romanen und Gedichten der Zeit. Nicht einmal ein so trauriger Winkel der Drittklassigkeit wie der ›Irische literarische Mystizismus‹ hatte in ihrem Leben eine Rolle gespielt. Sie hatte eine Position eingenommen, um die viele Frauen sie beneidet haben mussten, und war ein Dutzend Jahre so dahingezottelt, ohne offensichtliche Unzufriedenheit oder den Hauch eines Skandals. Dann war sie bereitwillig in eine so ganz andere Existenz geschlüpft und hatte dabei den Wandel kaum bemerkt. All das war sehr interessant. Vielleicht verhielt es sich so, dass ihr leichtlebiger, ehrgeizloser Lebensstil in einem so gewaltigen Haus wie Dogdene gar nicht aufgefallen war – in einem Haus zudem, das letzten Endes von dem emsigen Sleaford geleitet worden war, der sich, Lovell zufolge, immer gern in die Angelegenheiten der Haushaltsführung eingemischt hatte. Während sie mit ihm verheiratet gewesen war, war Molly eine üppige, charmante, laute junge Frau geblieben, die nie völlig aufgehört hatte, ein Schulmädchen zu sein. Als ihr dann der von Dogdene gebildete Rahmen weggenommen worden war, hatte sie der Welt plötzlich, wie nach dem Lösen eines Stahlkorsetts, die unkonventionelle, exzentrische, sogar schlampige Seite ihres Charakters gezeigt.

Was ihr Verhältnis zu ihrem zweiten Mann anging, war der Satz »Ach Teddy, Lieber, kapierst du denn nie etwas?« der schärfste Protest, den sie je angebracht zu haben schien. Sie sagte das immer in einem freundlichen Ton und gewöhnlich nicht, ohne dass er sie provoziert hätte; denn Jeavons konnte im Erfassen der Pointe einer Geschichte sehr langsam sein. Bestimmt gibt es Ehemänner, die selbst einen solchen Tadel übelnehmen würden, aber Jeavons schien Mollys absolute Herrschaft über ihn selbst, das Haus und alle, die dorthin kamen, nie in Frage zu stellen. Ich hörte sie diese Worte während meiner Besuche sagen, die meiner Einführung durch Lovell folgten. Weder Widmerpool noch Mrs. Haycock waren seit jenem ersten Abend wieder erschienen, und ich erkundigte mich nach ihnen.

»Ach, Sie kennen Mr. Widmerpool?«, sagte Molly und begann sofort zu lachen. »Wie seltsam, dass Sie ihn kennen. Aber vielleicht haben Sie das schon vorher mal erwähnt. Er hat die Gelbsucht. Ausgerechnet kurz vor seiner Hochzeit kriegt er so etwas.«

»Wie unangenehm für ihn. Aber es überrascht mich gar nicht. Er macht immer so viel Aufhebens von seiner Gesundheit. Ich glaube, er hatte schon vorher mal Gelbsucht.«

»Sie kennen ihn also gut?«

»Ziemlich gut – obwohl ich nicht oft mit ihm zusammen bin.«

»Er ist sehr amüsant, nicht wahr?«, sagte Molly. »Recht geistreich, auf seine Art. Doch er muss schrecklich aussehen, so hellgelb, wie er jetzt ist.«

Ich stimmte ihr zu, dass die Krankheit Widmerpool ein unattraktives Äußeres geben müsse. Es kam mir seltsam vor, dass sie ihn für ›amüsant‹ hielt. Ich fand seine Gesellschaft manchmal angenehm, weil wir so viel Gemeinsames erlebt hatten, aber ich konnte mich nicht erinnern, von ihm je eine unterhaltsame Bemerkung gehört zu haben. Ich fragte mich, was er wohl gesagt hatte, um ihr einen solchen Eindruck zu vermitteln. Später merkte ich dann, dass sie immer ganz unbekümmert Personen bestimmte Eigenschaften zuschrieb. Eine zufällige Bemerkung führte oft dazu, sie völlig für den einen Menschen einzunehmen oder in ihr den bittersten Widerstand gegen einen anderen wachzurufen. Sie war gegenüber vielen ihrer Besucher sehr kritisch eingestellt und hatte eine Unmenge größtenteils unbegründeter Schlussfolgerungen über ihren jeweiligen Charakter zusammengetragen. Diese Ungenauigkeiten schienen sich aber irgendwie gegenseitig aufzuheben, so dass Molly letzten Endes nicht schlechter informiert, ja, was die Scharfsichtigkeit betraf, oft in einer besseren Position war als der sogenannte Durchschnitt.

»Glauben Sie, dass er in Mildred verliebt ist?«, fragte sie plötzlich.

»Ich weiß es einfach nicht. Ich nehme es an. Wenn er sie heiraten will.«

Ich war auf diese Frage überhaupt nicht vorbereitet.

»Ach, das braucht nicht unbedingt so zu sein«, sagte sie. »In gewisser Weise tut er mir eigentlich leid. Mildred ist eine schwierige Frau. Ich kenne sie schon eine so lange Zeit. Sie ist sehr schwierig. Aber jetzt müssen Sie einfach mit in mein Schlafzimmer kommen und sich den Affen ansehen. Ich hab ihn heute von einem Mann in Soho erstanden, wo ich etwas Nelkenpfeffer kaufen wollte.«

Ein großer Teil des Lebens in dem Jeavons'schen Haushalt spielte sich in der Tat in Mollys Schlafzimmer ab – entweder, weil man ein krankes Tier dort untergebracht hatte (neben den Wellensittichen bewohnten vier reguläre Hunde und wenigstens genauso viele Katzen das Haus), oder einfach, weil Molly selbst spät aufgestanden war oder sich früh zur Ruhe begeben hatte und in diesen Fällen von ihrem Bett aus, einem viktorianischen Himmelbett, eine Art Empfang gab. Auf einer Kommode neben dem Bett stand eine Fotografie von Jeavons in Uniform: in Breecheshosen und Wickelgamaschen, auf dem Hinterkopf eine schlappe Dienstmütze von der Art, die Mrs. Haycock in ihrer Jugend als ›gorblimeys‹ gebrandmarkt hatte. Er hielt einen knotigen Offiziersstock aus Bambus unter dem Arm und trug das Band des Kriegsverdienstkreuzes (das er nach dem Gefecht erhalten hatte, in dem er so schwer verwundet worden war) an seinem Uniformrock und sah überhaupt aus wie der vollendete Leutnant in einem Musical der Kriegszeit.

»Kommen Sie mit, kommen Sie alle mit«, sagte Molly. »Sie müssen alle den Affen sehen. Auch Sie, Tuffy. Sie müssen ihn einfach sehen.«

Ich hatte die hochgewachsene, dunkelhaarige Frau mit der Hakennase, die sie ansprach, bereits als Miss Weedon erkannt, die frühere Sekretärin von Mrs. Foxe, der Mutter meines alten Freundes Charles Stringham. Miss Weedon, nun Ende vierzig, war die Gouvernante seiner Schwester Flavia gewesen. Als Flavia dann erwachsen war, war sie geblieben, um Mrs. Foxe bei ihren gesellschaftlichen Verpflichtungen und karitativen Organisationen behilflich zu sein. Ich hatte auf eine Gelegenheit gewartet, mit ihr ins Gespräch zu kommen, und stellte mich ihr vor, während wir zusammen mit den übrigen Leuten, die den Affen zu besuchen wünschten – oder praktisch dazu gezwungen wurden –, die Treppe hinaufstiegen. Miss Weedon, die immer noch dunkel gekleidet und völlig unverändert war, sah mich scharf an.

»Aber natürlich erinnere ich mich«, sagte sie. »Charles brachte Sie zum Lunch mit in das Londoner Haus, bevor er nach Kenia fuhr, um seinen Vater zu besuchen. Seine Familie hatte vergessen, ihm eine Karte für den gemeinsamen Theaterbesuch an jenem Abend zu besorgen – das russische Ballett, glaube ich. Es kostete mich sehr viel Mühe, noch eine zusätzliche Karte zu kriegen. Aber ich bekam schließlich eine für ihn.«

Auch ich erinnerte mich an diesen Vorfall; und auch an den Ausdruck inniger Bewunderung, mit dem Miss Weedon Stringham angesehen hatte, als sie ins Zimmer gekommen war. Ich entsann mich gut jenes leidenschaftlichen Blickes, obwohl ich auch jetzt – an diesem Abend bei den Jeavons' noch nicht ahnte, wie tief ihre Hingabe war. Ich fragte mich, wie sie selbst jetzt lebte. Stringham hatte mir bei unserem letzten Beisammensein gesagt: »Tuffy hat etwas Geld geerbt.« Sie sei nicht länger die Sekretärin seiner Mutter. Ich entdeckte später, dass sie eine enge Freundin Mollys war, ja, dass sie jetzt für die Jeavons' wieder viele ihrer früheren Aufgaben als Angestellte von Mrs. Foxe übernommen hatte – allerdings in einem unter ganz anderen Bedingungen organisierten Haushalt, natürlich. Von ihrem Verhalten war unmöglich abzulesen, ob sie die Tatsache, dass wir uns an diesem Ort wiederbegegnet waren, für unerwartet hielt oder nicht. In ihrer tiefen, doch geheimnisvollen Undefinierbarkeit war sie typisch für den Hintergrund der Zusammenkünfte bei den Jeavons'.

»Ich bedauere es immer, dass Charles überhaupt diese Reise nach Kenia unternommen hat«, sagte sie.

Sie sprach in einem strengen Ton, so als ob sie mich teilweise dafür tadele, zugelassen zu haben, dass so etwas je geschehen konnte, mir aber doch gleichzeitig auch eine solche frühere Gedankenlosigkeit großzügig vergebe.

»Warum?«

»Er war nachher nicht mehr derselbe.«

Ich musste mir selbst gegenüber zugeben, dass da etwas Wahres dran war. Stringham war nach Kenia nicht mehr derselbe gewesen. Es stellte einen Wendepunkt in seinem Leben dar.

»Vielleicht war es nur, dass er ein Mann wurde«, sagte sie. »Natürlich, seine Erziehung war unmöglich – immer, von Anfang an. Aber er änderte sich so sehr nach dieser Afrikareise. Er war ein Junge, als er fuhr – und ein so charmanter Junge –, und zurück kam er als Mann.«

»Menschen werden erwachsen. Wenigstens einige.«

»Leider gilt das nicht für Charles«, sagte sie ernst. »Er wurde ein Mann, aber er wurde nicht erwachsen. Er ist *jetzt* noch nicht erwachsen.«

Ich wusste kaum, was ich darauf antworten sollte. Es handelte sich um einen jener Kopfsprünge in die Verallgemeinerung, die zwischen zwei Menschen gewöhnlich einer intimeren Unterhaltung vorausgehen. Miss Weedon unternahm jedoch keinen Versuch, ihre Feststellung weiter auszuführen oder sozusagen familiärer zu werden in ihrer Behandlung des Problems

Stringham. Sie sah mich nur weiter mit einer Art frostiger Liebenswürdigkeit an, so als ob es mir durch das sofortige Geständnis, dass ich ein früherer Freund von Charles sei, was sie beträfe, noch so eben gelungen sei, meine Haut zu retten. Als Junge hatte ich sie für eine ausgesprochen furchtgebietende Person gehalten. Ich fand sie noch immer ein wenig alarmierend. Sie machte den Eindruck völliger Zielsicherheit: den Eindruck einer Person, die sehr unangenehm werden konnte, wenn ihre Pläne durchkreuzt wurden.

»Sehen Sie Charles jetzt noch gelegentlich?«, fragte ich.

Sie antwortete nicht sofort, und es schien, als brauche sie einige Sekunden, um sich zu entscheiden, wie diese Frage am besten zu behandeln sei. Vielleicht wog sie ab, welche jeweiligen Vorzüge eine klare Feststellung oder ein diplomatisches Ausweichen besaßen. Schließlich setzte sie auf schonungslose Offenheit.

»Ja doch, ich sehe ihn noch«, sagte sie. »Ziemlich häufig. Sie wissen wahrscheinlich, dass er zu viel trinkt – wirklich *viel* zu viel. Ich versuche, ihm bei dieser Sache zu helfen.«

Sie sah mich mit großer Ruhe an. Wieder wusste ich kaum, was ich antworten sollte. Ich hatte nicht erwartet, dass unser Gespräch diese freimütige, ernsthafte Wendung nehmen würde, besonders, da wir inzwischen das Schlafzimmer erreicht hatten, wo wir nur deshalb nicht sofort mit dem Affen bekannt gemacht wurden, weil er von einer Menge anderer Leute umgeben war, die ihm ihre Reverenz erwiesen und Mollys detaillierter Aufzählung der vielen bezaubernden Seiten seines Charakters applaudierten.

»Charles hatte ohne Zweifel ein wenig zu viel getrunken, als ich ihn das letzte Mal sah«, sagte ich in einem Versuch, die Frage von Stringhams Trunkenheit so darzustellen, als ob es sich nur darum handele, dass er sich bloß gelegentlich ziemlich volllaufen ließ – was, wie ich wohl wusste, alles andere als die Wahrheit war. »Das war bei einem Dinner, an dem er und ich teilnahmen – vor wenigstens zwei oder drei Jahren.«

»Sie haben ihn seitdem nicht mehr gesehen?«

»Nein.«

»Es ist noch immer so. Aber ich glaube, ich werde ihm helfen können.«

Ich hatte keine klare Vorstellung davon, wie sie Stringham ›helfen‹ würde, aber die Art, wie sie sprach, machte mir ihre Willensstärke unbezweifelbar bewusst. Ja, ihre Stimme ließ mich ein wenig frösteln, so entschlossen klang sie. Doch in diesem Augenblick sahen wir uns mit dem Affen – den seine Besitzer nach dem damaligen sowjetischen Botschafter ›Maisky‹ genannt hatten – konfrontiert und wurden von Molly aufgefordert, ihm die Hand zu schütteln. Er saß gedankenvoll in den Kissen eines geräumigen Korbs und streckte von Zeit zu Zeit Mollys Gästen, wenn sie in seine unmittelbare Nähe kamen, eine kleine, trockene Pfote zur Begrüßung hin. Eine Untertasse mit Nüssen stand neben ihm. In seiner Ernsthaftigkeit und Selbstversunkenheit erinnerte er ein wenig an Quiggin – auch in der wachsamen Art, in der er gelegentlich einen Blick auf die Nüsse warf, von denen er manchmal eine ihm besonders verlockend erscheinende auswählte, um sie zu knacken.

»Kennen Sie Lady Molly schon lange?«, fragte Miss Weedon, als wir uns von Maisky verabschiedet hatten und uns wieder auf dem Weg nach unten befanden.

»Erst seit kurzem.«

»Ich wusste doch, dass ich Sie noch nie hier gesehen hatte.«

»Chips Lovell hat mich eingeführt.«

»Ach ja. Einer ihrer Neffen. Ein junger Mann, der stets sein Vorwärtskommen im Auge hat. Sie war sehr gut zu ihm, als er ein Junge war und seine Eltern sich nicht viel um ihn kümmerten. Sie ist eine sehr gutherzige Frau. Ganz außergewöhnlich gutherzig. Das Haus ist immer voll von Leuten, denen sie gerade einen guten Dienst erweist. Kinder wohnen hier, während ihre Eltern ihre Scheidung regeln. Mittellose junge Männer werden zum Essen eingeladen. Früheren Bediensteten wird immer auf die eine oder andere Weise geholfen. Eine alte

Cousine ihres Mannes liegt jetzt krank in einem der oberen Schlafzimmer. Sie kann nirgendwo anders hin und wird das Haus sicher nicht mehr lebend verlassen. Ich kann mir wirklich nicht vorstellen, wie Lady Molly gewisse Leute, die hierherkommen, erträgt. Viele sind ganz fürchterlich.«

»Es scheint sich in der Tat um eine sehr gemischte Gesellschaft zu handeln.«

»Schlimmer als das, einige von ihnen.«

»Wirklich?«

»Andererseits kann man hier aber auch jemanden wie Charles' früheren Schwiegervater, Lord Bridgnorth, treffen – den Charles verabscheut und für den eingebildetsten, aufgeblasensten Mann der Welt hält. Er isst Lady Molly aus der Hand und hört sogar auf sie, wenn es um seine Pferde geht. Lady Plynlimmon war neulich zum Tee hier. Es schien sie wirklich sehr zu interessieren, was Jeavons über Deutschland sagte, obwohl sie gewöhnlich nur mit jemandem spricht, der dem Kabinett angehört. Vor nicht langer Zeit schaute Lord Amesbury herein. Er war auf dem Weg zu einem Hofball und trug Kniebreeches und den Hosenbandorden. Lady Molly gab gerade dem Tierarzt etwas zu essen, das sie selbst gekocht hatte, weil alle anderen aus irgendeinem Grund außer Haus waren und sie ihn meilenweit aus einem Vorort hatte kommen lassen, damit er sich eine Katze ansehe, die Fieber hatte. Ich kam zufälligerweise vorbei, wie alle drei zusammen Rühreier aßen.«

Inzwischen hatten wir wieder das Wohnzimmer erreicht. Miss Weedon ließ sich jetzt nicht weiter über die gelegentlichen – in der Tat: sehr gelegentlichen – Glanzpunkte des Jeavons'schen Salons aus, die zufällig einen merklichen Kontrast zu der Gesellschaft bildeten, die sich an diesem Abend dort zusammengefunden hatte. Ich fragte sie, ob sie Mrs. Haycock kenne.

»Sicher kenne ich sie«, sagte Miss Weedon. »Können Sie sich an einen Jungen namens Widmerpool erinnern, der zusammen mit Charles und Ihnen auf der Schule war? Ich glaube, Sie gehörten alle zu demselben Haus, nicht wahr? Charles pflegte ihn häufig zu imitieren. Ich bin sicher, dass Sie sich erinnern. Nun, Mrs. Haycock wird Mr. Widmerpool heiraten.«

Sie nickte heftig mit dem Kopf, um ihren Worten Nachdruck zu verleihen. Es verblüffte mich, dass sie mit Stringhams Nachahmungen von Widmerpool vertraut war. Für mich hatte es im Bereich des Möglichen gelegen, dass sie von Widmerpool gehört hatte, aber dass Stringham sie in solche Scherze wie seine brillanten, doch im Wesentlichen esoterischen Imitierungen Widmerpools einweihen würde, hätte ich nie vermutet. Dieses neue Licht, in dem Stringhams Beziehung zu Miss Weedon erschien, ließ auf eine Art von Intimität schließen, die ganz anders war als alles, was ich zuvor angenommen hatte. Ich sagte ihr, dass ich bereits von Widmerpools Verlobung wisse und dass sie der Grund für meine Nachfrage gewesen sei. Miss Weedon lächelte ihr dünnes, mich frösteln lassendes Lächeln.

»Ich glaube, Mildred Haycock war sehr froh, jemanden zu finden, den sie heiraten kann«, sagte sie. »Besonders einen Mann, der eine so gute Zukunft vor sich hat. Natürlich, er ist ein bisschen jünger als sie. Dennoch, es ist leichter für eine Frau wie Mrs. Haycock – die zwei Kinder hat, beide jetzt schon ziemlich groß –, wenn sie verheiratet ist. Zudem ist sie zwar wohlhabend, doch auch sehr extravagant. Das sagt jeder.«

»Sie hat in Südfrankreich gelebt?«

»Wo sie sich einen ziemlich zweifelhaften Ruf erworben hat, glaube ich.«

»Und jetzt leidet ihr Verlobter an Gelbsucht.«

»In der Tat«, sagte Miss Weedon und zeigte wieder ihr dünnes Lächeln. »Ich bin sicher, sie wird jemanden finden, der sie tröstet. Korvettenkapitän Foxe, zum Beispiel.«

»Buster? Wie geht es ihm?«

»Vielleicht beginnt er wieder damit, sie auszuführen. Er hat vor einigen Jahren seinen Abschied von der Marine genommen. Er ist sehr dick geworden. Das bereitet ihm fürchterlichen Kummer. Er tut alles Mögliche dagegen. Jede Art von Diät.

Kuren in Tring. Es ist wirklich das Einzige, was ihn jetzt interessiert.«

»Und Sie meinen, Mrs. Haycock gelinge es vielleicht, ihn von seinen Gewichtssorgen abzulenken?«

Miss Weedons Mund verhärtete sich. Ich sah, dass ich zu weit gegangen war. Wahrscheinlich bedauerte sie ihre eigene Indiskretion über Busters Vergangenheit mit Mrs. Haycock. Ich hatte seit Jahren nicht an Buster Foxe gedacht. Stringham hatte ihn nie gemocht. Miss Weedons Worte klangen, als ob Buster – wie Jeavons – auf eine rein untergeordnete Position reduziert worden sei. Es gab gewisse Parallelen zwischen den Situationen der beiden. Ich fragte mich, ob sie einander je begegnet seien.

»Und wie geht es Mrs. Foxe selbst?«

»Sehr gut, wie ich höre. Gesellschaftlich aktiv wie eh und je.«

»Woher bezieht Charles jetzt sein Geld?«

»Mit dem Geld ist es ziemlich schwierig«, sagte Miss Weedon. Sie gab nun ihr Gebaren kalter Bosheit auf und sprach in einem Ton, als seien wir zu ernsthaften Dingen zurückgekehrt. »Sein Vater, mit dieser französischen Frau in Kenia, hat nicht viel übrig. Mrs. Foxe hat das Geld aus dem Warrington-Besitz, aber es steht ihr nur auf Lebenszeit zu. Sie gibt es mit vollen Händen aus.«

In diesem Augenblick kam Jeavons auf uns zu und schnitt damit jede Erklärung ab, die Miss Weedon gerade zu dem Thema von Stringhams Finanzquellen geben wollte.

»Was halten Sie von Maisky?«, fragte Jeavons.

Er sprach in einem nachdenklichen, vertraulichen Ton, so als ob durch die Richtung von Miss Weedons Antwort die gerade für Maiskys Erziehung gefassten Pläne vielleicht völlig verändert werden könnten.

»Ich mag Affen nicht«, sagte Miss Weedon.

»Ach nein?«, sagte Jeavons.

Er stand da, gedankenverloren über diese entschiedene, offene Erklärung ihrer Abneigung gegen Affen als solche. Die

Vorstellung, dass einige Leute diese Tiere vielleicht nicht mochten, war ihm offensichtlich völlig neu. Sie überraschte ihn, war ihm vielleicht ein wenig unangenehm, erschien ihm aber gleichwohl als eine dieser allgemeinen Ideen, deren generelle Bedeutung man leicht erfasst, ohne notwendigerweise mit ihnen übereinzustimmen. Es war eine Theorie, die durch ihre vollkommene Einfachheit verblüffte.

»Molly gefällt er«, sagte er endlich.

»Ich weiß.«

»Nun ja«, sagte Jeavons. »Diese Launen kommen und gehen.«

Miss Weedon unternahm keinen Versuch, die Richtigkeit dieser Beobachtung zu bestreiten. Und sie ging auch nicht näher auf ihre Abneigung gegen Affen ein. Sie lächelte wieder ihr arktisches Lächeln. Jeavons schlenderte langsam davon, so als ob er die Implikationen dessen, was Miss Weedon gesagt hatte, durchdenken müsse. Mir wurde wieder einmal bewusst, wie sehr ich jenen – ich vermutete, dass auch Miss Weedon zu ihnen zu zählen sei – widersprechen musste, die Jeavons für uninteressant hielten. Das Gegenteil schien mir richtig: Er war auf seine Weise eine sehr bemerkenswerte Person. Eine Begegnung mit ihm außerhalb seines eigenen Hauses bestätigte mir, dass er noch andere Seiten besaß, als sie vielleicht in dem Jeavons'schen Salon augenfällig wurden.

Diese Episode ereignete sich ein oder zwei Monate später, an einem Abend, der mit einem Drink mit Feingold in einer Kneipe in der Nähe des Studios begonnen hatte. Feingold plante, einen satirischen Roman über das Leben im Filmgeschäft zu schreiben. Er wollte mir die Handlung erzählen, weil er hoffte, dass ich ihm ein passendes Ende für die Geschichte vorschlagen könne. Da Feingold nicht bereit war, das vorliegende Thema kurz abzuhandeln (er selbst lebte in der Nachbarschaft des Studios), kehrte ich schließlich später als gewöhnlich nach London zurück. Ich entschloss mich deshalb, zum Abendessen nur in einer Wirtschaft ein Sandwich zu mir zu nehmen und ein Glas Bier zu trinken. Die Kneipen in der Nähe meiner eigenen Wohnung hatten nicht viel zu bieten, und so betrat ich dann auf gut Glück eine Gaststätte in einer Seitenstraße südlich der Oxford Street, wo ein beleuchtetes Schild auf eine Imbissbar im Keller verwies. Es handelte sich um eine Art von Lokal, das mein alter, verstorbener Freund Mr. Deacon einen »Spritpalast« zu nennen pflegte.

Am Fuße der Treppe befand sich ein großer, niedriger Raum, der mit glänzenden schwarzen Tischen und roten Korbsesseln angefüllt war. Die L-förmig gebaute Theke nahm den größten Teil von zwei Seiten dieses Schankraums ein, dessen Säulen und marmorne Wandverzierungen mich wiederum an Mr. Deacon erinnerten, und zwar wegen ihrer Ähnlichkeit mit dem für ihn typischen Hintergrund seiner Bilder: »Die Schüler des Sokrates«, zum Beispiel, oder »Auf Befehl Diokletians«. Ohne Zweifel war dieser Raum von jemandem entworfen worden, der ebenfalls lange und fruchtlos über klassische Themen gebrütet hatte und entschlossen gewesen war, einigen seiner Kindheitserinnerungen an »Quo Vadis?« oder »Die letzten Tage von Pompeji« Ausdruck zu verleihen – welches Medium ihm dazu auch immer zur Verfügung stünde. Bis auf den Schankkellner und eine Person im Regenmantel, die in der hinteren Ecke des Raumes deprimiert vor einem leeren Bierkrug saß, war das Lokal menschenleer. In dieser niederdrückend spätrömischen Umgebung bestellte ich, nachdem ich an der Theke auf einen der hohen Schemel geklettert war, etwas zu essen.

Ich hatte meine Speisen schon fast verzehrt, als ich undeutlich wahrnahm, dass der Mann in der Ecke aufgestanden war und sich anschickte zu gehen. Er durchquerte den Raum, aber anstatt die Treppe zur Straße hinaufzusteigen, kam er zu der Stelle an der Theke herüber, wo ich saß. Ich hörte, wie er hinter mir stehenblieb. Ich dachte, dass er sich, im letzten Moment unfähig, sich von dem Lokal loszureißen, noch etwas zu trinken bestellen wolle. Stattdessen fühlte ich plötzlich seine Hand auf meiner Schulter.

»Ich hab Sie zuerst gar nicht erkannt. Ich wollte gerade gehen. Kommen Sie und trinken Sie noch etwas mit mir in der Ecke da, wenn Sie zu Ende gefuttert haben.«

Es war Jeavons. In der Regel hatte er sich auch in seiner Zivilkleidung einen schwachen Hauch militärischen Aussehens bewahrt, vergleichbar, wenn auch anders, mit dem von Onkel Giles – wobei beide wiederum in einem starken Kontrast zu General Conyers' veraltetem Glanz standen. Gewöhnlich hielt eine Sicherheitsnadel die Spitzen von Jeavons' weichem Kragen unter dem Knoten eines vermutlich in den Farben seines ehemaligen Regiments gehaltenen gestreiften Binders zusammen. An diesem Abend aber gab ihm das Ensemble, das er trug – eine Art Tirolerhut mit rundum nach unten gebogener Krempe, ein Wollschal und ein Regenmantel mit Gürtel – irgendwie das Aussehen eines Kriminalbeamten in Zivil. Sein Gesicht war blasser als sonst. Obwohl er völlig sicher auf den Beinen stand und in seiner üblichen langsamen, bewusst gedehnten Sprechweise redete, hatte ich den Eindruck, dass er stark getrunken hatte. Wir bestellten jeder noch ein Bier und trugen es durch den Raum zu der Stelle, wo er gesessen hatte.

»Ist dies Ihr Stammlokal?«, fragte er.

»Ich bin vorher noch nie in meinem Leben hier gewesen. Bin ganz zufällig hereingekommen.«

»Ich auch.«

»Ist sehr weit weg von Ihrem Revier.«

»Ich bin auf einem Kneipenbummel«, sagte er. »Ich brauch das – manchmal. Tut einem gut.«

Nach diesen Worten konnte es keinen Zweifel mehr geben, dass Jeavons gerade eines jener Zwischenspiele der Ausschweifung praktizierte, durch die er sich von zu großer häuslicher Zahmheit sozusagen reinigte.

»Glauben Sie, es wird Krieg geben?«, fragte er ganz unerwartet.

»Nicht unbedingt. Ich vermute, in ein oder zwei Jahren könnte es einen geben.«

»Was meinen Sie, sollten wir tun?«

»Ich hab keine Ahnung.«

»Soll ich es Ihnen sagen?«

»Ja, bitte.«

»Deutschland sofort den Krieg erklären«, sagte Jeavons. »Dieses Scheusal Hitler fertigmachen, ehe er noch mehr Ärger macht.«

»Können wir das wirklich tun?«

»Warum nicht?«

»Keine Regierung würde auch nur davon träumen, das zu wagen. Die Bevölkerung würde es nicht hinnehmen.«

»Natürlich würde sie das nicht«, sagte Jeavons.

»Also?«

»Also werden wir einfach warten müssen«, sagte Jeavons.

»Vermutlich wohl.«

»Einfach abwarten«, sagte Jeavons. »Das sagte auch Mr. Asquith immer. Es hat uns nicht viel geholfen, 1914. Ich nehme an, Sie waren zu jung, um bei der letzten Schau dabei gewesen zu sein?«

Ich hielt diese Frage für ziemlich unnötig, denn ich war mir damals noch nicht bewusst, dass einem, wenn man älter wird, die äußere Erscheinung von Menschen, die jünger sind als man selbst, nur vage Anhaltspunkte für ihr genaues Alter bietet. Für mich war der Waffenstillstand vom 11. November 1918 bloß eine ferne Erinnerung aus meiner mittleren Schulzeit; für Jeavons war der Befehl, ›das Feuer einzustellen‹, erst kurze Zeit zuvor erteilt worden. Ihm schien sehr gut vorstellbar, dass ich ›am Krieg teilgenommen‹ hatte.

»Einiges war gar nicht so schlecht«, sagte er.

»Nein?«

»Das meiste war natürlich die vollkommene Hölle. Die absolute, verfluchte Hölle auf Erden. Verdammt schrecklich. Ich krieg das Zittern, wenn ich nur daran denke, manchmal.«

»Wo haben Sie gestanden?«

»Ich hab mich in Thirsk freiwillig gemeldet. War zuerst im

Regiment ›Green Howards‹. Wurde ’n bisschen später Offizier in einem der neugegründeten Bataillone des Regiments ›Duke of Wellington‹. Ich war von dem ›Duke‹ zum Maschinengewehr-Corps übergewechselt, als ich in Le Bassée eins in den Bauch kriegte.«

»War ganz schön unangenehm, was?«

»Nicht gerade gut. Ich konnte eine Ewigkeit nichts verdauen. Hab jetzt noch manchmal Schwierigkeiten, um die Wahrheit zu sagen. Einige von diesen Dinners, die Molly gibt. Dennoch, ist was Komisches, die Verdauung. Ich kannte einmal einen Mann, der wettete, er könne zwischen zwölf und drei Uhr am selben Tag in einem Dutzend verschiedener Kneipen eine Portion Braten, Kartoffeln und Gemüse essen.«

»Hat er seine Wette gewonnen?«

»Beim ersten Mal«, sagte Jeavons und zog bei dem Gedanken an die Qualen seines Freundes sein Gesicht schmerzhaft zusammen, »zündete sich jemand an dem Tisch eine Zigarette an, und ihm wurde übel – ich glaube, er war inzwischen bei der achten oder neunten Portion angelangt. Wir waren uns alle einig, dass er eine zweite Chance kriegen sollte. Einige Tage später schaffte er es. Komisch, was Leute so tun können.«

Wir konnten unser Gespräch nicht weiter fortsetzen, denn an diesem Punkt wurde uns gesagt, dass das Lokal jetzt geschlossen werde. Zu meiner Überraschung machte Jeavons keinen Versuch, unseren Aufenthalt bis zum letztmöglichen Moment auszudehnen. Im Gegenteil, der Schankkellner hatte kaum »Bitte, meine Herren, Polizeistunde« gerufen, als Jeavons auch schon der Treppe zustrebte. Ich folgte ihm. Es schien, dass für ihn völlig feststand, was er jetzt tun wollte. Als wir die Straße erreicht hatten, wandte er sich wieder an mich.

»Gehen Sie nach Hause?«

»Das hatte ich vor.«

»Wollen Sie nicht mit mir diese Nacht der flatterhaften Vergnügen noch etwas verlängern?«

»Wenn Sie einen guten Vorschlag machen.«

»Da ist ein Lokal, das ich heute Abend besuchen wollte. Eine Art Club – oder eine ›bottle party‹, wie man das heutzutage zu nennen scheint –, der gerade eröffnet worden ist. Möchten Sie mitkommen?«

»Gut.«

»Ein Mann kam Molly vor einigen Wochen besuchen und gab uns eine Karte, mit der wir jederzeit reinkämen. Sie wissen, man kauft eine Flasche und all das. Dadurch wird man Mitglied. Der Mann war vor Jahren mit Molly gut bekannt. Hat ein ganz schön flottes Leben geführt. Jetzt ist er sehr knapp und leitet diesen Schuppen.«

»Ah so.«

»Haben Sie je von Dicky Umfraville gehört?«

»Ja. Ich hab ihn sogar vor Jahren mal kennengelernt.«

»Dann ist ja alles in Ordnung. Umfraville ist der Geschäftsführer des Lokals. Molly denkt natürlich nicht im Traum daran, auch nur in seine Nähe zu kommen. Ich dachte, ich selbst könnte mal hingehen und den Laden beäugen.«

»Ist Dicky Umfraville noch mit Anne Stepney verheiratet?«

»Ich glaub nicht, dass er im Moment mit irgendjemandem verheiratet ist«, sagte Jeavons. »Das wäre seine dritte oder vierte, nicht wahr?«

»Seine vierte. Sie war ziemlich jung.«

»Jetzt fällt's mir wieder ein. Molly hat in der Tat gesagt, er hätte sich kürzlich scheiden lassen«, sagte Jeavons. »Wie auch immer, er ist ganz ungewöhnlich pleite im Moment. Er war häufig zu Besuch auf Dogdene, als Mollys erster Mann noch lebte. *Jeunesse dorée,* damals. Nicht mehr viel von übrig, jetzt. Ein erstklassiger Reiter natürlich, Umfraville. War mal in einem Jahr zweiter im ›National‹.«

Während dieser Unterhaltung hatte Jeavons eine südöstliche Richtung eingeschlagen. Wir schritten eine Zeitlang schweigend dahin, durch ein Gewirr schäbiger Straßen, vorbei an großen Restaurantfenstern, die von Schwaden trübe und durchsichtig waren.

»Ich glaube, wir müssen jetzt ganz in der Nähe sein«, sagte Jeavons endlich. »Ich weiß so ungefähr, wo das Lokal ist, und Dicky hat eine Art Plan auf die Rückseite der Karte gezeichnet.«

Wir waren inzwischen in die Nachbarschaft des Trouville gelangt, eines von Onkel Giles bevorzugten Restaurants, in dem ich Jahre zuvor einmal mit ihm zu Abend gegessen hatte. Der Eingang des Clubs lag versteckt in einer kleinen Gasse und war nur sehr schwer zu finden. Endlich entdeckten wir die Tür. Der Name des Clubs stand auf einem auf ihr angebrachten winzigen Messingschild, so als ob jede Art von Zurschaustellung vermieden werden sollte. Am Ende eines schmalen, schwach beleuchteten Korridors saß ein schurkisch aussehender Kerl mit wässrigen Augen und einer von blauen Adern überzogenen Nase hinter einem wackeligen Tisch. Als wir Umfravilles Namen erwähnten und ihm die Karte zeigten, war diese Dickens'sche Gestalt damit einverstanden, dass wir das Lokal betraten, nachdem er unsere Namen mit eigener Hand umständlich in ein Buch eingetragen hatte.

»Der Captain ist noch nicht im Club«, sagte er, während er das Buch schloss. Dabei warf er uns einen fürchterlichen Seitenblick zu – wie ein sehr schlechter Schauspieler, der das Publikum eines Märchenspiels in Schrecken zu versetzen sucht. »Aber ich glaube nicht, dass er noch lange auf sich warten lässt.«

»Sagen Sie ihm, er soll sich auf der Schreibstube melden, wenn er kommt«, sagte Jeavons, worauf der blaunäsige Hüter der Tür in Würdigung dieses militärischen Scherzes ein paar faulende Zähne entblößte.

Das Innere des Clubs war wenig beeindruckend. In einer Ecke des Raums machte eine Drei-Mann-Kapelle, Klavier, Schlagzeug, Saxofon, einen ohrenbetäubenden Lärm. Einige ›Hostessen‹ saßen in Paaren über das Lokal verteilt und unterhielten sich ärgerlich mit gedämpften Stimmen oder lehnten schweigend und lustlos gegen die Rückenlehnen ihrer Stühle. Wir schienen die ersten Gäste zu sein; doch das war nicht verwunderlich, denn es war noch zu früh am Abend, als dass in einem Lokal dieser Art der Betrieb schon richtig angelaufen wäre. Nach einigem Palaver brachte uns ein Kellner etwas zu trinken. Nichts an dem Club deutete darauf hin, dass Umfraville hier ein Vermögen machen würde.

»Also, wie ich schon sagte«, bemerkte Jeavons, der abgesehen von seinen Verhandlungen mit dem Türwächter und dem Kellner in Wirklichkeit schon seit geraumer Zeit kaum gesprochen hatte, »wie ich schon sagte, man hatte doch so hin und wieder in bisschen Spaß. Meistens, wenn man auf Urlaub war, natürlich. Ist doch logisch. Ich werde Ihnen jetzt eine lustige Geschichte erzählen, wenn Sie mir versprechen dichtzuhalten.«

»Keine zehn Pferde werden sie aus mir herauskriegen.«

»Es handelt sich um eine Geschichte, die ein wirklicher Kavalier nicht erzählen würde«, sagte Jeavons. »Aber ich bin kein wirklicher Kavalier.«

»Sie machen mich sehr neugierig.«

»Ich weiß wirklich nicht, warum ich gerade Ihnen die Geschichte erzähle«, sagte Jeavons. Er sprach, als ob er lange darüber nachgedacht hätte, wen er in dieser besonderen Angelegenheit zu seinem Vertrauten machen könne. Dabei holte er ein Päckchen Gold Flakes aus seiner Hosentasche und begann, die Verpackung aufzureißen. »Aber ich kann mir vorstellen, dass Sie sie vielleicht amüsant finden. Habe ich Sie nicht vor einiger Zeit in unserem Haus mit einem Mann namens Widmerpool sprechen sehen – ich glaube, es war der allererste Abend, an dem Sie bei uns waren?«

»Ja, das stimmt.«

Ich fand es interessant festzustellen, mit welcher Genauigkeit neue Besucher der Jeavons' von dem Gedächtnis des Gastgebers registriert wurden.

»Kennen Sie ihn gut?«

»Ziemlich gut.«

»Dann wissen Sie wohl auch, dass er bald eine Frau namens Mildred Haycock, die auch an jenem Abend da war, heiraten wird?«

»Ja.«

»Kennen Sie sie auch?«

»Nicht wirklich. Ich bin ihr mal begegnet, als ich ein kleiner Junge war.

»Genau. Sie waren ein kleiner Junge, und sie war bereits erwachsen. Mit anderen Worten, sie ist ein ganzes Stück älter als Widmerpool.«

»Ich weiß. Sie war Krankenschwester auf Dogdene, als Ihre Frau dort lebte, nicht wahr – ?«

»Moment, Moment«, sagte Jeavons. »Nicht so eilig. Nichts überstürzen. Das gehört alles zu der Geschichte.«

»Verzeihung.«

»Also, wie ich schon sagte, man hatte doch gelegentlich 'n bisschen Spaß, damals. Besonders auf Urlaub. Das ist der springende Punkt. Hat keinen Zweck, die Geschichte zu rasch zu erzählen. Man musste natürlich der Militärpolizei aus dem Wege gehen. Doch das nur so nebenbei. Also, zufällig kriegte ich sechsundneunzig Stunden Urlaub, kurzfristig, so dass ich keine Zeit hatte, Vorkehrungen zu treffen. Ich hielt es für das Beste, die Zeit in London zu verbringen. Kannte keine Menschenseele da, keinen Schwanz. Nun, nachdem ich erst mal 'ne Zeitlang geschlafen hatte, dachte ich, ich sollte mir 'ne Show ansehen. Der Regimentsarzt hatte mir gesagt, ich sollte ins Daly's Theatre gehen, wenn ich eben könnte. Das war ein wirklich guter Rat. ›Das Mädchen der Berge‹. Erstklassige Show. Mit José Collins. Die hat auch in die Aristokratie eingeheiratet – wie ich. Aber das hat mit meiner Geschichte nichts zu tun. Ich nahm 'nen teuren Platz im Parkett, denn ich dachte mir, ich würde mir beim nächsten Beschuss vielleicht 'ne Kugel einfangen und nie mehr wieder in einem Theater sitzen. Nicht lange nach mir kam eine größere Gesellschaft an und nahm die Reihe vor mir ein. Sie bestand aus zwei Gardeoffizieren in ihren grauen Mänteln und einigen Damen in Abendkleidern. Unter ihnen befand sich auch eine Krankenschwester – ein Mitglied des Freiwilligen Hilfsdienstes –, die mir, meinte ich, und im Folgenden erwies sich das als korrekt, schöne Augen zu machen begann.«

Jeavons hielt inne, um einen Schluck aus seinem Glas zu nehmen. Er schüttelte den Kopf und seufzte. Es entstand eine lange Pause. Ich befürchtete, dass das vielleicht das Ende der Geschichte sei: bloß ein Bericht von einer nostalgischen Erinnerung; ein Gesicht, das er bei dieser einen Gelegenheit gesehen, doch stets im Gedächtnis bewahrt hatte; ein romantischer Traum, von dem er sein ganzes Leben lang verfolgt worden war. Ich spornte ihn vorsichtig an.

»Wie haben Sie darauf reagiert?«

»Worauf?«

»Auf die Krankenschwester, die Ihnen schöne Augen machte.«

»Ach ja, darauf. Während der Pause sind wir miteinander ins Gespräch gekommen, an der Bar oder sonst wo. Und ehe ich mich versah, verbrachte ich meinen Urlaub mit ihr.«

»Und das war – «

»Mrs. Haycock – oder, wie sie damals hieß, die Hochwohlgeborene Mildred Blaides.«

Jeavons' Ausdruck war so orakelhaft, sein Ton so feierlich, als er den Namen mit dem vorangestellten formalen Titel aussprach, dass ich lachen musste. Er selbst blieb jedoch völlig ernst. Er saß da und sah mich fest an, als ob ihn die profunde moralische Schönheit seiner eigenen Geschichte entzücke, und nicht so sehr ihre rein anekdotische Qualität – romantisch oder banal, je nachdem, wie man sie auffassen wollte.

»Und Sie haben sie dann bis neulich abends nicht mehr wiedergesehen?«

»Ich hab sie nie wieder zu Gesicht bekommen. Natürlich hab ich Molly oft von Mildred Blaides und ihrem Treiben sprechen hören; aber ich wusste nie, dass es sich um dieselbe Frau handelte. Sie und Molly trafen sich manchmal. Zufälligerweise war ich dann aus dem einen oder anderen Grund nie da.«

»Hat sie neulich abends etwas darüber gesagt?«

»Kein Wort. Sie hat mich nicht erkannt. Schließlich muss ich mich, nehme ich an, mit einem Platz auf einer inzwischen wohl ziemlich langen Liste abfinden.«

»Sie selbst haben nichts gesagt?«

»Ich wollte nicht als jemand erscheinen, der einen Ausrutscher während der Kriegszeit überbewertet, also hab ich geschwiegen. Zudem ist es ganz gut, dass Molly nichts davon weiß. Wenn man zu viel über so was schwafelt, macht die Geschichte zwangsläufig die Runde. War, glaube ich, dumm von mir, sie Ihnen zu erzählen. Sie werden die Klappe halten, nicht wahr?«

»Natürlich.«

»Ich dachte nur, es würde Sie vielleicht interessieren, besonders, da Sie Widmerpool kennen.«

»Tut es auch – ganz enorm.«

»Das sind so die Sachen, die im Krieg passieren. Einigen Männern passieren sie auch im Frieden, nehme ich an. Nicht Männern wie mir. Ich hab nicht das Temperament. Es ist jetzt sowieso alles ganz anders. Nicht, dass ich meinte, dass die Leute nicht mehr miteinander schliefen. Natürlich tun sie das. Mehr denn je, wenn das, was jeder heutzutage sagt, stimmt. Aber die ganze Lebenshaltung hat sich jetzt irgendwie geändert. Ich vermute, Sie waren zu jung, um die Bing Boys gesehen zu haben?«

»Nein, ich war nicht zu jung. Ich hab die Show als Schuljunge gesehen.«

Die Band hatte vorübergehend ihren Lärm eingestellt. Jeavons beugte sich vor. Ich dachte, er hätte mir noch mehr zu erzählen, wolle aber nicht riskieren, dass jemand mithörte. Stattdessen begann er plötzlich zu singen, ziemlich laut und mit einer unerwartet tiefen und angenehmen Stimme:

»Ich könnte so viel – Wunderbares sagen zu dir;/Es gäbe so viel – Wunderbares zu tun mit dir ...«

Zwei Frauen, die an einem der Nachbartische saßen und dies verständlicherweise für eine Aufforderung hielten, erhoben sich und machten Anstalten, sich zu uns zu gesellen: eine hochgewachsene, muskulöse Blondine, die Mona nicht ganz unähnlich sah, und eine kleine, rundliche Brünette, die mich an ein Mädchen namens Rosie Manasch erinnerte, das ich früher mal gekannt hatte. (Peter Templer sagte gerne, dass man alle Frauen, die man je kennengelernt habe, in einer Tanztruppe wiederzuerkennen vermöchte – wie man seine Freunde in einer Schafsherde ausmachen könne.) Ehe dieser drohende Überfall ernsthafte Formen annehmen konnte, wehrte Jeavons ihn sofort ab, indem er erklärte, dass wir »auf unsere übrige Gesellschaft« warteten. Die Frauen zogen sich zurück. Jeavons sang weiter, als ob es keine Unterbrechung gegeben habe: »Wärst du die einzige – Frau auf der Welt,/Und ich wär der einzige Mann ...«

Er hatte nur gerade genug Zeit, zu Ende zu kommen, ehe die Band wieder in einer ohrenbetäubenden Lautstärke losbrach und eine Melodie spielte, die sich im Tempo stark von der unterschied, die Jeavons gesungen hatte.

»Das Denken der Menschen hat sich geändert«, brüllte er über den Tisch herüber. »Der verdammte Krieg hat das alles in die Luft gejagt, so wie eine in einen Unterstand geworfene Handgranate. Alles hat sich jetzt verändert. Eigentlich bedauere ich immer Ihre Generation. Nicht dass wir nicht alle unsere ... verloren hätten, unsere ..., wie heißt das noch, Sie wissen schon, jemand hat das Wort neulich abends in unserem Haus gebraucht, als er fast genau das sagte, was ich jetzt sage ...? Hat mich stark beeindruckt. Sie wissen schon – wenn man blöde genug ist zu glauben, dass die Dinge ein großes Stück besser sein werden, als sie es dann schließlich sind. Wie heißt noch das Wort?«

»Illusionen?«

»Illusionen! Das ist es. Wir haben all unsere verdammten Illusionen verloren. Haben sie alle in den Völkerbund gesteckt oder so was. Illusionen, mein Gott! Ich hatte auch ein paar, als ich jung war. Sie würden's nicht glauben. Natürlich, ich hab Glück gehabt. Glück ist vielleicht nicht das richtige Wort.

Dennoch, die Leute reden immer so, als ob die Ehe eine einzige lange Liebesnacht sei. Sie können mir glauben, mein Junge, das ist sie nicht. Sie werden überrascht sein, wenn Sie selbst fest mit einer Frau verbunden sind. Ich sollte solche Dinge eigentlich nicht sagen. Molly und ich haben uns auf unsere eigene Art sehr gern. Unter uns gesagt, sie ist nicht besonders wild aufs Bett. Ein Mann, den ich mal beim Nachschub kannte und der es ganz schön mit Frauen getrieben hatte, sagte mir, dass diese Lauten es nur selten sind. Tu' heutzutage selbst nicht viel auf diesem Gebiet, um die Wahrheit zu sagen. Fühl' mich meistens zu kaputt. Ich bin mir nicht sicher, ob die Knochenschuster in der Armee all diese verschiedenen Stückchen des kandierten Apfels aus meinen Rippen gekriegt haben. Kitzelt 'n bisschen, manchmal. Dennoch, ich muss hin und wieder mal einen draufmachen. Sonst werd ich melancholisch. Das Leben ist schon komisch, von welcher Seite man es auch betrachtet; und wie ich schon sagte, da ich nicht für all dies große Leben und so weiter bestimmt war, kann ich mich eigentlich nicht beklagen.«

Es war mir jetzt klar, dass, wenn Mollys Glanzzeit der Vergangenheit angehörte, dies in einem gewissen Sinne auch für Jeavons galt, selbst wenn Jeavons' Glanzzeit völlig anders gewesen war als die seiner Frau – in der Tat, sie hätten kaum verschiedener sein können. Er war einer von jenen Männern, die, obwohl selbst nicht besonders draufgängerisch in ihren Beziehungen zum anderen Geschlecht, gleichwohl auf einige Frauen eine seltsame Anziehungskraft ausüben und folglich leicht kurzerhand vereinnahmt werden. Die Episode mit Mildred Blaides veranschaulichte dies, und es wurde durch die Geschichte seiner Heirat bestätigt. Es war unwahrscheinlich, dass dies die beiden einzigen Frauen im Verlauf seines Lebens gewesen waren, die sich entschlossen hatten, ihn unter ihre Fittiche zu nehmen. Ich hoffte noch auf weitere Reminiszenzen von ihm (obwohl ich keine erwartete, die ungewöhnlicher gewesen wäre als die bereits gehörte), als Dicky Umfraville an unseren Tisch kam.

Er trug einen Smoking, sah aber sonst genauso aus wie an dem Abend, als wir uns bei Foppa kennengelernt hatten. Adrett, umgeben von der Atmosphäre eines Rennsportliebhabers, völlig gelassen und eins mit sich selbst und jedem in seinem Umkreis, gelang es ihm gleichzeitig, den Eindruck der Nähe eines Abgrunds von Skandal und Bankrott zu erwecken, der jeden Moment ihn selbst und alle anderen, die unglücklich genug waren, sich, wenn der Zusammenbruch kam, in seiner unmittelbaren Umgebung zu befinden, zu verschlingen drohte. Der Charme, den er auf andere Menschen ausübte, musste vielleicht dieser Fähigkeit zugeschrieben werden, mit zwei gegensätzlichen, sich offensichtlich widersprechenden Eigenschaften zu jonglieren – die eine: eine unterschwellige Andeutung unheilvoller, bedrohlicher Unterströmungen; die andere: eine wohltuende Kraft zu beruhigen und zu unterhalten. Man fühlte immer, dass diese widersprüchlichen Elemente im Streit miteinander lagen, wenn er zugegen war. Er war wie ein Schauspieler, der unter der Begleitung von rollendem Donner plötzlich auf der Bühne erscheint, der jedoch eine Sekunde später seine Zuschauer, während ihre Nerven noch zum Zerreißen gespannt sind, durch das gefühlvolle Singen eines sentimentalen Songs völlig verzaubert.

»Aber das ist eine Überraschung«, sagte er. »Ich hätte nie gedacht, wir könnten Sie überreden herzukommen, Ted. Warum haben Sie Molly nicht mitgebracht? Werden Sie gut behandelt? Ich sehe, man hat Ihnen eine Flasche gebracht. Wenden Sie sich an mich, wenn es irgendwelchen Ärger gibt. Möchten Sie eine der Frauen kennenlernen? Sie sind gar nicht so übel. Ich kann mir nicht vorstellen, dass Sie so was wollen.«

Jeavons antwortete nicht. Er erwiderte kaum Umfravilles Begrüßung. Er war wieder in Gedanken verloren. Zweifellos hatte er eine ganze Menge getrunken. Umfraville war über diesen Empfang nicht im Geringsten verstimmt. Er zog sich einen Stuhl an unseren Tisch und schaute zu mir herüber.

»Wir sind uns schon mal irgendwo begegnet«, sagte er.

»Vor zwei oder drei Jahren bei Foppa. Sie waren eben aus Kenia zurückgekommen. Waren Sie nicht gerade mit Foppa auf der Rennbahn gewesen?«

»Mein Gott«, sagte Umfraville. »Sicher erinnere ich mich. Foppa und ich waren zusammen in Caversham gewesen. Wir interessieren uns beide für Trabrennen, was in diesem Land nicht viele Leute tun. Sie kamen mit einer sehr bezaubernden jungen Frau herein, während Foppa und ich Pikett spielten. Dann erschien Ihr Freund Barnby mit Lady Anne Stepney – und zack, ehe ich wusste, wie mir geschah, war Lady Anne auch schon meine vierte Frau geworden.«

Ich lachte und fragte mich, was er wohl als Nächstes sagen würde. Ich wusste, dass seine Ehe mit Anne Stepney nur eine sehr kurze Zeit gehalten hatte.

»Ich nehme an, Sie haben gehört, dass Anne und ich nicht miteinander ausgekommen sind«, fuhr er fort. »Bezauberndes Kind, aber Tatsache ist, dass ich zu alt für sie war. Sie mochte das Erwachsenenleben nicht – und wer will ihr das verübeln?«

Er seufzte.

»Ich mag es selbst nicht besonders«, sagte er.

»Wo ist sie jetzt?«

Ich wusste nicht recht, ob diese Frage zulässig war. Doch Umfraville hatte in Bezug auf sein eigenes Leben, zumindest in Bezug auf sein eheliches Leben, offensichtlich völlige Objektivität gewonnen.

»Sie lebt in Paris«, sagte er. »Um zu malen, wissen Sie. Sie war immer fürchterlich versessen auf ihre Malerei. Ich hab auch in dieser Hinsicht den Erwartungen nicht entsprochen. Ich kann einen Sargent nicht von einem ›Snaffles‹ Payne unterscheiden. Sie wohnt mit einer Frau zusammen, die auch neulich ihren Mann sitzengelassen hat. Kommen Sie, Ted, Sie dürfen hier nicht einschlafen. Ich gebe ja zu, dass dieser Laden ziemlich langweilig ist, aber ich kann nicht erlauben, dass daraus eine Penne wird. Jedenfalls nicht in der ersten Woche oder so.«

Jeavons kam mit einem Ruck wieder zu sich. Er begann, gedankenverloren den Takt auf den Tisch zu trommeln.

»Wie läuft es hier?« fragte er.

Er sprach in einem strengen Ton, so als ob er gekommen sei, um die Bücher zu prüfen. Umfraville zuckte mit den Schultern.

»Hängt davon ab, ob die Leute in Scharen kommen werden«, sagte er. »Ich stell mir nicht vor, dass ich lange in diesem Job bleibe. Gerade lange genug, um meinen dringendsten Bedürfnissen abzuhelfen – oder besser, den dringendsten Bedürfnissen meiner Gläubiger. Diese Schuppen erfreuen sich immer nur einer kurzen Beliebtheit, wenn sie Glück haben. Wir existieren noch nicht lange genug, um zu sehen, wie die Dinge laufen. Ich sehe Ihren Besuch, Ted, als ein sehr gutes Omen an. Also, ich muss jetzt wohl mal sehen, ob alles in dem Laden in Ordnung ist. Hätte schon früher erscheinen und das tun sollen. Ich schau wieder vorbei. Übrigens, Max Pilgrim und Heather Hopkins kommen später her und führen was vor.«

Er nickte uns zu und ging weg. In Zweier- oder Dreiergruppen kamen jetzt Leute in den Club. Die Tische um uns herum begannen sich zu füllen. Die Frauen verloren etwas von ihrer Apathie. Diese Neuankömmlinge boten so gut wie keinen Hinweis auf den Stil des Lokals. Sie gehörten zu jener anonymen, ununterscheidbaren Spezies von Nachtclubbesuchern, so undifferenziert und ohne Individualität wie die Trauergemeinde bei einer Beerdigung. Niemand von ihnen trug Abendkleidung.

»Komischer Vogel, Umfraville«, sagte Jeavons mit schwerer Zunge. »Ich mag ihn nicht besonders. Er kennt jeden. War nicht im mindesten überrascht, als sich zeigte, dass Sie ihn schon früher mal getroffen haben. Molly war in alten Zeiten oft mit ihm zusammen, als er so 'n richtiger Lebemann-Johnny war.«

»Er hat in vierter Ehe eine Frau geheiratet, die viel jünger war als er. Sie haben sich getrennt, wie ich höre.«

»Ich weiß. Die zweite Tochter der Bridgnorths«, sagte Jeavons. »Sie war schon mal bei uns. Schlecht erzogen. Ist 'n bisschen von ihrem hohen Ross heruntergekommen, hoffe ich. Pech für Eddy Bridgnorth, dass er so 'n Mädchen hat. Hat er sicher nicht verdient.«

Etwas früher an diesem Abend hatte Jeavons nur ein ganz vages Wissen von Umfravilles letzter Ehe zu erkennen gegeben. Jetzt schien er plötzlich mit all ihren wesentlichen Aspekten vertraut zu sein. Was er alles wusste, war offensichtlich von einem Augenblick zum anderen völlig unvorhersehbar. Der mitfühlende Ton, in dem er über Lord Bridgnorth gesprochen hatte, brachte deutlich zum Ausdruck, dass er nicht so sehr einen einzelnen Menschen als vielmehr ein Mitglied einer Kaste bedauerte, und eröffnete für den Bruchteil einer Sekunde den Blick auf eine im Allgemeinen verborgene Seite Jeavons', die jedoch weit stärker entwickelt war, als man nach einer kurzen Bekanntschaft mit ihm angenommen hätte – auf eine Seite nämlich, die sich inzwischen den gesellschaftlichen Standpunkt seiner Frau völlig zu eigen gemacht hatte. Ja, die Worte hätten von Alfred Tolland gesprochen werden können, so konventionell, doch gleichzeitig auch ungekünstelt war die Überlegung, dass Eddy Bridgnorth eine so ungeratene Tochter sicher nicht verdient habe.

»Ich glaube, ich muss mal dieses Quartier hier ein bisschen näher inspizieren«, sagte Jeavons und stand auf. »Kann nur gut sein, wenn man sich da auskennt.«

Er ging zuerst auf die Band zu, aber ein Kellner leitete ihn um, und er verschwand durch eine kleine Tür. Er blieb eine lange Zeit weg. Inzwischen hatten sich zwei frische Elemente der Zusammensetzung in dem Lokal hinzugesellt.

Die erste dieser beiden neuen Komponenten, ein Mann und eine Frau, erwiesen sich als Max Pilgrim und Heather Hopkins. Sie kamen mit der Munterkeit von Professionellen herein, so als ob ihre Darbietung bereits begonnen habe. Sie wurden sofort von Umfraville begrüßt, der sie zu einem Tisch in der Nähe der Band führte. Ich hatte Pilgrim seit jener Nacht Jahre zuvor, als er sich auf Mrs. Andriadis' Party so bitter mit dem armen Mr. Deacon gestritten hatte, nicht mehr getroffen, mir allerdings mehr als eine seiner Vorstellungen in Restaurants oder Varieté-Shows angesehen. Hochgewachsen, ein wenig nach vorn gebeugt und durch seine große Brille lächelnd, hatte er etwas Mildes und Pastorales an sich, so als ob er sich dafür entschuldige, dass er die Aufmerksamkeit der Leute in so krasser Weise auf ihre Sünden lenken müsse. Er war im Frack. Hopkins hatte sich im Vergleich zu damals, als sie Norah Tolland und Eleanor Walpole-Wilson um die leihweise Überlassung eines Eis ersucht hatte, groß herausgeputzt. Sie trug ein schwarzes, wie ein Smoking geschnittenes Kostüm mit seidenem Revers, darunter ein steifes Hemd, einen Schmetterlingskragen und eine schwarze Schleife. Ihre Seidenstrümpfe waren auch schwarz, und sie hatte ein Fußkettchen um ihren linken Knöchel.

Dieses Paar war kaum erschienen, als eine andere, weit weniger erwartete Gruppe hereinkam und zu einem offenbar für sie reservierten Tisch geleitet wurde. Mrs. Haycock schritt voran, gefolgt von meinem alten Freund Peter Templer; hinter diesem ging Widmerpool neben einer mir unbekannten, ungewöhnlich gutaussehenden Frau.

Sie trugen Abendkleidung. Die etwas steife Haltung Templers ließ mich vermuten, dass er sich in der Gesellschaft, in der er sich befand, leicht genierte. Ich hatte mich inzwischen an die Vorstellung gewöhnt, dass er Widmerpool nicht länger als eine Spottfigur betrachtete. Schließlich machten die beiden Geschäfte zusammen, und Widmerpool hatte Bob Duport geholfen, einen Job zu bekommen. Dennoch, für mich lag noch immer eine Spur von Unangemessenheit darin, dass Templer und Widmerpool sich zusammen auf eine *partie carrée* in einem Nachtclub eingelassen hatten. Nachtclubs mussten in einem so hohen Maße als Templers natürliches Element angesehen werden – und in einem so geringen Maße als das Widmerpools –, dass es fast wie eine Art Ungerechtigkeit erschien, dass Widmerpool auf diese Weise gezwungen war, in einem für ihn so ungünstigen Feld zu operieren, und dass sich Templer noch obendrein heimlich seiner Gesellschaft schämte.

Widmerpool sah, abgesehen von dem von ihm erzeugten Eindruck, er fühle sich – fast buchstäblich – wie ein Fisch auf dem Trockenen, alles andere als gesund aus. Sein Gesicht war noch immer von der Gelbsucht gezeichnet, und er war dünner geworden. Sein Smoking hing in Falten an ihm herunter. Sein Haar war zerzaust, sein Rücken gebeugt wie der eines älteren Mannes. Vielleicht war es dieses ermattete Aussehen Widmerpools, das Templer eleganter denn je erscheinen ließ. Auch er war dünner geworden, seit ich ihn das letzte Mal gesehen hatte. Er neigte gewöhnlich dazu, sich eine Spur zu gut anzuziehen, und an diesem Abend sah er aus, als käme er geradewegs von seinem Schneider und trüge eine völlig neue Ausstattung. Dieses prächtige Äußere konnte kaum stärker hervortreten als im Nebeneinander mit Widmerpool. Die mir unbekannte hübsche Frau trug ein wenig aufregendes Kleid, aber Mrs. Haycock hatte sich todschick angezogen. Sie steckte in einem hellen, smaragdgrünen Abendkleid mit riesigen Keulenärmeln. Sie sprach mit großer Lebhaftigkeit auf Templer ein, dessen Arm sie hin und wieder nahm und drückte. Sie sah jünger aus als an dem Abend, als ich sie zuletzt gesehen hatte.

Ehe noch irgendwelche Erkennungszeichen zwischen den Teilnehmern dieser Gesellschaft und mir gewechselt werden konnten, zog sich die Band von ihrer Stellung am Ende des Lokals zurück und ließ sich an einem der Tische nieder. Einen Moment später bestiegen Pilgrim und Hopkins das Podium, wobei Hopkins den Schemel des Pianisten einnahm, während sich Pilgrim lässig gegen das Schlagzeug lehnte. Er warf einen Blick auf seine Fingernägel, wie ein nervöser Dozent, der im Begriff ist, einer flegelhaften Studentenversammlung eine Vorlesung zu halten. Hopkins schlug mit brutalem Ungestüm einige Takte auf dem Klavier an. Inzwischen war Jeavons wieder zurückgekehrt.

»Ich hab's gut gefunden«, sagte er.

»Haben Sie gesehen, wer gekommen ist?«

»Ich sah sie auf meinem Rückweg. Wissen Sie, Mrs. H. sieht kein bisschen anders aus als 1917.«

Dieser Kommentar über Mrs. Haycock erschien mir als eine außerordentliche Behauptung: entweder grob unwahr, oder aber, was ihr früheres Aussehen anging, sehr wenig schmeichelhaft. Später im Leben habe ich dann gelernt, dass der Rechenschieber der Zeit, wo es sich um einzelne Menschen und ihre Gefühle handelt, ganz unwahrscheinliche Regulierungen vornehmen kann. Eckig und extravagant, war Mrs. Haycock sicher nicht unattraktiv, aber ich bezweifelte, ob Jeavons sie in einem solch strengen Licht sah. Man konnte das unmöglich sagen. In dieser Seite von ihr mochte in der Tat für ihn ihr Charme bestehen – in diesem Moment, wie auch schon 1917. Andererseits mochte sie für ihn damals, wie sie es vielleicht auch jetzt in Umfravilles Nachtclub war, ebenso gut nichts anderes als ein romantischer Traum gewesen sein, eine Gestalt, die die bloße Frage der äußeren Erscheinung überstieg. In diesem Augenblick trat Pilgrim ein wenig vom Schlagzeug weg nach vorn und begann in einer schrillen, zögernden Stimme, ähnlich der einer älteren Gouvernante, zu singen:

»Ach ja, die Di, Di, mit Binder und Kragen, / Monokel im Aug, scharfe Blick' auf die Mädchen zu wagen, / Sie schlürft ihren Weißwein in schwarzem Satin hier, / Zupft zurecht die Manschetten beim Pernod oder Bier …«

»Ich hätte verdammt Lust, sie zum Tanz aufzufordern«, sagte Jeavons. »Mit wem sind sie zusammen? Kennen Sie die?«

»Der Mann heißt Peter Templer. Ich kenne ihn seit Jahren.«

»Und die andere Frau?«

»Kenne ich nicht.«

»Wer ist Templer?«

»Ein Börsenmakler. Er wurde vor nicht allzu langer Zeit von einem sehr hübschen Modell geschieden, das dann einen Schriftsteller namens Quiggin geheiratet hat. Templer ist sehr erfolgreich bei Frauen, wie Ihr Freund vom Nachschub.«

»So sieht er auch aus«, sagte Jeavons.

Als Pilgrim und Hopkins ihren Tisch verlassen hatten, hatte sich Umfraville zu dieser Gesellschaft begeben, bei der Templer offensichtlich der Gastgeber war. Er unterhielt sich mit Mrs. Haycock. Templer sah im Lokal umher. Er erblickte mich und winkte. Ich winkte zurück. In der Zwischenzeit hatte Pilgrim sein Lied fortgesetzt, begleitet von der Hopkins, die kraftvoll und mit großer Gewandtheit auf das Klavier einhämmerte:

»In festen Schuh'n oder Smoking, wie ein Torpedo,/Saust sie herum auf Cape Cod oder dem Lido,/Von Bournemouth bis Biarritz, auf jeder Modenschau/Sieht man sehr gern die charmante Di, die elegante Frau …«

»Nehmen Sie mal diese Art von Song, zum Beispiel«, sagte Jeavons. »Wer zum Teufel will denn so was hören? Zunächst einmal, man weiß doch überhaupt nicht, wovon er handelt. Die Lieder waren ganz anders, als ich jünger war.«

Der Song kam zu Ende, und einige Leute klatschten. Templer kam über die Tanzfläche zu unserem Tisch herüber. Ich stellte ihn vor und erklärte ihm, dass Jeavons mich mitgebracht hatte; und auch, dass Jeavons Widmerpool und Mrs. Haycock kenne. Ich sagte ihm das sofort, um Kommentaren vorzubeugen, die bei der Stimmung, der Jeavons sich hingegeben hatte, gut peinlich sein mochten.

»Du weißt also schon, dass Widmerpool bald heiraten wird?«, sagte Templer. »Ich hatte gehofft, ich könnte dich damit überraschen. Ich bin enttäuscht.«

Für einen im Allgemeinen sehr selbstsicheren Mann war er jetzt eine Spur verlegen darüber, dass ich ihn dabei ertappt hatte, Widmerpools Gastgeber in einem solchen Schuppen zu spielen – kaum ein Lokal, in das man üblicherweise einen Geschäftsfreund einladen würde. Er hatte wahrscheinlich gehofft, die Neuigkeit von Widmerpools Verlobung würde durch ihre derbe Komik die Aufmerksamkeit von seiner eigenen unmittelbaren Situation ablenken.

»Der alte Junge hat sich meinem Schwager Bob gegenüber

sehr anständig verhalten«, sagte er ziemlich hastig. »Und dann hat mir Dicky dauernd zugesetzt, mal in diesen Bums von ihm zu kommen. Kennst du Dicky?«

»Ich bin ihm vorher nur einmal begegnet.«

»Und dann lässt sich diese Frau, mit der ich zusammen bin, gerne in Lokale führen, die sie für ›amüsant‹ hält. Es schien eine Gelegenheit zu sein, mehrere Fliegen mit derselben Klappe zu schlagen.«

»Wer ist die Frau?«

»Sie heißt Betty. Ich kann nie ihren Ehenamen behalten. Ist es Taylor? Porter? Etwas dieser Art. Wir haben uns neulich auf einer grässlichen Bridgegesellschaft kennengelernt. Ihr Mann ist nur daran interessiert, Geld zu machen, sagt sie. Ich kann mir gar nicht vorstellen, was sie daran so schlecht findet. Sie ist Klasse, was?«

»Ohne Zweifel.«

»Warum kommt ihr zwei nicht rüber an unseren Tisch?« Templer richtete diese Frage an mich, aber er wandte sich in Jeavons' Richtung, als ob er ihn überreden wolle. »Da Sie unseren Freund Widmerpool bereits kennen«, sagte Templer, »brauche ich Ihnen nicht zu erklären, wie er ist. Ich weiß, er wird sich freuen, Sie beide zu sehen, auch wenn er heute Abend nicht so ganz auf dem Damm ist.«

Zu meiner nicht geringen Überraschung stimmte Jeavons sofort zu, dass wir uns Templers Gesellschaft anschließen sollten. Ich selbst war mir nicht annähernd so sicher wie Templer, dass Widmerpool sich freuen würde, uns zu sehen. Jeavons langweilte ihn; und Templer und ich waren so alte Freunde, dass er sehr wohl vermuten mochte, wir bildeten eine Art Allianz gegen ihn. Er wurde leicht von solchen Befürchtungen geplagt.

»Was fehlt Widmerpool?«

»Er fühlt sich ganz allgemein elend«, sagte Templer. »Mildred musste ihn regelrecht rauszerren, heute Abend. Doch was soll's. Es ist schon seltsam, dass die beiden verlobt sind. Frauen mögen ja wählerisch darin sein, mit wem sie schlafen, aber heiraten tun sie einfach jeden.«

Templer und Mrs. Haycock nannten einander also, so schien es, bereits bei ihren Vornamen. Wir gingen zu der Gesellschaft hinüber, unsere Flasche nahmen wir mit. Wie ich hätte voraussagen können, schien Widmerpool nicht besonders erfreut darüber, uns an demselben Tisch zu haben, aber sein Gesundheitszustand erlaubte ihm nur, das dadurch zu zeigen, dass er uns mit ziemlich saurer Miene begrüßte. Mrs. Haycock dagegen war über diese Vergrößerung der Gesellschaft entzückt. Ihr Gesicht war gerötet, und sie sah topfit aus. Man konnte sie kaum hübsch nennen, aber sie hatte etwas schwungvoll Elegantes, das Widmerpool wohl zu Recht in seinem eigenen Junggesellenleben vermissen mochte. Ich fand es nicht nur erstaunlich, dass ihn die Aussicht, ihr Mann zu werden, nicht beunruhigte, sondern auch, dass er je den Mut gehabt hatte, ihr einen Heiratsantrag zu machen; obwohl sich andererseits eine Reihe von Gründen darboten, warum er das getan hatte. Wahrscheinlich war er – denn er ging meistens rational vor – bereit, Eigenschaften bei seiner Frau hinzunehmen, ja sogar besonders zu begrüßen, denen sich andere Männer nur mit Vorsicht genähert hätten. Gleichzeitig aber war die Vermutung, ihn bewegten allein ›rationale‹ Gründe, zweifellos ebenfalls weit von der Wahrheit entfernt. Er war möglicherweise nicht ›verliebt‹, wurde aber gleichwohl von Gefühlen angetrieben, die, wenn sie auch weniger leicht zu definieren sind als die ›Liebe‹, keineswegs eine geringere Kraft besitzen. Vielleicht ist es seine Fantasie gewesen, die gefangengenommen worden war; und die Fantasie ist schließlich der Liebe verwandt. Wer konnte das sagen? Mrs. Haycock empfing uns mit einem strahlenden Lächeln.

»Ich bin Mollys Mann«, sagte Jeavons in einem schroffen Ton.

»Aber natürlich.«

Sie streckte ihre Hand aus, herzlich zwar, doch ohne irgendein Anzeichen dafür, dass sie ihn von einer anderen Begegnung her kannte als von ihrem Besuch kürzlich im Hause der Jeavons'. Es stand fest – über diesen Punkt gab es für mich keinen Zweifel –, dass sie völlig vergessen hatte, ihm bei einer früheren Gelegenheit begegnet zu sein. Ich war gespannt darauf, wie er sich verhalten würde. Mrs. Haycock sah mich an.

»Ich weiß, Sie sind ein alter Freund von Kenneth«, sagte sie. »Wie Sie sehen können, ist der arme Junge noch gelb wie eine Zitrone, nicht wahr? Er hat sich übergessen, das war der Grund.«

»Aber er ist doch immer so vorsichtig mit dem, was er isst.«

»Natürlich, er ist fürchterlich pingelig«, sagte sie. »Oder vielmehr, er war es. Genau das ist es. Ich dulde einen solchen Unsinn nicht. Ich esse gern. Natürlich, wenn man eine Abmagerungskur macht, ist das was anderes. Was ich nicht ausstehen kann, sind Leute, die immer nur kleine Häppchen Möhren und Gesundheitskost zu sich nehmen und nie Alkohol trinken.«

Die Beschreibung hörte sich wie eine ziemlich exakte Definition der Speisen an, die Widmerpool bevorzugte.

»Ich hab ihn dazu gebracht, mich in einige anständige Restaurants zu führen – was man in diesem Land so ›anständig‹ nennt –, und ihm gezeigt, welche Freude das Essen einem geben kann. Ich vermute, einiges davon wird ihm nicht bekommen sein. Er ist wieder zu seinen alten Gewohnheiten zurückgekehrt und begnügt sich wieder mit einer Sardine und einem Glas Mineralwasser zum Abendessen.«

Widmerpool lächelte zu all dem nur schwach, so als wolle er keinen Versuch unternehmen, die Wahrheit ihrer Darstellung seiner medizinischen Situation zu bestreiten. Während der ganzen Zeit, in der sie sprach, konnte ich an nichts als die Geschichte denken, die mir Jeavons über sein früheres Abenteuer mit ihr erzählt hatte. Auch alle anderen beteiligten sich jetzt an den Gesprächen, nur Widmerpool saß weiter in trübsinnigem Schweigen da. Die Frau, die zu Templer gehörte, hatte große, schimmernde Augen und dehnte die Wörter in einer Weise, die an Mona erinnerte. Sie war offensichtlich sehr von Templer angetan und sah ihn die ganze Zeit an, als ob sie ihr Glück nicht fassen könne. Ich fragte sie, was sie von der Pilgrim-Hopkins-Vorführung halte.

»Ach, die waren gut, nicht wahr?«, sagte sie. »Meinst du nicht auch, Peter?«

»Ein fürchterlich altmodisches Paar«, sagte Templer. »Sie sind überhaupt nur hier, weil ihr Auftritt im Café de Madrid so 'n Reinfall war. Dennoch, ich freue mich, dass sie dir gefallen haben, Liebling. Das zeigt, welch eine reizende Seele du hast. Ich möchte aber nicht, dass du dich so anziehst wie Miss Hopkins. Das tust du nicht, nicht wahr?«

Sie fand diese Abweichung von ihrer eigenen Meinung herrlich und warf ihm versteckt entzückte, erwartungsvolle Blicke zu. Ich sah ein, dass es keinen Sinn hatte, auch nur gesprächsweise mit ihm konkurrieren zu wollen. Mit Mrs. Haycock würde die Unterhaltung besser laufen. Ich fragte sie, ob sie und Widmerpool entschieden hätten, wo sie nach ihrer Hochzeit leben würden.

»Das ist eine ziemlich schwierige Frage«, sagte sie. »Kenneths Geschäfte halten ihn die meiste Zeit in London fest. Ich selbst würde gern unser Hauptquartier in Paris aufschlagen. Wir könnten da drüben eine kleine Wohnung ganz billig bekommen – in einer schmuddeligen Gegend, wenn nötig. Aber ich bin zu lange in Frankreich gewesen, als dass ich jetzt noch irgendwo anders leben könnte. Jedenfalls für den größten Teil des Jahres. Und dann sind da die Jungens. Das ist ein weiteres Problem.«

Einen Augenblick lang dachte ich, sie spiele auf eine persönliche Verpflichtung an, die sie gegenüber einer wahrscheinlich an der Riviera lebenden männlichen Gruppe habe, die generisch so zu klassifizieren sei. Sie bemerkte, dass sie sich nicht klar ausgedrückt hatte, und fügte hinzu:

»Meine zwei Söhne, wissen Sie.«

»Ah so.«

»Sie tauchen dauernd bei mir auf.«

»Gehen sie noch zur Schule?«

»Ja natürlich tun sie das«, sagte sie, als ob das eine dumme Frage sei. »Das heißt, wenn sie nicht gerade wieder relegiert worden sind.«

Sie sah mich starr an, nachdem sie das gesagt hatte, und schien mir weiterhin zu verstehen geben zu wollen, dass ich über ihre Söhne bereits Bescheid wissen sollte, besonders über die Tatsache, dass sie dauernd von der Schule verwiesen wurden. Da ich mir nicht sicher war, ob sie die Absicht gehabt hatte, eine fröhlich-unbeschwerte oder eine düstere Note anzuschlagen, wusste ich nicht, ob ich lachen oder mein Bedauern bekunden sollte. Ja, ihr Ton war so seltsam, dass ich mich jetzt fragte, ob sie geistig völlig normal sei. Obwohl man sich kaum einen Menschen vorzustellen vermag, der Mrs. Conyers in nahezu jeder Hinsicht weniger ähnelte, konnte einen doch eine Veränderung ihres Ausdrucks oder eine bestimmte Tonlage ihrer Stimme plötzlich an ihre Schwester erinnern. Als sie zum Beispiel von ihren Kindern sprach, ließ mich das daran denken, wie Mrs. Conyers über ihren Mann redete. Es bestand allerdings ein augenfälliger Unterschied zwischen den beiden. Mrs. Conyers vermittelte jedem in ihrer Umgebung das Gefühl absoluter Gewissheit, dass sie zu der Klasse, aus der sie kam, zu der Welt, in der sie lebte, auch gehöre – nur zu ihr gehören könne.

Mrs. Haycock dagegen hatte inzwischen die augenfälligen Merkmale ihrer Herkunft zum großen Teil abgelegt. Sie mochte sich sogar ganz bewusst dazu entschlossen haben, sich von einem ihr allzu peinlichen Erbe traditionellen Denkens und Verhaltens zu befreien. Wenn es sich so verhielt, dann hatte sie das insgesamt gesehen mit Erfolg getan. Nur ganz gelegentlich – und dann auch nur schwach – bot sie einem Anhaltspunkte für eine zutreffende Einschätzung ihrer Person; so wie auch Jeavons bloß hin und wieder die eindeutige Wirkung seiner Ehe auf seine Ansichten zu erkennen gab. Im Großen und Ganzen wies Mrs. Haycocks raubeinige Art auf einen langen Umgang mit Leuten hin, die reich waren, aber reich, ohne sich viel um andere Aspekte des Lebens zu kümmern.

»Natürlich weiß ich, dass sie sich fürchterlich schlecht aufführen«, sagte sie. »Aber was kann ich tun?«

Sie hatte diese eindringliche, wortreiche Art zu sprechen, die oft typisch ist für Menschen, die vielleicht ein wenig verrückt sind: ein so wilder Wortschwall, dass er einem den Eindruck eines Mangels an geistigem Gleichgewicht vermittelte.

»Wie alt sind sie?«

»Vierzehn und fünfzehn.«

Widmerpool, der in diesem Augenblick nicht so aussah, als ob er in der Lage sei, Verpflichtungen auf sich zu nehmen, wie sie zwei heranwachsende, gewohnheitsmäßig von der Schule verwiesene Stiefsöhne mit sich bringen, lehnte sich über den Tisch, um Mrs. Haycock etwas zu sagen.

»Ich glaube, ich ziehe mich für einige Minuten zurück«, sagte er, »um zu sehen, welche Wirkung zwei von diesen Pillen haben.«

»Gut, mein Schatz, fort mit dir.«

Widmerpool rappelte sich von seinem Platz in der Ecke neben der Wand auf und steuerte auf die Tür zu.

»Ist er nicht unbezahlbar?«, sagte Mrs. Haycock fast stolz. »Kennen Sie seine Mutter?«

»Ich bin ihr schon begegnet.«

»Wissen Sie, dass sie angedeutet hat, bei uns wohnen zu wollen, wenn wir verheiratet sind?«

Sie sprach wieder mit dieser seltsamen, tonlosen Stimme und sah mich starr an, so dass ich nicht wusste, was ich erwidern, ob ich Schrecken zeigen oder einem Lachen nachgeben sollte. Doch sie schien keine Antwort auf die Frage zu erwarten. Welche Gefühle sie auch immer gegenüber Widmerpools Mutter hegen mochte, sie lagen zu tief, um sie in Worten auszudrücken. Anstatt weiter über ihre persönlichen Angelegenheiten zu sprechen, deutete sie auf Jeavons.

»Ihr Freund scheint einzuschlafen«, sagte sie. »Wissen Sie, ich hab immer so viel von ihm gehört, doch obwohl ich Molly seit Jahren kenne, bin ich ihm erst neulich abends zum ersten Mal begegnet.«

Ihre Bemerkung über Jeavons' Verfassung entsprach den Tatsachen. Templer und sein Mädchen waren aufgestanden, um zu tanzen, und Jeavons war in einen Dämmerzustand verfallen, der jenen ähnelte, in die General Conyers manchmal zu versinken pflegte. Jeavons schien all seine frühere Erwartungsfreude verloren zu haben, mit Mrs. Haycock zu tanzen – ein Sinneswandel, der wahrscheinlich der Menge an Bier zugeschrieben werden musste, die er im Laufe des Abends getrunken hatte, bevor wir einander begegnet waren. Ich schüttelte ihn wach; er begab sich auf die andere Seite des Tisches und setzte sich auf den Platz neben Mrs. Haycock.

»Wie geht es Molly?«, fragte sie ihn.

»Molly geht es gut.«

Er klang nicht allzu munter. Doch er muss begriffen haben, dass etwas von ihm erwartet wurde, denn er machte eine Anstrengung.

»Wo wohnen Sie?«, fragte er.

»Im Jules.«

»In der Jermyn Street?«

»Ich habe da immer eine Suite, wenn ich herüberkomme.«

Jeavons richtete sich plötzlich auf.

»Lassen Sie uns tanzen«, sagte er.

Ich war überrascht. Auch als er das erste Mal den Wunsch geäußert hatte, mit ihr zu tanzen, hatte ich angenommen, er sage das ohne wirklich ernsthafte Absicht. Als er dann fast am Tisch eingeschlafen war, dachte ich, er fände wahrscheinlich ausreichende Unterhaltung in seinen eigenen Reflexionen. Doch im Gegenteil: Er hatte jetzt seine Schläfrigkeit abgeworfen. Ohne im Geringsten zu zögern, stand Mrs. Haycock auf, und die beiden gingen zusammen zur Tanzfläche. Ich war überzeugt, dass sie Jeavons nicht erkannt hatte; doch schien es mir ebenso sicher, dass sie sich, wie Frauen es sind, bewusst war, dass etwas Beunruhigendes in der Luft lag, von dem sie selbst in einer unerklärlichen Weise betroffen wurde. Sie tanzte gut und steuerte ihn in alle möglichen Richtungen; Jeavons dagegen hüpfte auf und ab wie eine Marionette und presste sie eng an sich in seinem Versuch, den synkopischen Schritten eines längst vergessenen Rhythmus zu folgen. Ich erinnerte mich, dass er selbst nie tanzte, wenn im Jeavons'schen Haus der Teppich zurückgerollt war und das Grammofon spielte. Während ich noch zusah, wie sie um die Tanzfläche kreisten, kam Widmerpool von seinem Aufenthalt in den inneren Tiefen des Clubs zurück. Er sah noch elender aus als vorher. Ganz ohne Zweifel gehörte er nach Hause und ins Bett. Er setzte sich neben mich und stöhnte.

»Ich glaube, ich werde nach Hause gehen müssen«, sagte er.

»Haben die Pillen nicht gewirkt?«

»Sie waren völlig nutzlos. Ich fühle mich äußerst schlecht. Warum in aller Welt bist du mit diesem Jeavons hierhergekommen?«

»Ich hab ihn vorhin zufällig getroffen, und er hat mich mitgenommen. Umfraville, den Geschäftsführer hier, habe ich schon früher mal kennengelernt.«

Ich wusste nicht warum, aber ich hielt es für angemessen, dass er diese Frage in einem gereizten Ton stellte und dass eine Entschuldigung für mein Erscheinen hier in der Tat notwendig sei. Es war offensichtlich, dass es besser für Widmerpools Gesundheitszustand sein würde, wenn er so bald wie möglich nach Hause ginge. Er sah fürchterlich aus. Ich wollte gerade vorschlagen, dass er Mrs. Haycock ein Zeichen geben solle, um sie zu dem Tisch zurückzurufen, damit sie sofort gehen könnten, als er mit einer leiseren Stimme zu sprechen begann, so als ob er etwas auf dem Herzen habe.

»Weißt du noch, worüber wir bei unserer letzten Begegnung gesprochen haben?«

»Ja – deine Verlobung, meinst du?«

»Ich – ich hatte bisher noch keine Gelegenheit.«

»Nein?«

Ich wollte jetzt nur ungern diese ganze Sache wieder aufrollen, besonders bei seinem gegenwärtigen Zustand.

»Aber wir sind zu einem Besuch auf Dogdene eingeladen worden.«

»Ja?«

Trotz seines Unwohlseins schwang in Widmerpools Stimme unwillkürlich ein Unterton berechtigter Genugtuung mit.

»Du kennst das Schloss natürlich?«

»Ich hab es noch nie besucht.«

»Nein, nein«, sagte er. »Ich meine, du hast davon gehört. Es ist das Schloss der Sleafords.«

»Ja, das weiß ich alles.«

»Glaubst du, das wäre – das wäre der richtige Moment?«

»Es wäre vielleicht ein sehr guter Moment.«

»Es würde natürlich einen glänzenden Hintergrund abgeben. Schließlich, wenn ein Schloss in diesem Land eine romantische Geschichte hat, dann ist es Dogdene«, sagte er.

Dieser Gedanke schien ihm Kraft zu geben. Ich musste an Pepys und an das »große, dunkle Hausmädchen« denken; und Widmerpools Ähnlichkeit mit den existierenden Porträts des Tagebuchschreibers wurde mir sofort offenbar. Er hatte den gleichen halsstarrigen, misstrauischen, übellaunigen Gesichtsausdruck. Nur die Allongeperücke fehlte, um das Bild zu vervollständigen. Es stimmte, was die Künste betraf, ging Widmerpool die Sensibilität Pepys' gänzlich ab; das Gebiet der Ästhetik war für ihn ein vollkommen leerer Raum. Doch hatten sie das Ausgerichtetsein auf Geld und berufliches Fortkommen gemein, und auch eine Art verbissener Ehrlichkeit. War es möglich, sich vorzustellen, dass Widmerpool eine ähnliche Rolle bei dem Hausmädchen gespielt hätte? Hier hatte ich meine Zweifel. Lag nicht darin in der Tat sein eigentliches Problem? Konnte es sein, dass es seinen Liebesbeziehungen immer an der Qualität physischer Attacke gefehlt hatte? Wie würde er mit Mrs. Haycock fertigwerden, falls es sich so verhielt? Ich fragte mich, ob das Verhältnis der beiden wirklich so widersinnig war, wie es nach außen hin erschien. So oft denkt man, dass Personen und Situationen gar nicht so ungewöhnlich sein können, wie sie einem von außen betrachtet vorkommen, nur um dann zu entdecken, dass die Wahrheit noch tausendfach seltsamer ist.

Während Widmerpool schweigend dasaß und ich noch über diese Dinge nachsann, ertönte plötzlich ein schriller Aufschrei von der Tanzfläche her. Ich sah, wie sich Mrs. Haycock heftig von Jeavons befreite. Sie schlug ihre Hände zusammen und schüttelte sich vor Lachen. Auch Jeavons lächelte auf seine stille, ein wenig verlegene Art. Mrs. Haycock nahm ihn bei der Hand und führte ihn durch die anderen tanzenden Paare zum Tisch zurück. Sie befand sich in einem Zustand großer Erregung.

»Sieh mal«, sagte sie. »Wir haben gerade eine ganz wundervolle Entdeckung gemacht. Weißt du, dass wir beide uns im Krieg kennengelernt haben – als ich Krankenschwester war?«

»Was, als du auf Dogdene warst?«, fragte Widmerpool.

Er war noch immer von dem Glanz jenes großen Schlosses erfüllt und blieb deshalb von dieser Neuigkeit völlig unbeeindruckt. Ihm schien nichts natürlicher als die Tatsache, dass Mrs. Haycock und Jeavons einander bereits kannten. Sie war ein Mitglied des Freiwilligen Hilfsdienstes auf Dogdene gewesen, Jeavons hatte dort als Rekonvaleszent gelegen. Es bestand überhaupt kein Grund, warum Widmerpool auch nur die Möglichkeit in Erwägung ziehen sollte, dass sich ihr jeweiliges Zwischenspiel auf Dogdene nicht überlappt hatte. Und außerdem war er sowieso nicht im Geringsten an dem Leben anderer interessiert.

»Ich hatte ihn gar nicht erkannt, was ganz dumm von mir war, denn er sieht noch genauso aus.«

»Ach wirklich«, sagte Widmerpool.

Er verstand nicht, worum so viel Aufhebens gemacht wurde.

»Ist es nicht absolut wunderbar, einen alten Freund auf diese Weise wiederzutreffen?«

»Nun ja, sicher«, sagte Widmerpool ohne große Überzeugung.

»Es ist ganz einfach toll.«

Widmerpool lächelte schwach. Dies war eindeutig eine Situation, mit der er nur schwer zurechtkam. Er wurde in diesem Augenblick sowieso viel zu sehr von seinem eigenen Gesundheitszustand geplagt, um Mrs. Haycocks frühere Freundschaften würdigen zu können.

»Sieh mal, Mildred«, sagte er. »Ich fühle mich noch immer alles andere als gut. Ich glaube wirklich, ich werde nach Hause gehen. Wie steht es mit dir? Soll ich dich zurückbringen?«

Mrs. Haycock war entsetzt.

»Zum Hotel zurück?«, sagte sie. »Aber natürlich nicht. Ich bin doch gerade erst gekommen. Und außerdem gibt es Millionen Dinge, über die ich sprechen möchte, nachdem ich diese wundervolle Entdeckung gemacht habe. Es ist doch einfach zu schön. Wenn ich daran denke, dass ich es all die Jahre nicht wusste. Es ist wirklich ganz außergewöhnlich, dass wir uns nie begegnet sind. Ich glaube, Molly hat es absichtlich getan.«

Um Widmerpool Gerechtigkeit widerfahren zu lassen, muss man sagen, dass er über diese nicht sehr mitfühlende Haltung seiner augenblicklichen Verfassung gegenüber keineswegs erstaunt zu sein schien. Es lag etwas Würdevolles, sogar ein wenig Rührendes in der Art, wie er die Tatsache völlig akzeptierte, dass sein Gesundheitszustand für Mrs. Haycock nicht die geringste Bedeutung besaß. Vielleicht war er inzwischen schon gegen Gleichgültigkeit abgehärtet und zu der Meinung gelangt, dass mehr vom ehelichen Leben nicht zu erwarten sei. Doch schien es wahrscheinlicher, dass er über die ihm gebotene Chance, sich still davonmachen und ohne weiteren Ärger – sogar ohne Mrs. Haycock zu ihrem Hotel zurückzubringen – nach Hause gehen zu können, erleichtert war. Wie dem auch sei, er war offensichtlich dankbar, nicht nur, weil seinem Rückzug kein

Hindernis in den Weg gelegt wurde, sondern auch weil sich Mrs. Haycock angesichts der Erwartung, verlassen zu werden, in der denkbar besten Laune befand.

Dann kann ich dich also beruhigt Peter Templer und Mrs. Taylor – oder heißt sie Mrs. Porter – anvertrauen?«, sagte er. »Außerdem werden sich Nicholas und Mr. Jeavons um dich kümmern.«

»Natürlich, mein Lieber, natürlich.«

Widmerpool stand ein wenig unsicher auf. Die Leute um uns herum dachten wahrscheinlich fälschlicherweise, er habe zu viel getrunken.

»Ich gehe dann also«, sagte er. »Ich werde dich morgen anrufen, Mildred. Entschuldige mich bitte bei Peter.«

»Schlaf schön, mein Junge«, sagte sie nicht unfreundlich.

Widmerpool nickte uns Übrigen zu; dann wandte er sich ab und bahnte sich einen Weg durch die Tanzenden.

»Aber das ist doch wirklich sehr, sehr hübsch«, sagte Mrs. Haycock und nahm Jeavons beim Arm. »Wenn man bedenkt, dass wir uns nach all den Jahren so wiedersehen!«

Sie schenkte ihm ein weiteres Glas ein und reichte dann die Flasche über den Tisch; sie war so entzückt darüber, Jeavons entdeckt zu haben, dass Widmerpool jetzt völlig aus ihren Gedanken verbannt zu sein schien. Jeavons' Gefühle in diesem Augenblick ließen sich nur schwer abschätzen; ebenso, wie betrunken er war. Er hatte vielleicht ein bestimmtes Motiv gehabt, Mrs. Haycock an ihre frühere Begegnung zu erinnern; doch er mochte das auch aus einem bloßen Impuls heraus getan haben. Es konnte sogar sein, dass sich diese Information ganz zufällig im Verlaufe einer seiner langen, weitschweifigen Anekdoten ergeben hatte. Niemand konnte voraussagen, was er als Nächstes tun würde. Äußerlich gab er einem nicht den Eindruck, betrunken zu sein – abgesehen von diesen periodischen Anfällen von Schläfrigkeit, denen er wahrscheinlich wohl auch zu Hause oft nachgab, wenn er stocknüchtern war. Templer und sein ›Mädchen‹ kehrten zum Tisch zurück.

»Dies ist wirklich ein ziemlich schlimmes Lokal«, sagte Templer. »Was meint ihr dazu, dass wir irgendwo anders hingehen – ins ›Slip-in‹ oder so?«

»Ach, aber Peter, Liebling«, sagte Mrs. Haycock, die Peter, wie es schien, erst an diesem Abend kennengelernt hatte. »Es fängt gerade an, mir hier so sehr zu gefallen. Kenneth war der Meinung, er fühle sich nicht gut genug, um zu bleiben, und so ist er nach Hause gegangen – wofür er sich vielmals entschuldigt. Und jetzt habe ich gerade einen meiner ältesten, meiner allerältesten Freunde hier gefunden.«

Sie wies auf Jeavons.

»Ach ja?«, sagte Templer.

Er schien ein wenig überrascht; aber es bestand schließlich kein Grund, warum Jeavons nicht einer ihrer ältesten Freunde sein sollte, selbst wenn er, in Templers Augen, ein ziemlich seltsamer Vogel war. Wenn man Templer zuerst eine leichte Verlegenheit darüber angemerkt hatte, dass er in einer Gesellschaft mit Widmerpool ertappt worden war, so hatte sich seine Stimmung später in so etwas wie Amüsiertheit über das für ihn unlösbare Problem gewandelt, warum ich zusammen mit Jeavons einen Nachtclub besuchte. Jeavons war kein Mann, den man sich so einfach erklären konnte. Templer ging Chips Lovells Sinn für die Feinheiten solcher Dinge völlig ab. Das Haus der Jeavons', das, in welch unkonventioneller Form auch immer, unwiderruflich von einem Lebensstil geprägt war, den Templer streng ablehnte, hätte ihn tödlich gelangweilt. Mit Mrs. Haycock verhielt es sich irgendwie anders; sie konnte er tolerieren. Offenkundig ausschweifend und gewöhnlich in der Gesellschaft von, wie Onkel Giles sagen würde, »allen möglichen Leuten« – die sich aber irgendwie von Molly Jeavons' »allen möglichen Leuten« unterschieden –, stellte sie für Templer kein Hindernis dar. Er setzte sich neben sie und begann, über andere Lokale zu sprechen, die vielleicht amüsanter seien als Umfravilles Club. Umfraville selbst kam jetzt an unseren Tisch zurück. Er brachte Max Pilgrim und Heather Hopkins mit.

»Dürfen wir uns für einen Moment zu Ihnen setzen?«, sagte er. »Weißt du Mildred, ich glaube, wir haben uns seit dieser schrecklichen Nacht in Cannes nicht mehr gesehen – wann war das noch? –, etwa 1923, als Milly Andriadis diese große Party gab und wir zusammen um den Hafen spazierten und den Sonnenaufgang beobachteten.«

Wir machten Platz für sie. Die Hopkins und Pilgrim zeigten sich in bester Form. Vor Aufregung darüber, mit solchen prominenten Persönlichkeiten an einem Tisch zu sitzen, schien Templers ›Mädchen‹ ihn für den Augenblick fast vergessen zu haben. Ich kam neben Templer zu sitzen, und für einen Moment konnten wir miteinander sprechen.

»Wie geht es dir, Nick?«, sagte er. »Ich hab dich seit Jahrhunderten nicht mehr gesehen.«

»Ganz gut, und dir?«

»Nicht schlecht«, sagte Templer. »Alle möglichen familiären Sorgen, aber es spricht einiges dafür, nicht länger verheiratet zu sein. Es tobt der übliche Ärger mit Bob und dieser Schwester von mir. Kaum hat Bob einen guten Job gekriegt, zieht er auch schon mit irgendeiner Frau los. Alle Männer sind Brüder, aber Gott sei Dank sind nicht alle Schwäger. Ich glaube, Jean hat ihn wieder verlassen und ist nach Rom gefahren, zu Baby Wentworth – oder wie immer sie jetzt heißt, nachdem sie diesen Italiener geheiratet hat.«

Das war ein sehr guter Test, und ich bestand ihn glänzend – das heißt, ohne den unmittelbaren Wunsch, sofort einen Flug nach Rom zu buchen.

»Du kennst doch meine Schwester Jean, nicht wahr?«, sagte er. »Ich meine, ich hab dir nicht eine lange Geschichte über irgendjemanden erzählt, dem du noch nie begegnet bist?«

»Natürlich kenne ich sie. Und auch deine andere Schwester. Ich hab sie vor einer Ewigkeit kennengelernt.«

»Baby Wentworth ist eine Cousine von mir«, sagte Mrs. Haycock, die plötzlich einen Streit abbrach, den sie mit der Hopkins über das Privatleben des Barmixers des Carlton Hotels in Cannes geführt hatte. »Was für eine hübsche Frau sie ist. Als mein Vater starb, hatte er es nicht fertiggebracht, einen Sohn zu produzieren, also trat Babys Vater die Nachfolge an. Ihr Bruder, Jack Vowchurch, ist ein ganz schöner Teufel, glaube ich. Ich bin ihm noch nie begegnet. Sie waren ziemlich entfernte Verwandte, und wir haben nie miteinander verkehrt. Eines Tages in Antibes hat mir dann jemand Baby gezeigt. Hatte nicht Sir Magnus Donners eine Schwäche für sie? Sie war damals mit ihm dort.«

»War das nicht dein Vater, der einmal nach dem Abendessen mit seinem Pferd die Treppe raufgeritten ist?«, fragte Jeavons ganz unerwartet.

»Ja natürlich war er das«, sagte Mrs. Haycock. »Sein Lieblingspferd für die Fuchsjagd. Das war vor meiner Geburt. Ich glaube, man sagte, er habe irgendetwas gefeiert. Den ›ehrenvollen Frieden‹ – könnte es das gewesen sein? Etwas dieser Art. Ich meine, das war die Geschichte. Wir hatten in dieser Saison für die Fuchsjagden ein Jagdhaus in Melton Mowbray. Sie mussten eine Seitenwand des Hauses einreißen, um das Tier da lebend herauszubekommen. Ich weiß, dass es verdammt viel Geld gekostet hat.«

Während sie von ihrem Vater sprach, wurde ich wieder an Mrs. Conyers erinnert, obwohl die Ausdrucksweise, in der sie erzählte, so ganz anders war als die, die ihre Schwester gebraucht hätte.

»Und dann gibt es da noch eine andere Geschichte«, insistierte Jeavons. »Wie er jemandem in einem Zug die Zeitung ansteckte. Oder so etwas Ähnliches.«

Ich fand Jeavons Interesse an Lord Vowchurch erstaunlich.

»Es gibt wirklich hunderte davon, Liebling«, sagte Mrs. Haycock. »Kennst du die mit dem Bischof, den er bei einer Hochzeit mit malvenfarbener Tinte bespritzt hat?«

»Ich hab letztes Jahr einen so reizenden Erzbischof auf der Gartenparty der Theatergesellschaft kennengelernt«, sagte Pilgrim. »Vielleicht war er auch gar kein Erzbischof, sondern einfach nur ein Bischof. Er trug einen Hut, der so aussah wie einer von Heathers.«

»Ich kauf mir vielleicht einen klerikalen Hut«, sagte die Hopkins. »Das ist gar keine so schlechte Idee. Es gibt einen Laden in der Oxford Street, wo sie schwarze Kreissägen verkaufen. Ich wollte immer schon eine haben.«

Ich fragte sie, ob sie noch häufig mit Norah Tolland und Eleanor Walpole-Wilson zusammenkäme.

»Ach diese beiden Mädchen«, sagte sie. »Ich wusste doch, dass ich Ihnen früher schon mal irgendwo begegnet bin. Nein, ich sehe sie nicht mehr. Ich fand heraus, dass Eleanor etwas Unfreundliches über mich gesagt hatte. Ich dachte, sie sei eine Freundin, jetzt weiß ich aber, dass ich mich geirrt habe.«

»Sehen Sie mal«, sagte Jeavons, der seine Trägheit abgeworfen hatte und nun in der lebhaftesten Stimmung war. »Erinnern Sie sich, wie dieser Song ging: ›Er stach eine Nadel / In Gwendolyn, das Madel, / Im Lower Grosvenor Place ...‹ Ich hab den genauen Wortlaut vergessen.«

Inzwischen war ich Umfravilles Nachtclub leid. Wie Widmerpool wollte ich nach Hause. Jeavons Gesellschaft verlangte eine fast unbegrenzte Fähigkeit der Anpassung an veränderte Stimmungen und Situationen. Er war in vielfacher Hinsicht sympathisch; aber es fehlte völlig jenes vertraute Verhaltensmuster, das man etwa bei Quiggin finden konnte, so dass seine Gegenwart letzten Endes eher ermüdete als anregte. Umfraville verließ uns, um sich um die Geschäfte des Nachtclubs zu kümmern. Die Diskussion, ob man irgendwo anders hingehen solle, lebte wieder auf.

»Ich will euch was sagen«, sagte Mrs. Haycock. »Wenn ihr unbedingt alle ins ›Slip-in‹ wollt, warum lasst ihr dann nicht mich und Ted einfach hier? Er und ich werden uns ein bisschen über die alten Zeiten unterhalten. Dann kann er mich nach Hause bringen.«

Damit waren alle einverstanden. Es wurde aber noch lange weitergeredet. Ich ging, ehe sie den Plan endgültig in die

Tat umsetzten. Draußen auf dem Gang erklärte Umfraville gerade dem schurkischen, blaunasigen Wächter, *wer* und wer vernünftigerweise *nicht* in den Club gelassen werden könne.

»Sie gehen doch nicht etwa?«, sagte er. »Es ist noch früh.«

»Ich muss morgen früh aufstehen und Filmskripte schreiben.«

»Guter Gott«, sagte er. »Aber hören Sie mal, nur ganz kurz, ehe Sie gehen. Was ist in der letzten Zeit mit Mildred passiert: Ich hatte sie eine Ewigkeit nicht gesehen. Sie scheint sich ja sehr gut zu halten. Ich kenne Peter Templer, aber wer war der andere Mann, der, der die Gesellschaft früher verlassen hat?«

»Er heißt Widmerpool. Sie ist mit ihm verlobt.«

»Ach wirklich? Was macht er?«

»Er ist Wechselhändler.«

Umfraville nickte weise mit dem Kopf.

»Kommen Sie mal wieder«, sagte er. »Jetzt, wo Sie den Weg kennen.«

Ich schritt durch leere Straßen und dachte daran, dass auch ich bald verheiratet sein würde – ein Wandel, der sich mir eher als Folge der Tat denn der Erwägung darstellte, die Stimmung, in der selbst die Klügsten oft heiraten: eine Krisis aus Wonne und Besorgnis, Erregung und Bedrücktheit.

5

EIN HINTERGRUND anderer Begebenheiten überschattete weitgehend die Schritte, die zu meiner Verlobung mit Isobel Tolland führten. Von dieser Krisis in meinem Leben habe ich hauptsächlich die Empfindung einer schrecklichen Unausweichlichkeit im Gedächtnis behalten, das Gefühl, dass das Schicksal die Probleme selbst in die Hand genommen habe und dass zu viel Nachdenken fehl am Platze sei. Wie ich schon sagte, die Heirat ist eine Form der Tat, fast eine Form der Gewalt: ein Sichgeltendmachen des Willens. Der Orbit der Ehe lässt sich präzise nicht nachzeichnen, wenn Verdrehungen und Erfindungen vermieden werden sollen. Ihre Fakten sind vielleicht nur indirekt zu erkennen. Sie ist ein Zustand, dem jede Objektivität genommen ist. Ich werde jedoch etwas über das Ereignis sagen, das zu diesem Zeitpunkt hauptsächlich die Aufmerksamkeit von meinen eigenen Angelegenheiten ablenkte.

Obwohl jener Abend, an dem wir auf Thrubworth diniert hatten, keineswegs die einzige Gelegenheit gewesen war, bei der Quiggin den Wunsch geäußert hatte, »China zu besuchen und sich ein eigenes Bild zu machen«, hatte niemand von seinen Bekannten es auch nur im Geringsten für wahrscheinlich gehalten, dass er sofort in den Fernen Osten aufbrechen würde. Seine Worte wurden im Allgemeinen – und, wie es sich erwies, zu Recht – als im Wesentlichen rhetorische Äußerungen angesehen, als bloße Unterstützung von Auffassungen, die er bereits über die unheilvolle Lage in Asien propagiert hatte. Da gab es zum Beispiel die Frage der Reisekosten. So angesehen er als Kritiker auch war, es musste doch bezweifelt werden, dass ein Verleger bereit sein würde, einen Vorschuss für ein geplantes Reisebuch, zudem eines mit politischer Tendenz, zu leisten, der ausreichte, um Quiggin in solche Fernen zu transportieren; und Erridge, der dem Wunsch verständnisvoll gegenüberstand, zeigte gleichwohl keine Regung, für die Unkosten aufzukommen. Mark Members, der gerade von seiner Vortragsreise aus

Amerika zurückgekehrt war, hatte boshafterweise bezweifelt, dass Quiggin, wenn es doch dazu kommen sollte, wirklich gerne ein Gebiet betreten würde, in dem die japanische Armee gerade in militärische Operationen verwickelt sei. Vielleicht war Members ungerecht. Sicher kritisierte er Quiggin hier in der herzlosen Weise eines alten Freundes. Dennoch, es hätte mich überrascht zu hören, dass Quiggin die Reise angetreten habe.

Als sich dagegen herausstellte, dass sich Erridge aus dem gleichen Grund – »um sich ein eigenes Bild zu machen« – auf dem Weg nach China befand, erschien mir das weniger verwunderlich. Erridge hatte bereits gezeigt, dass er bereit war, unbequeme Formen des Reisens auf sich zu nehmen; er befand sich zweifellos in einem Zustand geistiger Ruhelosigkeit; er war an den politischen Hintergründen der Situation interessiert; und schließlich: Er konnte es sich leisten, sich ein Ticket zu kaufen. Das Unternehmen mochte das Ergebnis von Quiggins Drängen oder seines eigenen nagenden Gefühls moralischer Verpflichtung sein. Das Motiv war fast belanglos. Seine Abreise hatte, als es dann dazu kam, einen weiteren, viel faszinierenderen Aspekt. Er fuhr nicht allein. Er nahm Mona mit.

Natürlich wurde diese Angelegenheit sehr eingehend in Häusern wie dem der Jeavons' diskutiert, wo keine Details bekannt waren außer der Tatsache, dass sich Erridge und Mona zusammen auf einem nach Osten gehenden Passagierdampfer befanden, während Quiggin in England zurückgeblieben war. Die engere Familie der Tollands befand sich natürlicherweise in einem Zustand gespannter Unruhe. Dennoch, die Geschichte erregte insgesamt weniger Aufsehen, als man vielleicht gedacht hätte, denn Erridge hatte sich inzwischen so sehr den Ruf eines Exzentrikers erworben, dass die, die ihn persönlich kannten, durch nichts mehr überrascht werden konnten. Da er in keinem gesellschaftlichen Milieu besonders zu Hause war, wurden nur wenige Menschen direkt von seinem Tun betroffen. Bei solchen Personen handelte es sich hauptsächlich um eine kleine

Gruppe leicht parasitärer Gestalten, wie Quiggin oder den linksgerichteten Verleger Howard Craggs, und die Mitglieder von Erridges Komitees. Für die übrige Welt, für die, denen allein sein Name vertraut war, nahm sein Verhalten wie gewöhnlich die wesenlose Gestalt einer kleinen Notiz in einer Zeitung an, die für einen Moment ihre Aufmerksamkeit beanspruchte, ohne ihnen aber gleichzeitig die Überzeugung zu vermitteln, dass die darin erwähnte Person eine Existenz im ›wirklichen Leben‹ besitze. Mein sich in ganz anderen Lebensumständen befindender Onkel Giles gehörte zu der gleichen Kategorie von Menschen, insofern nämlich, als niemand wusste oder, was das betrifft, sich groß darum kümmerte, was er als Nächstes tun würde, vorausgesetzt, er ging keine verhängnisvolle Ehe ein und landete nicht im Gefängnis. Was Erridge betraf, so drängte sich die Frage seiner Heirat seinen Verwandten jetzt mit großer, allen möglichen Spekulationen Raum gebender Dringlichkeit auf, besonders, da es sich hier, soweit man wusste, um das erste Mal handelte, dass er eng mit einer Frau verbunden war.

All dies hatte damals beträchtliche Auswirkungen auf mein eigenes Leben, denn meine Verlobung wurde in derselben Woche bekanntgemacht, in der auch die Erridge-Mona-Geschichte an die Öffentlichkeit drang; und sie wurde – besonders bei meiner ersten Begegnung mit Katherine, Lady Warminster – natürlicherweise von dieser weit interessanteren Erschütterung der Familie überschattet. Dass Quiggin von Mona aufgegeben worden war, hielten einige Leute für weniger bemerkenswert als die Tatsache, dass sie mehrere Jahre mit ihm zusammengelebt hatte. Andere benutzten die Gelegenheit, um daran zu erinnern, dass ein weiterer Partnerwechsel unausweichlich gewesen sei, nachdem sie einmal den Rubikon überschritten und Templer verlassen hatte. Das war ja alles gut und schön, aber ich musste mir selbst gegenüber eingestehen, dass mir, als ich Erridge und Mona auf Thrubworth zusammen gesehen hatte, nie der Verdacht gekommen war, dass sie im Begriffe stünden, miteinander durchzubrennen. Erridge hatte nicht das geringste

Zeichen erkennen lassen, dass er einen so verwegenen Plan ins Auge gefasst habe, während mir Monas Interesse an ihm als nichts anderes als das natürliche Ergebnis ihrer eigenen Langeweile in dem Häuschen erschienen war. Möglicherweise hatten weder sie noch er damals eine solche Entwicklung erwogen. Plötzlich war die Dringlichkeit zu handeln über sie hereingebrochen: ein plötzlicher Zug, der den Wert jeder Figur auf dem Brett veränderte. Dies musste für Quiggin ein schwerer Schlag sein. Auch wenn er und Mona die Ehe nicht in aller Form geschlossen hatten (was jetzt wahrscheinlich schien), würden seine engen Beziehungen zu Erridge kaum ein solches Verhalten überleben, oder bestenfalls nach Erridges Rückkehr aus China einer längeren Zeit der Heilung bedürfen.

Diese Eskapade Erridges – und für den Augenblick wurde darüber nur als eine Eskapade gesprochen, denn jede Frage einer Ehe musste zunächst einmal davon abhängen, ob Mona bereits die Frau Quiggins war oder nicht – hatte die Atmosphäre in eine erhebliche Spannung versetzt, als ich zum ersten Mal seine Stiefmutter besuchte. Noch wusste niemand, wie viel Lady Warminster, die im Allgemeinen über alle Themen, die ihre Verwandten betrafen, beunruhigend gut informiert war, bis zu diesem Zeitpunkt über Erridge und Mona herauszufinden vermocht hatte. Man vermutete, dass sie, wie gewöhnlich, mehr Informationen besaß, als sie zuzugeben bereit war. Wie ein auswärtiger Staatsmann, der während wichtiger internationaler Verhandlungen trotz seiner eigenen Vertrautheit mit der Sprache, in der die Gespräche geführt werden, auf dem Medium eines Dolmetschers besteht, zog sie stets einen indirekten, in ihr eigenes Idiom übersetzten Zugang vor.

Obwohl ich inzwischen häufig das Haus in Hyde Park Gardens besucht hatte, waren sie und ich uns bei diesen früheren Gelegenheiten nicht begegnet, und zwar hauptsächlich deshalb, weil Lady Warminsters Gesundheitszustand sie wochenlang an ihr Zimmer fesselte. Es gab verschiedene Ansichten darüber, in welchem Maße ihr Leben von der Hypochondrie beherrscht sei: Einige behaupteten, dass sich niemand einer besseren Gesundheit erfreue; während andere für sie Partei ergriffen und fest davon überzeugt waren, dass sie, empfindlich von Kindheit an, ihre Leiden tapfer trage. Kleiner, älter, ruhiger in ihrem Wesen und hübscher als Molly Jeavons, war sie auch eine weit furchtgebietendere Erscheinung. Es lag etwas von einer Hexe in ihren feinen, adlerartigen Zügen und ihrer durchsichtigen, elfenbeinernen Haut: eine stille, herbstliche Schönheit, die nicht im Geringsten das amüsierte, boshafte, fast irre Licht verdeckte, das ständig in ihren unendlich blassen blauen Augen glitzerte. Als sie jung war, muss sie wirklich sehr gut ausgesehen haben.

Anders als ihre Schwester, der jede Art von intellektuellem Interesse gänzlich fernlag, lebte Lady Warminster großenteils in einer Welt der Fantasie. Ihr Haus, ein völliger Gegensatz zu dem der Jeavons', spiegelte die geordnete Seite ihres Wesens wider und erstaunte durch seinen konventionellen Geschmack und eine Atmosphäre stilisierter Ruhe, zumindest bis man die Zimmer erreichte, die ihren Stiefkindern überlassen waren. Diese ruhigen, kostbaren, etwas zu schweren Dekorationen und Möbel täuschten. Wenig an dem Haus konnte als ruhig oder konventionell angesehen werden, wenn man es näher untersuchte. Aber vielleicht kann man keine Art individuellen Lebens wirklich als ruhig bezeichnen, wenn man sie näher untersucht. Wie dem auch sei, vor diesem formalen Hintergrund schrieb Lady Warminster, wenn es ihre Gesundheit erlaubte, ihre Bücher, historische Studien über die dominierenden Frauengestalten der Vergangenheit: Katharina die Große; Christine von Schweden; Sarah, Herzogin von Marlborough; Werke, die nur selten in der Presse Erwähnung fanden, doch wegen des einnehmenden Ungestüms ihres Stils und weil sie keinerlei Anspruch auf ernsthafte Wissenschaftlichkeit erhoben, von solchen Kritikern, die sie doch besprachen, gewöhnlich freundlich behandelt wurden.

Diese literarische Vorliebe für feminine Autorität hatte sich bei Katherine Warminster, so schien es, erst herausgebildet, als sie zum zweiten Mal Witwe geworden war. Ihre beiden Ehen waren, wie die ihrer Schwester Molly, kinderlos geblieben. Ihr erster Mann, einer jener Männer der Londoner Finanzwelt ›aus gutem Hause‹, gegen die Peter Templer immer eine solche Abneigung zum Ausdruck brachte, war ein ziemlich erfolgreicher Börsenmakler gewesen. Er hatte die Parforcejagd geliebt und das Schießen von Flugwild – ein Mann, soweit ich das beurteilen konnte, ohne hervorstechende Charaktereigenschaften. Seine Frau hatte die meiste Zeit mit Freunden verbracht, die zu einer Welt gehörten, die sich stark von seiner eigenen unterschied. Zuletzt hatte sie sich ihm in ihrer Ehe nur insofern gebeugt, als sie auf dem Lande lebte, wo sie sich zu Tode langweilte. Sie kann von Lord Warminster kaum mehr gesehen haben, während sie mit ihm verheiratet war, denn er hatte, ohne die Begleitung seiner Frau, einen großen Teil seiner Zeit im Ausland verlebt, beim Fischen in Island oder bei der Wildschweinjagd in Bengalen. Vielleicht war es dieser Status, zweimal verheiratet gewesen zu sein, ohne, so schien es wohl, große Zuneigung für ihre Partner empfunden zu haben, der Lady Warminster die geheimnisvolle, hexenähnliche Qualität gab, die sie so reichlich verströmte.

Man sagte, dass ihre zweite Ehe wider Erwarten Erridges Beziehungen zu seinem Vater, mit dem er, ohne dass es je zu einem offenen Streit gekommen wäre, nie gut ausgekommen war, im Großen und Ganzen verbessert habe. Lord Warminster hatte die Eigenheiten seines Sohnes mit stoischer Ruhe ertragen, wie auch alles andere, das er bei seinen Kindern missbilligte, und alles dem Alford-Blut ihrer Mutter zugeschrieben. Die Übrigen der Tolland-Brüder und -Schwestern hatten – Norah war die Ausnahme – freundschaftlich mit ihrer Stiefmutter gelebt. Die jüngeren von ihnen waren ganz von ihr aufgezogen worden. Selbst exzentrisch, hatte Lady Warminster angemessenen Respekt vor der Exzentrizität. Sie verspürte nie den Wunsch, sich in das Leben anderer Leute einzumischen, weder in das ihrer Stiefkinder noch irgendeines anderen Menschen, vorausgesetzt, ihre eigene Bequemlichkeit war nicht bedroht; so dass die Tollands sich großenteils selbst überlassen blieben. Das Leben in Hyde Park Gardens mochte rücksichtslos sein, doch spielte es sich auf einer ziemlich praktischen Grundlage ab, auf der jeder sich selbst der Nächste war und kein Pardon gegeben wurde, während gleichzeitig ein Mantel relativ guter Laune gewöhnlich die unerbittliche Erkenntnis der unausweichlichen Schärfen des Lebens verhüllte.

Ich war in der glücklichen Lage, mir bereits durch ein Buch, das ich einige Jahre zuvor geschrieben hatte und das sie zufälligerweise mochte, in einem gewissen Maße Lady Warminsters Gunst erworben zu haben, so dass mein Empfang hätte schlimmer ausfallen können. Dennoch, bei einem Menschen wie ihr war das etwas, dessen man sich nicht allzu sicher sein durfte. Eine Zeitlang besprachen wir Angelegenheiten, die Isobel und mich persönlich betrafen, dann, sobald diese Fragen in aller Höflichkeit und Freundlichkeit als erledigt betrachtet werden konnten, zeigte Lady Warminster durch ein Lächeln deutlich an, dass wir uns faszinierenderen Themen zuwenden sollten.

»Ich glaube, Sie sind einer der wenigen Menschen innerhalb und außerhalb der Familie, die Erridge in der letzten Zeit begegnet sind«, sagte sie. »So dass Sie mir jetzt erzählen müssen, was Sie von seiner Reise nach China halten.«

Ich versicherte ihr, dass ich so gut wie nichts von Erridge und seinem Tun und Lassen wisse, dass mir aber diese Reise angesichts seiner Interessen und seiner Art zu leben als vernünftig erscheine. Ich gab zu, ihn über einen Besuch Chinas sprechen gehört zu haben.

»Ich bin ganz Ihrer Meinung«, sagte sie. »Erridge lebt viel zu sehr für sich. Er wird nicht allein sein auf See, nehme ich an, oder?«

Das war nicht einfach zu beantworten. In diesem frühen Stadium unserer Beziehung wünschte ich nicht, dabei entdeckt zu werden, eine absichtliche Unwahrheit zu erzählen oder auch nur zu implizieren. Ich hoffte ebenso sehr, dass ich es vermeiden könne, ihr alles zu eröffnen, was ich über Erridge und Mona wusste, so wenig das auch sein mochte. Ich sagte, dass ich die Details der Vorbereitungen, die Erridge im Hinblick auf seine Reise getroffen habe, nicht kenne.

»Es gibt immer eine Menge Leute auf Schiffen, mit denen man sich unterhalten kann«, gab ich zu bedenken und hatte dabei das Gefühl, auf eine Banalitätsstufe der schmerzlichsten Art hinabzusinken.

»Natürlich«, sagte sie, als ob dieser Gedanke ihr noch nie zuvor so gut dargelegt worden sei. »Mögen Sie die See?«

»Überhaupt nicht.«

»Ich auch nicht«, sagte sie. »Es gibt nichts, das ich mehr verabscheue als eine Seereise. Aber er wird doch sicher einen Sekretär oder jemanden dieser Art mitnehmen? Ich glaube, das tut er. Es wird sonst zu einsam sein. Besonders, da er es gewohnt ist, für sich zu leben. Man ist niemals einsamer, als wenn man unter vielen Leuten ist, die man nicht kennt.«

Es war unmöglich zu sagen, ob sich dieser Hinweis auf »einen Sekretär« auf Mona bezog oder auf eine neue Gestalt in Erridges Leben; oder ob es nur ein Schuss ins Blaue war, um etwas zu erfahren.

»Ich weiß nichts von einem Sekretär.«

»Vielleicht irre ich mich. Ich meine, irgendjemand hätte mir so was gesagt. Was halten Sie von Thrubworth? Erridge kümmert sich nicht viel um das Schloss, fürchte ich. Und noch weniger um die Ländereien.«

Ich äußerte mich zu Thrubworth und seiner Umgebung, wurde mir aber wieder bewusst, dass es mir nicht gelungen war, Banalitäten zu vermeiden. Lady Warminster seufzte. Sie strich mit ihren dünnen, blassen, mit einem Netzwerk schwacher blauer Adern bedeckten Händen leicht über ein Kissen.

»Sie wohnten in der Nachbarschaft, nehme ich an?«

»Ja.«

»Nicht zufällig bei dem Schriftsteller J. G. Quiggin?«

»Doch, bei J. G. Quiggin. Ich kenne ihn seit langer Zeit. Lesen Sie seine Artikel?«

»Ich fand es so interessant, als ich hörte, dass Erridge ihn in diesem Häuschen untergebracht hat. Ich mag Mr. Quiggins Besprechungen so sehr, auch wenn ich nicht mit ihnen übereinstimme. In der letzten Zeit sind sie nicht mehr erschienen.«

»Nein, ich habe in der letzten Zeit keine mehr gesehen.«

»Gibt es eine Mrs. Quiggin?«

»Ja, sie ...«

»Aber ich weiß gar nicht, warum ich Sie das frage, denn Susan und Isobel haben mir erzählt, wie sie Ihnen und den Quiggins, beiden, auf Thrubworth begegnet sind. Sie ist eine große Schönheit, nicht wahr?«

»Ich glaube, man könnte sie in der Tat eine große Schönheit nennen.«

»Eine Schauspielerin?«

»Nein, ein Modell. Aber sie denkt daran, zum Film zu gehen.«

»Wirklich? Und wie denkt Mr. Quiggin darüber?«

»Er scheint die Idee gut zu finden.«

»Wirklich?«, sagte sie. »Wirklich? Wie seltsam.«

Sie schwieg einen Moment.

»Ich mag seine Artikel so sehr«, fuhr sie nach einigen Sekunden fort. »Er ist ein solch – solch toleranter Mensch. So wenige Kritiker sind tolerant. Wissen Sie, ich möchte gerne mit Ihnen über das neue Buch reden, das ich gerade schreibe. Würden Sie mir dazu Ihren Rat geben?«

Für den Augenblick war damit das Thema Erridge fallengelassen. Ich war froh darüber. Entweder hatte Lady Warminster genug erfahren, oder sie hatte sich, was immer ihr auch an Wissen zur Verfügung stand, dazu entschlossen, im Moment die Sache nicht weiterzuverfolgen. Stattdessen sprachen wir eine Zeitlang über Frederica. Sie erklärte mir, dass sie wegen eines Tollands so genannt worden sei, eines Legationssekretärs in Preußen, der, weil er wie die Kaiserin Friedrich an der Malerei interessiert gewesen sei, mit dieser auf sehr freundschaftlichem Fuß gestanden habe. So war der Name in die Familie gekommen; und das erklärte, warum Alfred Tolland an dem Abend, an dem wir uns bei den Jeavons' getroffen hatten, Mrs. Conyers' Anekdote über die Kaiserin hatte hören wollen. Lady Warminster verkörperte in hohem Maße jenen charakteristischen Zug ihrer Generation, dass alles gesagt, doch nichts Unschickliches offen diskutiert werden durfte. Alle zweifelhaften Geheimnisse hatten in Hülle um Hülle, Schachtel in Schachtel, die wiederum, nach chinesischer Art, eine weitere Schachtel enthielt, verborgen zu sein; nur die Disziplin unendlicher Gebrochenheit erlaubte es, die Schattenseiten des Lebens zu untersuchen. Wenn man diese geheimnisvollen Riten befolgte, durfte alles betrachtet werden, wie anstößig, wie unsagbar es auch war. Später, als ich das Haus verlassen hatte und über das Gespräch nachdachte, verstand ich ein wenig, wie Alfred Tolland sich nach den Befragungen durch Molly Jeavons fühlen musste. Lady Warminster mochte äußerlich ruhiger sein als ihre Schwester, ihre Fähigkeit, andere zu hänseln, war keineswegs weniger stark ausgebildet. Lange Zeit nachher, als bei den Jeavons' das Thema Erridge und Mona schon zu einem Gegenstand allgemeiner Gespräche geworden war – zu Klatsch, von dem sie durch ihre Schwester gehört haben musste, obwohl sich die beiden nur selten trafen –, erwähnte Lady Warminster diese Verbindung auch weiterhin bloß unter der Benutzung rätselhafter Pseudonyme.

Diese manierierte Unschärfe in der Behandlung der delikaten Probleme des Familienlebens hatte nichts gemein mit der Methode Chips Lovells, der, wie ich schon andeutete, einen großen Teil seiner Zeit in dem Studio damit verbrachte, den anderen Drehbuchschreibern von seinen Verwandten zu erzählen. Man kann sich leicht ein Publikum vorstellen, bei dem diese Gewohnheit Ärgernis erregt hätte, denn viele Leute meinen, dass Ausführungen dieser Art irgendwie ihre eigene Bedeutung herabsetzten; zudem sind nur wenige Menschen an dem Leben anderer interessiert. Lovell bot sein Material so gut wie unredigiert dar, so dass es dem Zuhörer selbst überlassen blieb zu entscheiden, ob er sich durch die Voraussetzung, er besitze ausreichende Kenntnisse von den Kreisen, in denen Lovell verkehrte, oder gerne verkehrt hätte, geschmeichelt oder beleidigt fühlte. Feingold, so vermute ich, hielt diese ganzen Lovell-Annalen für von vorne bis hinten erfunden, für das ganz legitime Traumleben eines Menschen, der den Beruf des Drehbuchschreibers ausübt. Er behandelte Lovells Storys von Herzoginnen und großen Gesellschaften wie brillant improvisierte Berichte von Zusammenstößen mit Gangstern oder Indianern, erzählt, als ob solche farbvollen Abenteuer völlig der Wirklichkeit entsprächen. Hegarty dagegen pflegte während der seltenen Gelegenheiten, bei denen er überhaupt zuhörte, wenn jemand anderes etwas sagte, immer sofort Lovells Anekdoten mit seinen eigenen Geschichten zu übertrumpfen – Geschichten, die auf ihre Art manchmal sehr scharfsinnig waren, sich aber gleichwohl zu jener seltsamen, leblosen, formalisierten Konvention der Darstellung menschlicher Erfahrung versteinert hatten, die besonders häufig bei Menschen anzutreffen ist, die lange mit dem Film in Verbindung gestanden haben. Was mich selbst anging, ich habe immer gerne Einzelheiten über das Leben anderer Leute gehört, ob nun erfunden oder nicht, so dass ich diese Seite Lovells sehr sympathisch fand.

Wenn uns jemand ununterbrochen Geschichten über seine Verwandten erzählt, beginnen sich in unserer Vorstellung schließlich Bilder zu formen, die stets in die Farben getaucht sind, die der Chronist benutzt hat; entsprechend war ich, nachdem ich mir Tag für Tag Lovells Schilderungen angehört hatte, nicht nur sehr gut mit der Rolle jedes der Handelnden vertraut, sondern unwillkürlich auch innerlich an ihrem individuellen Verhalten beteiligt. Diese Teilnahme an den Verwandten Lovells hatte sich zu so etwas wie dem verstohlenen Interesse an den Figuren der Comicstrips einer Tageszeitung entwickelt – eine Gewohnheit, die man sich selbst gegenüber nicht eingesteht. Lovells Geschichten erstreckten sich über ein ziemlich großes Gebiet. Er verbreitete sich über das Tun und Lassen irgendwelcher entfernter Verwandter, deren einziger Anspruch auf Ruhm darin zu bestehen schien, dass sie nach Vancouver ausgewandert und dann wieder zurückgekehrt waren, um in Esher zu leben; aber ebenso bereitwillig berichtete er über die prächtigeren Stücke in seinem Familienarchiv, zum Beispiel über das große Epos, wie seine Mutter mit seinem Vater durchgebrannt war, als ihre Eltern annahmen, sie stünde kurz vor der Verlobung mit seinem akzeptableren Cousin.

In diesen Erzählungen spielte Lovells »zweiter Sleaford-Onkel« (um die ursprüngliche Bezeichnung seines Neffen zu gebrauchen) eine erstaunlich geringe Rolle. Das hätte ich überhaupt nicht erwartet. Lovell sprach gerne über Dogdene, aber nicht über seinen Onkel. Die Sache war die, dass Lord Sleaford dort ein sehr zurückgezogenes Leben führte und in der Nachbarschaft nur ein karges Minimum der Pflichten auf sich nahm, die von einem Landbesitzer seiner Größe erwartet wurden. Er pflegte von Zeit zu Zeit eine kleine Jagdgesellschaft zu geben (»Gehacktes mit überbackenem Kartoffelbrei zum Lunch«, sagte Lovell, »und dazu nicht genug Rosenkohl) und existierte im Großen und Ganzen außerhalb, oder bestenfalls am Rand, jeder Welt erkennbarer gesellschaftlicher Aktivität – besonders solcher, die in der Presse mit einer gewissen Sensationsgier behandelt wird. Auf eine ganz andere Art schien er fast ein ebenso großer Einsiedler zu sein wie Erridge.

Lovell selbst war in gewisser Weise stolz auf dieses ehrenhafte, unkorrumpierte Halbdunkel, in dem Lord Sleaford sein Dasein führte und das der Klatschspalten-Berühmtheit, die seinem eigenen Herzen so teuer war, unendlich fernlag; doch er war auch, vielleicht ganz zu Recht, der Meinung, dass die ganze Zeit über der historische und architektonische Glanz Dogdenes als Rahmen für große Ereignisse brachliege.

»Ich weiß, es spricht eine Menge dafür, dass ein Aristokrat sich ruhig und anständig benimmt«, sagte er. »Aber Onkel

Geoffrey treibt die Dinge wirklich zu weit. Wenn man an die Wochenendgesellschaften denkt, die früher auf Dogdene gegeben wurden, so ist es doch ein bisschen deprimierend. Weißt du, als George IV. dort einmal zu Besuch weilte, haben sie das Schloss von oben bis unten weiß und gold gestrichen, einschließlich der chinesischen Chippendale-Kommoden. Selbst Tante Molly, die nie das geringste Verlangen hatte, gesellschaftlich zu glänzen, hat da häufig Mitglieder der königlichen Familie bewirtet. Sie hatten dort auch den gelegentlichen Literatur-Löwen. Henry James war einmal auf Dogdene. St. John Clarke war kurz vor dem Krieg da. Es war nicht das absolute Leichenschauhaus, das es jetzt ist. Es ist einfach eine Tatsache, dass Onkel Geoffrey ein sehr fader Mensch ist. Tante Alice ist nicht viel besser, obwohl sie ihr Bestes tut. Ich glaube, wenn Onkel John nicht gestorben wäre, hätten sie beide nicht geheiratet – Onkel Geoffrey hätte sich sowieso keine Frau leisten können. Wie die Dinge liegen, leben sie einfach nur so vor sich hin und lesen Zeitungen und hören Radio – und das ist auch schon alles.«

Der allgemeine Eindruck, den ich nach diesen Informationsbrocken von Lord Sleaford gewann, war zweifellos der eines Mannes, dem es in ungewöhnlichem Maße an jeder Dynamik und Distinktion mangelte. Entmutigende Jahre als jüngerer Sohn hatten in ihm jeden Unternehmungsgeist, jede Freude an der Geselligkeit, die er einmal besessen haben mochte, zerstört. So jedenfalls lautete Lovells Theorie. Wie Alfred Tolland war es ihm ständig misslungen, sich eine Karriere zu schaffen; andererseits aber fehlte ihm die philosophische Distanziertheit, die Alfred Tolland eine gewisse moralische Würde, sogar so etwas wie eine Aura der Frömmigkeit verlieh. Die Erbschaft Dogdenes war zu spät gekommen, um seine Routine zu ändern, die sich in einer ihr ohne Zweifel entsprechenden fantasielosen Form gebildet hatte. So sah das von Lovell gemalte Porträt Lord Sleafords aus, und als solcher besaß er in meiner Vorstellung eine gewisse unebene Realität;

doch manchmal fragte ich mich, ob nicht in diesem individuellen Fall die kompromisslose Monochromie des Lovell'schen Bildes möglicherweise davon beeinflusst sei, dass Lord Sleaford selbst seinen Neffen unter Umständen nicht besonders mochte, vielleicht sogar offen sein Missvergnügen über ihn ausgedrückt hatte. Das war eine Eventualität, die nicht außer Acht gelassen werden durfte.

Lady Sleaford dagegen besaß, so wie Lovell sie beschrieben hatte, für mich nichts von der Klarheit der Umrisse ihres Mannes. Ihr Bild hatte keine Schlaglichter erhalten – außer dem Lobkrümel, dass sie »ihr Bestes tue«. Lovell hatte ihr keine gesonderte Existenz zu geben vermocht. Sie war einfach nur die Frau Lord Sleafords. Ich stellte sie mir als eine Person vor, die die ganze Unwirklichkeit der Bühnenrolle einer würdevollen älteren Dame verkörpert: grauhaarig; groteske Kleider; eine steife, affektierte Sprechweise; möglicherweise eine Lorgnette benutzend – eine Figur aus der Salonkomödie der Jahrhundertwende. Ausgerüstet mit diesem Bild von den Sleafords, konnte ich nicht umhin, mich zu fragen, wie Widmerpool hatte auf das Schloss eingeladen werden können, wenn sie dort, Lovell zufolge, so selten Besuche empfingen.

»Leicht zu erklären«, sagte Lovell. »Tante Alice, die konventionellste Frau auf der Welt, ist zugleich einer jener schrecklich ehrbaren Menschen, die es danach verlangt, jemanden näher zu kennen, den sie für anrüchig halten. Ihre Freundschaft mit Mildred Haycock ist das große Abenteuer in Tante Alices Leben.«

»Und sie schließt auch die Ehemänner von Mrs. Haycock mit ein?«

»Nicht notwendigerweise«, sagte Lovell. »Deine Frage ist berechtigt. Ich bezweifle sehr, dass Haycock Dogdene je gesehen hat. Aber da die Verlobung mit Widmerpool hier in diesem Land stattfand – und da Mildred sowieso nur selten nach England kommt – konnte man sich, vermute ich, wohl schwerlich weigern, beide einzuladen. Weißt du, Mildred hat sich fast sicher selbst eingeladen. Sie nutzte wahrscheinlich die Gelegenheit und fragte, ob ihr junger Mann auch kommen könne.«

Das war eine glaubhafte Erklärung.

»Das sieht den Sleafords ähnlich«, sagte Lovell. »Tante Alice schneidet Molly Jeavons, die sich trotz der chaotischen Art, in der sie lebt, wirklich ganz fürchterlich anständig beträgt, und sie drückt jemanden wie Mildred an ihr Herz, die mit jedem älteren Knaben zwischen Cannes und St. Tropez geschlafen hat.«

»Was werden die Sleafords von Widmerpool halten?«

»Er scheint genau die Sorte von Mann zu sein, die Onkel Geoffrey mag. Sie werden wahrscheinlich den ganzen Tag über Aktien und Wertpapiere sprechen und jeden Abend um genau halb elf nach einem Glas Portwein ins Bett gehen. Der Portwein ist wirklich gut auf Dogdene, muss ich zugeben. Nur weil sich niemand je darum gekümmert hat, ihn zu trinken. Dennoch, ich bin selbst ein bisschen überrascht, dass die beiden eingeladen worden sind. Es ist heutzutage gar nicht so leicht, in Dogdene einzudringen. Ich weiß es. Ich hab's versucht.«

Ich war während dieser Zeit natürlicherweise stark mit meinen eigenen Angelegenheiten beschäftigt, so dass das alles war, was ich von Widmerpools Besuch auf Dogdene gehört hatte, ehe ich dann – ganz zufällig eines Tages im Studio – von Lovell erfuhr, dass Mrs. Haycocks Verlobung gelöst worden sei. Lovell kannte Widmerpool kaum. Er hätte sich nicht besonders für die Verlobung interessiert, wenn nicht Dogdene den Hintergrund für diese Auflösung gebildet hätte. Er wusste keine Einzelheiten. Ich hörte mehr über dieses Ereignis bei einer Gelegenheit, die Molly Jeavons so angekündigt hatte: »Ich habe für nächste Woche ein paar Leute eingeladen, Nicholas; eine Art Party für Sie und Isobel. Eine ganz kleine Sache.«

Als ich nach dem Besuch von Umfravilles Nachtclub das erste Mal wieder im Haus der Jeavons' gewesen war, hatte Jeavons selbst die Exkursion mit keinem einzigen Wort erwähnt. Ja, er hatte im Verlauf dieses Abends überhaupt kaum gesprochen und war nur ziellos im Zimmer herumgegangen, so als sei er in Gedanken verloren. Möglicherweise machte ihm seine Wunde zu schaffen. Aber Molly kam auf die Sache zurück; sie gab vor, ärgerlich mit mir zu sein.

»Sie sind ein sehr liederlicher junger Mann«, sagte sie. »Was haben Sie sich nur dabei gedacht, den armen Teddy so bis in die tiefe Nacht hinein auf zu halten. So was habe ich noch nie erlebt. Wissen Sie, dass er die ganze Woche im Bett bleiben musste, nachdem er mit Ihnen aus war?«

Ich versuchte, mich zu entschuldigen, obwohl ich innerlich glaubte, dass ich doch wohl kaum dafür zu tadeln sei, wie Jeavons sich aufführte, wenn er ohne seine Frau ausging. Um die Wahrheit zu sagen, ich hatte mich am nächsten Tag selbst alles andere als gut gefühlt und neigte eher dazu, Jeavons die Schuld dafür zu geben, dass ich so lange aufgeblieben war.

»Nur gut, dass er Mildred Blaides traf und dass sie sich um ihn gekümmert hat«, sagte Molly. »Ich hab immer gedacht, die beiden kennten sich schon seit einer Ewigkeit, aber jetzt hat es sich gezeigt, dass sie sich erst *einmal* begegnet sind, vor langer Zeit. Wissen Sie, sie war während des Krieges Krankenschwester auf Dogdene. Glücklicherweise ist sie da nicht aufgetaucht, als Teddy dort war, oder sie hätte ihn bestimmt mit Wärmflaschen zu Tode verbrüht oder so etwas. Sie war die schlechteste Krankenschwester, die sie dort je hatten – oder sogar im gesamten Freiwilligen Hilfsdienst.«

Molly sprach mit ziemlicher Schärfe, aber es war gleichwohl unmöglich zu erraten, wie viel sie über Jeavons nächtlichen Ausflug wusste oder was sie argwöhnte; und es war, was das betrifft, ebenso unmöglich, mit Sicherheit zu wissen, wie diese Nacht geendet hatte, obwohl einem die nostalgische Stimmung Jeavons' im Verein mit Mrs. Haycocks ungestümem Wesen einen deutlichen Hinweis lieferte.

»Wenn Mildred nicht aufpasst«, sagte Molly, »wird sie Mr. Widmerpool erledigt haben, ehe sie dazu kommt, ihn zu heiraten. Wie ich höre, musste er nach Hause gehen, weil er sich so krank fühlte.«

Ich dachte, es sei am besten, wenn das Thema jener Nacht möglichst schnell fallengelassen würde. Während dieses Gesprächs hatte Jeavons schweigend dabeigestanden, so als ob er noch nie zuvor von irgendeiner der Personen, über die geredet wurde, gehört habe – einschließlich seiner selbst. Ich bewunderte seine Distanziertheit. Ich fragte mich zudem, ob auch in diesem Moment sein Kopf widerhalle von jenen vergessenen Melodien, die ihn auf immer zu Unbedachtheiten antrieben, weil sie Erinnerungen an eine verzauberte Vergangenheit weckten.

»Ich kann nicht alle Tollands zu der Party einladen«, hatte Molly gesagt. »Also lade ich am besten keinen von ihnen ein. Es kommt sonst unweigerlich zu Eifersüchteleien. Das sieht Erridge ähnlich, nach China zu reisen, wenn sich eine seiner Schwestern verlobt.«

Am Tag der Party tat Smith wieder Dienst bei den Jeavons'. Er sah abgehärmt aus, und kränklicher denn je.

»Sie kommen spät«, sagte er, während er meinen Hut nahm. »Oben hat schon alles angefangen. Es ist schon eine ziemliche Menge Leute eingetroffen. Ich hoffe, ihre Ladyschaft hat nicht wirklich jede Menschenseele eingeladen, die sie kennt.«

In der Tat schienen die Gäste noch planloser als gewöhnlich ausgewählt worden zu sein. Offensichtlich hatte die Frage, ob Leute eingeladen werden sollten, weil sie bereits Freunde von Isobel oder mir waren, dabei überhaupt keine Rolle gespielt; und noch weniger waren irgendwelche Personen deshalb gebeten worden zu kommen, weil es Mollys besonderer Wunsch gewesen wäre, uns beide ihnen vorzustellen. Das unscheinbare Element der Jeavons'schen Entourage war eindeutig vorherrschend, zusammen mit ein paar außergewöhnlichen, verwegenen Beispielen individueller Eigenartigkeit. Ich stellte fest, dass sich das allgemeine Verbot gegen die Mitglieder der Tolland-Familie aus meiner eigenen Generation offenbar nicht auf Alfred Tolland erstreckte. Er stand, eingeklemmt hinter einem Tisch, in der Ecke des Zimmers und sprach – ausgerechnet – mit Mark Members, dem ich noch nie zuvor bei den Jeavons' begegnet war und den man wohl prinzipiell für jemanden außerhalb von Mollys normalem Umkreis, so weit sich dieser auch ausdehnen mochte, halten musste; oder zumindest für jemanden, dem das meiste, das dieser Umkreis einschloss, im Wesentlichen fremd war. Wenn ich gesagt hätte, dass die beiden dort standen und einander mehr ansahen als miteinander zu sprechen, wäre das wohl der Wahrheit näher gekommen, denn jeder der beiden fand es offensichtlich gleichermaßen schwer, etwas zu einer Unterhaltung beizutragen. Gleichzeitig wurden sie durch den Tisch von jedem Kontakt mit anderen Gästen abgeschnitten.

»Ich weiß, Sie interessieren sich für Bücher, Nicholas«, sagte Molly. »Deshalb habe ich einen sehr netten jungen Mann eingeladen, den ich neulich kennengelernt habe. Er schreibt auch, oder so was. Sie werden ihn mögen. Ein Mr. Members.«

»Ich kenne ihn schon sehr lange.«

»Dann gehen Sie und sprechen Sie mit ihm. Ich glaube, er kommt nicht sehr gut mit Alfred Tolland zurecht. Es ist ein großes Kompliment für Isobel, dass Alfred erschienen ist. Wie Sie wissen, geht er nie aus. Zumindest behauptet er das. Ich sage ihm immer, ich glaube, er führe ein Doppelleben von großer Verruchtheit. Er hat versucht, sich darum zu drücken, heute Abend zu kommen, aber ich hab ihm gesagt, er würde nie wieder in dieses Haus eingeladen, wenn er nicht erschiene. Da wagte er es nicht mehr, sich zu weigern. Isobel, Liebes, da ist jemand, mit dem ich dich gerne bekannt machen möchte.«

Alfred Tolland und Mark Members waren beide sichtlich erleichtert über die Ankunft eines Dritten, der ihr Tête-à-tête zu beenden versprach. Ihre Unterhaltung hatte inzwischen einen absoluten Stillstand erreicht. Ich hatte Alfred Tolland das letzte Mal vor der Bekanntmachung meiner Verlobung gesehen. Mir war bewusst, dass ich ihn nicht länger bloß als die verlegene, von Gewissensbissen gepeinigte Gestalt betrachten konnte, die mir in der Vergangenheit vage vertraut gewesen war. Nun ordnete er sich automatisch in die Fülle neuer Beziehungen ein, die immer einem organischen Wandel unserer Lebenssituation folgen. Er begann sofort, zusammenhanglose Glückwünsche zu murmeln. Members beobachtete ihn mit so etwas wie Hass in seinen perlrunden Augen.

»Ich nehme an, Sie haben gehört, dass Erridge in den Osten gereist ist«, sagte Alfred Tolland. »Ich hab es selbst erst gerade erfahren. Keine – so – schlechte – Idee. Sie sind dort in einer schlimmen Lage. Vielleicht ist es das Beste. Kann sehr gut für ihn sein. Er sammelt Erfahrungen. Es ist etwas Gutes, Erfahrungen zu sammeln. Sind Sie je im Osten gewesen?«

»Noch nie.«

»Ich bin einmal bis nach Singapur gekommen«, sagte er.

Das schien unglaubhaft. Doch es gab wohl keinen Grund, warum er so etwas erfinden sollte. Ich sagte etwas zu Members, der dastand und alles andere als glücklich aussah.

»Ich werde jetzt gehen müssen«, sagte Alfred Tolland, der diese Gelegenheit, erlöst zu werden, sofort ergriff. »Ich hoffe, ich werde Sie bei dem Dinner nächstes …«

»Ich bin mir noch nicht sicher. Ich weiß nicht, wie sich unsere Lage entwickeln wird.«

»Natürlich, natürlich. Sie können es noch nicht sagen. Das verstehe ich. Schade, dass Sie beim letzten Mal nicht dabei waren. Es ist schön, das Gefühl zu haben, dass wir …«

Entweder kam er nicht auf das genaue Wort für das Gefühl, das zu haben für uns beide so schön sei, oder es handelte sich um eine zu bedenkliche Empfindung, um sie in Worten auszudrücken. Er nickte bloß mehrere Male mit dem Kopf. Dann ging er zur Tür. Members seufzte. Er war in einer schlechten Stimmung.

»Was ist das denn für eine Party hier?«, sagte er mit leiser Stimme. »Hat dieser Mann gesagt, du hättest dich verlobt?«

»Ja. Ich bin verlobt.«

»Mit wem?«

»Mit Isobel Tolland – da drüben.«

»Meinen Glückwunsch«, sagte Members ohne allzu große Überschwenglichkeit, so als ob er einen solchen Schritt aus Prinzip missbillige. »Herzlichen Glückwunsch. Ich hatte diesen schrecklich langweiligen Mann etwa zwanzig Minuten am Hals. Es war unmöglich, von ihm loszukommen. Ist der wirklich ganz richtig im Kopf? Was für ein seltsames Haus das hier ist. Ich hab Lady Molly Jeavons vor ziemlich langer Zeit bei den Manaschs kennengelernt. Sie bat mich, sie zu besuchen. Ich war ein- oder zweimal hier, aber niemand hat aufgemacht, obwohl ich ein halbes Dutzend Mal geklingelt habe – und auch geklopft. Dann rief sie gestern plötzlich an und lud mich für heute ein. Deinen Namen hat sie nicht erwähnt. Ich hab nicht gedacht, dass es so sein würde.«

»Oft ist es anders. Man weiß nie, wie es sein wird.«

»Kennst du ihren Mann?«, sagte Members in einem ziemlich wehleidigen Ton. »Ich hab mich einige Zeit mit ihm unterhalten, als ich ankam. Er fragte mich, ob ich Poolbillard spiele. Dann machte er mich mit dem Mann bekannt, mit dem du mich gerade angetroffen hast.«

Members übte inzwischen verschiedene literarische Tätigkeiten aus, die ihm, da er noch immer Junggeselle war, offenbar ein respektables Einkommen sicherten. Man sagte, dass seine Amerikareise ein Erfolg gewesen sei. Er schrieb nicht länger Gedichte mit Freud'schen Untertönen, und er hatte auch so extreme Haltungen wie Quiggins professionellen ›Kommunismus‹ aufgegeben, in dessen Kielwasser er ein Zeitlang halbherzig geschwommen war. Jetzt schien er der deutschen Literatur zuzuneigen. Kleist, Grillparzer, Stifter: Das waren die Namen, die man von den Echos seiner Gespräche auffangen konnte. In letzter Zeit hatte er sich, wie man glaubte, mehr mit Kierkegaard beschäftigt – damals ein Schriftsteller, der in diesem Land noch nicht von einem breiten Publikum gelesen wurde. Members, gewiss ein kluger Mann, war der Mode stets ein wenig voraus. Er sprach gern und lebhaft, wenn er nicht, wie in diesem Moment, von einer Gesellschaft bedrückt war, die er nicht mochte. Seine vornehme Erscheinung und seine knappe, prägnante Art machten ihn zu einem beliebten ›freien‹ Mann bei den Dinnern von Intellektuellen.

»Aber man möchte doch nicht wirklich für alle Zeiten Amateur-Paella essen und Chelsea-Médoc trinken«, pflegte er über diese Welt zu sagen – eine Welt, in die er sich ein wenig rüde hineingestoßen sah, nachdem er seinen Job als Sekretär St. John Clarkes verloren hatte. Seit einiger Zeit nun erschien Members, so hörte man, wieder in den weit eleganteren Zirkeln, in denen der berühmte Romancier vor seiner Konversion zum Marxismus verkehrt hatte. Im Lichte seiner Bemühungen, diese Art von gesellschaftlichem Leben zu bewahren und auszudehnen, hielt Members das Haus der Jeavons' für eine Enttäuschung. Er hatte etwas Grandioseres erwartet. Ich versuchte, ihm den Haushalt zu erklären, war aber froh, dass er das beiseitewischte, denn ich wollte ihn fragen, ob er weitere Einzelheiten über Erridge und Mona wisse. Members wandte sich fast mit Erleichterung diesem Thema zu.

»Natürlich wusste ich, dass J. G. Lord Warminster unter seine Fittiche genommen hatte«, sagte er ungeduldig. »Das hat doch sicher jeder seit langem gewusst. Wir haben zusammen zu Abend gegessen, ehe ich nach Amerika ging. Er erzählte mir, er hoffe, Warminster dazu zu überreden, dieses Magazin zu starten. Ich sah sofort, dass daraus nichts werden würde.«

»Warum nicht?«

»Warminster ist viel zu exzentrisch.«

»Kennst du ihn?«

»Nein, aber ich hab von ihm gehört.«

»Wie ist es zu der Sache mit Mona gekommen?«

Plötzlich war Members auf der Hut.

»Aller Voraussicht nach wird Warminster bald dein Schwager sein, nicht wahr?«

»Aber gewiss doch.«

Members lachte – es war nicht sein freundlichstes Lachen – und schwieg.

»Komm schon – heraus damit«, sagte ich.

Wir kannten uns inzwischen seit einer langen Zeit. Es handelte sich hier nicht um eine Gelegenheit, bei der Förmlichkeit am Platze gewesen wäre, und Members wusste das sehr wohl.

Er dachte einige Sekunden nach. Er überlegte wohl, was vorzuziehen sei, ein interessantes Stück Klatsch in den Umlauf zu bringen oder mich wirkungsvoller dadurch zu hänseln, dass er eine Information zurückhielt, die er vielleicht besaß. Am Ende kam er zu der Auffassung, dass ihm die Mitteilung der Neuigkeit größere Freude machen würde.

»Du weißt, was für eine Frau Mona ist«, sagte er.

Er lächelte boshaft; denn obwohl, soweit ich wusste, nie ›viel‹ zwischen ihm und Mona gewesen war, hatte er sie doch Jahre vor ihrer Verbindung mit Quiggin gekannt; ja, als ich Mona das erste Mal sah, auf Mr. Deacons Geburtstagsfeier, hatte sie sich in der Gesellschaft Members' befunden.

»Erridge war wohl machtlos gegen Mona«?, sagte ich. »Als sie zuschlug?«

»Erridge?«

»Warminster, meine ich – seine Familie nennt ihn Erridge.«

»Ja, er war machtlos gegen sie. Ich glaube nicht, dass sich die Dinge weit entwickelt hatten. Sie hatten sich mal heimlich getroffen. J. G. war dahintergekommen. Und als Nächstes hatten sich die beiden auch schon zusammen davongemacht.«

»Wie hat J. G. es aufgenommen?«

»Zuerst war er voller *gêne.* Ich bin sicher, du weißt, dass sie ihn absolut in der Gewalt hatte. Jetzt, wo er sich wieder beruhigt hat, fühlt er sich trotz seiner Wut eigentlich ziemlich geschmeichelt.«

»Waren sie verheiratet?«

»Nein.«

»Ist das sicher?«

»Völlig.«

Ich hätte gerne mehr erfahren, aber in diesem Augenblick gesellte sich Jeavons zu uns. Er nahm einen seltsamen Gegenstand aus seiner Jackentasche und hielt ihn mir hin.

»Ein Geschenk?«

»Nein«, sagte er. »Doch das erinnert mich daran, dass wir Ihnen wohl eins besorgen müssen. Aber das ist Mollys Aufgabe. Dies hier sollen Sie sich nur mal ansehen. Vielleicht wollen Sie sich ja sogar eins kaufen.«

»Was ist das?«

»Raten Sie mal.«

»In Gesellschaft anderer möchte ich das Wort lieber nicht sagen.«

Jeavons streckte seine Faust Members hin, der ärgerlich den Kopf schüttelte und sich abwandte.

»Für Ihr Auto«, drängte er.

»Ich hab kein Auto«, sagte Members.

Er war stark verärgert.

»Was macht man denn eigentlich damit?«, fragte ich.

»Man bringt es am Vergaser an – dann verbraucht man weniger Benzin.«

»Na und?«

»Man spart Geld, natürlich. Sind Sie ein verdammter Millionär oder so was?«

Molly kam in die Nähe unserer Gruppe, während sie durch das Zimmer ging, um einen der Getränkekrüge aufzufüllen. Sie sah, was Jeavons machte, und legte ihre Hand auf seinen Arm.

»Du wirst Nicholas niemals eines dieser Dinger verkaufen«, sagte sie. »Und Mr. Members sicher auch nicht. Ich bezweifle, dass du es überhaupt an irgendjemanden verkaufen wirst, Liebling.«

Sie ging weiter.

»Es ist ein Zerstäuber«, sagte Jeavons langsam, als sei er dabei, Soldaten einen Vortrag über eine mechanische Vorrichtung zu halten. »Es reduziert den Benzinverbrauch um dreiunddreißig ein drittel Prozent. Ich glaub nicht einen Moment, dass es das wirklich einspart, ehrlich gesagt. Warum sollte es? Jeder würde sonst schon eins haben. Ist doch logisch. Dennoch, man kann nie wissen. Es könnte doch helfen. Ist einen Versuch wert, nehme ich an.«

Er sprach ohne große Überzeugung und blickte dabei eine Zeitlang auf den Gegenstand in seiner offenen Hand. Dann steckte er ihn in seine Jackentasche zurück. Er fummelte dort eine Weile herum und brachte schließlich eine zerdrückte Packung Gold Flakes zum Vorschein. Er schnippte eine der Zigaretten mit dem Daumen nach oben und bot sie uns beiden nacheinander an.

»Nun«, sagte er zu mir. »Sie werden also bald heiraten.«

Members beobachte ihn mit einem Ausdruck absoluten Entsetzens. Ich war mir sicher, dass sich Jeavons des armseligen Eindrucks, den er machte, nicht im Geringsten bewusst war. Members konnte es nicht länger ertragen.

»Ich glaube, ich muss jetzt gehen«, sagte er. »Ich muss noch bei einer anderen Party hereinschauen. Es war sehr freundlich von Lady Molly und Ihnen, mich einzuladen.«

»Aber nicht doch«, sagte Jeavons. »Es war uns eine Freude, Sie zu sehen. Kommen Sie mal wieder.«

Er beobachte Members, wie dieser das Zimmer verließ, als ob er noch nie einen Menschen wie ihn gesehen habe. Die Zigarette hing ihm weiter unangezündet im Mund.

»Seltsamer Kerl«, sagte er. »Ich fühl mich entsetzlich heute Nachmittag. Hab zu viel zu Mittag gegessen. Bin rot im Gesicht. Blähbauch. Hab ich mir natürlich selbst zuzuschreiben.«

Wir sprachen einige Minuten miteinander. Dann mischte sich Jeavons unter die Gäste. In der Zwischenzeit waren General Conyers und seine Frau eingetroffen. Ich ging zu ihnen hinüber, um mich mit ihnen zu unterhalten. Sie waren am Tag zuvor von ihrem Haus auf dem Land in die Stadt gekommen. Nachdem Mrs. Conyers die konventionellen Bemerkungen zu meiner Verlobung gemacht hatte, wurde sie von Molly weggeführt, weil diese ihr einige ihrer neuen Bekannten vorstellen wollte. Ich blieb mit dem General zurück. Er schien in ausgezeichneter Form, machte aber gleichwohl den Eindruck, als beunruhige ihn etwas, als bedrücke ihn ein Problem. Er ergriff sofort meinen Arm.

»Ich möchte mich mit Ihnen über etwas unterhalten, Nicholas«, sagte er in seiner tiefen, doch immer unerwartet milden Stimme. »Können wir uns nicht für ein paar Minuten aus diesem verdammten Menschengewoge entfernen?«

Die Gäste der Jeavons' breiteten sich gewöhnlich über alle Zimmer des Hauses aus, so dass es als keineswegs unüblich angesehen wurde, wenn man sich zu einem Gespräch zum Beispiel in Mollys Schlafzimmer oder in Jeavons' Ankleidezimmer zurückzog. Wir begaben uns damals aber bloß ein kurzes Stück die Treppe hinauf in eine Art Boudoir Mollys, ein beengtes Zimmer, zu dem sich wohl nur Leute hingezogen fühlen würden, die ein vertrauliches Gespräch miteinander zu führen beabsichtigten – ein Raum, der hauptsächlich den Katzen überlassen war, von denen einige in einer übellaunigen Gruppe winklig zueinander saßen und sich jetzt unwillig über unser Eindringen in ihre Ungestörtheit erhoben. Ich konnte mir nicht vorstellen, was der General wohl mit mir besprechen wollte, und vermutete sogar für einen winzigen Moment, er sei im Begriff, mir Ratschläge über die eheliche Lebensführung zu geben – Ratschläge, die zu vertraulich und esoterisch seien, als dass er es riskiere, dass jemand mithörte. Die Verlobungszeit ist eine Periode, in der man all denen ausgeliefert ist, die einem ihren Rat anzubieten wünschen, und meine bisherige Erfahrung ließ mich schon das Schlimmste erwarten. Die Wahrheit erwies sich jedoch als weit erstaunlicher.

Sobald wir alleine waren, setzte sich der General auf einen Stuhl vor dem Schreibtisch und streckte mühsam sein Bein aus. Es schien ihm noch immer Beschwerden zu verursachen. Während ich jetzt allein mit ihm war, wurde ich mir dieses schrecklichen Getrenntseins bewusst, das der Altersunterschied den Menschen auferlegt. Vielleicht fühlte er selbst etwas von dieser Last, denn er begann zuerst über sein eigenes vorgerücktes Alter zu sprechen.

»All dies Herumstehen im Buckingham Palace wird langsam ein bisschen anstrengend für mich«, sagte er. »Bin nicht mehr der Jüngste. Neulich ist mir in einem der Vorzimmer im St. James's Palace mein Monokel hingefallen, und ich musste den Mann neben mir bitten, es aufzuheben. Einen Sekretär von der sowjetischen Botschaft. Ein sehr zuvorkommender Mensch. Konnte mich einfach nicht soweit hinunterbeugen. Hatte Angst, ich würde auch meine Axt fallen lassen, wenn ich es versuchte. Dennoch, obwohl ich jetzt langsam alt werde, ich hab was von meinem Leben gehabt. Hab hin und wieder einige seltsame Dinge erlebt.«

Er bewegte wieder sein Bein und stöhnte ein wenig. Ich hatte immer den Eindruck, dass er gern über seinen Dienst am Hof sprach.

»Bin der festen Überzeugung, dass die Leute immer die Wahrheit wissen sollten«, sagte er. »Bin ich immer gewesen.«

Ohne dass mir eigentlich klar war, wohin uns diese Maxime führen würde, stimmte ich ihm zu, dass die Wahrheit immer das Beste sei.

»Neulich ist etwas passiert«, sagte der General, »das mir interessant vorkam, verdammt interessant. Hab ziemlich häufig darüber nachgedacht, besonders da ich gerade etwas über diese Dinge gelesen hatte. Seltsames Zusammentreffen, meine ich. Tatsache ist, dass Sie der Einzige sind, mit dem ich darüber sprechen kann.«

Ich begann mich jetzt sogar ein wenig unbehaglich zu fühlen, denn ich konnte mir nicht vorstellen, worauf er hinauswollte.

»Als Sie vor nicht langer Zeit bei uns zum Tee waren, sagte ich Ihnen, dass ich etwas über diese Sache mit der Psychoanalyse gelesen hätte. Beschränke mich nicht auf Freud. Bei Jung gibt es auch ein paar interessante Dinge. Hat keinen Sinn, dass ein Amateur wie ich sich in einer Sache dogmatisch verhält, über die er so gut wie nichts weiß. Man macht sich nur lächerlich. Sind Sie nicht auch der Meinung?«

»Völlig.«

»Nun, zufälligerweise hab ich neulich ein sehr interessantes Beispiel für einige der Punkte erlebt, über die ich gerade gelesen hatte. Möchten Sie es hören?«

»Ja bitte, sehr gern.«

»Im Zusammenhang mit diesem Mann, mit dem Sie, wie Sie sagen, auf der Schule waren – diesem Widmerpool –, der meine Schwägerin Mildred heiraten wollte.«

»Ich höre, die Verlobung ist aufgelöst.«

»Sie wissen das schon?«

»Es hat mir neulich jemand gesagt.«

»Es ist also schon allgemein bekannt?«

»Ja.«

»Wissen Sie, warum sie aufgelöst worden ist?«

»Nein, aber es hat mich nicht besonders überrascht.«

»Mich auch nicht, aber es ist eine seltsame Geschichte. Sie dürfen sie natürlich nicht weitererzählen. Passierte während ihres Aufenthaltes auf Dogdene. Haben Sie das vielleicht auch gehört?«

»Ich wusste, dass sie Dogdene besuchen würden.«

»Selbst schon mal dort gewesen?«

»Nein. Ich bin den Sleafords noch nie begegnet.«

»Ich war einmal in der Lage, Geoffrey Sleaford in Südafrika einen guten Dienst zu erweisen«, sagte der General. »Er war Adjutant des Divisionskommandeurs, und einem beschränkteren Menschen bin ich noch nicht begegnet. Sleaford – oder Fines, wie er damals noch hieß – saß wegen irgendwelcher verlegten Papiere in der Klemme. Ich konnte ihm da heraushelfen. Er ist ein Idiot, aber stets dankbar. Hat drauf bestanden, unsere Pudel bei seinen Jagdgesellschaften auszuprobieren. Außerdem kannte Bertha Alice Sleaford als Mädchen. Waren in derselben Tanzklasse. Bertha mochte sie damals nicht besonders. Dennoch, jetzt kommen sie gut miteinander aus. Kurzum, wir sind hin und wieder auf Dogdene eingeladen. Ein ungemütliches Haus, heutzutage. Diese Blumenrabatten sind natürlich ausgezeichnet. Der Garten liegt Alice am Herzen. Wunderbares Obst in den Gewächshäusern. Dann ist da der Veronese. Man hat Geoffrey Sleaford geraten, ihn reinigen zu lassen, aber er will nichts davon wissen. Hat ihm ein junger Mann namens Smethyck gesagt. Smethyck hat unseren van Troost gesehen und gemeint, er sei ohne Zweifel echt. Schöne Dinge auf Dogdene, einige von ihnen, aber ich könnte ein halbes Dutzend Schlösser in England aufzählen, auf denen ich lieber zu Besuch wäre.«

Nichts von all dem schien uns im Hinblick auf Widmerpool irgendwie weiterzubringen. Ich wartete auf eine Entwicklung. General Conyers wollte nichts übereilen. Ich hatte den Verdacht, dass er diese Geschichte, die er hier in so gemächlicher Form ausbreitete, für die letzte gute Story seines Lebens hielt und sie nicht so einfach wegwerfen wollte. Das war sicher verständlich.

»Ich war gar nicht erfreut«, fuhr er fort, »als Bertha mir sagte, dass wir zur gleichen Zeit wie Mildred und ihr junger Mann nach Dogdene eingeladen seien. Ich weiß, die Sleafords haben nie viele Leute zu Besuch. Dennoch, es wäre für sie ganz leicht gewesen, ein paar von ihren alten Bekannten kommen zu lassen. Sie hatten uns sogar schon mal alleine da. Sieht Alice Sleaford ähnlich, die Dinge so zu arrangieren. Hat nicht viel Takt. Dennoch, ich dachte, es würde mir eine Gelegenheit bieten, Widmerpool ein wenig kennenzulernen. Schließlich würde er ja bald mein Schwager sein. Man muss sich mit seinen Verwandten abfinden. Besser, man weiß von Anfang an, was mit ihnen los ist.«

»Ich treffe mich seit vielen Jahren hin und wieder mit Widmerpool«, sagte ich in der Hoffnung, den Kommentarstrom des Generals zum schnelleren Fließen zu bringen. »Ich kenne ihn eigentlich recht gut.«

»Wirklich?«

»Ja.«

»Nun, also sehen Sie mal«, sagte er. »Haben Sie je feststellen können, wie Widmerpools Verhältnis zu den Frauen ist?«

»Es scheint ihm noch nie leichtgefallen zu sein, mit ihnen zurechtzukommen. Ich fand es erstaunlich, dass er bereit war, mit jemandem wie Mrs. Haycock eine Verbindung einzugehen.«

Unser Gespräch hatte plötzlich eine Intimität angenommen, die ich bei einem älteren Mann von der Art des Generals nie für möglich gehalten hätte.

»Wirklich?«

»Ja.«

»Ich auch«, sagte er. »Ich auch. Sehr erstaunlich. Und ich brauchte nicht lange, um zu merken, dass sie einander auf die Nerven gingen, als sie auf Dogdene ankamen. Sie war dauernd sehr schnippisch zu ihm. Sehr schnippisch. Das muss natürlich nicht viel heißen. Ist ganz zwangsläufig, dass es zwischen Verlobten Differenzen gibt. Nun kenne ich Mildred inzwischen doch recht gut, und obwohl ich Widmerpool nicht besonders sympathisch fand, als ich ihn zum ersten Mal traf, dachte ich, sie hätte sicher einen Schlechteren finden können in ihrem Alter, oder?«

»Das kann ich mir durchaus vorstellen.«

»Nicht jeder Mann würde gerne eine Verbindung mit ihr eingehen wollen. Noch dazu, wo sie zwei Kinder mitbringt.«

»Nein.«

»Dennoch, ich fand Widmerpool einen ziemlich anstrengenden Menschen. Die Hälfte der Zeit war er kriecherisch und betrug sich, als wolle er sich für den Posten eines Dieners bewerben; die andere Hälfte erzählte er George Sleaford und mir, wie wir unsere eigenen Angelegenheiten regeln sollten. Zu diesem Zeitpunkt wurde mir langsam klar, welch ein psychologischer Typ er ist. Ich hatte das Buch mitgebracht.«

»Wie ist er mit Lord Sleaford ausgekommen?«

»Gut«, sagte der General. »Sehr gut. Besser, als man vielleicht gedacht hätte. Wissen Sie, was Widmerpool über geschäftliche Dinge sagt, ist sehr vernünftig. Ohne Zweifel. Er machte einige Vorschläge, wie man die vom Schloss bewirtschaftete Farm entwickeln könnte, die sehr gescheit waren. Mit Mildred kam es zu Peinlichkeiten. Mildred ist keine Frau, bei der man lange warten darf. Wenn er sie heiraten wollte, hätte er zur Sache kommen und es tun sollen. Hat keinen Zweck, bei diesen Dingen lange zu zögern.«

»Er hatte die Gelbsucht gehabt.«

»Ich weiß, dass er krank gewesen war. Er hat mehrfach darauf angespielt. Schien mir überhaupt ein bisschen zu gerne über seinen Gesundheitszustand zu sprechen. Ein weiteres Merkmal seines Typs. Dennoch, mit seiner Krankheit hatte das nichts zu tun. Tatsache war, Mildred glaubte, er sei ihr gegenüber nicht aufmerksam genug. Das war so klar wie nur irgendetwas. Mildred ist eine Frau, die erwartet, dass man viel Wirbel um sie macht. Ich konnte sehen, dass Ärger auf ihn zukam.«

»Und in welcher Weise zeigte der sich dann?«

»Zunächst einmal war sie, wie ich Ihnen schon sagte, ein bisschen kurz angebunden mit ihm. Dann schimpfte sie ihn ganz offen aus. Das war Samstagnachmittag. Ich dachte, es würde zu einem richtigen Krach zwischen ihnen kommen. Alice Sleaford hat überhaupt nichts bemerkt. Am Abend schienen sie sich wieder vertragen zu haben. Ja, nach dem Dinner verhielten sie sich mehr wie Verlobte, als ich das je bei ihnen gesehen hatte. Also sehen Sie mal, wie würden Sie seinen Typ einordnen? Psychologisch, meine ich?«

»Das ist schwer, so mit einem Wort zu sagen – ich kenne ihn so gut ...«

»Mir scheint«, sagte der General, »er ist ein typischer intuitiv extravertierter Mensch – ein klassischer Fall fast. Kaltblütig. Für einen Moment von einer Sache begeistert, aber nie zufrieden. Wendet sich bald wieder was anderem zu. Ich weiß wirklich nicht viel über diese Dinge, aber Widmerpool scheint mir in diese Klassifikation zu passen. Das ist die Kategorie, in die ich ihn einordnen würde, genauso wie man einen Rekruten, der kommt und was vom Zimmerhandwerk versteht, zu den Pionieren stecken würde. Sie werden jetzt sagen, Sie sind ein überzeugter Freudianer und wollen nichts von Jung und seinen Ideen hören. Na gut, dann werde ich ein weiteres Operationsgebiet eröffnen.«

»Aber ...«

»Sie haben noch nicht das Ende der Geschichte gehört. Ich kam am Sonntagmorgen sehr zeitig zum Frühstück nach unten. Wollte einen Spaziergang durch den Garten machen und mir noch mal die Gewächshäuser ansehen. Wem, meinen Sie, begegnete ich? Widmerpool war in der Halle und traf Vorbereitungen abzureisen. Irgendeine Geschichte über einen Telefonanruf, und dass er nach London zurückgerufen worden sei. Der Mann sah aus wie eine Leiche. Zitterte wie Espenlaub, sein Gesicht weiß wie Wachs. Er sagte mir, er habe sehr schlecht geschlafen. Kaum ein Auge zugetan. Bin sofort bereit, ihm das abzunehmen. Alice Sleaford will aus irgendeinem Grund nicht, dass die besten Schlafzimmer benutzt werden. Man weiß nie, wo man untergebracht wird.«

»Und ist er wirklich nach London zurückgefahren?«

»Er ist auf der Stelle abgereist. Vor meinen Augen. Hatte das ganze Haus völlig durcheinandergebracht, damit er zu dieser Stunde am Sonntagmorgen weg konnte. Er ließ eine Nachricht für seinen Gastgeber und seine Gastgeberin zurück, um zu sagen, wie leid es ihm tue, denn keiner der beiden war schon heruntergekommen. Ich hab noch nie einen Mann gesehen, der so ärgerlich war wie der Chauffeur der Sleafords.«

»Aber was war passiert? Hatte er wirklich einen Anruf bekommen? Ich verstehe das nicht.«

»Es ist an diesem Morgen telefoniert worden, aber der Butler sagte, es sei Widmerpool gewesen, der das Gespräch angemeldet habe. Hörte die wahre Geschichte erst an jenem Nachmittag von Mildred, als wir im Holländischen Garten spazieren gingen. Sie machte überhaupt kein Hehl daraus. Widmerpool hatte sie am Abend zuvor in ihrem Zimmer besucht. Es war kein Erfolg gewesen. Sie kam zu der Überzeugung, dass er als Ehemann nichts taugen würde. Mildred kann ganz unverblümt sein, wenn sie ärgerlich ist.«

Der General erzählte diese Dinge in einer Weise, die völlig frei war von irgendeiner jener stillschweigenden Andeutungen, die man vielleicht für unweigerlich mit einem Bericht solcher Ereignisse verbunden halten mag. Das heißt, er war weder schockiert noch mokant oder sarkastisch. Es war augenscheinlich, dass ihn die Situation eher interessierte als überraschte. Er hatte sich völlig in der Gewalt und erlaubte nicht, dass seine Erzählung auch nur von einem Hauch zotiger Anspielung oder Boshaftigkeit gefärbt wurde. Was mich anging, ich fühlte stechendes Mitleid mit Widmerpool in seinem Fiasko, wenngleich ich nicht in der Lage war, mich zu des Generals Höhen wissenschaftlicher Distanz emporzuschwingen. Ich kannte Widmerpool schon zu lange.

»Mildred hat mir das genauso erzählt. Kümmert sie nicht, was sie sagt, die Mildred. So sind junge Leute heutzutage. Natürlich nehme ich nicht an, dass Mildred Ihnen jung erscheint, aber für mich ist sie immer eine junge Frau.«

Ich wusste nicht, was ich dazu sagen sollte. Doch der General benötigte keinen Kommentar. Er wünschte nur, seine eigene Konzeption dieses Ereignisses weiter auszuführen.

»Widmerpools Schwierigkeit ist gar nicht so ungewöhnlich, wie Sie vielleicht meinen«, sagte er. »Ich hab mehrere Fälle gekannt. Die letzten Männer in der Welt, von denen man das erwartet hätte. Ich nehme nicht an, dass Ihnen der Name Peploe-Gordon etwas sagt?«

»Nein.«

»Ist jetzt tot. Hatte einen Herzanfall im Libanon. Erinnere mich, dass es in derselben Woche passierte, in der Königin Draga in Belgrad ermordet wurde. War zusammen mit ihm auf der Militärakademie in Sandhurst. Glänzender Reiter. Erstklassiger Schütze. Leitete eine Expedition in den Tibet. Heiratete eines der hübschesten Mädchen, das ich je gesehen habe. Sah sie manchmal bei der Fuchsjagd. Er hatte die gleichen Schwierigkeiten. Ehe wurde annulliert. Die Frau heiratete wieder und hatte eine Reihe Kinder. Auf diesen Kernpunkt will ich hinaus. Sah Peploe-Gordon etwa achtzehn Monate später beim Verkauf der Jährlinge in Newmarket mit einem anderen verdammt hübschen Mädchen am Arm. Wissen Sie, er sah absolut glücklich und zufrieden aus. Es war ihm völlig schnuppe. Dennoch, man weiß nicht, welche Neurosen unter der Oberfläche aktiv waren. Das ist es, was man nie vergessen darf. Wenn ich jetzt in dem Licht dessen zurückblicke, was ich in der letzten Zeit gelesen habe, so kann ich erkennen, dass der Mann an einer Spur übertriebenen Narzissmus litt. Ist das auch Widmerpools Problem?«

»Es würde mich nicht überraschen. Wie ich Ihnen schon sagte, ich hab mich nur ganz oberflächlich mit diesen Dingen beschäftigt.«

»Ich will mich auch nicht als Experte aufspielen. Ist das Letzte in der Welt, dass ich mir anmaßen würde. Aber sehen Sie mal, ich will Sie etwas fragen – wissen Sie irgendetwas über Widmerpools Mutter?«

»Ich hab sie mal kennengelernt.«

»Wie ist sie?«

Wie gewöhnlich fand ich es ein wenig schwer, die Frage des Generals, die er in einem äußerst sachlichen Ton gestellt hatte, direkt zu beantworten.

»Ich hielt sie für eine ziemlich anstrengende Frau.«

»Dominant?«

»Auf ihre Art.«

»Vater?«

»Tot.«

»Was hat er gemacht?«

»Er hat Kunstdünger hergestellt, glaube ich.«

»Wirklich?«, sagte der General. »Wirklich?«

Es entstand eine Pause, während er über diese Auskunft nachdachte. Es war nicht zu leugnen, dass er unser Tempo bestimmt hatte. Ich glaubte, ich müsse zeigen, dass ich in psychoanalytischer Hinsicht auch etwas zu bieten hätte, wenn ich nicht weit zurückfallen wollte.

»Glauben Sie, es war Kastrationsangst?«, fragte ich.

Der General schüttelte langsam den Kopf.

»Möglich, möglich«, sagte er. »Man muss damit vorsichtig sein. Sehen Sie, ich würde diese Sache folgendermaßen angehen, mit der größten Demut – mit der größten Demut: Was mir bei Widmerpool auffällt, ist, dass er sich dauernd durch seine – nun, um das Lehrbuch zu zitieren – seine rein objektive Orientierung verrät. Wenn man mit Taktik vertraut ist, weiß man, dass man in einer Schlacht einem genau solchen Mann gegenüberstehen kann. Versucht dauernd, etwas in Bewegung zu setzen und etwas Endgültiges zustande zu bringen. Ist auch ganz richtig, in einer Schlacht. Aber im normalen Leben erweist sich ein solcher Mann, was seine eigenen subjektiven Emotionen angeht, wahrscheinlich keinen guten Dienst. Überhaupt nicht. Ganz im Gegenteil. Führt immer zu Schwierigkeiten. Hat keinen Sinn, subjektive Emotionen zu leugnen. Besser, man sieht dieser Tatsache ins Auge. Jeder von uns muss eine Menge Egoismus und Infantilismus abreagieren. Ich bin der Letzte, der das bestreiten würde. Ich sehe jetzt, dass das zum Teil Peploe-Gordons Problem war, wenn ich zurückschaue.«

»Ich bin sicher, Widmerpool hat viel über diese besondere Sache nachgedacht. Ja, ich weiß, dass er es getan hat. Nicht sehr lange nach seiner Verlobung mit Mrs. Haycock hat er mit mir darüber gesprochen.«

»Hat wahrscheinlich viel zu viel darüber nachgedacht. Ist nicht gut, wenn man über so was zu viel nachdenkt. Man braucht ein bisschen Entspannung von Zeit zu Zeit. Er spricht auch unaufhörlich von seiner Arbeit. Hat er keine Hobbys?«

»Früher hat er in Barnes Golfbälle ins Netz geschlagen. Aber er sagte mir, dass er das aufgegeben habe.«

»Schade, schade. Überrascht mich aber nicht«, sagte der General. »Nichts stört das Fühlen so sehr wie das Denken. Ich wiederhole nur, was das Buch sagt; aber ich habe nicht mehr als dreißig Jahre in der Armee verbracht, ohne das auch selbst herauszufinden. Man braucht einen Plan, natürlich; aber es hat keinen Sinn, sich zu eng daran gebunden zu fühlen. Man muss einen Instinkt haben für den Mann auf der anderen Seite – und auch für die Leute auf der eigenen Seite. Was sagte noch Foch? Der Krieg ist keine exakte Wissenschaft, sondern ein schreckliches, leidenschaftliches Drama. So ähnlich. Tatsache ist, die Ehe ist eher auch so.«

»Aber zweifellos war es das doch, was Widmerpool aus ihr zu machen versuchte. In gewissem Grade scheint er auch Erfolg gehabt zu haben. Was passiert ist, klingt in einer Art äußerst schrecklich und dramatisch.«

»Darüber muss ich nachdenken«, sagte der General. »Ich sehe, was Sie meinen. Ich muss darüber nachdenken.«

Dennoch, obwohl ich diesen Einwand erhob, stimmte ich mit dem überein, was er gesagt hatte. Die Ehe ist ein Thema, über das man sich nur schwer verlässliche Informationen verschaffen kann. Ihre Geheimnisse gehören natürlicherweise zu denen, die am eifersüchtigsten gehütet werden; sie sind nie tiefer verborgen, als wenn sie scheinbar am großzügigsten öffentlich zur Schau gestellt werden. Wie wahr das auch immer sein mag, so kann man doch sicher sein, dass selbst jene Ehen, die nach außen hin höchst langweilig erscheinen, zu der einen oder anderen Zeit viele der Charakteristika aufweisen, von denen er sprach. War es zum Beispiel möglich zu erraten, was hinter dem Vorhang seiner eigenen Erfahrung lag? Da ich vorher nie ein solches Gespräch mit General Conyers für möglich gehalten hätte, betrachtete ich dies als eine Gelegenheit, mich nach einer Sache zu erkundigen, die immer eine gewisse Rolle in meiner Fantasie gespielt hatte, seit sie Jahre zuvor von Onkel Giles erwähnt worden war. Das bot sich in diesem Moment besonders an, denn der General sprach nur selten über die Praxis und die Theorie des Krieges. Sein flüchtiger Hinweis auf Foch ließ die Frage, die ich stellen wollte, weniger unpassend erscheinen.

»Da Sie gerade von der Armee sprachen«, sagte ich. »Was war das für ein Gefühl, als Sie in der Attacke mitritten?«

»Worin?«

»In der Attacke – nachdem Frenchs Kavalleriebrigaden den Modder-Fluss überquert hatten.«

Der General sah einen Moment lang verdutzt drein. Dann änderte sich sein Gesichtsausdruck. Er erfasste den Inhalt meiner Frage.

»Ach ja«, sagte er. »Als die ganze Kavalleriedivision angriff. Ungewöhnliche Operation. Bezweifelte damals, dass sie klug sei. Doch sie glückte dann. Merkwürdig, dass Sie davon wissen. Das ist doch das Ereignis, das Sie meinen? Natürlich, natürlich. Wie es war? Muss einen Moment nachdenken. Lange her, wissen Sie. Muss meine Gedanken sammeln. Nun, ich glaube, ich kann es Ihnen genau sagen. Tatsache war, es hatte einige Schwierigkeiten gegeben, ob ich mitreiten konnte, da ich offiziell nicht zu dieser Formation abkommandiert war. Kann mich nach der langen Zeit nicht erinnern, warum nicht. Irgendeine Formsache. Bin ein schwerer Reiter, wissen Sie. Kann mich erinnern, dass ich die größten Schwierigkeiten hatte, mein Pferd in Galopp zu bringen. Ich bin sicher, dass es so war. Später im Verlauf dieses Tages hab ich einen Buren ins Bein geschossen. Aber warum fragen Sie?«

»Ich weiß nicht. Irgendwie wollte ich schon immer fragen. Infantilismus, vielleicht. Ein Urbild in mir.«

Der General stimmte mir herzlich zu.

»Sie sind natürlich ein introvertierter Mensch«, sagte er.

»Ich glaube, das ist unzweifelhaft.«

»Ein introvertierter intuitiver Typ, meinen Sie? Es würde mich nicht wundern.«

»Möglich.«

»Wie auch immer«, sagte der General, »achten Sie darauf, dass Sie nicht überkompensieren. Hat mich gefreut, die Geschichte über Widmerpool jemandem zu erzählen, der die Umstände zu würdigen weiß. Hab mir noch kein endgültiges

Urteil darüber gebildet. Ich besitze eine langsame Reaktionsfähigkeit. Daran besteht kein Zweifel. Besser, man erkennt seine eigenen Grenzen. Frag mich aber immer wieder, wie sich das mit der hemmenden Wirkung der Inzestbarriere verhält – unter anderem.«

Er bewegte wieder sein Bein und verlegte gleichzeitig das Gewicht seines Körpers, während er über dieses Rätsel nachgrübelte. Der Winkel seines Knies und seines Fußknöchels betonte noch die Schönheit seiner Halbstiefel aus Lackleder.

»Nun, ich darf Sie nicht länger hier oben von den anderen fernhalten«, sagte er. »'ne Menge Menschen, mit denen Sie heute sprechen sollten. Ich bin sicher, Sie werden ein sehr glücklicher junger Mann sein. Was möchten Sie als Hochzeitsgeschenk?«

Der Wandel in seiner Stimme kündigte an, dass unser gemeinsames Fantasieleben vorüber sei. Wir waren in die Welt der Alltäglichkeit zurückgekehrt. Vielleicht wäre es richtiger, wenn ich sagte, dass unser wirkliches Leben zusammen vorüber war und dass wir jetzt in das Reich der Fantasie zurückkehrten. Wer kann das wissen? Wir gingen wieder die Treppe hinunter, der General voran. Chips Lovell sprach gerade mit Miss Weedon. Er war vielleicht ihrer Gesellschaft überdrüssig, denn sobald ich zu ihnen herankam, machte er sich in Richtung auf das Getränketablett davon. Miss Weedon zeigte ihr eisiges Lächeln und gratulierte mir. Wir begannen ein Gespräch. Bevor es sich sehr weit entwickelt hatte, kam Molly Jeavons, deren Abwesenheit von dem Zimmer ich bis dahin nicht bemerkt hatte, hastig zu uns herüber.

»Ach Tuffy, Liebes«, sagte sie. »Gehen Sie doch bitte hinunter und sehen nach, was im Souterrain los ist. Ein Polizist ist gerade gekommen, um Smith wegen einer Postanweisung zu verhören. Ich glaub nicht, dass er ihn verhaften will, aber bitte seien Sie ein Engel und klären das alles auf, ja?«

Miss Weedon schien nicht besonders versessen darauf, Ermittlungen über diese Störung anzustellen, aber sie machte sich gehorsam davon.

»Smith ist wirklich eine fürchterliche Plage«, sagte Molly. »Ich hab nichts dagegen, dass er mehr trinkt, als er sollte, denn er kann eine Menge vertragen, aber ich mag einige der Leute nicht, die ihn besuchen kommen. Ich hoffe, er ist nicht mit einem von ihnen in Schwierigkeiten geraten.«

Jeavons gesellte sich zu uns.

»Was ist los?«, fragte er.

»Ein Polizist ist gekommen, um Smith zu vernehmen.«

»Kommt Smith ins Gefängnis?«

»Red keinen Unsinn«, sagte sie; und an mich gewandt: »Was in aller Welt haben Sie so lange mit General Conyers besprochen? Ich dachte schon, Sie würden den Rest des Abends in meinem kleinen Zimmer verbringen. Ich nehme an, Sie haben gehört, dass die Verlobung Ihres Freundes Widmerpool aufgelöst ist? Das ist auch gut so, glaube ich. Mildred geht wirklich zu weit. Ich hab ihn für heute Abend eingeladen. Ich dachte, es würde ihn vielleicht aufheitern.«

»Sie haben ihn eingeladen?«

»Sie reden, als ob Sie ihm nicht zu begegnen wünschten. Hatten Sie Streit miteinander? Da ist er jedenfalls.«

Nachdem ich erst so kurze Zeit zuvor den Bericht über seine Abreise von Dogdene gehört hatte, erwartete ich fast, Widmerpool würde, wenn vielleicht nicht äußerlich, so doch moralisch den zerknitterten Zustand zur Schau stellen, den der General beschrieben hatte. Doch im Gegenteil. Während er sich seinen Weg durch die Leute in dem Zimmer bahnte, hatte ich den Eindruck, ihn noch nie zuvor so zufrieden mit sich selbst gesehen zu haben. Seine Brillengläser glitzerten. Er trug ein kurzes, schwarzes Jackett und gestreifte Hosen, und sein ganzes Betragen verkündete, dass er sich gar nicht vorstellen könne, dass so etwas wie Versagen existiere – vor allem eigenes Versagen. Er kam sofort auf mich zu.

»Die Haustür war offen, und so bin ich einfach hereingekommen«, sagte er. »Ich glaube, das ist es, was Lady Molly mag. In der Halle sprachen verschiedene Leute mit einem Polizisten. Ich hoffe, es ist nichts Böses passiert.«

»Er verkauft Karten für das Polizeisportfest, nehme ich an.«

»Wahrscheinlich«, sagte er. »Seltsam, wie sich unsere Situationen verkehrt haben. Du wirst heiraten, während Mildred und ich schließlich zu der Auffassung gekommen sind, es sei besser, es nicht zu tun. Wir haben uns in aller Ruhe ausgesprochen und sind zu demselben Schluss gekommen. Es ist am besten so. Sie ist nach Frankreich zurückgekehrt. Sie zieht es vor, dort zu leben. Das war einer der Streitpunkte. Dann war da natürlich noch der Altersunterschied. Unter uns gesagt, ich war nicht sehr wild darauf, für ihre beiden Söhne den Vater zu spielen.Sie scheinen ein nicht sehr attraktives Paar zu sein.«

Miss Weedon kehrte jetzt von der Überprüfung der Situation zwischen Smith und dem Polizisten zurück. Mit ihrer gewohnten Tüchtigkeit schien sie die wesentlichen Punkte der Verwicklung erfasst zu haben. Sie sprach in einem strengen Ton, so als sei sie wieder eine Gouvernante und berichte über das unzulängliche Betragen ihrer Schützlinge.

»Smith hat jemandem erlaubt, ihn als Referenz anzugeben. Ein Mann, den er kannte, ist verhaftet worden. Eine kleine Veruntreuung. Smith ist sehr erregt darüber. In Tränen, genauer gesagt.«

»Ach zum Teufel mit dem Mann«, sagte Molly. »Warum habe ich nur gesagt, dass ich ihn wieder übernehmen würde, als Erridge England verließ. Ich hatte geschworen, er würde nie wieder dieses Haus betreten, nachdem er die Meißner Kaffekanne zerbrochen hatte. Bitte geh und sieh mal nach, Teddy.«

»Dieser andere Kerl muss sehr um eine Referenz verlegen gewesen sein, wenn er sich gezwungen sah, Smiths Namen anzugeben«, sagte Jeavons nachdenklich.

Er machte sich ohne übertriebene Eile davon, begleitet von Miss Weedon, die einen ernsten Ausdruck angenommen hatte. Jeavons' Gesicht ließ nicht die leiseste Hoffnung zu, dass er in der Lage sei, einen moralischen Fehltritt Smiths wieder in Ordnung zu bringen.

»Meine Mutter ist auch der Meinung, dass meine Entscheidung die richtigste war«, sagte Widmerpool.

»Wirklich?«

»Sie mochte Mildred. Akzeptierte sie völlig vom Standpunkt der Familie aus, zum Beispiel«, sagte Widmerpool. »Gleichzeitig gab es Seiten an Mildred, bei denen sie ihre Zweifel hatte. Meine Mutter hat nie versucht, das vor mir zu verbergen. Weißt du, Nicholas, es ist klug, sich über solche Dinge wie die Ehe guten Rat einzuholen. Ich hoffe, dass du das auch getan hast. Ich hab viel über das Thema nachgedacht, und wenn du meine Ansichten hören willst, bist du stets willkommen.«

»Ein Tanz zur Musik der Zeit«

Bd. 1 – *Eine Frage der Erziehung*
Roman. Aus dem Englischen von Heinz Feldmann, 256 Seiten
Oktober 2015 – ISBN 978-3-941184-36-7

Bd. 2 – *Tendenz: steigend*
Roman. Aus dem Englischen von Heinz Feldmann, 296 Seiten
Oktober 2015 – ISBN 978-3-941184-37-4

Bd. 3 – *Die Welt des Wechsels*
Roman. Aus dem Englischen von Heinz Feldmann, 236 Seiten
Oktober 2015 – ISBN 978-3-941184-38-1

Bd. 4 – *Bei Lady Molly*
Roman. Aus dem Englischen von Heinz Feldmann, 264 Seiten
Oktober 2015 – ISBN 978-3-941184-39-8

Bd. 5 – *Casanovas chinesisches Restaurant*
Roman. Aus dem Englischen von Heinz Feldmann, ca. 264 Seiten
März 2016 – ISBN 978-3-941184-40-4

Bd. 6 – *Die Wohlwollenden*
Roman. Aus dem Englischen von Heinz Feldmann, ca. 264 Seiten
Oktober 2016 – ISBN 978-3-941184-41-1

Bd. 7 – *Das Tal der Gebeine*
Roman. Aus dem Englischen von Heinz Feldmann, ca. 264 Seiten
März 2017 – ISBN 978-3-941184-42-8

Bd. 8 – *Die Kunst des Soldaten*
Roman. Aus dem Englischen von Heinz Feldmann, ca. 264 Seiten
Oktober 2017 – ISBN 978-3-941184-43-5

Bd. 9 – *Die Philosophen des Krieges*
Roman. Aus dem Englischen von Heinz Feldmann, ca. 264 Seiten
März 2018 – ISBN 978-3-941184-44-2

Bd. 10 – *Bücher schmücken ein Zimmer*
Roman. Aus dem Englischen von Heinz Feldmann, ca. 264 Seiten
Oktober 2018 – ISBN 978-3-941184-45-9

Bd. 11 – *Könige auf Zeit*
Roman. Aus dem Englischen von Heinz Feldmann, ca. 264 Seiten
März 2019 – ISBN 978-3-941184-46-6

Bd. 12 – *Der Klang geheimer Harmonien*
Roman. Aus dem Englischen von Heinz Feldmann, ca. 264 Seiten
Oktober 2019 – ISBN 978-3-941184-47-3